主 编

秦永文

室间隔缺损介入治疗与影像学图解

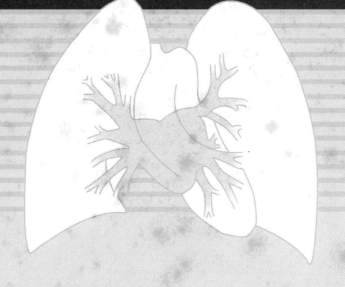

上海科学技术出版社

图书在版编目(CIP)数据

室间隔缺损介入治疗与影像学图解/秦永文主编.
上海：上海科学技术出版社,2006.11
ISBN 7—5323—8587—6

Ⅰ.室... Ⅱ.秦... Ⅲ.①室间隔缺损—介入疗法—
图解②室间隔缺损—影像诊断—图解 Ⅳ.R541.1—64

中国版本图书馆 CIP 数据核字(2006)第 087418 号

上海世纪出版股份有限公司
上 海 科 学 技 术 出 版 社 出版、发行
(上海钦州南路 71 号 邮政编码 200235)
苏州望电印刷有限公司印刷 新华书店上海发行所经销
开本 787×1092 1/16 印张 18.5 插页 4
2006 年 11 月第 1 版 2006 年 11 月第 1 次印刷
定价：128.00 元

内容提要

　　室间隔缺损介入封堵治疗是目前先天性心脏病介入治疗领域最有难度、最具挑战性的技术之一。本书系统介绍了室间隔缺损介入治疗的基本知识,共 13 章,分别介绍了室间隔缺损的应用解剖、病理生理与临床表现、心导管检查、超声诊断与术中监测、介入治疗策略、室间隔缺损合并畸形的同期介入治疗、并发症的预防及处理等内容,其中重点介绍了室间隔缺损部位与传导系统的关系、心血管造影的技巧与投照体位、室间隔缺损左心室造影形态学特点、封堵器的选择,同时特别提供了丰富的超声、左心室造影、介入封堵治疗的影像资料,并精心挑选了大量的有代表性的实例。本书内容丰富,图文并茂,对于有志于从事心血管疾病介入治疗的广大医师、进修医师、心导管室工作人员及相关科室的医师,是一本很有价值的参考书。

主编简介

　　秦永文,男,1952 年出生,医学博士。现任第二军医大学附属长海医院心血管内科主任、主任医师、教授、博士生导师。从医 29 年,长期工作在临床一线,以心血管疾病的介入治疗为专业特色,在国内较早开展了人工心脏起搏、经皮球囊二尖瓣和肺动脉瓣成形术、动脉导管未闭栓塞术、冠状动脉疾病介入治疗、快速心律失常射频消融术等。1995 年在国内率先开展经胸腔镜下颈、胸交感神经节切除术治疗特发性 **QT** 延长综合征。1998 年以来,致力于先天性心脏病介入治疗新技术和新材料的研制和临床应用研究,成功研制出房间隔缺损、动脉导管未闭、室间隔缺损封堵器并应用于临床,实现了房间隔、动脉导管未闭和室间隔缺损封堵器的国产化,改变了进口封堵器的垄断局面。2001 年 12 月在国内外率先提出和成功应用对称双盘状封堵器治疗膜周部室间隔缺损和心肌梗死并发的室间隔穿孔。2002 年提出了室间隔缺损的左心室造影分型,并根据不同的分型特点设计了小腰大边型,主动脉侧零偏心型,以及单、双侧无铆型封堵器。2003 年在国内率先开展嵴内型室间隔缺损的介入治疗。成功治疗各种先天性心脏病逾两千例,其中膜部室间隔缺损 500 余例。曾获军队科技进步奖 4 项、上海市科技进步二等奖 1 项。负责国家自然科学基金资助课题,国家科委及上海市科委、卫生局基金课题 5 项,发表论文 200 余篇,主编专著 3 部,参编专著 10 余部。

编写人员

主　编

秦永文

副主编

吴　弘　赵仙先

编写人员

(以姓氏笔画为序)

丁仲如　丁继军　王尔松　王洪如　纪荣明

吴　弘　周　菲　赵仙先　秦永文　穆瑞斌

序

心室间隔缺损是一种常见的先天性心脏发育畸形,占先天性心脏病(先心病)的20%～30%。心室间隔缺损后,左右心室间血液直接相通,致使心脏泵血负荷加重,肺血增多,肺动脉压力增高,可诱发心律失常、心力衰竭,或成为感染性心内膜炎的温床。随着患者年龄的增长,还将面对升学、就业、婚姻、医疗保险等诸多社会心理的困扰,因此有必要加以矫正治疗。

近年来,随着影像技术的发展,修正缺损的封堵器材制作工艺优化和国产化,封堵器实用可靠,在心导管技术基础上,由影像技术导引经血管通路,完成心脏、血管缺损修补矫治手术(即介入治疗)得到了快速的开展。介入治疗以其创伤性较原外科手术为小的优势,已逐渐成为治疗具适应证先心病者的首选的矫正方法。

第二军医大学附属长海医院心内科秦永文教授在国内较早开展先心病介入治疗,累计收治病例已逾2 000例,积累了丰富的临床经验,成绩喜人,由于室间隔缺损解剖部位变异大,毗邻心脏内部重要结构,其介入治疗较房间隔缺损及动脉导管未闭封堵更为复杂,手术并发症多且后果严重,实为先心病介入治疗的难点之一。秦永文教授潜心研究,依靠临床,结合心脏超声波、X线等影像诊断,优化细化室间隔缺损分类,精心设计增添和优化国产封堵器材的生产,以利介入治疗个体化治疗的实施,目前累计治疗室缺500余例。在此丰富临床经验的基础上,编写《室间隔缺损介入治疗与影像学图解》这本专著,全面系统地论述了室间隔缺损治疗的基础理论,介入治疗的基本技术和最新进展,操作技巧和介入治疗个体化治疗的体会。图文并茂,内容丰富翔实,本书所蕴含的广度和深度均可称上乘。本专著的问世定将受到心血管医师同行的欢迎,它不仅是一本精湛的专题参考书,还是一本可靠的工作指南,定会对我国先心病介入治疗的规范化及推广应用起着有力的推进作用。

章同华

2006 年 6 月 20 日

前　言

　　先天性心脏病是小儿最常见的心脏病,在新生儿中检出率为 0.7%,估计我国每年新出生的先天性心脏病患儿高达 15 万~17 万,其中室间隔缺损约占先天性心脏病的 20%,随着心脏病介入时代的到来,室间隔缺损的治疗理念也发生了巨大的变化。1988 年 Lock 等应用 Rashkind 双面伞封堵器成功封堵肌部室间隔缺损,开创了室间隔缺损介入治疗的先河;随后,先后应用 Rashkind、Cadioseal 双面伞封堵器、Sideris 纽扣式补片闭合肌部,由于肌部室间隔缺损仅占室间隔缺损的 2%,病例数少,加之封堵器结构的缺陷,未能在临床上推广应用。2001 年 Amplatzer 发明了新型室间隔缺损封堵器,2002 年应用于临床,新型室间隔缺损封堵器的问世,极大地推动了室间隔缺损介入治疗的发展。

　　我国在室间隔缺损介入治疗方面几乎与国外同步,在新型封堵器研制和个体化治疗方面处于国际领先地位。第二军医大学附属长海医院是国内开展室间隔缺损介入治疗最早的医疗单位之一,也是治疗病例数最多的医院之一。多年来,我们致力于这一新技术的推广和完善,孜孜以求,不断创新,率先研制成功具有自主知识产权的对称双盘状膜部室间隔缺损封堵器,并在国内外首先应用对称双盘状室间隔缺损封堵器治疗膜周部室间隔缺损。之后,又相继开发出适合不同形态特点的室间隔缺损封堵器系列,并获得专利。对于室间隔缺损的介入治疗,临床医师面临的问题是如何根据室间隔缺损的解剖特点、形态特点,更加合理地、个体化地选择不同类型的封堵器,制定封堵策略,以期获得更好的封堵效果,提高手术成功率。

　　本书在系统介绍室间隔缺损介入治疗相关理论知识的基础上,结合我们临床实际工作中积累的经验、教训和体会,重点阐述了室间隔缺损介入治疗所涉及的一些具体问题和难题,比如室间隔缺损形态特点与封堵器的选择、操作技巧和技术难点,以及常见并发症的处理等,既体现了室间隔缺损介入治疗技术发展的最新动态,也突出了技术操作的具体细节和技巧,同时配以精心挑选的典型实例和疑难病例。这些病例全部来自长海医院,力求全面、实用,点评精炼,反映了室间隔缺损介入治疗技术和新材料应用的最新动态和前沿水平。

本书的编写工作艰苦而繁琐,作者们均是从事临床一线的富有朝气和进取心的年轻医师,在完成繁重的日常临床工作同时,不顾辛劳,整理资料,为本书早日与广大读者见面付出了努力和汗水。本书在编写过程中始终得到上海科学技术出版社的大力支持,得到长海医院影像科、超声科和心内科同仁的热心鼓励和帮助,在此一并表示衷心的感谢。

由于本书涉及病例多,内容量大,书中有关病例的点评解析多为笔者的实践经验和感悟,虽尽心尽力为之,仍难免有疏漏谬误之处,望诸多读者和学界同仁不吝赐教。

秦永文

第二军医大学附属长海医院心内科

2006 年 5 月

目 录

第一章

心脏的临床应用解剖

深入了解心脏解剖结构对临床工作大有裨益,如了解二尖瓣前叶与左心室流出道的关系有助于理解主动脉关闭不全时 Austin-Flint 杂音的产生。对介入医生来说,熟悉心脏解剖结构还有助于判断导管在心腔的位置、决定导管移动和前进的方向以及避免手术并发症,也有助于术中个体化选择导管型号或导管塑形。为此,本章就与心血管疾病介入治疗有关的心脏解剖结构作系统的阐述。

第一节　心脏的位置和毗邻

心脏位于中纵隔内,大小与本人握拳相近(图1-1)。成人心脏 2/3 位于正中线左侧,1/3 在右侧。前方大部分被胸膜及肺遮盖,仅其下部一小三角区,即心裸区,隔心包直接与胸骨体和肋软骨相邻,是超声探查心脏的良好部位,也是心包穿刺时常选用的位置之一。心脏后方邻近支气管、食管、迷走神经及胸主动脉,再往后为第 5 至第 8 胸椎。左右两侧为肺。下方为横膈。

心略似前后稍扁的圆锥体。胚胎发育时心脏存在顺钟向转位,出生后心脏的底朝向右、后、上方,尖斜向左、前、下方,贯穿心底中央到心尖的假想心脏中轴呈左下斜走行,与身体矢状面呈 30°～50°角。故后前位时左、右心房影以及左、右心室影并不对称,各心腔影有重叠错位(图 1-2)。介入治疗中常选用左前斜 45°体位,此时近似从心尖部顺心脏正中轴往后观,X 线影像下心影表现为一种对称结构,房间隔、室间隔以及冠状动脉前降

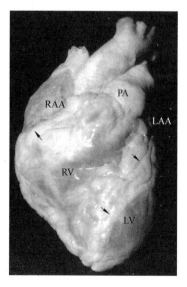

图 1-1　心脏正面观

RAA: 右心耳; LAA: 左心耳; RV: 右心室; LV: 左心室;
SVC: 上腔静脉; AO: 主动脉; PA: 肺静脉
左上箭头指向右房室沟,右下两个箭头指向前室间沟

1

支等心脏正中结构摆入心影正中,左、右心房以及左、右心室分居两侧,此时可较大面积展开二、三尖瓣环,有助于区分心脏左右结构(图1-3)。心脏的长轴除了指向左,还指向下,故在左前斜45°～60°的基础上再复合向头30°左右,此时4个心腔相互重叠最少,室间隔缺损以及房间隔、房室缺损常用此体位来造影显示左右分流情况。

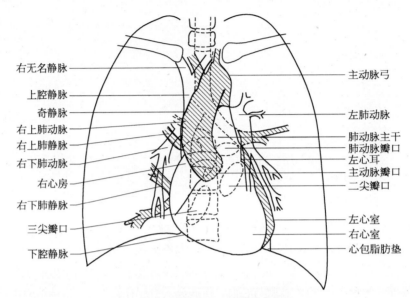

图1-2 后前位下心脏影像学结构

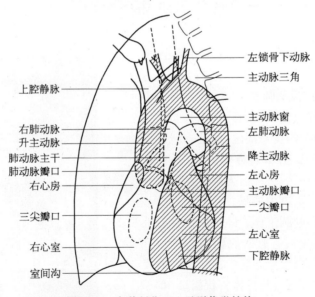

图1-3 左前斜位下心脏影像学结构

心脏表面有近似环形的房室沟,沟内有右冠状动脉和回旋支走行。右冠状动脉从环形的顶部发出后,向前和右下走行;回旋支从顶部发出后,向后和左下走行。房室沟对应的心脏内部结构是房室纤维分隔,分隔由二、三尖瓣环和主、肺动脉瓣环以及左右纤维三角组成。介入治疗中另一个常选用的右前斜30°体位,此时近乎把房室沟(即房室纤维分隔)摆入心影正中,较大面积展开房、室间隔面,有助于区分心房与心室(尤其在瓣上、瓣下的细微操作)。心脏表面还有室间沟,沟内有冠状动脉的前降支和后降支走行。左右心房室沟和后室间沟、后房间沟相交处位于心脏膈面,称房室交接点(crux),是心表的一个重要标志。沟的表面覆有脂肪组织,外科手术时根据沿冠状动脉走行的脂肪位置可以辨认上述各沟。

第二节　心脏各腔的形态结构

一、右心房

右心房位于心脏的右上部,壁薄而腔大,呈不规则卵圆形(图1-4)。根据右心房胚胎发育来源可将其分为前后两部分,前部为固有心房,由原始心房衍生而成;后部为腔静脉窦,由原始静脉窦发育而成。两者以界嵴为界,界嵴是心房腔内一明显的肌嵴,上起上腔静脉,下至下腔静脉。在心房表面有一条与界嵴相对应的浅沟,即界沟,是心表面区分固有心房与腔静脉窦的标志。

腔静脉窦在右心房的外侧,内面光滑,上下腔静脉以及冠状窦口均开口于腔静脉窦。冠状窦口位于下腔静脉口内上方与右房室口之间。心房扑动的电生理检查中,下腔静脉口与冠状窦口的狭小区域称为峡部,是心房扑动折返环的一个关键部位,同时存在阻滞线的现象;在此处阻断电传导可消融心房扑动。

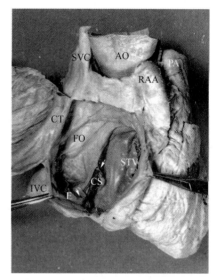

图1-4　右心房内部结构

FO: 卵圆窝;STV: 三尖瓣隔瓣;CS: 冠状窦口;CT: 界嵴;RAA: 右心耳;LAA: 左心耳;RV: 右心室;LV: 左心室;SVC: 上腔静脉;IVC: 下腔静脉;AO: 主动脉;PA: 肺静脉
左边箭头指向下腔静脉瓣,右边箭头指向冠状窦瓣

冠状窦口是心脏绝大部分静脉血的注入口,冠状窦收集心大、中、小静脉的血液后回流到右心房。心大静脉在前室间沟与前降支逆行,向上拐至左房室沟,伴行回旋支至房室交接点(crux)处汇入冠状窦;冠状窦电极就是插至心大静脉,此时电极环绕左房室环,可标识左侧旁道。心中静脉在后室间沟与后降支伴行或逆行,左心室起搏电极常安置于此。冠状窦口直径0.5～1.7 cm,如开口过大,右心导管在过房室口时常可进入冠状窦内;如误以为进入右心室流出道并操作粗暴,可导致窦壁损害,引起心包缓慢渗血甚至静脉壁破裂。

固有心房构成右心房前部,其内壁粗糙,有许多带状肌束称梳状肌,梳状肌之间心房壁较薄。固有心房的内侧壁是房间隔,是介入治疗时右心房另一重要解剖结构,详细介绍见下节。

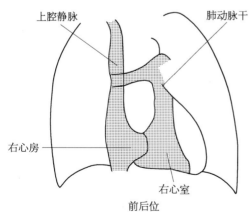

图中标注:上腔静脉　肺动脉干　右心房　右心室　前后位

图1-5　后前位下右心房和右心室造影示意图

心房体向左前方突起的囊称右心耳,掩盖主动脉根部右侧,其壁内有多量肌小梁,彼此交织成网,故永久性心脏起搏器心房电极常安置于此,电极头端的锚状物进入网状肌小梁后不易脱出。右心耳左右方向舒缩,故心房电极到位后可以看到电极随心耳左右摆动。X线影像下,右心耳与肺动脉干在后前位时有一定重叠。右心房常规造影时心耳通常不显影(图1-5)。

Koch三角位于冠状窦口、Todaro腱、三尖瓣隔瓣附着缘之间。Todaro腱是中央纤维体发出的纤维索,在卵圆窝前缘斜向下走行,末端与下腔静脉瓣相连。该腱通常被薄的心房肌覆盖,手术探察时可以触及该腱存在。房室结和房室束起始部位位于该三角顶角内的心内膜深面。如果把右房室口比作一个时钟,从心尖往上观,Koch三角顶端的房室结大概在时钟1点的位置,另一角的冠状窦口位置则在5点附近。

二、右心室

右心室位于心脏的最前部位,直接位于胸骨左缘第4、5肋软骨的后方。在胸骨旁第4肋间隙作心内注射多注入右心室。右心室内腔呈三角锥体形,底为右心房室口,尖向左前下方。右心室内腔分为流入道和流出道两部分,两者以室上嵴为界。

流入道是右心室的主要部分,其室壁肌束纵横交叉并隆起,形成肉柱。右心室流入道上有三尖瓣复合体结构装置,它由右房室口的三尖瓣瓣环、三尖瓣瓣叶、腱索和乳头肌组成,它们在功能上组成一个统一整体,其中任何一个部分的结构损害,将会导致血流动力学上的改变(图1-6)。

右心房室口3~4指尖大。三尖瓣瓣环为环绕右心房室口的一致密结缔组织环。三尖瓣瓣叶基底附着于三尖瓣环,游离缘附着于腱索。瓣叶按位置分为前瓣、后瓣以及隔瓣(内侧瓣)。前瓣呈半圆形,是3个瓣叶中

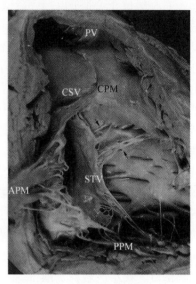

图1-6 右心室内部结构

CSV:室上嵴;PV:肺动脉瓣;STV:三尖瓣隔瓣;APM:前侧乳头肌;PPM:后侧乳头肌;CPM:锥状乳头肌

的最大者,也是维持三尖瓣功能的主要部分。后瓣较小。每个瓣叶可以分为3个带,靠近基底附着缘的部分称基底区;靠近腱索的约1/3部分,厚且不平,称粗糙区,中间部分称透明区,透明区与粗糙区交接处有一明显隆起线,是瓣膜闭合线。当瓣膜闭合时,闭合线以下的粗糙区相互贴合。每个瓣叶之间的瓣膜组织称连合,3个瓣膜连合分别为:前内侧连合、后内侧连合、前后侧连合。瓣膜粘连多发生于瓣膜连合处。因前瓣-隔瓣连合毗邻室间隔膜部、房室束等,故外科手术分离粘连的瓣膜时,为避免损害,一般都在后内侧和前后侧两个连合处分离,而不分离前内侧连合。右侧乳头肌分为3组:前乳头肌、后乳头肌以及内(隔)乳头肌。前乳头肌起自右心室前壁下部,呈锥体状,其腱索大部分连于前瓣,少部分连于后瓣。后乳头肌为1~2个细小的肌柱,起于右心室隔壁,其腱索大部分连到后瓣,少数到隔瓣。内侧乳头肌则更小且数目更多。右心室的肉柱中有一条发自室间隔,跨过右心室内腔连于前乳头肌的基底部,该肉柱叫隔缘肉柱、调节带,内有右束支通过,右心室手术时过度牵拉或切断调节带可发生右束支阻滞。

右心室流出道又称动脉圆锥、漏斗部,呈锥体状,位于右心室流入道的左上部,其上界为肺动脉口,下界为室上嵴,前方为右心室前壁,内侧是室间隔。流出道腔面平滑,与流入道刚好相反。肺动脉口有肺动脉瓣,通常为3个半月形瓣膜,按其位置关系称为前瓣、右瓣和左瓣。室上嵴是右心室一重要解剖标志,为一宽且厚的肌肉隆起。室上嵴分为漏斗部、壁带和隔带3个部分。漏斗部位于肺动脉瓣下、室间隔上,由大小3.5 cm×2.7 cm的斜行心肌组成。漏斗部心肌向右前方汇集成肌束,绕到右心室前壁,称壁带,该肌束抵达三尖瓣前瓣基部的室壁上。漏斗部心肌向下汇集成肌束,形成一个"Y"形肌肉隆起,即隔带,隔带下端移行为隔缘肉柱。室上嵴内发生室间隔缺损称为嵴内型室缺,该型室缺通常离主、肺动脉瓣和房室束均有一定距离,介入治疗时安全性相对较高。室上嵴的肌肉如果发生肥厚,可引起流出道梗阻,必要时可以手术切除。

三、左心房

左心房组成心底大部。左心房前面有主动脉和肺动脉,后面与食管毗邻,上面是气管分叉。左心房因病变增大时,可以压迫后方的食管,故X线钡餐造影可以诊断左心房有无增大。左心房扩大还可引起气管分叉角增大。

左心房分为左心耳、左固有房腔两部分。左心耳在左心房的最左缘,并向右前下突出。左心耳与固有心腔连接处有较明显缩窄,加之心耳内壁因有梳状肌而凹凸不平,故内部血流缓慢,容易血栓形成。左心耳是二尖瓣闭式分离术常用途径。左心房后壁分别有左上、左下、右上和右下4个肺静脉注入。肺静脉口无瓣膜,但心房肌可围绕肺静脉延伸1～2 cm,起到括约肌样作用,但延伸的心房肌也可引发异常自律性,病理条件下导致房颤发生(图1-7)。

X线影像下,正常的左心房在后前位是一个位于心影中央的类圆形心腔,固有心房腔不构成心缘;左心房扩大时在X线透视下即看到较明显的左心房影(图1-8)。

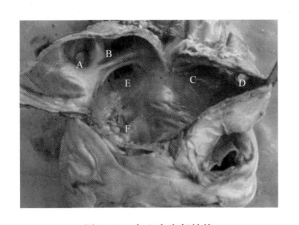

图1-7 左心房内部结构

A:左下肺静脉口；B:左上肺静脉口；C:右上肺静脉口；
D:右下肺静脉口；E:左心耳开口；F:左房室环

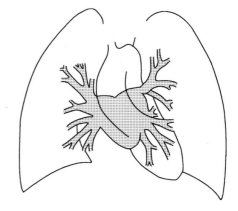

图1-8 前后位下左心房及肺静脉造影示意图

四、左心室

左心室位于右心室左后下方,室壁厚9～10 mm,约为右心室壁的3倍。左心室腔呈锥体形,其尖即解剖学心尖,锥底为左心房室口和主动脉口,二尖瓣前叶把左心室这一锥体形结构分为左心室流入道和流出道两部分。

左心室流入道是左心室腔的后外侧部,里面包含二尖瓣复合体的装置,包括二尖瓣环、瓣叶、腱索和乳头肌(图1-9)。流入道的入口为左房室口,大小约可容纳3个指尖。环绕流入道口可见一纤维组织环,即二尖瓣环。二尖瓣环与三尖瓣环不同,并不是一个完整的环,因为在流入道的前内1/3处,二尖瓣瓣叶直接与主动脉的左、后瓣相延续,该处无明确的纤维组织显示一瓣环存在;流入道的后外2/3则可见一厚2～4 mm的纤维环(真正的二尖瓣环),此处与后瓣相连。

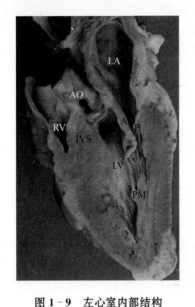

图1-9 左心室内部结构

LV:左心室;RV:右心室;LA:左心房;A:二尖瓣前瓣;P:二尖瓣后瓣;PM:后侧乳头肌;IVS:室间隔;AO:主动脉

二尖瓣前瓣近似长方形,基底宽只有后瓣一半,瓣高比后瓣多一倍,两瓣叶面积相近。前瓣活动度大,后瓣主要起支持作用。当二尖瓣口开闭时,前瓣易于活动,后瓣活动度小,超声下前瓣似乎主动离开或者靠近后瓣。前瓣界于左房室口与主动脉口之间。肥厚梗阻型心肌病患者超声下可见二尖瓣前向运动(SAM)征,即因左心室射血速度增快后导致抽吸现象,引发心脏收缩时二尖瓣前叶贴近室间隔,阻碍血流从左心室进到主动脉口,是流出道梗阻的重要原因之一。二尖瓣借腱索附于乳头肌。左心室乳头肌分为前、后两组。前乳头肌位于左心室前壁和外侧壁的交界处,常为单个粗大型,后乳头肌位于后壁和近隔壁的交界处,通常可见2～3个。从乳头肌尖端发出的多个腱索与两个瓣叶的相邻部分连接。90%以上的前瓣瓣叶连接有2个粗大的腱索,称为支撑腱索。而后壁腱索细而短,没有支撑腱索。腱索断裂导致的二尖瓣血液反流程度以及血流动力学改变与受损腱索的数量和类型有关,如果支撑腱索断裂,瓣叶支持作用急性丧失,临床上出现急性大量二尖瓣反流症状,而小的腱索断裂几乎可以忽略。

左心室流出道是左心室腔的前内侧部分。流出道的上界为主动脉口,二尖瓣前瓣构成流出道的后外侧壁,室间隔构成流出道的前内侧壁。流出道近房室口部室壁光滑,无肉柱,缺乏伸展和收缩性。临床上常将二尖瓣前瓣、心室流出道上部的肌肉、室间隔膜部以及纤维三角笼统称为主动脉瓣下结构。主动脉口处有主动脉瓣,通常为3个半月型瓣膜,根据位置关系称为左瓣(左冠状瓣)、右瓣(右冠状瓣)和后瓣(无冠瓣)。与瓣对应的主动脉壁向外突出,突出的主动脉壁与对应的瓣之间构成了一个近似口袋型的结构,称为主动脉窦,又称Valsalva窦,分别有左、右和后窦,左右冠状动脉分别起自左右窦内。

后前位下(图1-10)左心室造影不能很好区分流入道与流出道,故常选用右前斜30°(图1-11),此体位可以最大幅度展开左心室长轴,很好显示左心室底部与前壁心肌舒缩情况;后上为主动脉开口,后下为二尖瓣开口;肥厚梗阻型心肌病可见流出道狭窄,收缩期左心室影似舞蹈鞋;二尖瓣反流时可见造影剂经二尖瓣口向左心房反流。

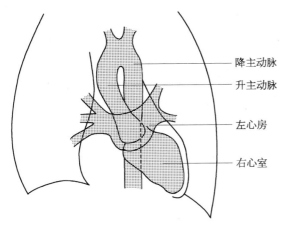

图 1 - 10　后前位下左心房、左心室造影示意图

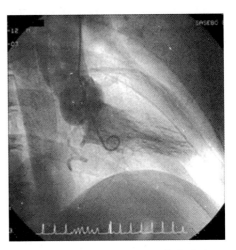

图 1 - 11　右前斜位下左心室造影图

第三节　心脏的间隔

一、房间隔

　　房间隔是分隔左、右心房的间隔,是右心房的内侧壁,位置向左前方倾斜,与人体矢状面呈 45°,右前斜 30°可以较好展示房间隔面。房间隔总面积成人约 14 170 mm²,小儿约 499 mm²。

　　卵圆窝是房间隔的重要解剖位置,是房间隔下部卵圆形凹陷(图 1 - 12)。卵圆窝面积成人约 234 mm²,约占房间隔总面积的 1/5。胚胎发育时继发隔残留一孔,称卵圆孔,故卵圆窝组织由原发隔组成;原发隔比继发隔薄,卵圆窝底厚仅 1 mm,主要由双层心内膜夹以少量结缔组织所形成,有些部位有散在的肌纤维。除卵圆窝外的房间隔主要由继发隔形成,壁厚 3～4 mm,心房肌较卵圆窝明显增多。故介入治疗时常选用卵圆窝穿刺房间隔。卵圆窝的上缘就是继发隔的下缘形成,内含较大肌束,突出明显,故房间隔穿刺时,穿刺针从房间隔上部滑入到卵圆窝时有一明显向左摆动动作;而穿刺针从下往上缓慢滑行到卵圆窝上缘可有一明显阻碍感。卵圆窝

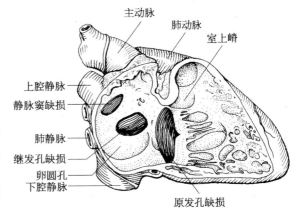

图 1 - 12　房间隔及房间隔缺损示意图

前上方的右心房内壁为主动脉隆突,对应的是主动脉右窦,穿刺针滑到此处可有轻微的搏动感,如果此处误进针穿刺可导致造影剂沿着主动脉壁往上扩散,严重时可导致主动脉右心房瘘。约在 1/4 的正常心脏,卵圆窝底的原发隔组织并未与卵圆窝上缘的继发隔组织融合,由于平时左心房压高于右心房压,卵圆窝底靠向窝缘而封闭了左右心房的通路,两者之间仅残留

一潜在的缝隙通路;此时穿刺房间隔往往不用出针,直接用穿刺鞘管就可弹入左心房。仅功能关闭的卵圆窝在特定情况下还可导致潜在通路短暂或长期开放,如一次咳嗽即可能引起静脉系统的血栓通过未闭合处,引发体循环栓塞。

房间隔缺损根据发生的部位,分为原发孔房间隔缺损和继发孔房间隔缺损(图1-13)。原发孔房间隔缺损位于心房间隔下部,其下缘缺乏房间隔组织,而由室间隔的上部和三尖瓣与二尖瓣组成,常伴有二尖瓣前瓣叶的裂缺,导致二尖瓣关闭不全,少数有三尖瓣隔瓣叶的裂缺。继发孔型房间隔缺损系胚胎发育过程中,原始房间隔吸收过多,或继发隔发育障碍,导致左右心房间隔存在通道所致。继发孔房间隔缺损可分为4型:① 中央型或者卵圆孔型,缺损位于卵圆孔的部位,四周有完整的房间隔结构,约占76%。② 下腔型,缺损位置较低,呈椭圆形,下缘缺如和下腔静脉入口相延续,左心房后壁构成缺损的后缘,约占12%。③ 上腔型,亦称静脉窦缺损,缺损位于卵圆孔上方,上界缺如,和上腔静脉通连,约占3.5%。④ 混合型,此型缺损兼有上述两种以上的缺损,缺损一般较大,约占8.5%。

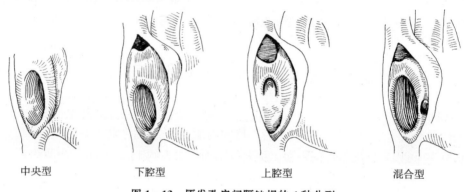

中央型　　　　下腔型　　　　上腔型　　　　混合型

图1-13　原发孔房间隔缺损的4种分型

二、室间隔

室间隔为左右心室间的中隔,与人体正中面呈45°。室间隔呈三角形,其前、后缘与前、后室间沟一致,上连肺动脉和主动脉根部。室间隔分为肌部和膜部两部分。室间隔绝大部分由肌肉组成,厚度和左心室后壁一致,称室间隔的肌部。膜部位于室间隔上方,由结缔组织组成,菲薄呈膜状(图1-14)。

膜部室间隔大小约13.8 mm×8.4 mm,厚约1 mm,是室间隔缺损的好发部位。膜部的位置可以从左、右心室面来理解。左心室面观,膜部紧挨于主动脉瓣下,即位于主动脉右瓣环和后瓣环的凹角和后瓣环的下方。三尖瓣环与主动脉环虽同属房室纤维分隔成分,但三尖瓣环平面低于主动脉瓣环平面,因此膜部在左面全部位于主动脉瓣下,右面通常跨过三尖瓣环,被三尖瓣的隔瓣缘分成上下两部分。上半部分位于右心房,又

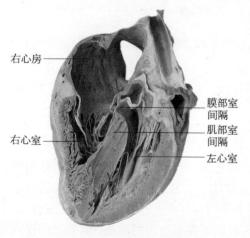

右心房

膜部室间隔

肌部室间隔

右心室

左心室

图1-14　室间隔肌部和膜部

称房室隔,如发生缺损表现为左心室到右心房的异常血流;下半部分位于右心室,即真正意义的膜部室间隔,如发生缺损血流是左心室到右心室。

(王洪如 纪荣明)

参考文献

[1] 秦永文. 实用先天性心脏病介入治疗[M].上海:上海科学技术出版社,2005,26-28.

[2] 丁成紫,张友云. 心血管解剖学[M].湖北医科大学解剖学讲义[M]. 1996,1-13.

[3] 于彦铮,左焕琛. 心脏冠状动脉解剖[M].上海:上海科学技术出版社,1992,1-5.

[4] MCCARTHY K P, HO S Y, ANDERSON R H, et al. Ventricular septal defects: morphology of the doubly committed juxtaarterial and muscular variants[J]. Images Paediatr Cardiol,2000,4:5-23.

[5] 朱清於,金崇厚. 先天性心脏病病例解剖学[M].北京:人们军医出版社,2001,25-29.

[6] 凌凤东,林奇. 心脏临床解剖学[M].西安:陕西科学技术出版社,1996,11-32.

[7] 胡为民. 先天性心脏病临床放射学[M].北京:人民卫生出版社,1994,47-52.

第二章

室间隔缺损的解剖结构与传导系统的关系

第一节 室间隔的应用解剖

心室间隔缺损(ventricular septal defect,VSD)简称室缺,是最常见的先天性心脏病之一,占先天性心脏病的 20%～30%。由于心室内解剖结构复杂、VSD 解剖部位变异很大。VSD由于紧邻主动脉瓣、房室瓣及传导束等重要解剖结构,对其进行封堵可能引起主动脉瓣、房室瓣关闭不全及高度房室传导阻滞等严重的并发症。因此,了解室间隔及其周围结构解剖关系对于 VSD 介入治疗尤其重要。VSD 可单独发生或伴发于其他复杂先天性心脏病,本章重点讨论正常室间隔解剖特点、不伴有其他复杂畸形的单纯性 VSD 形态特征及其和介入封堵治疗的关系。

一、胚胎发育

心室间隔来源有 3 部分:① 心室本身形成的肌间隔。② 来自动脉圆锥的圆锥间隔。③ 房室心内膜垫参与形成的膜样间隔。胚胎发育第 2 周末,心房间隔形成同时,心室底部形成原始室间隔肌部,沿心室前沿向上将室间隔一分为二,但其上部仍未与房室心内膜垫下缘融合,而保留半月形心室间孔以沟通左右心室。随心腔发育该孔逐渐变小,正常发育时于第 7 周末,由向下生长的动脉圆锥间隔,和扩大的背侧心内膜垫右下结节以及肌部室间隔向上的生长发育互相融合使该孔完全闭合,并形成室间隔膜部(图 2-1)。

上述形成室间隔的各部分如果其中一部分或多部分发育障碍,则分别形成肌部、漏斗部、膜部室间隔缺损或混合型室间隔缺损。肌部不发育则形成单心室,圆锥部不发育则形成右心室双出口症,膜部不发育则形成部分或完全性心内膜垫缺损。

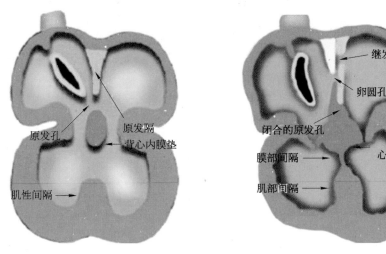

图 2-1 心脏室间隔的发育

二、正常室间隔解剖

室间隔位于左、右心室之间,向左侧倾斜约 45°,前后缘分别达前后室间沟,上连肺动脉干和升主动脉根部。分为膜部间隔、肌部间隔和漏斗部间隔 3 部分。其绝大部分为肌性结构,仅于主动脉根部无冠窦和右冠窦之间瓣叶下有一小块三角形纤维组织,称之为"膜性室间隔"(图 2-2)。采用灯光透视法从右面看,房室间隔透亮区被房室结合线分为上、下两部分。上部分于房间隔下部,冠状窦口前下方,为膜性间隔心房部;下部即为室间隔膜部,见图 2-3。

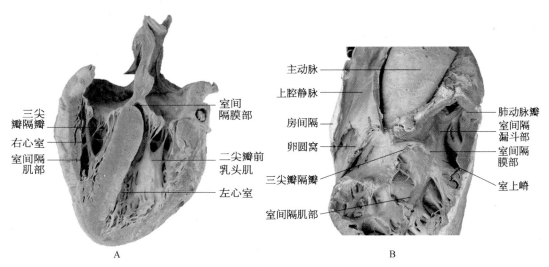

图 2-2 室间隔位置和构成

A. 左心室长轴切面;B. 右心室面观

(一)肌部间隔

肌部间隔又称后部室间隔,又分为光滑部(也称流入道或窦部)和小梁部室间隔,面积约占整个室间隔 2/3。肌部间隔较厚,为 1~2 cm。左侧心内膜深面有左束支及其分支,右侧有右束支通过,表面有薄层心肌遮盖。

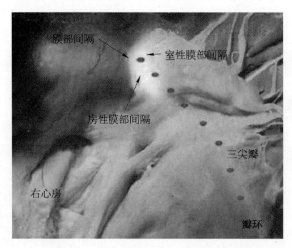

图 2-3　膜性间隔及其心房部和心室部

（二）膜部间隔

膜部间隔所占面积很小，但为 VSD 最常见的好发部位，图 2-4 至图 2-6 为室间隔膜部

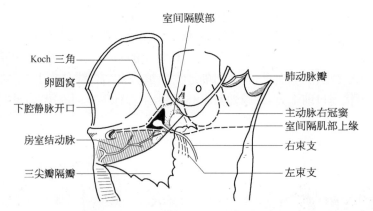

图 2-4　室间隔膜部毗邻解剖示意图

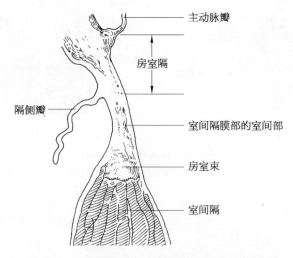

图 2-5　室间隔膜部毗邻解剖（通过膜部纵切面）

不同切面解剖示意图。从左侧观察,膜部位于主动脉右瓣和后瓣连合部的下方,下方是室间隔肌部的上缘,膜部向后延续为后瓣环下方的中心纤维体。从右侧面看,膜部的前上方是室上嵴隔带的下缘,右侧面中部有三尖瓣隔侧瓣的前端附着,此处正是隔瓣与前瓣之间的前内侧连合部。膜部后缘后方约 4 mm 处是房室结。膜部的后下缘有希氏束经过,膜部下缘与肌性室间隔之间为希氏束的分叉部,向下分别发出左右束支及其分支。

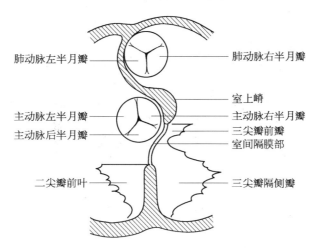

图 2-6　室间隔膜部毗邻解剖(主动脉根部和肺动脉根部横切面)

纪荣明等测量国人成人该区域平均前后长 13.8 mm,上下宽 8.4 mm,厚 1 mm。大小和形状有较大的变异,以多边形者多见,约占 63.8%,圆或卵圆形者占 30%。三尖瓣隔瓣和前瓣附着线穿过膜部间隔将其一分为二,上、下部分别为膜性间隔心房部和膜性间隔心室部,即室间隔膜部。

(三)漏斗部间隔

漏斗部间隔又称前庭部室间隔、圆锥间隔或流出道间隔,因位于右心室流出道、肺动脉前庭部,由胚胎时期来自心球嵴的动脉圆锥向下延伸融合形成而得名(图 2-7,图 2-8)。漏斗部间隔面积约占整个室间隔 1/3,比较光滑平坦。漏斗部间隔即室上嵴。左侧圆锥部退化,面积很小。右侧圆锥大部分未退化,故右侧部分较大,构成动脉圆锥的壁。图 2-6 和图 2-8清楚地显示了三尖瓣隔瓣、膜部间隔、漏斗部间隔、肺动脉瓣和主动脉短轴的解剖关系,是超声

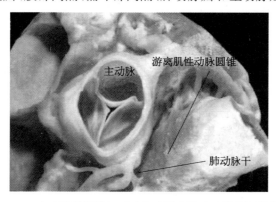

图 2-7　主动脉根部横切面示主动脉和肺动脉根部解剖关系

心动图主动脉短轴切面对室间隔缺损定位的解剖基础。了解其解剖特点对于室间隔缺损超声定位诊断很有帮助,即主动脉短轴切面检查缺损于 6 点~9 点钟位置为隔瓣后型;9 点~11 点为膜部或膜周型;12 点~1 点为嵴上型室缺。

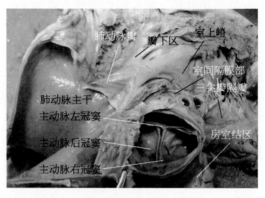

图 2-8 漏斗部间隔解剖及其毗邻关系(右心室观)

三、与 VSD 相关的重要解剖结构
(一) 主动脉右冠窦

部分嵴上型或膜周型室间隔缺损常与主动脉右冠窦有密切关系(图 2-4,图 2-6,图 2-8,图 2-9)。主动脉右冠窦基底部相当于室上嵴隔束和壁束相邻的界沟部,为胚胎发育圆锥嵴的汇合痕迹,为嵴上型小 VSD 的好发部位。后端与膜部室间隔相邻,与三尖瓣隔瓣前端相对应。前端于左冠窦交界处,紧邻肺动脉瓣,干下型 VSD 常发生于此处。希氏束分叉部的前端恰在右冠窦和无冠窦交界处。

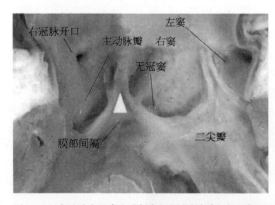

图 2-9 主动脉右冠窦和膜部室间隔毗邻解剖(左心室面)

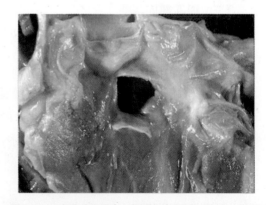

图 2-10 主动脉右冠窦下的膜部室间隔缺损(左心室面)

在高位膜部缺损,特别是大型缺损时,上缘多紧靠主动脉右冠瓣和无冠瓣交界下方,左侧为二尖瓣前瓣(图 2-10),右缘为三尖瓣隔瓣,明确这种解剖关系对外科手术及介入封堵治疗均较为重要。

(二) 圆锥乳头肌

圆锥乳头肌接受三尖瓣隔瓣和前瓣交界处腱索,是鉴别嵴下型和隔瓣下型 VSD 重要标志(图 2-11),膜部及膜周部 VSD 位于其前方,而隔瓣下型 VSD 位于其后方。右束支在其后下方,转向外下达前乳头肌的基底部。圆锥乳头肌还是鉴别高位后上部肌性 VSD 与膜部 VSD 的标准,圆锥乳头肌在膜部缺损的下方,在高位后上部肌性 VSD 的前方。

(三) 传导束

与 VSD 关系密切的传导系统包括房室结、希氏束、左右束支(图 2 - 11,图 2 - 12)。

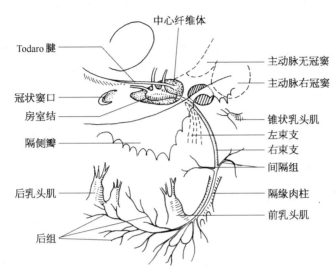

图 2 - 11　房室结的位置和传导系统解剖(右心室面观)

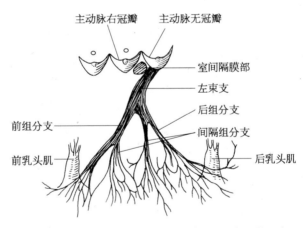

图 2 - 12　传导系统解剖(左心室面观,左束支及其分支)

1. **房室结**　位于 Koch 三角内,国人成人房室结大小为 3.5 mm(长)×3.3 mm(宽)× 1.1 mm(厚),儿童平均为 1.5 mm(长)×1.3 mm(宽)×0.8 mm(厚);距离冠状窦口平均约 3.9 mm,距三尖瓣隔瓣附着缘平均 5.1 mm,3 岁以下儿童上述两数值仅为 1.9 mm 和 1.6 mm,故儿童患者隔瓣后 VSD 介入封堵时应该注意此特点,在保证有效前提下,封堵器应该尽可能小。

2. **希氏束**　希氏束又称房室束或 His 束,发源于 Koch 三角顶部的房室结,发出部位相当于三尖瓣隔瓣与主动脉前瓣交界的瓣环上方。希氏束分为穿支部和分支部,穿支部穿过中心纤维体的下缘进入心室,从主动脉瓣无冠窦和右冠窦之间的心室间隔区穿过,行于肌性室间隔顶部(左侧心内膜下),沿膜部室间隔后下缘,下行达室间隔膜部下方约几毫米下进入心室肌性间隔的嵴上左心室面,并于此分为左右束支。国人希氏束总长为5.7~7.9 mm,直径为1.1~1.5 mm。除此之外,希氏束走行可有如下两种变异:① 完全于膜部室间隔下缘内,在其前下缘发出左右束支。② 穿过中心纤维体到达肌部室间隔顶部右心室面分叉出左右束支。从左心室面看,希氏束与主动脉瓣无冠窦的下缘关系密切,希氏束分叉部的前端恰在右冠窦和无冠窦交界处。从右心室面看,则三尖瓣的隔瓣斜跨希氏束。从房室结深面发出的希氏束,在中心纤维体中长约1 mm,分叉前长约10 mm,直径为1~4 mm。

3. **右束支** 呈索状的右束支多数在室间隔内没有分支,为希氏束主干的延续部。于肌性室间隔顶部穿过肌部间隔沿其右侧面向前下方,达三尖瓣圆锥乳头肌后下方,然后转向外下经调节束达前乳头肌的心内膜下,然后再分为网状遍布于右心室心内膜下(图2-11)。

4. **左束支** 主干宽约5 mm,由希氏束呈扁带状分出,位于主动脉瓣左冠窦和无冠窦交界处,室间隔左侧的心内膜下下行分出分支,并进一步形成放射状、网状分支,形成细的浦肯野纤维网遍布于左心室心内膜下(图2-12)。凌凤东等研究显示国人左束支主干分散开的形式可有3种:① 二叉型,约占32%,先分出左束支后组(左后分支),再分出纤维形成前组(左前分支),前后支并各自发出间隔支。② 三叉型,约占17%,同时分出前支、间隔支和后支。③ 网状型:约占51%,分叉即呈网状,由网的前中后分别延续为前支、间隔支和后支。在VSD患者中,传导系统几乎总是沿VSD后下缘走行,左束支与紧邻主动脉瓣下的左心室流出道间隔关系密切。

(四)室上嵴

为流入道和流出道之间一肌性隆起,分为隔带、漏斗隔和壁带。其下缘是肌部间隔和漏斗部间隔分界线(图2-13)。

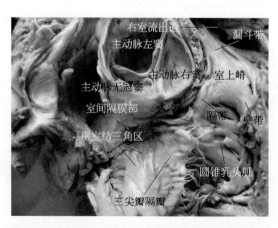

图2-13 室上嵴的解剖及其毗邻关系(右心室面观)

(五)二尖瓣和三尖瓣于室间隔附着点

二、三尖瓣附着于室间隔并与中心纤维体相连。正常二尖瓣和三尖瓣于室间隔附着点并非同一水平,三尖瓣附着点位置较二尖瓣低,因此,二者之间有一部分室间隔,左侧为左心室,右侧为右心房,此部分称之为"房室间隔部",此部分发生VSD称之为"左心室-右心房型VSD"。此部分虽然命名为肌性房室间隔,实质上为一"三明治样"结构,右侧为右心房壁,左侧为肌部室间隔,中间为由下房室沟进入十字交叉心内膜垫的纤维脂肪性组织(图2-14)。此部分于超声心动图四腔心或五腔心切面观察最为清楚。四腔心切面还可区分二尖瓣和三尖瓣于室间隔附着缘的差异。

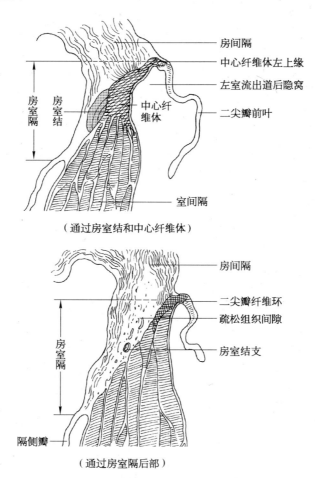

（通过房室结和中心纤维体）

（通过房室隔后部）

图 2-14　二尖瓣和三尖瓣附着点解剖关系

第二节　室间隔缺损与房室传导系统的关系

一、VSD 分类

VSD 分类方法很多,至今仍未完全统一,但大同小异。最经典为 Kirklin 分型,即根据心室间隔解剖学结构和缺损的位置将 VSD 分为下列 5 型(图 2-15)。

Ⅰ型:室上嵴上方缺损(嵴上型)。

Ⅱ型:室上嵴下方缺损(膜部及膜周型)。

Ⅲ型:三尖瓣隔瓣后缺损(流入道型)。

Ⅳ型:肌部缺损。

Ⅴ型:室间隔完全缺如。

VSD 以室上嵴下方缺损(膜部及膜周型)最为常见,约占 75%;室上嵴上方缺损(嵴上型)次之,占 10%~15%;其他相对少见。室间隔缺损好发部位如图 2-16 所示。

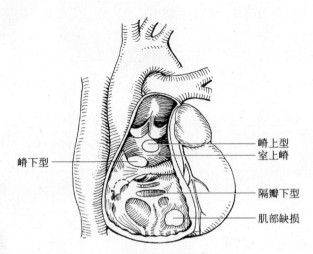
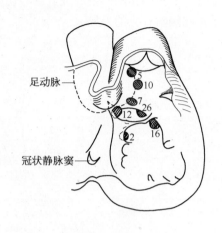

图 2‐15　室间隔缺损解剖 Kirklin 分型　　图 2‐16　室间隔缺损好发部位(数字为发病数,引自正律晃)

苏鸿熙等文献报道的 703 例病例 710 个 VSD 修补的外科手术资料显示不同类型 VSD 构成如下：肺动脉瓣膜下,2.4％；室上嵴上方,5.6％；室上嵴下方,76.7％；三尖瓣隔瓣后,9.0％；左心室‐右心房分流型,2.8％；肌部,3.5％。

二、VSD 各型解剖特点及其与房室传导系统的关系

从形态学而言,膜部 VSD 时传导束走行于膜部 VSD 后下缘,如图 2‐17 所示,无论介入治疗还是外科手术均可能造成损伤。外科医生早年就注意到避免损伤主动脉瓣、三尖瓣。二尖瓣之间的纤维区域对于预防术后传导阻滞尤其重要,因而提出应用足够大的补片可以预防术后传导阻滞的发生这一规律,这一发现曾使外科手术传导系统并发症和病死率大为下降。近年大样本经皮介入封堵 VSD 报告日益增多,封堵器对于传导系统的影响日益被关注。了解不同类型室间隔缺损和传导系统关系对于介入封堵治疗中预防传导系统并发症同样有重要的意义。

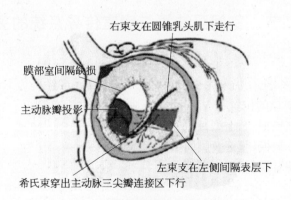

图 2‐17　膜部缺损与传导系统关系

从上述传导系统走行可以看出,与心脏传导系统关系密切的 VSD 主要是膜部及膜周

VSD 及高位肌部 VSD(肌部流入道型)。VSD 时心脏传导系统的位置及行程变化较多,见图 2-18。但总的来看,不管是否伴有其他畸形,缺损的位置直接关系着传导系统的位置变化,VSD 边缘与传导束的解剖关系因 VSD 的类型不同而各异。

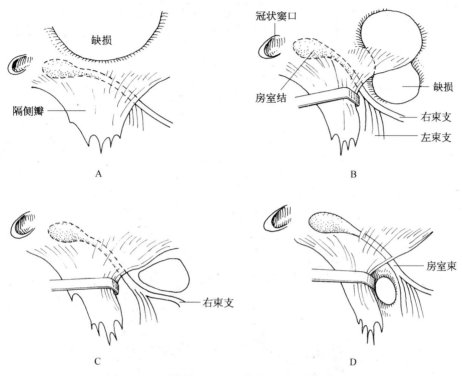

图 2-18 不同畸形缺损和房室传导系统关系示意

A. 房间隔缺损,希氏束位置正常;B. 右心室双通道希氏束于缺损后下方;
C. 单纯 VSD,希氏束于缺损后下方;D. 肌部偏流入道缺损,希氏束于缺损前上方

膜部缺损边缘心内膜常有继发性纤维化,压迫邻近传导束时,可发生完全性或不完全性传导阻滞。如果外科手术或介入治疗中损伤或术后传导束周围组织水肿、封堵器压迫等因素可使传导阻滞进一步加重。伴发完全性传导阻滞较多是早期外科手术修补 VSD 死亡率高的重要原因之一,Kirklin 早期 46 例中,22 例术后早期或晚期死亡。

此外,传导系统损伤还与缺损大小有关,韩宏光等发现 VSD 直径≥8 mm 者较直径<8 mm 者,外科手术后心律失常发生率明显增加。大的 VSD 者,心内分流量大,对血流动力学影响较大及对心肌的损害较重,心肌病理改变明显;缺损边缘心内膜继发性纤维化,瘢痕组织形成更明显,故易发生传导阻滞。

(一)嵴上型 VSD

嵴上型 VSD 也称漏斗型或流出道型 VSD,位于室上嵴左侧和肺动脉之间,分嵴内型(Ⅰ型)和肺动脉瓣下型(Ⅱ型),如图 2-19 所示。此型东方国家发病率远高于西方,在东方国家约占外科治疗 VSD 的 30%,而西方国家不到 10%。嵴内型 VSD 位于室上嵴结构内,四周为肌性组织,在漏斗部有肌肉组织与三尖瓣瓣环相隔,如图 2-20 所示。

肺动脉瓣下型上缘为肺动脉瓣,其上无肌性组织。缺损于主动脉右冠瓣左侧缘,和瓣膜之

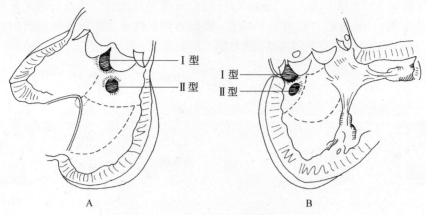

图 2‑19 嵴上型室间隔缺损示意

A. 右室面观；B. 左室面观

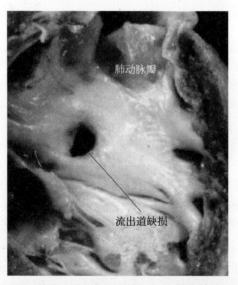

图 2‑20 嵴上型室间隔缺损解剖标本，示缺损于室上嵴上方，周围有明显肌性间隔，和肺动脉瓣之间有距离

间仅有一纤维缝隙，有些缺损的"顶部"即为主动脉瓣或肺动脉瓣。部分病例右冠窦可因缺乏支撑和长期血流冲击而致主动脉瓣脱垂和关闭不全。轻者脱垂瓣叶遮住 VSD 上缘减少左向右分流；重者瓣叶经缺损脱垂进入右心室流出道，造成轻度梗阻和明显主动脉瓣关闭不全，如图 2‑21 所示。部分病例因为分流直接喷射入肺动脉，早期形成肺动脉高压。其后下界多为室上嵴肌性间隔，于某些病例向下延伸于膜部间隔形成膜周型偏流入道型 VSD。

　　嵴上型 VSD 部分患者具有封堵治疗适应证，其 VSD 离传导束较远。封堵治疗容易影响主动脉瓣功能，一般不容易伤及传导束。

（二）室上嵴下方缺损

　　室上嵴下方缺损又称膜部及膜周型，此型最为常见，约占 75%，其缺损范围常超出正常室间隔膜部范围，如图 2‑22 所示。故常笼统称之为膜部及膜周型 VSD。因室间隔膜部毗邻某

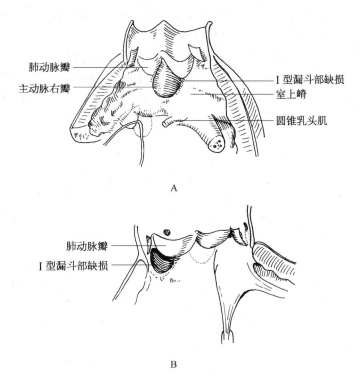

图 2-21 肺动脉瓣下型室间隔缺损伴主动脉瓣脱垂

A. 右室面；B. 左室面

些重要解剖结构，了解周围复杂的解剖关系极为重要。膜部及膜周部 VSD 形态多变，缺损可延伸于右心室流出道、右心室流入道和小梁部，分别称之为膜部偏流出道 VSD、膜部偏流入道 VSD 和膜部偏小梁部 VSD。

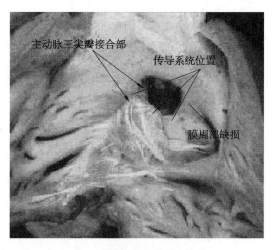

图 2-22 膜周部室间隔缺损解剖标本

1. 膜部偏右心室流入道 VSD　膜部偏右心室流入道 VSD 常部分或全部被三尖瓣瓣叶覆盖，从右心室面看腱索和瓣叶常穿过缺损表面，但有时某些病例也可通过缺损达到左间隔面。左心室长轴面缺损常呈卵圆形,三尖瓣和二尖瓣附着缘位置常较正常发生改变。膜部偏右心室流入道 VSD 虽远离传导束但却紧邻瓣膜装置,因二尖瓣和三尖瓣约于同一水平且二者紧邻,因此封堵膜部偏右心室流入道的 VSD 会引起二者之间呈帐篷样拱起。

对三尖瓣隔瓣后缺损而言封堵与外科补片效果类似,报道成功封堵的病例多有肌性间隔与房室瓣分开,这些多为肌部流出道缺损,但其肌性间隔小时很难截然与膜部偏流出道 VSD 分开。这二型 VSD 中,隔瓣瓣叶像窗帘样躺在缺损表面,由于腱索的牵拉作用瓣叶不会移位。从左面看,二尖瓣乳头肌在肌部间隔没有腱索,室间隔是游离的。应注意左束支伞状分支就在左侧间隔心内膜下。

2. **膜部偏小梁 VSD** 希氏束的穿支部穿过中心纤维体,多数沿膜部后下缘到达肌部室间隔顶端的左心室面,尔后分为左右束支。故传导束与膜部偏小梁部和膜部偏流入道关系最为密切。在传导组织穿入的过程中,传导束可能直接邻近膜周缺损的边缘,其主干和(或)分叉点距离上两型 VSD 边缘仅 2～4 mm,也可能就包裹于缺损残端纤维组织内。此时其脆弱性常与传导束表面纤维组织厚度有关。纤维组织薄弱的患者外科手术或介入封堵治疗中极易发生损伤。

3. **膜部偏流出道 VSD** 膜部偏流出道 VSD 距离传导束较远,一般在 5 mm 以上,介入封堵治疗一般不会累及传导系统。

4. **巨大膜部 VSD** 室间隔膜部存在巨大缺损时,房室结位置可无变化或可稍向后移位,希氏束穿过中心纤维体后行于缺损的后下缘的左侧心内膜下。在圆锥乳头肌附着处向下,最后分成左右束支。左右束支发出的形式可有变化,有的左束支较早发生,右束支分出较晚呈长而环绕的行程;有的希氏束在中心纤维体上方分叉,而左束支行于室缺后下缘,见图 2-23。

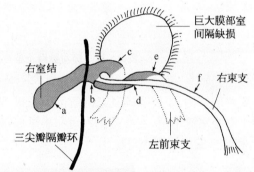

图 2-23 室间隔膜部存在巨大缺损时传导系统位置
a. 房室结;b. 希氏束;c. 左束支;d、f. 右束支;e. 左前分支

（三）三尖瓣隔瓣后缺损

三尖瓣隔瓣后缺损又称流入道型或心内膜垫型,是胚胎期心内膜垫发育停滞所致。缺损位于心室后方室间隔入口的三尖瓣隔瓣下,圆锥乳头肌后方,离主动脉瓣膜较远,但距离房室结近端和希氏束很近,往往有心电图改变。封堵治疗容易伤及房室传导系统,严重时可能发生高度房室传导障碍。

（四）肌部缺损

肌部缺损特点为一般有完整的肌性边界,较为少见,估计约占 VSD 的 5%。一般位于肌性室间隔小梁部,单发或多发(Swiss cheese 型),形态大小不一。流入道 VSD 常被三尖瓣遮盖不易发现,其边缘有肌性间隔与三尖瓣附着缘分开可与流入道膜性 VSD 鉴别。大的小梁部缺损在左心室面常只有一个开口,右心室出口常被右心室肌小梁覆盖从右心室面看可表现为多个小的缺损(图 2-24)。而真正的多发性肌部缺损即 Swiss cheese 缺损罕见。小的肌部VSD 倾向于自发闭合,中至大的室间隔肌部缺损或多发性肌部缺损容易发生心力衰竭,内科治疗预后差,外科手术治疗和导管封堵治疗难度和风险也很大,死亡率较高。

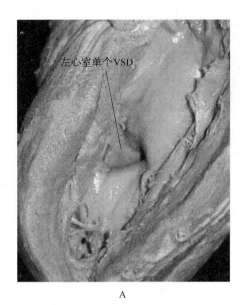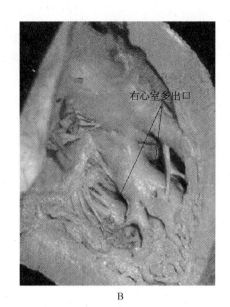

图 2 - 24　小梁部肌部缺损左心室面观(A)和右心室面观(B)

　　如果肌部缺损位于嵴内时,则对房室传导系统无影响;缺损位置在肌部流入道近膜部时,希氏束位于缺损的前上方,其分叉部在缺损的前上 1/4,左束支则位于室上嵴上方。流入道肌性 VSD 时,不要与膜部 VSD 混淆,因为膜周部室缺时,传导束在缺损后下缘;而流入道肌性 VSD 传导束位于缺损前上缘(图 2 - 18)。圆锥乳头肌的位置可作为二者区分的标志,圆锥乳头肌在膜部室缺的下方,而在高位后上部肌性室缺的前方。膜部偏流出道 VSD 如果在左侧和主动脉瓣之间间隔过小封堵效果难以令人满意,特别是心脏较小时,此时缺损边缘离瓣膜或传导束的距离也较小,发生并发症的风险较大,图 2 - 25 为一膜周部和肌部偏流入道缺损并存的患者的 VSD 标本,见肌部缺损较高,距离三尖瓣隔瓣很近。

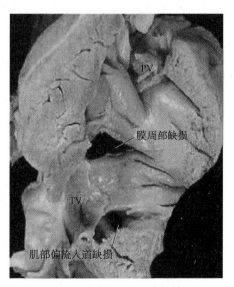

图 2 - 25　一膜周部和肌部偏流入道
缺损并存的患者标本

(五) 室间隔完全缺如

　　室间隔完全缺如即单心室,临床罕见,不适宜介入治疗。

(六) 结构特殊的 VSD

　　1. 室间隔膜部瘤　位于三尖瓣前、隔瓣交界膜部,由三尖瓣构成的囊状结构,于右心室可有一个或多个出口。多数作者认为膜部瘤为 VSD 自然愈合的一病理过程。

　　2. 左心房-右心室通道　左心房-右心室通道为膜部室间隔形成过程中与心内膜垫融合不全造成,常伴三尖瓣畸形如瓣裂、穿孔、交界异常增宽等。可分为瓣上型、瓣内型和瓣下型。瓣上型开口于右心房,瓣内型和瓣下型分别位于三尖瓣瓣环和右心室。因缺损边缘于三尖瓣

23

缺陷粘连,其分流量常较大。

综上所述,不同形态 VSD 和传导系统、主动脉瓣、三尖瓣之间解剖关系不同,封堵治疗必须考虑与其毗邻的重要解剖结构如主动脉瓣、三尖瓣和传导束的关系合理选择治疗方案。肺动脉瓣瓣下型 VSD 紧邻主动脉瓣,不宜介入封堵治疗,嵴内型缺损多有肌性边缘,可以封堵,但应该根据造影缺损与主动脉瓣距离合理选择封堵器类型。膜部、膜周部、肌部偏流入道和三尖瓣隔瓣后距离传导系统近,应该注意轻柔操作,严密监测,谨防传导系统并发症。隔瓣后型还应该注意封堵器对三尖瓣功能是否有影响,肌部缺损对传导系统和瓣膜无不良影响,但可能由于右心室多个出口封堵治疗困难。

(丁仲如　秦永文)

参考文献

[1] 秦永文.实用先天性心脏病介入治疗[M].上海:上海科学技术出版社,2005,26-28.

[2] 兰锡纯.心脏血管外科学[M].北京:人民卫生出版社,1985,496-520.

[3] 中国解剖学会体质调查委员会主编.中国人解剖学数值[M].北京:人民卫生出版社,2002,238-245.

[4] 韩宏光,李鉴峰,张南滨,等.三岁以内室间隔缺损心内直视手术后早期心律失常的危险因素[J].中华心律失常杂志,2004,8:103.

[5] CHIU I S, HUNG C R, WANG J K, et al. The atrioventricular conduction axis of hearts with isolated ventricular septal defects[J]. J Formos Med Assoc, 1990,89(11):997-1003.

[6] DICKINSON D F, WILKINSON J L, SMITH A, et al. Variations in the morphology of the ventricular septal defect and disposition of the atrioventricular conduction tissues in tetralogy of Fallot[J]. Thorac Cardiovasc Surg, 1982,30(5):243-249.

[7] MCCARTHY K P, HO S Y, ANDERSON R H, et al. Ventricular septal defects:morphology of the doubly committed juxtaarterial and muscular variants[J], Images Paediatr Cardiol, 2000,4:5-23.

[8] HO S Y, PATH F C, MCCARTHY K P, et al. Morphology of perimembranous ventricular septal defects:implications for transcathter device closure[J]. J Interven Cardiol, 2004, 17:99-108.

第三章

室间隔缺损的流行病学和自然转归

第一节　室间隔缺损的流行病学

一、概述

室间隔缺损(简称室缺,VSD)为最常见的先天性心脏畸形,可单独存在,亦可与其他畸形合并发生。目前国内外尚无大规模的关于室缺的流行病学调查资料,对其准确发病率或患病率尚不十分清楚,但其总体检出率呈上升趋势。这主要得益于诊断手段的提高,特别是心脏超声的广泛使用,使许多室缺患者得到及时确诊。此外,环境污染也可能是导致患病率上升的一个因素。

本病的发生率占先天性心血管疾病的 20%～30%,占存活新生儿的 0.3%。由于室间隔缺损有比较高的自然闭合率,故成人 VSD 的发病率为 0.5‰左右,约占成人先天性心血管疾病的 10%。在复旦大学上海医学院 1 085 例先天性心脏病患者中室间隔缺损占 15.5%,女性稍多于男性。

二、室缺的患病情况

先天性心脏病(简称先心病)发病率各地报道不一,根据我国的出生缺陷监测结果,我国先心病发病率有明显的上升趋势,1996 年为 6.51/万,2000 年为 11.40/万。美国报告先天性心血管病的发病率为 8.1/万。虽然各地流行病学调查使用的统计学方法不一,但现有资料仍表明,室缺的患病率与年龄、海拔高度等有明显关系。

文献报道,我国先心病患病率与海拔高度呈正相关,海拔 2 000 米以上的高原地区发病率较高。如青海的玉树先心病患病率高达 1.38%,而低海拔的广东番禺患病率为全国最低,仅为 0.13%。低海拔地区与高原地区的先心病病种构成有所不同,低海拔地区以室间隔缺损最为多见,房间隔缺损次之,再次为动脉导管未闭;而高原地区以房间隔缺损或动脉导管未闭最多见。但对大理 12 646 名儿童青少年调查发现,先心病发病率为 1.19‰,其中室间隔缺损所占的构成比达 40%。

室间隔缺损各个年龄段均可发病,儿童(尤其是新生儿)患病率明显高于成人。对沈阳 10 572 例 0~2 岁儿童调查发现,先心病患病率在 3.03‰,其中室间隔缺损占 46.88%。随着年龄的增加患病率迅速下降,其主要原因是部分病情严重患儿在出生后数月内死亡所致。

此外,许多资料显示,大中城市的室间隔缺损患病率与小城市、农村地区差别不大,男女性别间也无明显差异。

目前认为室缺的病因是环境因素和遗传因素共同作用的结果。形成先心病需具备 3 个基本条件:① 个体具有心血管发育障碍的遗传易患性。② 环境致畸源对遗传易患性的作用。③ 妊娠早期(心血管发育易损期)接触环境致畸源。90% 先心病发病原因是多因子遗传,即遗传因素和环境因素相互作用的结果。宋书邦报道青海湟中县 10 262 名学龄儿童中有 141 例先心病,其中 12 例有家族史;李树林报道哈尔滨 17 577 名中小学生有 55 例先心病,其中 6 例有家族史,其相对危险度增高说明有家族史比无家族史者发生先心病危险性大。近亲婚配,可增加染色体畸形、单基因突变的概率,累及心脏发育异常。

环境因素可引起先心病,其中以宫内感染最重要。近年来对于母婴垂直传播疾病的研究已证实风疹病毒、巨细胞病毒、柯萨奇病毒等可引起先心病,致病机制有待进一步研究。

母亲在妊娠早期服用避孕药、解热镇痛药、青霉素衍生物及四环素类药物等均可引起先心病。研究表明,服用阿司匹林使胎儿先心病发病危险性明显增加,使用氨苄西林与胎儿大动脉转位有关,四环素与主动脉缩窄有关,且药物致畸作用存在量效关系。母亲暴露于放射线、有毒化学试剂,以及饮酒、高脂血症等均可使胎儿先心病发病率增加。

此外,早产也是先天性心脏病一个重要诱因。Tanner 等对 521 619 例出生患儿调查发现,足月产婴儿先心病患病率为 0.51%,而早产儿患病率为 1.25%,相对危险度 2.4。早产患儿中发生最多的畸形是室间隔缺损伴肺动脉闭锁,约占 23%(为避免调查偏见,已排除单纯性动脉导管未闭和房间隔缺损)。发生室缺的早产儿中,30% 需要外科手术矫正畸形,而足月产婴儿中只有 23% 的室缺需手术治疗。

三、各种类型室缺的患病情况

室间隔由 4 个部分组成:膜性间隔、流入道间隔、小梁间隔、流出道间隔或漏斗部间隔。胎生期室间隔因发育缺陷、生长不良或融合不良而发生缺损。缺损可发生在室间隔各部或邻近室间隔各部。

根据胚胎发育的情况,室间隔缺损的病理类型可分为膜部缺损、漏斗部缺损和肌部缺损 3 大类型,其中以膜部缺损最常见,约占 78%,肌部缺损最少见,只占 2%。膜部缺损又分为单纯膜部缺损、嵴下型缺损和隔瓣下缺损;漏斗部缺损约占 20%,又分为干下型和嵴内型缺损。

不同人种最常见的先天性心脏病是室间隔缺损,但不同的种族室间隔缺损类型不同,例如与白种人相比,中国人等东方人种漏斗部室间隔缺损较常见,而肌部室间隔缺损相对少见。在中国和日本的报道中,漏斗部室间隔缺损发生率占全部室间隔缺损的 20% 或更高。在欧洲和北美的报道中,漏斗部室间隔缺损仅占全部病例的 5% 左右。据上海交通大学附属新华医院的统计资料,漏斗部室间隔缺损中男性明显多于女性。

1. **室间隔缺损与主动脉瓣脱垂** 因室间隔缺损类型不同,并发症也不同。室间隔缺损合并主动脉瓣关闭不全是一组综合征,指包括主动脉瓣脱垂和(或)主动脉瓣二瓣畸形的先天性主动脉瓣关闭不全。主要由于嵴上型室间隔缺损,圆锥发育缺陷,主动脉瓣失去支持,且受血流冲击,使瓣膜或窦脱垂,或因主动脉瓣膜本身发育异常而引起关闭不全,临床亦不少见。在室间隔缺损病人中约5%合并这类畸形。这类畸形在出生后可尚无主动脉瓣关闭不全,仅表现为单纯室间隔缺损的征象。膜部缺损与漏斗部缺损均可并发主动脉瓣脱垂及主动脉瓣关闭不全,发生率占室间隔缺损病例的 4.6%～8.2%,但以干下型和膜周型最常见,亦可有嵴内型。脱垂的瓣叶56%～77%为右冠瓣,其瓣叶常部分遮盖室间隔缺损口,造成超声心动图的诊断和测量困难。在中国儿童中,大多数主动脉瓣脱垂和关闭不全并发于漏斗部缺损。肌部缺损一般不伴有主动脉瓣脱垂及关闭不全。室间隔缺损伴主动脉瓣脱垂、主动脉瓣关闭不全以男性居多;中国人的发病率远高于欧美白种人;其发病率与年龄有关,年龄越大,发病率越高。通常是先有主动脉瓣脱垂,然后再发生主动脉瓣关闭不全,也可同时出现脱垂及关闭不全,个别病例可有主动脉瓣关闭不全而无主动脉瓣脱垂。漏斗部缺损远较膜部缺损容易并发主动脉瓣脱垂及关闭不全,漏斗部缺损所伴的主动脉瓣脱垂几乎总是主动脉右冠瓣脱垂,膜部缺损则可能伴有右冠瓣脱垂,也可伴无冠瓣脱垂或伴右冠瓣、无冠瓣同时脱垂。主动脉左冠瓣脱垂极为罕见。约2%的患者并发右冠瓣或无冠瓣脱垂。引起主动脉瓣脱垂的机制有:① 室间隔缺损位于瓣下,使主动脉瓣缺少支持,心室舒张时,升主动脉压力远高于心室舒张压,促使瓣叶向下移位。② 心室收缩期,血液快速从压力高的左心室经室间隔缺损向压力低的右心室分流,快速通过室间隔缺损的血流产生使瓣叶向下的吸引力,使主动脉瓣变形、移位。膜周部缺损的大小可发展,也可引起继发性三尖瓣关闭不全。

2. 室间隔缺损与膜部瘤、左心室右心房通道　所谓室间隔膜部瘤在绝大多数的情况下是由三尖瓣瓣膜或附件或其他纤维组织覆盖、包裹、粘连在膜部室间隔的缺损处,形成一凸向右心室侧的囊袋样结构。膜部瘤形成使分流量减少,甚至完全关闭室间隔缺损。少数特别巨大的膜部瘤引起右心室流出道梗阻。膜部瘤在新生儿及小婴儿罕见,在较大的儿童中却相当常见,是生后逐渐形成和发展的结构,膜部缺损有可能由此而自然愈合。

室间隔膜部瘤可导致左心室向右心房分流。此因当三尖瓣隔瓣参与膜部瘤形成、包裹并封闭了膜部室间隔缺损时,如三尖瓣隔瓣有裂孔或隔瓣与室间隔附着处松开脱离时,左心室的血进入膜部瘤后直接进入右心房,形成左心室向右心房分流。可分为三尖瓣上缺损、三尖瓣环缺损及三尖瓣下缺损 3 种类型。有学者认为室间隔缺损合并左心室右心房通道者闭合机会很小,但发生感染性心内膜炎的概率明显增加。Wu 等对 68 例 6 岁以前的左心室右心房分流的患者研究发现,感染性心内膜炎的发生率为每年 58/万。

3. 肌部室间隔缺损与多发性室间隔缺损　在室间隔的 3 个部分即漏斗部、膜部及肌部室间隔中,肌部室间隔面积最大。但在中国人中,室间隔肌部发生的缺损远少于其他 2 个部分。肌部室间隔的任何部位都可产生缺损,缺损可位于室隔小梁区:隔束前方的小梁区,心尖部小梁区及中部小梁区;可位于小梁区与流入道交界处;可位于流入道偏后处;也可位于流入道三尖瓣隔瓣后方,边缘达到房室瓣瓣环。肌部缺损可大可小,大者为 2 cm 以上,也可为针尖大小的缺损。应指出位于心尖部小梁区的肌部缺损,右心室面观为多个小孔,左心室面观仍为一个大的缺损,被称为"瑞士干酪"型缺损,该型缺损并非真正的多发性缺损。真正多发性缺损常为膜部缺损加肌部缺损,漏斗部缺损加肌部缺损,也可为肌部不同部位 2 个或 2 个以上的缺损,其中以膜部缺损加肌部缺损最多见。多发性室间隔缺损在中国人中发生率低于欧美人,但很易漏诊,尽管发生率不高,但仍应予以重视。

4. 室间隔缺损合并动脉导管未闭 这种畸形在临床上亦不少见。多数患者两者体征均有,但多以室间隔缺损为主,动脉导管末闭杂音常不典型,有时仅为收缩期。X线胸片对诊断有较大价值,其表现为,肺血明显增多,中心为主,周围较细,心脏增大以左心室为主,肺动脉段明显突出可呈瘤样,有些有漏斗征。彩色多普勒可发现右心室及肺动脉内分别出现两个部位的彩色分流束。有人指出,当室间隔缺损合并有严重肺动脉高压时均应想到两者合并存在。

第二节 室间隔缺损的自然转归

一、自然病程

室间隔缺损的自然病程差异很大,可自行闭合或发展为充血性心力衰竭和在婴儿早期死亡。在此同时,可发展为肺血管闭塞、右心室流出道阻塞、主动脉瓣反流和感染性心内膜炎。室间隔缺损的血流动力学随访研究发现以下几种自然转归。

1. 室间隔缺损自然闭合 约50%的室间隔缺损较小,75%可发生自发性闭合,在出生后1年闭合率最高。婴儿期室间隔缺损约有30%可自然闭合,40%相对缩小,其余30%缺损较大,多无变化。自然闭合的时期多在出生后7~12个月,大部分在3岁以前闭合,90%的闭合发生在10岁以内,成年后闭合较少。据统计,至少有25%的室间隔缺损最后自然闭合。室间隔自然闭合通常见于膜部与肌部的缺损。膜部缺损常因膜部瘤的形成而逐渐关闭缺损;肌部缺损常因心肌肥厚而使缺损闭合;其他引起缺损自然闭合的机制有缺损边缘纤维组织增生等。小梁部的肌部室间隔缺损比膜部室间隔缺损更易发生闭合,流出道处的室间隔缺损不易闭合。随着缺损的缩小与闭合,杂音减弱甚至消失,心电图与X线检查恢复正常。

Miyake等应用多普勒超声观察了225例小于3月龄的患儿室间隔缺损自发关闭的发生率和闭合时间,随访平均年龄6.9岁。结果发现至6.9岁时VSD有48%的自发关闭率,其中干下型、膜部、肌部室缺的自发关闭率分别为10%、47%、83%,平均自发关闭年龄19月。膜部缺损自发关闭96%发生于6岁以前,而肌部缺损自发关闭93%发生于3岁以前。不合并充血性心衰患者,自发关闭率为72%,合并心衰者仅膜部缺损可见自发关闭。作者认为室缺自发关闭的机制可能与缺损周围的肌部组织生长有关,肌部室缺自发关闭早于膜部。

2. 继发性漏斗部狭窄形成 通常见于漏斗部室间隔原来就有轻度向右心室侧移位者及有较小的右心室异常肌束者。这些患者的圆锥间隔移位及异常肌束原来并不产生血流动力学异常,以后随着右心室的逐渐肥厚,发生右心室流出道梗阻,其血流动力学改变类似法洛四联症。

3. 器质性肺动脉高压形成 当有室间隔缺损时,有一部分血流通过缺损从左心室进入右心室,产生左向右分流。分流量的大小和方向取决于缺损的大小和两心室间的压力差。

室间隔缺损所导致的功能紊乱主要取决于缺损大小和肺血管床状态,而不取决于缺损的位置。小的室间隔缺损,肺循环和体循环比率小于1.2,平均肺动脉压小于20 mmHg,右心室收缩压低于左心室,心室水平总是从左心室向右心室分流,一般不引起明显的生理异常,临床上可以长期无症状。

中等大小的室间隔缺损,肺循环和体循环比率大于 1.2,平均肺动脉压大于或等于 20 mmHg,肺循环和体循环阻力比率小于 0.2,可引起左心的负荷增加,逐渐引起左心室和左心房扩大,左心室压力可通过缺损传递到右心室,左右心室压力相等,主动脉和肺动脉干的压力也相等,此时肺循环的阻力决定了心室水平的分流方向。肺动脉长期高压,可使肺小动脉中层增厚,内膜增生,肺血流阻力增高。肺血管阻力轻度升高,右心负荷增大,临床上可有中等程度的症状。

大的室间隔缺损,平均肺动脉压大于或等于 20 mmHg,肺循环和体循环阻力比率为 0.2～0.7 的患者,右心室随着肺动脉压力升高而受累,右心室压力升高接近或超过左心室压力,出现双向分流,甚至右向左分流形成艾森门格综合征。约 10% 的室间隔缺损患者在 10 岁以前发生艾森门格综合征。成年艾森门格综合征的患者常在 40 岁以后出现症状恶化,但一般可以活到 60 岁。急性低氧血症和突发的室性心律失常是患者死亡的主要原因。此类患者应避免发生血管扩张性反应(如热水浴或应用血管扩张剂)。应对患者右心室扩张和三尖瓣关闭不全的进展情况进行随访,因为这两种情况均会导致右心室衰竭。发生房性心律失常时,会使症状急剧恶化,因此,应尽可能维持正常的窦性心律。艾森门格综合征惟一有效的治疗方法是进行心肺联合移植或肺移植的同时修补心脏缺损。

此外,一部分患儿会出现心力衰竭。这是因为当患儿刚出生时,肺循环阻力很高,与体循环相差无几,心室水平分流不明显。生后不久肺循环阻力开始下降,虽然大的室间隔缺损患儿肺循环阻力通常下降得比正常婴儿慢,但仍逐渐降低。随着肺循环阻力的降低,心室水平的左向右分流逐渐加大,左心室容量负荷不断增加,至生后 2～3 个月时,常可出现心力衰竭。

二、成人室间隔缺损的临床问题

虽然单纯性室间隔缺损是婴幼儿最常见的先天性畸形,但在青少年和成人中其患病率却低得多,原因主要有以下几个方面。首先,大多数伴有严重血流动力学异常的患者在儿童期就接受了室间隔修补;其次,小的或轻度的膜周部室缺与肌部室缺一般有自发缩小和闭合的倾向;最后,巨大的未经手术的室缺,患儿往往早期夭折。因此,成人单纯性室缺往往局限于下列 4 类患者:① 缺损非常小且部分闭合。② 并发艾森门格综合征,以右向左分流为主并且有发绀。③ 伴有轻度的局限性缺损而被漏诊或幼年未能闭合。④ 室缺在幼年即已闭合。

1. 自然病程　小的局限性室间隔缺损自然病程令人乐观,但需终身预防心内膜炎的发生。位于膜周部或流出道间隔的室缺有可能产生主动脉瓣脱垂和关闭不全。这种情况会进展,到患者接近 30 岁时会变得很严重。随着病程的发展,室间隔缺损可能被脱垂的瓣膜“闭合”,最终可能需要主动脉瓣置换。这类缺损并发感染性心内膜炎的风险很高。对于非局限的大室缺,随着年龄的增长患者往往在老年并发严重的肺血管疾病。年轻的患者并发艾森门格综合征还可迁延数年,但并发右心衰竭、反常栓塞以及红细胞增多者往往在 30 多岁导致死亡。有时,中等大小的室缺合并左向右分流者并不并发肺血管疾病,而是在青少年或成人阶段表现出疲劳、运动耐力下降以及呼吸系统感染等症状。

2. 处理　无症状的小室缺可保守治疗。然而,频繁的临床随访容易使患者意识到预防感染性心内膜炎的重要;在寻找就业机会和参加保险时,患者就能感受到外界对室缺的不适当的偏见。室间隔缺损合并主动脉瓣脱垂或反流的患者,即使分流量很小,为了预防主动脉瓣的进一步损害,也应及时进行室缺修补。外科修补的适应证包括显著的左向右分流(肺循环与体循环流量之比超过 2:1)以及低的肺血管阻力。巨大室缺伴有漏斗部狭窄产生右向左分流和发绀的患者,其处理类似法洛四联症患者。然而不幸的是,仍有许多成人患者为巨大室缺合并肺血管疾病,对那些肺血管阻力在临界水平(560~800 dyn·s·cm^{-5},即 7~10 Wood 单位)的患者,可尝试外科手术,但患者能否获益不可预料。因为有些患者即使接受了手术,肺血管疾病仍然在进展之中。对有严重肺血管疾病的患者,尽管前列环素可能有效,但内科药物治疗以及心肺联合移植或者单纯的肺移植可能更有现实意义。

3. 预后　尽管外科手术效果较好,但室缺患者的整体寿命却不同于正常人群。Warnes 等在对 1956~1959 年 179 例术后存活的患者随访发现,30 年的生存率为 82%,而正常人群为 97%。25% 的患者手术时超过 10 岁,这部分患者 30 年的存活率为 70%,远远低于手术时小于 2 岁的患者群,后者 30 年的生存率为 88%。3~10 岁手术的患者 30 年存活率为 83%。术前年龄较大以及肺血管病变对预后都有很重要的影响。术前传导系统病变尤其是右束支传导阻滞很常见,但早期外科手术经常发生的完全性心脏传导阻滞如今很少见到。法洛四联症修补后有室性心律失常的报告,但发生猝死的概率已非常低。另有一些室缺可用介入的方法封堵。Bridges 报道了在 12 例患者中成功封堵了 21 个肌部室间隔缺损,其中 6 例患者为复杂性缺损。术后的病人由于缺损已经闭合,发生感染性心内膜炎的机会大大降低。然而,还是建议术后 6 个月预防性地应用抗生素。体力活动以及竞技性的体育运动需要进行仔细的临床评估后才能进行,可进行运动试验、超声心动图以及实时的心电图监测。左心室功能异常、残余分流较多、心律失常以及任何程度的肺动脉高压都对体力活动有所限制。

三、治疗干预的影响

室间隔缺损易产生心力衰竭、感染性心内膜炎和阻力性肺动脉高压等并发症。内科治疗主要是应用强心、利尿和抗生素等药物控制心衰、防止感染或纠正贫血等。但也有人认为,室间隔缺损可并发感染性心内膜炎,故主张积极的外科治疗或介入治疗。

室间隔缺损手术治疗应根据缺损的大小、部位,采取不同的手术方法。大的室间隔缺损,婴儿期发生心力衰竭,且用洋地黄等药物不能控制者,应于婴儿期做缺损修补术。若限于条件无法做小婴儿根治术,可先做肺动脉环扎术,日后再行根治;对于缺损较大,心力衰竭尚可控制,但有可能发生器质性肺动脉高压的患儿,应于 2 岁前进行手术,以免发生不可逆转的器质性肺血管病变。对于缺损较小,既无心力衰竭,也无明显肺动脉高压的室间隔缺损患儿,手术时机应视其缺损所在部位而定。漏斗部缺损通常不能自然闭合,相反有可能引起主动脉瓣脱垂及关闭不全,故应较早手术(3~5 岁),漏斗部缺损手术关闭后,主动脉瓣的脱垂一般不再发展。膜部的较小缺损,因其有自然闭合的可能性,尤其有膜部室隔瘤形成者,可较晚手术。

外科治疗可改变室间隔缺损患者的自然病程。一组 1 280 例室间隔缺损的患者,随访 11 年,应用内科和外科治疗方法,存活大于 25 岁的达 87%。儿童期行 VSD 修补术后,大多能健康地进入成人期,即使有很小的残存缺损,一般无明显的临床症状。但如残存缺损较大或术前有较高阻力性肺动脉高压者,可能出现右心衰竭和发绀。约有 60% 患者术后虽无临床症状但仍残留肺动脉高压,有时需做心导管检查。VSD 术后不少患者在心前区仍可听到收缩期杂音,但杂音的响度较轻,一般不超过 II 级。如果杂音响度超过 II 级需考虑有残存 VSD 存在,其发生率为14%～25%,残存VSD大多较小,不需再手术。具有血流动力学意义的较大残存VSD仅占10%左右,术后在心尖部仍能听到舒张中期滚筒样杂音者,表明残存VSD较大,需考虑再次手术治疗。有些患者术后可闻及心前区舒张期泼水音,这可能是患者在术前伴有主动脉瓣关闭不全,也可能手术时损伤主动脉瓣所致。术前为肺动脉瓣下型VSD伴主动脉瓣脱垂者,在VSD修补术后主动脉瓣脱垂多可消失。术后心影大多逐渐缩小,约25%患者术后长期随访可见心影增大征象持续存在,其中1/3可能与残存VSD或残留肺动脉高压有关。

但是,外科手术后,2%的患者可发生突然死亡,甚至小的室间隔缺损在术后也有发生猝死的危险。1980年以前,VSD修补术死亡率高达9.8%～21.6%。Kirklin早年报道的46例修补术患者中,22例术后早期或晚期死亡。术后伴发完全性传导阻滞是早期外科手术修补VSD死亡率高的重要原因之一。有人观察到385例VSD经手术修补后,有17例猝死,死亡原因可能与肺血管病变以及外科手术引起的瘢痕或损伤引起的心律失常和传导阻滞有关。术后有35%～90%患者出现右束支传导阻滞,经心室切开作VSD修补者,右束支传导阻滞的机会更多。偶可因手术引起房室传导阻滞,此外术后也可出现其他类型心律失常如心房颤动、心房扑动、室性早搏和室性心动过速等。近年外科手术死亡率大幅度下降,只有0～3.7%,原因是多方面的,但严重传导系统并发症减少是其重要原因之一。VSD手术后仍需注意预防感染性心内膜炎的发生,特别是有残余分流存在者。此外,外科手术对小儿的智力发育有一定的不利影响。

Roos-Hesselink等对176例幼年行外科修补的单纯性室间隔缺损的患者进行了22～33年的随访,结果表明其远期生存率较普通人群差,4例合并肺动脉高压和右心室肥大的患者在术后晚期发生猝死,6%需要再次手术,4%患者因发生窦房结病变而需植入人工心脏起搏器。随访后期91位生存者中,92%患者心功能NYHA Ⅰ级,4%患者发生肺动脉高压,16%患者发生主动脉关闭不全。作者认为虽然外科闭合室缺总体预后良好,但一些患者发生窦房结功能障碍,此外生活(例如怀孕和参加保险)也受到部分影响。

采用导管介入法关闭室间隔缺损是近年治疗本病开展的非外科手术方法。双面伞闭合器、纽扣装置、蛤壳式闭合器先后应用于临床,但由于操作复杂、并发症多,限制了临床的广泛应用。1997年Amplatzer双盘状镍钛合金封堵器的发明,有力推动了室间隔缺损介入治疗方法的推广和普及。但是,室间隔缺损的解剖形态复杂,毗邻结构重要,对术者的超声和影像知识以及操作技术的要求相对较高。随着介入器材的改进和操作技术的不断提高,室间隔缺损介入治疗的适应证也在不断拓宽。

Arora等对137例室间隔缺损的患者行经导管封堵治疗,应用Rashkind封堵器29例,Amplatzer封堵器107例,弹簧圈1例。其中膜周部室间隔缺损91例,肌部室间隔缺损46例。操作成功率为94.8%,应用Rashkind封堵器成功率为86.2%,Amplatzer封堵器成功率为97.1%。应用Rashkind封堵器24 h残余分流率为32%,Amplatzer封堵器为0.9%。3例并发短暂的束支传导阻滞,2例并发完全性房室传导阻滞。随访1～66个月中未发生封堵器移位,无后发的传导阻滞、主动脉瓣关闭不全、感染性心内膜炎和溶血。Masura等治疗了186例膜周部室间隔缺损患者,年龄3～51岁,缺损直径2.5～12 mm,平均5.1 mm,封堵器植入成功率为100%,未发生溶血,术后9例并发左前分支阻滞,8例并发完全性右束支阻滞,7例并发不完全性右束支阻滞,2例并发Ⅲ度房室传导阻滞,经应用激素、阿托品和临时心脏起搏恢复窦性心律。

与其他部位室缺相比,肌部室间隔缺损外科手术治疗有较高病残率和死亡率,因此采用介入治疗的方法封堵肌部室缺临床意义更大。Holzer 分析了美国一组经导管应用 Amplatzer 肌部室缺封堵器封堵肌部室间隔缺损的试验结果。75 例血流动力学异常的室缺患者接受了 83 次操作,其中经皮 70 例和(或)外科经心室 8 例,患者年龄中位数 1.4 岁(0.1~54.1 岁),平均随访 211 d(1~859 d)。室缺平均大小 7 mm(3~16 mm),43.6%患者有两个或以上缺损(2~7 个)。结果 83 次操作中 72 次成功,成功率 86.7%。20.5%(17/83)的病例植入 2 个或以上封堵器(2~3 个)。8 例(10.7%)发生导管操作相关并发症,其中 2 例发生栓塞,1 例心脏穿孔,操作相关死亡 2 例。术后 24 h,6 个月,12 个月室缺完全闭合率分别为 47.2%、69.6%和 92.3%。6 例行外科心室闭合患者,其中 3 例术后 1 d 缺损完全闭合,其余 3 例有轻微的残余分流。笔者认为 Amplatzer 肌部室缺封堵器用于肌部室缺的封堵成功率高,死亡率低,安全有效。

Arora 报道应用经导管封堵 149 例室间隔缺损,患者年龄 3~28 岁,缺损大小 3~11 mm,其中 50 例有不同部位的肌部缺损。50 例中 2 例植入 17 mm 的 Rashkind 装置,48 例应用 6~14 mm 的 Amplatzer 装置。术中超声监测,所有患者手术成功,封堵器在位良好。均无残余分流,无新发主动脉瓣、三尖瓣反流。1 例于 24 h 后发生短暂的完全性传导阻滞。随访 2~90 个月,封堵器均在位良好,无血栓及栓塞事件,无迟发性传导障碍、感染性心内膜炎、溶血等并发症。作者认为经导管法封堵肌部室间隔缺损安全有效,为外科手术良好的替代治疗方法。

目前关于室间隔缺损封堵后疗效的长期随访资料还不多。2004 年 3 月 Knauth 报道一项随访 13 年经导管封堵室间隔缺损(未经修补的室缺和外科术后残余分流者)的结果。共随访患者 170 例(中位数年龄 3.9 岁),其中包括 92 例未经修补的室缺和 78 例室间隔缺损修补术后残余分流患者。所有患者接受经导管应用 STARFlex-type 装置封堵。超声评价室缺的严重程度、术后残余分流量、封堵器位置及不良事件。168 例患者植入封堵器,其中 40%植入多枚封堵器。所有患者左向右分流均明显减少,封堵器在位良好。共发生 332 件不良事件,其中 39 例与封堵器相关,261 例与导管相关,只有 5 例发生于围手术期。在随访的 0~154 个月内(中位数 24 个月),14 例死亡,18 例取出封堵器。取出的原因绝大部分与封堵器植入后引起血栓、溶血、影响瓣膜、残余分流、不到位等因素有关。尽管如此,作者仍认为应用 STARFlex-type 装置经导管封堵先天性室缺或外科术后残余分流效果良好。虽然围手术期不良事件较多,而封堵器导致的远期不良事件少见。对于外科难以处理的复杂的肌部室缺以及外科术后残余分流,经导管治疗是安全有效的选择。

上述数据显示室间隔缺损的介入治疗方法已经成熟,是一项值得普及和推广的治疗方法,目前已在国内多家医院开展,近期疗效与外科手术治疗效果相似,远期疗效正在进一步的随访观察中。

室间隔缺损一旦形成艾森门格综合征,惟一有效的治疗方法是进行心脏移植或心肺联合移植或肺移植的同时修补心脏缺损。心脏移植的适应证主要是终末期心脏病,任何保守治疗无效,禁忌证主要有:高龄(大于 65 岁);严重的外周血管或脑血管疾病;不可逆的其他脏器(肾、肝、肺)功能不全,拟同时行多脏器移植者除外;恶性肿瘤病史,且可能复发;不能遵循复杂的治疗程序;不可逆的肺动脉高压(大于 320 dyn·s·cm^{-5},即 4 Wood 单位);全身性的感染活动期。

早期的心脏移植研究发现,当受体的肺血管阻力明显升高时,供心植入后右心室后负荷突然升高,常发生急性右心功能衰竭,且在手术台上就可出现。因此肺血管阻力大于320 dyn·s·cm^{-5}被认为是心脏移植的禁忌证。近年来,人们认识到部分慢性心力衰竭患者其肺动脉高压是可逆的,这类患者心脏移植术后再辅以降肺动脉压处理,通常可以获得较好的预后。因此移植前检测肺动脉高压是否可逆非常必要,可在导管室行介入检查,也可在重症监护病房行血流动力学监测,结合药物试验即可判定。但对于不可逆的肺动脉高压患者应考虑心肺联合移植或肺移植的同时修补心脏缺损。近年来,心脏移植术的开展明显进入一平台期,全球每年的手术数量大致稳定在 4 000 台左右。近 20 年来,术后生存率明显提高。目前 1 年、5 年、10 年和 20 年生存率分别是 80%、66%、29%和 16%。术后生存寿命中位数是9.3年。

早在 1981 年美国斯坦福大学的 Reitz 就开展了第 1 例心肺联合移植手术,但直到近几年该治疗才得以迅速发展。心肺联合移植初始主要针对严重肺血管病患者,特别是原发性肺动脉高压以及先天性心脏病引起的艾森门格综合征。1992 年到 2002 年间全球共开展 2 190 台心肺移植术。到 2002 年为止,ISHLT 登记的心肺联合移植术病例,排第 1 位的病因是继发于先天性心脏病的肺动脉高压,共 705 例,占全部手术的 32%;第 2 位是原发性肺动脉高压伴不可逆右心衰,共 341 例,占 16%。近几年来,心肺联合移植更倾向于治疗那些终末期心肺疾病且不适合行双肺移植和心脏修复的患者。

心肺联合移植术后 1 年、5 年和 10 年生存率分别是 61%、40%和 25%。艾森门格综合征患者心肺联合移植术后生存率明显优于其他先天性心脏病和原发性肺动脉高压。早期死亡的原因有移植物功能衰竭、非巨细胞病毒感染和手术并发症,占总死亡的 80%。1 年后常见的死亡原因是闭塞性细支气管炎——慢性排斥反应的一种。联合移植术后 5 年约 10%患者发生冠状动脉病变,与单纯心脏移植比,联合移植后的冠脉病变发病率和严重程度都低。

心肺联合治疗逐步成为治疗心肺疾病的一种有力手段。将来的发展方向是努力提高术后心肺功能以及降低病死率和发病率,这有待于免疫移植和免疫耐受领域的突破性进展。

(周　菲)

参考文献

[1] 秦永文. 实用先天性心脏病介入治疗[M]. 上海:上海科学技术出版社,2005,36.

[2] 胡大一,马长生. 心脏病学实践 2003[M]. 北京:人民卫生出版社,2003,87.

[3] 胡大一,马长生. 心脏病学实践 2005[M]. 北京:人民卫生出版社,2005,745.

[4] 周爱卿. 心导管术——先天性心脏病诊断与治疗[M]. 济南:山东科学技术出版社,1997,231.

[5] MIYAKE T, SHINOHARA T, NAKAMURA Y, et al. Spontaneous closure of ventricular septal defects followed up from <3 months of age[J]. Pediatr Int, 2004, 46(2): 135 - 140.

[6] SCHMALTZ A A, SCHAEFER M, HENTRICH F, et al. Ventricular septal defect and aortic regurgitation-pathophysiological aspects and therapeutic consequences[J], Z Kardiol, 2004, 93(3): 194 - 200.

[7] KNAUTH A L, LOCK J E, PERRY S B, et al. Transcatheter device closure of congenital and postoperative residual ventricular septal defects[J]. Circulation, 2004, 110(5): 501 - 507.

[8] ROOS-HESSELINK J W, MEIJBOOM F J, SPITAELS S E, et al. Outcome of patients after surgical closure of ventricular septal defect at young age: longitudinal follow-up of 22 - 34 years[J]. Eur Heart J, 2004, 25(12): 1057 - 1062.

[9] ARORA R, TREHAN V, THAKUR A K, et al. Transcatheter closure of congenital muscular ventricular septal defect[J]. Interv Cardiol, 2004, 17(2): 109 - 115.

[10] HOLZER R, BALZER D, CAO Q L, et al. Device closure of muscular ventricular septal defects using the Amplatzer muscular ventricular septal defect occluder: immediate and mid-term results of a U. S. registry[J]. J Am Coll Cardiol, 2004, 43(7): 1257 - 1263.

[11] MASURA J, GAO W, GAVORA P, et al. Percutaneous closure of perimembranous ventricular septal defect with the eccentric Amplatze device: multicenter follow-up study[J]. Pediatr Cardiol, 2005, 26(3): 216 - 219.

[12] 文红,白晶,宋亚非,等. 婴幼儿先天性心脏病患病率调查[J]. 中国妇幼保健,2005, 20(3): 368 - 369.

[13] 陈灏珠主译. BRAUNWALD 心脏病学[M]. 北京:人民卫生出版社,2001,482.

[14] 王海昌,贾国良主译. Mayo Clinic 心脏病学[M]. 西安:第四军医大学出版社,2003,768.

[15] 赵升阳. 先天性心脏病现代诊断[M]. 西安:第四军医大学出版社,1991,141.

[16] 广东省番禺县心血管病防治组. 7 168 名学龄儿童心脏病流行病学调查[J]. 中华心血管病杂志, 1983,11(1): 33.

[17] 刘瑞昌,吴天一,格日力,等. 青藏高原儿童先天性心脏病流行病学调查[J]. 中华心血管病杂志, 1982,10(4): 241.

[18] 况竹主,刘邑波,郑萍,等. 桂林市儿童青少年先天性心脏病流行病学调查[J]. 广西医科大学学报, 1999,16(3): 393.

[19] 李庄,王俊东,李爱民,等.大理州儿童青少年先天性心脏病流行病学调查[J].大理学院学报,2005,4(3): 53.

[20] WU M H, WANG J K, LIN M T, et al. Ventricular septal defect with secondary left ventricular - to - right atrial shunt is associated with a higher risk for infective endocarditis and a lower late chance of closure [J]. Pediatrics, 2006, 117(2): 262 - 267.

[21] TANNER K, SABRINE N, WREN C, et al. Cardiovascular malformations among preterm infants[J]. Pediatrics, 2005, 116(6): 833 - 838.

[22] ZIPES D P. Braunwald's Heart Disease: A Textbook of Cardiovascular Medicine [M]. 7th ed. Philadelphia: Saunder, 2004.

[23] FUSTER V. Hurst's the Heart[M]. 11th ed. New York: McGraw Hill, 2004.

第四章

室间隔缺损的病理生理与临床表现

室间隔缺损是最常见的先天性心脏病，占所有先天性心脏病的 25%～50%，在许多复杂的畸形中，室缺又经常是畸形的组合成分，所以在所有的心血管畸形中，近 2/3 有室缺存在。其缺损小于 0.5 cm 者为小型，0.5～1.0 cm 者为中型，1.0 cm 以上者为大型。测算肺循环与体循环血流量及二者的比值，一般以小于 1.3 为低分流量，1.3～2.0 为中分流量，大于 2.0 为高分流量。分流量小者可无症状，中型缺损其分流量超过体循环量的 1～2 倍，大型缺损可达3～5 倍。

第一节　室间隔缺损的病理生理

室间隔缺损的病理生理影响，主要是由于左右心室相沟通，引起血液分流，以及由此产生的一系列继发性变化。分流量的多寡和分流方向取决于缺损大小和左右心室之间的压力阶差，而后者又取决于右心室的顺应性和肺循环阻力情况。

胎儿时期不引起发育障碍。出生后卵圆孔及动脉导管正常关闭。在此病的初期，如肺小动脉按正常程序进行演化，使肺循环阻力降低，肺动脉压力亦随之下降，大量血液自左心室经缺损流入右心室。若缺损位置较高，则左心室的血尚可直接经缺损进入肺动脉，使肺动脉内血量大大增加。此时并无青紫产生，但心脏增大明显。随年龄增长，右心室因受主动脉压力的影响，压力逐渐增高，当右心室内血液在高压下输入肺动脉时，损伤了肺小动脉，使其管壁逐渐增厚，管腔逐渐阻塞，肺循环阻力及压力渐增，当出现严重的肺动脉高压时，右心室压力可超过左心室压力，故血流自右向左分流而呈现青紫，此即所谓艾森门格（Eisenmenger）综合征。

Heath 和 Edwards 曾对高压性肺血管疾病病理学作了分类：Ⅰ级特征是没有内膜增生的管壁中层增厚；Ⅱ级有内膜增生、细胞浸润和管壁中层增厚；Ⅲ级除管壁中层增厚外，内膜纤维化，可能伴早期普遍性血管扩张；Ⅳ级普遍性血管扩张，内膜纤维化，并引起血管闭塞和丛状病变；Ⅴ级为有血管瘤样改变；Ⅵ级为并发坏死性动脉炎变化。肺血管阻力并不一定和肺血管病变的组织学严重程度呈一致性改变，这可能是因为 Heath-Edwards 是根据所见的最严重病变进行描述和分类,未顾及其病变范围。Wagenvoort 提出婴儿在 1～2 岁以前大型室缺很少发生肺血管内膜增生;Reld 发现大室缺,肺血管阻力大于 640 dyn·s·cm^{-5}(8 Wood 单位)和间歇出现右向左分流,于生后 3～6 个月死亡婴儿,肺血管中层的增厚小于 200 μm。室缺修补后肺血管病变的可恢复性尚未证实,一般认为 Heath-Edward Ⅲ 级以上严重肺血管病变是不能恢复的,婴儿可能由于生长过程中肺动脉和毛细血管的数量增加而获益。Edwards 等指出,正常婴儿在生后 6 周至 3 个月内,肺小动脉中层肌肉和弹力层完全退化,这种变化很少超过 6 个月。当有室间隔缺损时,婴儿型肺动脉可以正常退化,也可以退化不完全。如伴有大型室间隔缺损时,即使肺小动脉已正常退化,因其左向右分流量大,开始可引起肺动脉收缩而处于痉挛状态,当压力逐渐升高,肺小血管内膜和肌层逐渐肥厚,发生器质性变化,阻力增加,最终由动力型肺动脉高压发展成为阻力型肺动脉高压。右心室压力升高,最后可接近或超过左心室压力。与此同时,左向右分流量亦逐渐减少而出现双向分流,最后甚至形成右向左的分流,临床上出现发绀,形成艾森门格综合征而失去修复室间隔缺损的时机。上述病理生理演变过程的长短,视缺损口径的大小而异。大口径缺损可能在 2～3 岁时已出现严重的肺动脉高压,中等大缺损可能延至 10 岁左右,而小口径缺损上述发展较慢,可能在成年后方出现,偶见安然度过终生者。

肺动脉高压按肺动脉收缩压与主动脉或周围动脉收缩压的比值,可分为 3 级:① 轻度肺动脉高压,比值等于或小于 0.45。② 中度肺动脉高压,比值为 0.45～0.75。③ 严重肺动脉高压,比值大于 0.75。按肺血管阻力的大小,也可以分为 3 级:轻度阻力小于 560 dyn·s·cm^{-5}(7 Wood 单位);中度阻力为 560～800 dyn·s·cm^{-5}(7～10 Wood 单位);重度阻力超过 800 dyn·s·cm^{-5}(10 Wood 单位)。

一般来说,出现下列情况者,说明病期过晚,已失去缺损修补的手术时机,如勉强为之侥幸渡过手术关,亦无临床效果,而且手术有加速其恶化致死之虞。① 静止和轻度活动后出现发绀,或已有杵状指(趾)。② 缺损部位的收缩期杂音不明显或已消失,代之以因肺动脉高压产生的 P$_2$ 亢进或肺动脉瓣关闭不全的舒张期杂音(Graham Steell 杂音)。③ 动脉血氧饱和度明显降低(<90%);或静止时为正常临界水平,稍加活动即明显下降。④ 超声多普勒检查,示心室水平呈以右向左为主的双向分流或右至左(逆向)分流。⑤ 右心导管检查,示右心室压力与左心室持平或反而高出;肺总阻力大于 800 dyn·s·cm^{-5}(10 Wood 单位);肺循环与体循环血流量比值小于 1.2;或肺循环阻力/体循环阻力大于 0.75。

区分动力性和阻塞性肺动脉高压对于采用何种治疗方法至关重要,以下几点来综合分析室间隔缺损合并重度肺动脉高压的手术时机:① 患儿活动时有发绀、气促,但休息后恢复正常。② 体检发现胸骨左缘 2～4 肋间可闻及大于 2/6 的收缩期杂音、P$_2$ 亢进。③ 心脏超声提示心室水平分流仍以左向右分流为主,且以左心室扩大为主。④ 胸片提示肺血增多,心影扩大,心胸比率大于 0.50。⑤ 心电图提示 RV$_5$ 大于 1.5 mV,心电图表现仍为左室容量负荷增多。⑥ 血气分析提示 SpO$_2$ 大于 90%。⑦ 右心导管检查吸氧或血管扩张药物试验后肺动脉压下降明显、全肺阻力下降可达 640 dyn·s·cm^{-5}。符合以上条件者可采用介入治疗或手术。一般常规用来进行急性药物试验的血管扩张剂为硝酸甘油[5 μg/(kg·min)]、一氧化氮(25×10^{-6})、前列环素[2 ng/(kg·min)]和腺苷[50 μg/(kg·min)×15 min 肺动脉内注射]等。通常判断药物试验阳性的标准有以下 3 条:① 肺动脉平均压下降的绝对值超过

10 mmHg。② 肺动脉平均压下降到 40 mmHg 之内。③ 心排血量没有变化或者上升。

第二节　室间隔缺损的临床表现

一、症状

症状的轻重与缺损大小有关,缺损小时分流量小,相当于以往所称的 Roger 病,常无明显症状。缺损较大者分流量较多,可致患者发育限制,活动后出现心悸、气喘、乏力等症状,并有咳嗽、反复上呼吸道感染或肺感染等表现,此时可有心力衰竭发生。大型室间隔缺损分流量大,婴幼儿或新生儿即可出现心力衰竭,进食时甚至休息时即有心悸气短的表现,发绀出现的也早。如果右心室流出道因继发性肌肉肥厚形成右心室流出道狭窄时,可使右向左分流减少而对肺动脉起一定保护作用,可有早发性发绀。

二、体征

心前区隆起,心界扩大,心尖及剑突下心尖搏动强烈。在胸骨右缘 3～4 肋间有Ⅲ/6 级以上的全收缩期响亮而粗糙的杂音,传导范围广泛,且有收缩期震颤。当疾病晚期肺动脉高压时转为右向左分流过程中,其杂音可减轻变短,而代之以响亮的肺动脉瓣区第二心音或肺动脉瓣关闭不全的舒张期杂音(Graham Steel 杂音)。故临床上不能以杂音响来判断疾病的严重程度和缺损的大小。可有肺动脉瓣第二心音亢进,偶有分裂。也可因二尖瓣相对狭窄而于心尖区听到舒张中期低调短促的隆隆性杂音。

三、合并症

1. **主动脉瓣关闭不全**　肺动脉瓣下型 VSD 易发生主动脉瓣关闭不全。造成关闭不全的原因主要为主动脉瓣环缺乏支撑,高速的左向右分流使 VSD 上缘主动脉瓣叶向右心室侧脱垂,大部分为右冠瓣。早期表现为瓣叶边缘延长,逐渐产生脱垂。如不及时修补缺损,随着年龄增长,脱垂的瓣叶进一步延长,最终导致关闭不全。如为膜部室间隔缺损伴主动脉瓣关闭不全,常为主动脉瓣叶先天性畸形引起。除收缩期杂音外尚可听到向心尖传导的舒张期递减性杂音,由于两杂音之间的间隔时间甚短,易误为连续性杂音,测血压可见脉压增宽,并有股动脉"枪击音"等周围血管体征。

2. **右心室流出道梗阻**　据统计,5％～10％的 VSD 并发右心室流出道梗阻。主要是漏斗部继发性肌肉肥厚所致。即使封闭室缺后全收缩期响亮而粗糙的杂音也不会完全消失。

四、并发症

1. **肺炎**　咳嗽、气促是肺炎的常见症状,临床上许多患儿常因肺炎就诊被医生确诊为先天性心脏病。左向右大量分流造成肺部充血,肺动脉压力升高,因而使水分向肺泡间质渗出,肺内水分和血流增加,肺趋于充实而失去顺应性,而发生呼吸费力,呛咳,当心脏功能受到影响时,造成肺部淤血,水肿,在此基础上,轻微的上呼吸道感染就很容易引起支气管炎或肺炎,往往和心力衰竭同时存在,如单用抗生素治疗难以见效,需同时控制心力衰竭才能缓解,先天性心脏病如不经治疗,肺炎与心力衰竭可反复发作,造成患儿多次病危乃至死亡。

2. **心力衰竭** 约10%的VSD患儿发生充血性心力衰竭,尤其是小于1岁的大型VSD患儿。由于大量左向右分流,肺循环血量增加,肺充血加剧,左心房、左心室容量负荷加重,导致心力衰竭。导致各种症状的出现,如心跳增快,呼吸急促,频繁咳嗽,喉鸣音或哮鸣音,肝脏增大,颈静脉怒张和水肿等。

3. **肺动脉高压** 大型VSD或伴发其他左向右分流的先天性心脏畸形,随着年龄增长,大量左向右分流使肺血流量超过体循环,肺动脉压力逐渐升高,肺小血管壁肌层逐渐肥厚,肺血管阻力增高,最后导致肺血管壁不可逆性病变,即艾森门格综合征,临床出现青紫。

4. **感染性心内膜炎** 小型至中等大小的室间隔缺损较大型者好发感染性心内膜炎。主要发病原因是由于VSD引起血流改变,产生涡流,心内膜受冲击,会造成该处心内膜粗糙,使血小板和纤维素聚集,形成赘生物,菌血症是发病的前提,如呼吸道感染、泌尿系统感染、扁桃体炎、牙龈炎等,其致病菌中常见的是链球菌、葡萄球菌、肺炎球菌、革兰阴性杆菌等。细菌在该部停留,在损伤的心内膜上繁殖而致病。可出现败血症症状,如持续高热、寒战、贫血、肝脾肿大、心功能不全,有时出现栓塞表现,如皮肤出血点、肺栓塞等。抗生素治疗无效,需手术切除赘生物、脓肿,纠正心内畸形或更换病变瓣膜,风险很大,死亡率较高。

第三节 室间隔缺损的病程

小型缺损预后佳,自然关闭率可达75%~80%,大多在2岁以内关闭。中、小型者自然闭合机会较多,最高达50%。随着年龄增长,VSD闭合的可能性减少。缺损小于0.5 cm的膜部缺损关闭的可能性最大。小型肌部缺损也可能自然关闭。VSD的自然闭合与缺损周围组织增生及三尖瓣隔瓣粘连有关;肺动脉瓣下型VSD几乎不会自愈。Gabriel等报道随访30年无临床意义的室缺229例,无1例死亡,94.6%无亚急性感染性心内膜炎(SLE),仅1例出现左心室扩大。

中型缺损可考虑介入或手术治疗,大型缺损应该尽早,但对肺动脉高压,艾森门格综合征的患儿,应行右心导管评价肺血管阻力后再考虑手术可能性。12~18岁肺血管阻力严重升高,心内出现双向分流,进而右向左分流,出现艾森门格综合征,多于40岁以前死亡。死因包括大咯血、红细胞增多症、脑脓肿、脑梗死和右心衰竭。

外科手术关闭室间隔缺损是常规和成熟的方法,手术死亡率逐渐下降,早期一般为1%~3%,晚期为2.5%,但伴严重肺动脉高压的手术死亡率达4.5%~29%,并发症包括残余漏、主动脉瓣关闭不全、心肺功能不全、房室传导系统损伤和难治性室性心律失常。

介入治疗可用于60%~70%的室缺的治疗,手术成功率90%~100%,几乎无手术早期死亡,残余漏发生率低。

(丁继军)

参考文献

[1] HOFFMAN J I, KAPLAN S. The incidence of congenital heart disease[J]. J Am Coll Cardiol,2002,39:1890 -

1900.

[2] KIDD L，DRISCOLL D J，GERSONY W M et al. Second natural history study of congenital heart defects. Results of treatment of patients with ventricular septal defects[J]. Circulation，1993,87：138-151.

[3] MEIJBOOM F，SZATMARI A，UTENS E，et al. Long-term follow-up after surgical closure of ventricular septal defect in infancy and childhood[J]. J Am Coll Cardiol，1994,24：1358-1364.

[4] BRAUNWALD E,SCHLANT R C,PETER L,et al. Braunwald's Heart Diease：A Textbook of Cardiovascular Medicine[M]. 5th ed. Philadelphia：W B Saunders Co，1997，896.

[5] ALEXANDER R W,SCHLANT R C，FUSTER V. Hurst's the Heart[M]. 11th ed. New York：McGraw Hill，1998，1938.

[6] 董承琅,陶寿淇,陈灏珠. 实用心脏病学[M]. 第3版. 上海：上海科学技术出版社,1993.

[7] 汪曾玮. 心脏外科学[M]. 北京：人民军医出版社,2003.

[8] 秦永文. 实用先天性心脏病介入治疗[M]. 上海：上海科学技术出版社,2005.

第五章

心导管检查术在室间隔缺损中的应用

第一节 心导管检查术所需设备及器械

1924年德国医生 Forssmann 首先将一根心导管插入他自己上臂静脉并送至心脏,从此拉开了人类心导管检查的序幕。1929年,Forssmann 完成了人类首例心导管术,并于1956年获诺贝尔医学奖。1950年 Zimmerman 通过尺动脉完成首例逆行左心导管检查,Seldinger 于1953年发明经皮穿刺法,Sones 在1958年完成首例选择性冠状动脉造影,随后 Ricketts,Amplatzer 和 Judkins 于1959年各自发明了冠状动脉造影导管。在20世纪50～70年代,心导管检查术在先天性心脏病领域主要应用于术前诊断,并为患者外科手术进行术前的血流动力学评估。80年代以后,由于心脏超声技术的迅速发展,逐步取代了心导管检查术在先心病诊断中的地位,心导管检查术也仅用于某些先心病合并肺动脉高压患者的血流动力学评估和复杂性先天性心脏病的心血管造影诊断。1998年以来,随着先天性心脏病介入治疗的广泛开展,尤其是2001年以来,经导管室间隔缺损介入治疗技术的迅速发展,心导管检查术和心血管造影术已成为先天性心脏病,尤其是室间隔缺损介入治疗过程中必不可少的方法。

心导管检查和心血管介入治疗的开展,需具备一定的条件,所需主要设备和器械如下。

一、X线影像设备

一台性能优良、功能齐全的X线机,是进行心导管检查必不可少的设备。要求是带有影像增强器、电视录像系统,并具有旋转装置、快速换片装置和配置高压注射器的大型X线机,以及能垂直升降、左右上下平移、能随意固定在任何位置的X线检查床。目前,大多数开展心导管检查和心血管疾病介入治疗的医院配备了新型数字减影血管造影(DSA)检查,功率在1 000 mA以上。能进行实时透视、存储图像和进行图像处理。在进行心血管造影时能以每秒25～60帧的速度记录造影图像,并具有即时回放功能,已取代了原来的电影胶片记录和快速换片系统。

二、监护记录设备

1. **心电监护仪** 要求能连续监测和记录常规 12 个导联心电图改变。

2. **压力监测仪** 要求能够连续显示并记录心腔或血管内的压力波形,实时显示收缩压、舒张压及平均压数值。目前常用的电动压力计是由压力换能器、放大器和记录仪 3 部分构成。其优点是敏感度高,可以连续测定和实时显示收缩压、舒张压和平均压,并实时记录压力曲线,使用方便。

目前心导管室所用多为心电监护、压力监护多功能机,能同时进行心电、压力监护,还可以进行无创血压、脉氧饱和度监测等,并具有实时记录功能。

3. **超声心动图仪** 超声心动图仪是室间隔缺损封堵术中必不可少的设备,要求能在介入治疗的整个过程实时进行超声监测。一方面术者在开始心导管检查前可再次通过超声检查观察缺损大小和位置。另一方面,在封堵器到位后,可以帮助判断封堵器的位置是否合适,有无残余分流,封堵器是否影响主动脉瓣、三尖瓣启闭等,尤其是判断封堵器是否引起三尖瓣关闭不全,超声心动图检查是最准确、最方便的方法。

三、常用急救药品和器械设备

所有心导管检查、心血管疾病介入治疗,都存在不同程度的并发症和潜在危险,因此,导管室必须具备完好的抢救器材和药品,以保障意外情况发生时的紧急处理。器械包括性能良好的直流电复律除颤器、体外人工心脏起搏器、简易人工呼吸器、心包穿刺器械、气管插管、气管切开器械、吸引器、开胸手术器械和给氧设备等。药品包括利多卡因、普罗帕酮、维拉帕米、西地兰、呋塞米、肾上腺素、去甲肾上腺素、异丙肾上腺素、阿托品、麻黄碱、多巴胺、多巴酚丁胺、间羟胺、尼可刹米、氨茶碱、硝酸甘油、盐酸吗啡、地西泮(安定)、异丙嗪、苯妥英、氢化可的松、地塞米松、葡萄糖酸钙、硫酸鱼精蛋白和肝素、尿激酶等。

四、导管和穿刺器械

1. **穿刺针** 用于经皮穿刺股动脉、股静脉和颈内静脉等。常用的是 Seldinger 穿刺针,大小有 16G～24G 不同型号。型号越大,穿刺针的直径越小。Seldinger 穿刺针又分带内芯和不带内芯两种,可根据医生的使用习惯选用。一般成人及儿童可选用 16G～18G,婴幼儿选用 20G～22G。

2. **鞘管** 用于动脉或静脉穿刺成功后插入血管内,以便送入各种类型的心导管进行检查和治疗。目前多用尾端带止血阀的动脉鞘管,可有效地减少出血。鞘管由外套管、扩张管和配套的 30～45 cm 的短钢丝构成,型号有 4F～8F。成人可选用 6F～8F,婴幼儿及儿童选用 4F～6F。

3. **心导管** 常用的心导管有 4F～6F,供术者依据穿刺血管和靶血管的粗细及应用目的来选择。心导管的长度有 80～125 cm 不同规格,术者可依据患者的身材和所需达到的靶位的长度来决定。目前常用心导管的类型如下。

(1)普通型端孔心导管:此型导管在其顶端 3～4 cm 处塑成 45°,并逐渐变细,以利推送到达右心室和肺动脉。主要用于测压和抽取血样本。

（2）侧孔导管：形状同普通右心导管一样，顶端3～4 cm处也塑成45°，有3～4个侧孔，其头端为光滑的盲端，用于右心室或肺动脉造影。

（3）多功能导管：其形状与普通型端孔心导管相似，不同的是除了端孔以外，远端尚有几个侧孔，远端直径与近端相同，可用于血管造影。由于其内径较大，是目前室间隔缺损介入治疗中最常用的右心导管，除用于测定右心室压力和肺动脉压力外，可方便地送入圈套器，建立动脉-静脉轨道。

（4）猪尾导管：此型导管由于顶端塑成猪尾环状，因而在做主动脉、左心室造影时，可避免导管顶端对靶器官的直接撞击，从而减轻组织损伤和室性心律失常的发生。

（5）Judkins右冠状动脉造影导管：它是选择性冠状动脉造影中应用最广泛的一种类型，在室间隔缺损的介入治疗中用于通过室间隔缺损，也可以用右心导管，测量右心室压力和肺动脉压力，并通过其送入圈套器。

4. 导引钢丝　常用的有：① 直导引钢丝，其管端有数厘米的软头，利于通过直血管。② "J"形导引钢丝，其管端有小弯曲和大弯曲的柔软头（3～6 mm和10～15 mm），利于通过不同弯曲度的血管。长度为150 cm。③ 建立动脉-静脉轨道导丝，室间隔缺损介入治疗中常用的直径为0.81 mm，长度为260 cm超滑导丝（泥鳅导丝），比较容易通过室间隔缺损。

五、人员配备

心导管检查是一项复杂细致而又具有许多风险的工作，必须要有一组临床经验丰富、能熟练掌握各种导管检查技术和随时能妥善处理操作过程所出现的各种意外事件的医师组成。术者应由主治医师以上的医生担任、助手由1～2名住院医师担任。另外，尚需1～2名护士或技术员负责各项监护、测压和血氧分析等技术操作。放射科技术员1名，负责X线机的各项操作。

第二节　心导管检查围手术期处理

一、术前准备

（一）病史及体格检查

室间隔缺损患者在进行心导管检查前均应行详细的病史询问及体格检查。病史询问中应特别问及室间隔缺损的发现过程，患者平时的身体状况，有无活动后发绀等情况。还要问及近2～3个月内有无持续性或间断性发热、有无严重的药物过敏史等。体格检查应特别注意心前区有无隆起、有无细震颤。听诊应注意杂音的最响部位、响度及范围。根据笔者的有限经验，往往是杂音越响提示室间隔缺损越大。杂音的最响部位也可以帮助判断室缺位置的高低。例如杂音最响部位于胸骨左缘第2肋间，往往提示室缺位置离主动脉瓣和肺动脉瓣较近，可能为干下型或嵴内型缺损。而杂音最响部位于胸骨左缘第3至第4肋间，则通常提示为膜周部缺损。除详细的心脏体格检查外，尚应注意股动脉的搏动情况。如股动脉搏动明显减弱，应除外室间隔缺损可能合并主动脉弓离断或主动脉缩窄可能。而体格检查发现患者有发绀、杵状指（趾），则提示患者已并发严重肺动脉高压，不适合做介入治疗。

（二）实验室检查

1. 心电图检查 所有拟接受心导管检查的患者术前应常规行心电图检查。通过心电图检查，可以发现术前有无心律失常，还可以提供与疾病相关的资料。如心电图表现为右心室明显增大伴劳损，则常提示患者肺动脉压力明显升高。

2. X线胸片 所有患者术前均应行X线胸片检查，包括后前位胸片和左前斜位片，后者更有利于发现有无左心室增大。另外，胸片对判断有无肺动脉高压及肺动脉高压的程度也有重要意义。

3. 超声心动图检查 拟接受封堵治疗的室间隔缺损患者，术前应进行心脏超声波检查，介入治疗的医师要亲自参加。超声检查对手术适应证的选择、缺口大小的判断和术中封堵器的选择有重要意义。

4. 血常规检查 可以发现有无感染征象，即白细胞计数有无明显升高。接受介入治疗的室间隔缺损患者要求血小板计数在 $50 \times 10^9/L$ 以上。

5. 血生化检查 包括肾功能检查和电解质检查。如患者有肾功能不全，则术中应尽量减少造影剂的用量或选第三代造影剂如威视派克等，减少对肾功能的影响。要求血电解质在正常值内。合并心力衰竭患者要求血钾在 4.0 mmol/L 以上。

（三）签署手术知情同意书

术前介入治疗医师应向患者和家属详细介绍介入治疗的必要性、优点、操作过程等，以消除患者和家属的顾虑，取得家属的理解和信任。对术中及术后可能出现的各种意外情况及并发症更要充分谈及，并签署知情同意书和同意接受手术意向书。婴幼儿需在全身麻醉下行介入治疗的尚应签署全身麻醉意向书。

（四）患者准备

（1）术前按常规行青霉素皮试，碘过敏试验，一般不需行普鲁卡因皮试。

（2）按下腹部手术要求进行皮肤准备。

（3）术前禁食、禁水 6 h 以上。

二、术后处理

1. 穿刺血管处理 成人一般可在患者回到病房 1~2 h 后拔除股动脉、股静脉鞘管，局部压迫止血 10~20 min 后加压包扎，并砂袋压迫 4~6 h，也可以检查结束后即刻拔除。患者卧床 12 h 后可起床活动。婴幼儿由于不能很好地配合，一般在手术结束后、麻醉苏醒前拔除股动脉、股静脉鞘管，并加压包扎。12 h 后可下床活动。

2. 术后进食、进水 无手术并发症的成人患者，拔除股动脉、股静脉鞘管后即可进食、进水。术中行全身麻醉的婴幼儿，需在麻醉完全清醒后 4~6 h 方可进食、进水，以免由于患儿误吸引起严重的并发症。

3. 心电、血压监测 术后要求测血压每 30 min 1 次，共 6 次，做 12 导联心电图，每日 1 次，连续 5~7 d。持续心电监护 5~7 d。心电监护过程中特别注意观察有无房室传导阻滞发生。

4. 药物治疗 口服阿司匹林 2 mg/kg，疗程 3~6 个月。常规静脉应用抗生素预防感染 3~5 d。

三、术后随访

术后患者要求 3 个月左右进行复诊。复诊时的检查内容包括详细的体格检查,尤其是心脏听诊确定有无心脏杂音。进行 12 导联心电图检查、胸片(后前位＋左前斜位)和心脏超声检查。如患者无特殊异常,则可在 6~12 个月后再随访一次。

第三节 导管操作技巧与手法

一、血管穿刺技术

室间隔缺损封堵治疗需要同时穿刺股动脉和股静脉,多选择穿刺右侧的股动脉和股静脉。成人和能配合的年长儿,在 1%~2% 的利多卡因局部麻醉下进行,婴幼儿则在全身麻醉下进行。一般先穿刺股静脉,送入导引钢丝,后穿刺股动脉。然后插入股动脉鞘管,再插入股静脉鞘管。这样做的目的是可以减少出血,也可以避免由于先插入股动脉或静脉鞘管对另一血管穿刺的影响。

(一)股静脉穿刺术

股静脉在大腿根部紧邻股动脉,在腹股沟韧带下方的股三角内,股三角内的结构由外向内依次为股神经、股动脉、股静脉和淋巴管。腹股沟韧带位于股动脉和股静脉走行的上方,是股动脉、股静脉穿刺的重要标识。

操作步骤如下。

(1)穿刺点定位,一般选择腹股沟韧带下 2~3 cm,股动脉搏动最明显处内侧 0.5~1 cm 为穿刺点。

(2)用 1%~2% 的利多卡因做局部浸润麻醉,用手术刀片切开皮肤 2~3 mm,用蚊式钳钝性分离皮下组织。

(3)用 Seldinger 薄壁穿刺针,斜面朝上,与皮肤呈 30°~45° 刺入,可直达髂骨膜,然后慢慢回撤穿刺针,如有暗红色血液流出,则说明穿刺成功。也可以在穿刺针尾部先接上注射器,用同样的方法进针,并保持注射器内有一定的负压,如注射器内有流畅的暗红色血液流进入,也说明穿刺成功。

(4)左手固定穿刺针,右手将导引钢丝柔软端通过穿刺针送入股静脉内,退出穿刺针,保留钢丝于股静脉内。再行股动脉穿刺。

(二)股动脉穿刺技术

股静脉穿刺成功后,接着进行股动脉穿刺,步骤如下。

(1)穿刺点选择在腹股沟韧带下、股动脉搏动最明显的位置,先用尖刀片切开皮肤 2 mm,并用蚊式钳钝性分离皮下组织。

(2)用 Seldinger 薄壁穿刺针,斜面朝上,与皮肤呈 30°~45° 缓慢进针,当针尖抵住股动脉前壁时,可感觉到明显的动脉搏动感,此时再轻轻前送穿刺针,即可进入动脉血管腔内,并有血流从穿刺针尾端喷出。

(3)左手固定穿刺针,右手将导引钢丝柔软端通过穿刺针送入股动脉内,退出穿刺针,保留钢丝于股动脉内。

(4)退出穿刺针,左手压住穿刺点,右手(或由助手)沿钢丝插入动脉鞘管套件,送入股动脉内。

（5）将钢丝和动脉鞘套件的扩张管一起退出体外,通过鞘管的侧臂注入肝素生理盐水 5~10 ml,关闭鞘管侧臂的三通阀门。

（6）最后通过股静脉内的钢丝插入股静脉鞘管,退出钢丝和扩张管,血管穿刺即完成。

（7）通过股动脉或股静脉鞘管的侧臂注入肝素(成人 60 U/kg,婴幼儿 100 U/kg)。

二、导管插入技术

血管穿刺完成后,即可通过鞘管插入导管,进行左右心导管检查。室间隔缺损封堵过程中一般先行右心导管检查,进行相关的血流动力学检查后,再行左心导管检查。

（一）右心导管插入技术

导管一般选用头端带有端、侧孔的多功能导管。也可以选用 Judkins 右冠状动脉造影导管。之所以选用这两种导管,是因其内腔比较大,在心导管检查后,可以方便地送入圈套器,便于建立动脉-静脉轨道。

（1）将导管尾端接上含有肝素的生理盐水注射器,并冲洗导管,然后由股静脉鞘管插入,并经下腔静脉到达右心房。在推送导管的过程中遇到阻力,应行 X 线透视,明确导管的位置,切忌用暴力推送。这个过程中导管最容易进入的血管是肾静脉和肝静脉。一旦导管进入上述静脉,则应回撤导管,并进行适当的旋转,然后再前送导管到右心房。

（2）导管进入右心房后,可继续前送导管到上腔静脉,进行压力测定和抽取血氧标本,然后回撤到右心房,准备进入右心室。

（3）导管进入右心室的难度与右心房、右心室的大小和右心室的压力有关。对于无明显右心房扩大和右心室高压者,可直接操纵导管头指向三尖瓣,然后进入右心室。如不能直接进入右心室,还可以将导管头端指向右心房的右侧壁,然后顺钟向转动导管,使导管头端转向前中部,然后通过三尖瓣口进入右心室。

如上述方法导管仍不能进入右心室,则需采用导管打圈的方法使导管进入右心室。先使导管顶在右心房右侧壁或肝静脉处,使导管在右心房内打圈,再顺钟向一边转动一边慢慢回撤导管,导管会弹入右心室内。

导管进入右心室内的标记是导管头端位于脊柱左侧、出现室性心律失常,压力监测出现右心室压力曲线。

（4）进入肺动脉:在导管进入右心室后,先记录右心室压力,再抽取血氧分析标本,然后将导管送入肺动脉内。方法是轻轻回撤导管的同时,顺钟向转动导管,使导管头端指向右心室流出道,再前送导管即可进入肺动脉。测量和记录肺动脉压力后抽取血氧分析标本。如怀疑有右心室流出道狭窄,还应该测量和记录肺动脉瓣下即右心室流出道压力。

（5）肺小动脉嵌压测定:肺小动脉嵌压在无肺血管病变时主要反应左心房压力和左心室舒张末压力。在有肺血管病变时,对于测定肺血管阻力有重要意义。测量方法是将导管一直前送到末梢肺动脉直到有阻力感,此时记录到的压力即为肺小动脉嵌压。

（二）左心导管插入技术

室间隔缺损封堵术中左心导管检查的目的主要是行压力测定、左心室及主动脉造影。一般用猪尾巴导管进行。

(1) 将直径为 0.32 in、长为 260 cm 的超滑导丝(泥鳅导丝)插入猪尾导管内,使其头端与猪尾导管相平或突出 2～3 mm,然后一起插入鞘管内。再将导丝前送 10～15 cm 后,向前推送导管到主动脉瓣上。

(2) 继续前送导管,一般情况下导管可逆行跨越主动脉瓣至左心室心尖部,撤出钢丝后,用肝素生理盐水冲洗管腔,然后进行压力测定。

(3) 测压后即可进行左心室造影。

(4) 造影结束后,将猪尾巴导管撤到主动脉瓣上,测量和记录主动脉内压力,必要时行主动脉根部造影。

第四节 右心导管检查术

右心导管检查是经导管室间隔缺损封堵过程中必不可缺少的步骤,其主要作用有:① 测定上、下腔静脉、右心房、右心室、肺动脉及肺小动脉的压力变化,尤其是右心室和肺动脉的压力。② 测定上述各部位血液的氧含量,判断心腔内和大血管间有无分流,并计算心排血量,推算其分流量,并计算肺血管阻力。同时也可借助导管的异常走行途径来证实室间隔缺损合并其他心脏畸形,如房间隔缺损等。③ 进行选择性右心室和(或)肺动脉造影,排除或确诊室间隔缺损合并的其他畸形,如右心室流出道狭窄、肺动脉瓣狭窄和双腔右心室等。

一、操作步骤

1. 插入导管 将腔内充满肝素盐水的右心导管,经股静脉鞘管插入股静脉,在 X 线引导下,沿髂静脉、下腔静脉送入右心房,此后可旋转导管,使管端指向左前侧,以便使导管通过三尖瓣口进入右心室。导管进入右心室后可继续旋转导管,使管端指向右心室流出道并顺势前推,则可通过肺动脉瓣口进入主肺动脉,若使管端指向左或右再推送,则可进入左或右肺动脉,并最终嵌入肺小动脉末梢为止。当导管难以通过三尖瓣口时,可撤出导管,加大其头端弯度后重新送入,还可以增大推送幅度,使其头端抵住心房壁,形成一个弧圈,而后旋转导管使其管端指向三尖瓣口,此时轻轻回撤导管即可顺利弹入右心室。当确认导管嵌入肺小动脉末梢后,即可开始按检查目的不同进行预定的检查项目。

2. 心腔内压力测定 应用电子压力计前,压力换能器的位置,应固定在一个零点水平,一般选择在卧床患者的腋中线等高水平上。将无菌的测压管两端分别与三通开关和压力换能器相连接,用生理盐水充满测压管和压力传感器,并开放通大气,使电压力计为"0",再关闭通大气的开关后即可测压。测压的顺序可按心导管推进顺序的逆方向回撤径路,即肺小动脉→肺动脉→肺总动脉→右心室流出道→右心室中部→右心室流入道→右心房上、中、下→上腔静脉及下腔静脉等不同部位,分别测压并记录压力曲线。需要时将肺总动脉与右心室进行连续测压,则可显示压力阶差,这对肺动脉瓣狭窄的诊断具有重要意义。

3. 血氧含量测定 在抽血前先用空注射器抽出导管腔内的盐水和少量血液 3～4 ml 后,接上由助手备好的用肝素盐水湿润内壁、接头一段也充满盐水的注射器,缓慢抽血 1～1.5 ml,平递给台下护士后,接上针头,并将针头插入橡皮塞内,以保证血液与空气隔绝,随即摇荡数次,使血液与抗凝剂充分混合,放入冰桶内保存待检。采血顺序与导管测压顺序同步进行。每次采血完毕,应即向心导管腔内注入数毫升肝素盐水,以免导管腔内出现血凝块。

血氧测定方法有 Van-Slyke 与 Neil 法,Scholander 与 Roughton 法以及光电血氧计法等,后者尤为迅速简便,目前已被广泛采用。此法可与心导管检查同时进行,所测结果为血氧饱和度,换算成血氧含量的最简单方法是:患者血红蛋白含量(g/dl)×1.36 得到理论的血液携氧量(ml/dl),此值再乘以血氧饱和度即得实际血氧含量(ml/dl)。

4. 动脉血氧含量、每分钟耗氧量测定　　在术前、术中或术后测定均可。行股动脉或肱动脉穿刺,抽取动脉血 1 份,按右心导管采血方法处理,测定动脉血氧含量。每分钟耗氧量测定一般常用新陈代谢测定器即可,也有单位采用 Douglas 袋收集患者在一定时间内呼出的气体,计算其体积,并以 Haldane 气体分析器测定其氧含量,然后再与空气中的氧含量对比,从而推算出耗氧量。

5. 其他检查　　对疑有室间隔缺损合并其他先天性畸形和异常分流者,在心导管检查主要项目完成后,可将导管顶端分别在疑有分流缺损部位多次探查,如果导管端从右心房经房间隔缺损进入左心房,则提示可能合并房间隔缺损或卵圆孔未闭。

6. 右心室造影　　在右心导管检查过程中如发现右心室和主肺动脉间存在明显压力阶差(≥30 mmHg),则应进行右心室造影,以明确是右心室流出道狭窄还是肺动脉瓣狭窄。

右心室造影需选用左侧位的体位,并要求患者双手抱头,以消除双上肢对造影图像的影响。需要特别注意的是,用于测压和抽血氧分析的端孔右心导管和端侧孔导管不能用来行右心室造影检查。而要用侧孔右心导管或猪尾巴导管进行。造影剂需要用高压注射器快速注入,按每次 1~1.5 ml/kg计算总量,一般成人和年长患儿要求注射速度达到15~25 ml/s,婴幼儿酌情减量(图 5-1)。

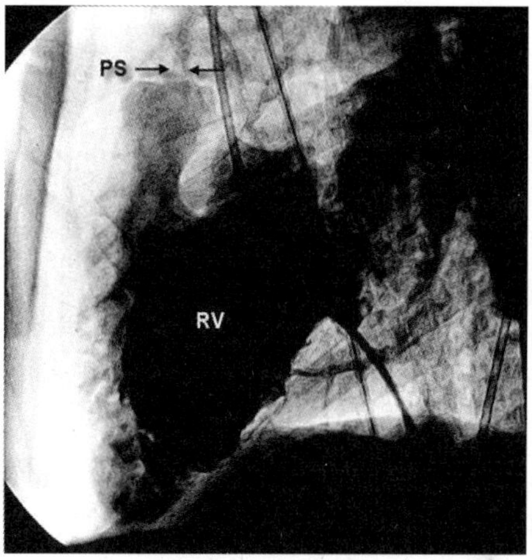

图 5-1　室间隔缺损合并肺动脉瓣狭窄的右心室造影

PS:肺动脉瓣狭窄;RV:右心室

二、右心导管检查所得资料分析

(一)压力及压力曲线

1. 上、下腔静脉　　正常上腔静脉平均压 3~6 mmHg,下腔静脉平均压 5~7 mmHg。压力升高表示腔静脉血液向右心房回流障碍。

2. 右心房　　正常平均压 0~5 mmHg,超过 10 mmHg 即视为高压。压力曲线基本上是两个低平向上的波,即 a 波和 v 波。a 波由心房收缩引起,在心电图 P 波之后及第一心音之前。在 a 波下行支上有一个波动叫 c 波(或称 av),为三尖瓣关闭所引起,在心电图 R 波之后。a 波下行支为 x 斜波。在右心室喷血,a 波降到最低点,相当于心电图 T 波开始之处。在右心室喷血后期,大量血液由腔静脉向右心房回流,产生 v 波,在第二心音及心电图 T 波的稍后,随后右心室舒张,心房血液向心室充盈,心房内压力降低,形成 y 斜坡。以后,心房再次收缩,又出现 a 波(图 5-2)。

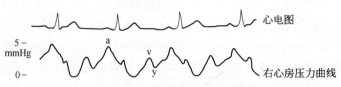

图 5-2　正常右心房压力曲线

凡右心房过度负荷，a 波增大；右心房衰竭及三尖瓣关闭不全时 v 波亦增大。在缩窄性心包炎，a 波及 v 波都变为丘陵状隆起波，整个右心房压力曲线呈"M"形或"W"形。

3. **右心室**　正常收缩压 18～30 mmHg，舒张压 5～8 mmHg。平均压 15 mmHg。如收缩压、舒张压及平均压分别超过 30、8 及 20 mmHg 即视为高压。当右心室开始收缩，压力迅速上升，在心电图 R 波与 S 波之间，相当于心音图第一心音第 1 主成分。在第 1 心音末，压力达最高峰，相继压力曲线维持于高水平而略有下降。当心室开始舒张及肺动脉瓣关闭，压力曲线开始下降。在等容舒张期则压力曲线迅速下降到"0"点，相当于 T 波的终了及第二心音开始之后。以后心室迅速充盈，压力曲线渐渐回升，直到下一次收缩（图 5-3）。

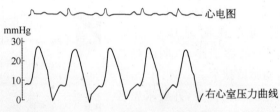

图 5-3　正常右心室压力曲线

4. **肺动脉**　正常收缩压 18～30 mmHg，舒张压 6～12 mmHg，平均压 10～18 mmHg。如肺动脉收缩压超过 30 mmHg 或平均压超过 20 mmHg，均可视为肺动脉高压。当右心室开始收缩及肺动脉瓣开放，肺动脉压力曲线开始迅速上升，到一定高度后略有回降而又继续上升，形成圆钝顶峰。当右心室喷血到 2/3 以后，压力逐渐降低，曲线开始下降。当肺动脉瓣关闭，则在压力曲线下降支上形成一个小的重搏。此后，右心室舒张，压力曲线斜坡下降到舒张压的水平。

肺动脉高压时，压力曲线的顶峰出现较迟，且顶峰比较圆钝。肺动脉瓣狭窄时，收缩压及舒张压均低于正常，压力曲线低平且常有畸形，当导管顶端从肺动脉回撤至右心室，收缩压忽然升高及舒张压下降为"0"，成为右心室压力曲线。在右心室流出道狭窄时，当导管顶端从肺动脉回撤至漏斗部，由原来低平的肺动脉压力曲线突然舒张压变为"0"水平，而收缩压不变。导管顶端再往后撤到心尖附近，收缩压突然升高。上述两种情况的显著压力阶差对确定狭窄的部位很有诊断价值。

5. **肺毛细血管压**　实际是肺小动脉楔压，反映左心房的压力。正常平均压 6～12 mmHg，超过 12 mmHg，即可视为增高，常见于左心室衰竭、二尖瓣病变及缩窄性心包炎等。压力曲线与左心房曲线相似，但各波出现较迟，极易出现伪差。在二尖瓣狭窄及左心衰竭时，整个肺毛细血管压力曲线增高，a 波异常高。二尖瓣关闭不全时，不但 a 波增高且 v 波亦增高。心房颤动时，a 波消失。

6. **冠状静脉窦**　如导管顶端进入冠状静脉窦而处于游离状态，则出现静脉型压力曲线，但压力较右心房为高。如导管顶端嵌顿于静脉末端则出现心室型或动脉型压力曲线,但压力较右心室为低。

7. **肺动脉与右心室压力曲线连续记录**　正常情况下,肺动脉收缩压与右心室的收缩压相等,但舒张压右心室明显低于肺动脉,压力曲线则显示舒张压突然下降。在肺动脉瓣狭窄患者,肺动脉收缩压和舒张压均低于正常。当心导管头端越过肺动脉瓣进入右心室后,收缩压突然升高,形成显著的压力阶差。若为右心室流出道狭窄患者,肺动脉收缩压和舒张压低于正常,当心导管头端越过肺动脉瓣进入漏斗部,收缩压水平不变,舒张压则突然下降到"0",而当导管头端从漏斗部进入右心室中部后,收缩压则突然升高,形成显著的压力阶差。若为瓣膜与流出道均狭窄,当心导管头端进入漏斗部时,收缩压略有升高,曲线形成第一次收缩压阶差,当心导管进入右心室后,收缩压又显著升高,出现第二次收缩压阶差。这 3 种不同类型的压力阶差曲线,对肺动脉瓣口、漏斗部或二者兼有的狭窄诊断,具有重要意义。

(二) 计算血氧含量

血氧含量有两种计算方法,一种是容积%(Vol%),即在标准状态下(一个大气压,0℃)每 100 ml 血液所含氧的毫升数,最大含量为 20 容积%,Van-Slyke 及 Schoelander 法,都是以容积%计算。另一种是以氧饱和度计算,即所测得血标本的含氧绝对值占血液充分氧饱合后的绝对值的百分数,电血氧计及血气分析仪所测得的数值即以此计算。

为诊断左向右分流的心血管畸形,右心导管检查常规抽血标本的部位为:上、下腔静脉,右心房上、中、下,右心室流入道,右心室中及右心室流出道,肺动脉干,肺动脉及肺小动脉及股动脉。股动脉血氧含量正常约为 95% 或 19 容积%。如低于 90% 或 18 容积% 表示有右向左分流。股动脉血在测完氧含量之后,常将剩余的血液与空气或纯氧充分接触,再测氧含量,求得饱和血氧含量(氧结合量),亦可用血红蛋白(g/dl)×1.36 求得。

从腔静脉到肺动脉血氧含量正常大致在 70%～80% 或 14 容积%～16 容积% 之间。上腔静脉血氧含量较低,但上、下腔静脉血氧差度不超过 8% 或 2 容积%。右心室以后的血氧含量正常,基本上一致。心房血氧含量比上腔静脉高 2 容积% 或 8%,表示有房隔缺损、肺静脉畸形引入右心房或室间隔缺损伴有三尖瓣关闭不全,其中以房隔缺损为最常见。右心室血氧含量,特别流出道血氧含量升高,超出心房及右心室流入道血氧含量 1 容积% 或 4% 以上,可能为高位室间隔缺损,但亦可能是左向右分流在肺动脉瓣之上而合并肺动脉瓣关闭不全(常由于肺动脉瓣口扩张引起)。肺动脉血氧含量超过心室血氧含量的 0.5 容积% 或 2%～3%,表示在肺动脉水平有左向右的分流,最常见者为动脉导管未闭。有时临床上诊断为高位室间隔缺损,但心室流出道血氧含量不升高而到肺动脉才升高,系由于血液层流,而在右心室流出道抽血时恰好碰上静脉血流层所致。在 Valsalva 窦瘤向右心房或右心室穿破,可引起右心房或右心室及其以后各部位的血氧含量明显提高。的确,右心导管一系列的氧含量对比,对于左向右血液分流部位的诊断很有价值,但由于采血标本和血氧测定技术上的困难和误差,特别按上述 Dexter 诊断标准,仅半数病例与手术结果符合,也有人提出新的诊断标准,说明有它一定的局限性。更重要的是应结合临床资料进行综合分析。

目前,由于超声技术的临床应用,通过体检和超声检查的结果,绝大多数的患者可以得到确诊,而不需依赖于血氧资料分析。对室间隔缺损患者进行右心导管检查的最主要目的是除外可能合并的其他畸形,对合并肺动脉高压的患者进行血流动力学检查,判断肺血管阻力,最终决定能否行经导管封堵治疗。

（三）计算心排血量

根据心导管所得的血氧含量数值及每分钟氧消耗量,可计算心排血量、体循环血流量及肺循环血流量,后两者相减即为分流血量。计算血氧含量以容积％计算,所采用的数据为混合静脉血氧含量、肺动脉血氧含量、股动脉血氧含量及饱和血氧含量。在无左右分流的情况下,计算心排血量时,混合静脉血以肺动脉血标本为准。在有左右分流的情况下混合静脉血应以分流部位之前的血液为准,如动脉导管未闭应以右心室血为准,室隔缺损应以右心房血为准。在计算肺循环流量中需要肺静脉血氧含量,有时难以取得,可以饱和血氧含量的95％代替。各计算公式如下:

$$\text{体循环血流量(左心排血量)(L/min)} = \frac{\text{氧消耗量(ml/min)}}{\text{股动脉血氧含量(容积 \%)} - \text{混合静脉血氧含量(容积 \%)}} \times \frac{1}{10}$$

$$\text{肺循环血流量(右心排血量)(L/min)} = \frac{\text{氧消耗量(ml/min)}}{\text{肺静脉血氧含量(容积 \%)} - \text{肺动脉血氧含量(容积 \%)}} \times \frac{1}{10}$$

$$\text{心排血量指数}[\text{L/(min·m}^2)] = \frac{\text{心排血量(L/min)}}{\text{体表面积(m}^2)}$$

（四）计算分流量

正常心脏的左、右心排血量应相等,若存在左向右或右向左分流时则不相等。计算公式如下:

$$\text{有效肺循环血流量(L/min)} = \frac{\text{氧消耗量(ml/min)}}{\text{肺静脉血氧含量(容积 \%)} - \text{混合静脉血氧含量(容积 \%)}} \times \frac{1}{10}$$

$$\text{左向右分流量} = \text{右心排血量} - \text{有效肺循环血流量}$$

$$\text{右向左分流量} = \text{左心排血量} - \text{有效肺循环血流量}$$

$$\text{分流量占体循环血流量的百分率(\%)} = \frac{\text{分流量(L/min)}}{\text{体循环血流量(L/min)}} \times 100\%$$

$$\text{分流量占肺循环血流量的百分率(\%)} = \frac{\text{分流量(L/min)}}{\text{肺循环血流量(L/min)}} \times 100\%$$

（五）计算肺循环阻力

计算公式如下:

$$\text{肺总阻力(单位为 dyn·s·cm}^{-5}\text{,达因·秒·厘米}^{-5}) = \frac{\text{肺动脉平均压(mmHg)}}{\text{右心排血量(ml/s)}} \times 1\,332$$

(注:1 332 为阻力单位换算常数)

$$\text{肺小动脉阻力(dyn·s·cm}^{-5}) = \frac{\text{肺动脉平均压(mmHg)} - \text{肺毛细血管平均压(mmHg)}}{\text{右心排血量(ml/s)}} \times 1\,332$$

正常肺总阻力为 200～300 dyn·s·cm^{-5},肺小动脉为 47～160 dyn·s·cm^{-5}。肺动脉阻力增高见于各种原因所致的肺动脉高压。

三、室间隔缺损合并肺动脉高压的评估

室间隔缺损是先天性心脏病中导致肺动脉高压的常见原因。室间隔缺损患者一旦并发严重的肺动脉高压，通常意味着患者失去了外科手术或介入治疗的机会。肺动脉压力的高低，常与室间隔缺损的大小呈正相关，即缺损越大，并发肺动脉压增高的机会越多，但存在个体差异。

（一）肺动脉高压的病理分级

根据肺血管病理改变，室间隔缺损所致的肺动脉高压可分为 6 级：Ⅰ级，血管中层肥厚；Ⅱ级，血管内膜增厚；Ⅲ级，血管内膜纤维组织增生；Ⅳ级，血管出现丛样损害及远端小动脉扩张；Ⅴ级，类血管瘤损害形成；Ⅵ级，坏死性动脉炎。如病变在Ⅱ级以内，封堵治疗后肺动脉压力可恢复正常，达Ⅲ级者可疑，Ⅳ级以上者，封堵后恢复差，甚至是封堵治疗的禁忌证。

（二）血流动力学分级

根据 WHO 的诊断标准，静息状态下，肺动脉收缩压大于 30 mmHg、平均压大于 20 mmHg，即可诊断为肺动脉高压。目前右心导管检查或血流导向气囊导管（Swan-Ganz）导管是直接测定肺动脉压力的最准确方法。根据肺动脉压力升高的程度，可分为轻度、中度和重度肺动脉高压，见表 5-1。

表 5-1　肺动脉高压的分级

分　级	肺动脉平均压(mmHg)	Pp/Ps	肺血管阻力(dyn·s·cm^{-5})
正常肺动脉压力	<20	<0.3	<250
轻度肺动脉高压	21～36	0.3～0.45	251～500
中度肺动脉高压	37～67	0.45～0.75	501～1 000
重度肺动脉高压	>67	>0.75	>1 000

Pp：肺动脉收缩压；Ps：体循环收缩压。

（三）动力性肺动脉高压与阻力性肺动脉高压

动力性肺动脉高压：肺循环血流量大，肺动脉压力明显升高，而肺血管阻力不高，行封堵治疗或外科治疗后肺动脉压力可恢复正常；阻力性肺动脉高压：肺血流量少，但肺动脉压力明显升高，此类型不能行封堵治疗或外科手术治疗，即艾森门格综合征。临床上患者常有明显发绀。

（四）动力性肺动脉高压与阻力性肺动脉高压的鉴别诊断

临床上单纯根据心导管检查资料很难判断是动力性肺动脉高压和阻力性肺动脉高压，但对患者的预后有着重要影响。在此种情况下，可进行附加试验，即肺小动脉扩张试验，从而评估肺动脉高压的性质，为术前评估手术适应证和预后提供有用的资料。

1. 吸氧试验　用面罩法吸入纯氧 20 min 以上（氧流量 8～10 L/min）。吸氧后再重复测定肺动脉压、肺毛细血管嵌压、体循环压力，并抽取血氧分析，计算肺动脉阻力体循环阻力和左向右分流量。吸氧后肺动脉阻力明显下降，左向右分流量增加，提示动力性肺动脉高压。吸氧后肺动脉阻力仍然大于 560 dyn·s·cm^{-5}（7Wood 单位），则表明为阻力性肺动脉高压，应列为封堵治疗或外科手术治疗的禁忌证。

2. 一氧化氮（NO）吸入试验　在吸入氧气（浓度 20%～30%）的同时，吸入 NO 30 min，观

察肺动脉压力等参数的变化,结果判断同吸氧试验。一般认为,吸入 NO 后,肺动脉平均压下降 16％左右,肺血管阻力下降 25％左右,而不改变主动脉平均压和外周血管阻力为动力性肺动脉高压;反之,为阻力性肺动脉高压。

3. **药物试验** 常用药物有妥拉唑林和前列腺素 E1 等。试验时将上述药物通过右心导管直接注入肺动脉内,观察肺动脉压力和体循环压力的变化。

(1) 妥拉唑啉:按 1 mg/kg 由心导管直接注入肺动脉内,到注射后 10 min 时重复测量肺动脉压、肺小动脉嵌压、体循环压,并计算肺循环、体循环血流量。对于动力性肺动脉高压,妥拉唑林明显降低肺动脉压力及肺血管阻力。

(2) 前列地尔(前列腺素 E_1):将前列地尔溶于生理盐水中,以微泵输入,静脉初始速度为 0.1 μg/(kg·min),10 min 时加量至 0.2 μg/(kg·min),15 min 后重复血流动力学检查。如应用前列地尔后,肺动脉收缩压下降小于 15 mmHg,肺血管阻力大于 560 dyn·s·cm^{-5} (7Wood 单位),提示阻力性肺动脉高压;反之,为动力性肺动脉高压。

应该注意的是,在进行药物试验时,一定要同时观察肺动脉压力和主动脉压力变化。动力性肺动脉高压,肺动脉压力下降的幅度应明显大于主动脉压力下降的幅度,肺循环血流量和体循环血流量比值(Qp/Qs)增大,肺动脉收缩压和体循环收缩压比值(Pp/Ps)下降。如肺动脉压力和主动脉压力同时下降,而 Qp/Qs 和 Pp/Ps 无明显变化,也提示为阻力性肺动脉高压。此类患者不应该进行封堵治疗。

第五节 左心导管检查术

左心导管检查术是室间隔缺损介入治疗中的必须步骤,除了可以测定左心室压力和主动脉压力外,主要目的是行左心室造影和逆行主动脉造影。通过左心室造影,可以明确室间隔缺损的大小、形态和位置,对于确定室间隔缺损是否适合封堵治疗、指导封堵器的选择有重要意义。主动脉根部造影是判断封堵前主动脉瓣有无反流及封堵器置入后是否影响主动脉瓣启闭的最准确的方法。

一、操作步骤

1. **股动脉穿刺** 经导管室间隔缺损封堵术中,最常应用右侧股动脉穿刺技术,详见本章第三节。

2. **插入左心导管至升主动脉、左心室** 以猪尾巴导管为例,把直径为 0.81 mm,长度为 150 cm 的导引钢丝或直径为 0.81 mm,长度为 260 cm 的超滑导丝插入猪尾巴导管内,使软头与导管头端平齐,一并经外鞘管送入股动脉,在 X 线的引导下,先将导丝伸出导管头端 15～20 cm 之后,再将导管和导丝一并推送,当导丝送至升主动脉根部时,则固定导丝,将导管向前推送经主动脉弓直抵升主动脉,撤出导丝,回抽导管内血液,并注入肝素盐水后,即可进行预定的检查。若要进入左心室,则可将在主动脉根部的导管头端按顺时针方向旋转推送入左心室,也可先将导丝软头通过主动脉瓣口入左心室后,再将导管导入,并要及时调整管端位置,使之游离于左心室腔中,以避免对左心室壁的碰撞,然后进行预定的检查。

二、左心导管检查所得资料分析

(一) 压力及压力曲线

1. **左心室压力**　正常左心室收缩压相当于正常周围动脉收缩压,舒张末期压力为 0～10 mmHg。压力曲线见图 5-4。

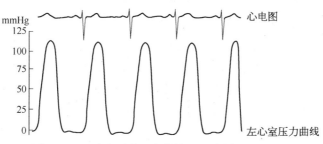

图 5-4　正常左心室压力曲线(记录纸速 25 mm/s)

左心室压力曲线与右心室压力曲线相似,但较高,上升支达到峰顶时间较晚,曲线光滑,微小的波动不易察见。左心室收缩压增高见于高血压、主动脉瓣狭窄等;左心室舒张压升高见于左心室功能衰竭、缩窄性心包炎和限制性心肌病等。

2. **主动脉压力**　正常主动脉收缩压与舒张压相当于周围动脉压。压力曲线见图 5-5。

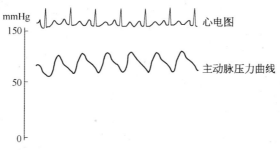

图 5-5　正常主动脉压力曲线(记录纸速 25 mm/s)

其压力曲线与肺动脉压力曲线相近,但压力水平较高,峰顶出现较晚,并较圆钝。当主动脉缩窄时,其近端压力增高,压力曲线幅度增大,高峰后移,波峰较尖锐,下降支较陡,在其远端,压力明显降低,压力曲线幅度减小,上升缓慢,顶峰后移,波峰宽而圆钝。当主动脉瓣关闭不全时,压力曲线幅度增大,上升支快而陡,顶峰前移且尖锐,下降支开始部分快而陡,其后则渐缓慢。主动脉瓣狭窄时,压力曲线水平降低。

3. **主动脉与左心室压力曲线的连续记录**　正常者主动脉与左心室的收缩压相等,但舒张压前者明显高于后者,压力曲线显示舒张压突然下降。在主动脉瓣上狭窄患者,曲线显示左心室收缩压增高,当导管顶端从左心室撤至主动脉后,收缩压不变,而舒张压升高,当导管顶端撤至主动脉瓣上狭窄区后,收缩压下降而舒张压不变,连续曲线出现两次压力阶差。在主动脉瓣膜狭窄患者,曲线显示左心室收缩压增高,当导管头端撤至主动脉后,收缩压下降,舒张压升高,连续曲线出现一次压力阶差。在主动脉瓣下狭窄患者,曲线显示左心室收缩压增高,当导管头端从心室中撤至左心室流出道后,收缩压下降而舒张压不变,导管撤至主动脉后,收缩压不变而舒张压升高,连续曲线出现 2 次压力阶差。对这 3 种不同类型的压力阶差,对疑有瓣上、瓣口和瓣下狭窄患者,可提供重要的诊断依据(图 5-6)。

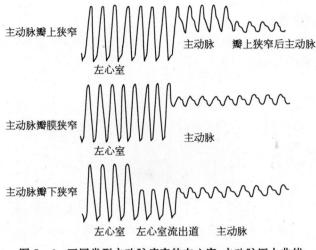

图 5-6 不同类型主动脉病变的左心室-主动脉压力曲线

(二)血氧饱和度

正常肺静脉血氧饱和度在 95% 以上,与左心房、左心室、主动脉相似或略高。左心血氧含量异常常见于:严重肺和支气管病变、肺动静脉瘘者肺静脉血氧饱和度降低;法洛三联症、腔静脉畸形引流左心房、房间隔缺损伴有大血管转位、肺静脉畸形引流伴有三尖瓣下移畸形以及房间隔缺损型艾森门格综合征者,左心房血氧饱和度降低;法洛四联症、室间隔缺损型艾森门格综合征和大血管转位伴室间隔缺损者,左心室血氧饱和度降低;动脉导管未闭型艾森门格综合征、大血管转位、永存动脉干和主动脉瓣闭锁伴动脉导管未闭者,主动脉血氧饱和度降低。

(三)计算体循环总阻力

正常为 $1\,300\sim1\,800$ dyn·s·cm^{-5}。

$$体循环总阻力(dyn·s·cm^{-5}) = \frac{主动脉平均压(mmHg)}{左心排血量(ml/s)} \times 1\,332$$

左心室后负荷的大小决定了体循环总阻力的高低。如高血压、外周血管痉挛狭窄时,总阻力增高;血压降低、外周血管扩张时,总阻力降低。

三、室间隔缺损的左心室造影检查

在完成血流动力学和血氧分析后,即可进行左心室造影检查。

(一)术前准备

详见本章第二节。

1. 造影剂选择 以往用 76% 泛影葡胺,现已少用。目前常用的是第二代非离子型造影剂,如碘普罗胺(iopromide 370,优维显 370)、碘帕醇(iopamidol,碘必乐)和碘海醇(iohexol,欧米帕克)等。如患者存在肾功能不全,则应选用第三代造影剂,如碘克沙醇(visipaque,威视派克)。常用剂量为每千克体重每次 $1\sim1.5$ ml。成人一般每次可用 $30\sim50$ ml,总量不宜超过 $4\sim5$ ml/kg。

2. 造影导管 造影导管要求要有较小的外径又要有较大的内腔,导管头端要有多个侧孔和塑造不同方向的弯曲度,以利于推送导管容易达到预定部位,加速造影剂进入预定心腔,又可减少管端对心腔内膜的撞击,以及减少由于高速推注出现反作用力所致的管端摆动和后退,目前最常用的是猪尾巴导管。

3. 高压注射器　心血管造影要求在一个瞬间内,将较多的造影剂迅速通过导管进入造影心腔,达到最高清晰度的影像效果,就需要有一台高压注射器,并连接上快速摄片或录像曝光触发装置,以便注射一定量造影剂后自动开始记录,其注射速度为 15～25 ml/s。

(二) 左心室造影

将高压注射器与猪尾导管连接,由 X 线技师触发曝光,注射造影剂,以数字减影血管造影技术或电影摄影技术记录造影资料。注射造影剂前应通过透视、回抽血及压力监测以确认造影导管顶端位置游离在左心室心尖部,避免导管头端顶在心壁上或嵌在心肌内而产生对心室内膜的直接冲击。必要时还可以先手推 2～3 ml 造影剂,观察造影剂是否迅速消散来判断导管头端的位置是否正确。一次造影完毕,应立即将导管从高压注射器取下,并注入肝素盐水冲去残留在导管腔中的造影剂,以免影响测压结果,同时术者应立即观察导管顶端位置是否移位,造影剂有无溢出心脏、血管或滞留心肌中。

(三) 造影投照角度的选择

左心室造影显示室间隔缺损效果的好坏主要取决于投影角度、造影剂注入的速度和室间隔缺损的部位。室间隔为略向右突的弧形走向,前部室间隔与矢状面呈 60°～70°夹角,左心室长轴斜位造影能将前部室间隔与 X 线呈切线,因此是室间隔缺损的首选投照体位,而向头成角又能将左心室流出道拉长。膜部室间隔缺损和肌部室间隔缺损采用左前斜位 45°～55°,加头 20°～30°可清楚显示缺损部位、形态、大小和主动脉瓣的关系。嵴上型室间隔缺损常需要采用更大角度的左侧投照体位(即左前斜位 65°～90°,加头 20°～30°)观察时才较为清楚。当在左心室长轴位见造影剂先进入肺动脉,而后右心室流出道显影时,应考虑是漏斗部室间隔缺损,漏斗部在右前斜位时显示最好,因为右前斜位时主动脉瓣位于肺动脉瓣的右侧,且低于肺动脉瓣,其上方即是漏斗部室间隔。

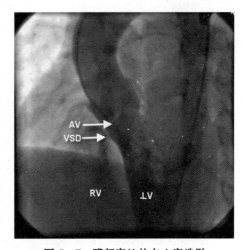

图 5-7　膜部室缺的左心室造影

(四) 室间隔缺损的造影表现

左心室长轴斜位造影时左心室略呈卵圆形,顶部是主动脉瓣,紧靠主动脉瓣下的一小段为膜部室间隔,其下方是肌部室间隔,因此能很好地显示膜部和肌部室间隔缺损的数目、大小和位置。膜部室间隔缺损:左心室造影时可见造影剂于室上嵴下方、主动脉右冠窦及无冠窦附近喷入右心室(图 5-7),若右心室流入道首先显影则为隔瓣后缺损。嵴上型室间隔缺损:常需要较膜部室间隔缺损造影采用更大角度的左侧投照体位观察才较为清楚,造影剂自主动脉左冠窦下方直接喷入肺动脉瓣下区,肺动脉主干迅速显影。肌部室间隔缺损:位置较低,可有多发,一般缺损较小,造影剂往往呈线状或漏斗型喷入右心室,缺损大小随心动周期有明显变化。

以往对膜部室间隔缺损造影的解剖形态学研究较少,在实践中我们观察到对于膜部室间隔缺损,X线造影能够准确判断室间隔缺损的部位和其实际大小,且优于超声心动图。左心室造影膜部室间隔缺损的形态大致可分为漏斗型、管型、窗型和囊袋型 4 种,其中囊袋形较常见。① 漏斗型室间隔缺损(图 5 - 8A):左心室面的入口处较大,出口较小。② 管型室间隔缺损(图 5 - 8B):缺损呈管状,左右心室面的直径相似,管状部分较长。③ 窗型室间隔缺损(图 5 - 9A):缺损的两侧为左右心室面,距离短,呈窗形,缺损大小不一。④ 囊袋型室间隔缺损(图 5 - 9B):缺损表现为半圆形或分叶状的囊袋状结构,左心室侧的入口较大,出口较多,有的似淋浴用喷头,出口均较小,或有一个大出口,其余为小出口。囊袋型室间隔缺损也称膜部瘤型,形态最复杂。北京阜外医院胡海波等根据对 32 例并发膜部瘤的膜周部室间隔缺损的左心室造影结果,将室间隔缺损膜部瘤分为漏斗型、囊袋型、菜花型、弯管型 4 种类型。

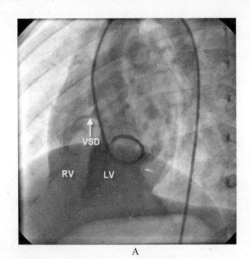
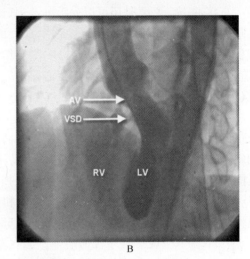

图 5 - 8　X 线造影室间隔缺损形态(一)

A. 漏斗型缺损;B. 管型缺损

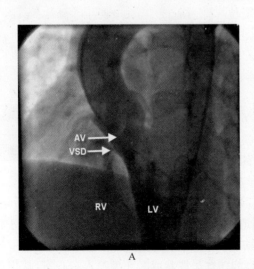
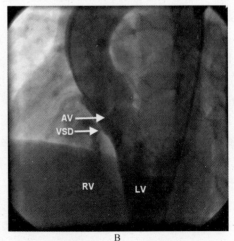

图 5 - 9　X 线造影室间隔缺损形态(二)

A. 窗型缺损;B. 囊袋型缺损

对于膜部室间隔缺损,左心室造影能够准确判断室间隔缺损的大小,并测量残端与主动脉瓣之间的距离,较超声准确,具有一定的优越性。而对于嵴内型室间隔缺损,由于缺损位置较高,左心室造影往往不能清楚地显示缺损口,并且由于其紧邻主动脉瓣而难以与干下型室间隔缺损区别,从而影响对嵴内型室间隔缺损大小和类型的准确判断。此时,超声可准确判断室间隔缺损的部位、形态、与主动脉右冠瓣的关系和其大小,并可确定右冠瓣有无脱垂及其程度、彩色分流束的宽度及走向。对于较大的嵴内型室间隔缺损,也可应用较大的鞘管,顶起主动脉瓣膜后造影,可较真实反映缺损的大小。缺损口残端与三尖瓣之间的距离,对于能否进行介入治疗也有着决定性的作用,由于超声能清楚地实时显示膜部室间隔缺损与三尖瓣叶、腱索的细微解剖结构与毗邻关系,因此,在判断上要优于左心室造影。

(五) 升主动脉造影

膜部和漏斗部室间隔缺损在左心室造影后,应常规行主动脉根部造影,以观察是否存在主动脉瓣关闭不全以及关闭不全的程度,也可以观察室间隔缺损有无合并 Valsalva 窦瘤破裂。猪尾巴导管头端应置于主动脉瓣上 2～3 cm 处,取左前斜 45°记录。造影剂用量每次 40～50 ml,注射速度为 15～20 ml/s(图 5 - 10)。

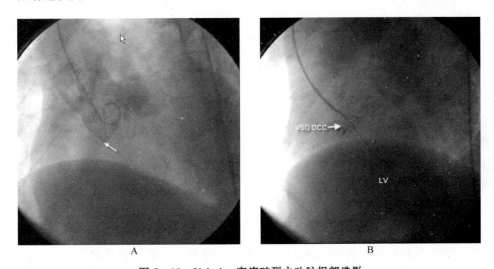

图 5 - 10 Valsalva 窦瘤破裂主动脉根部造影

A. Valsalva 窦瘤破裂(白色箭头所示);B. 室缺封堵后钢丝通过破裂的 Valsalva 窦瘤进入左心室

VSD OCC: 室缺封堵器

(六) 选择性心血管造影的注意事项

选择性心血管造影存在着一定的潜在危险,其并发症与左、右心导管检查相同外,还有可能出现造影剂进入心肌、心脏穿孔、心脏压塞、心室颤动及心脏停搏等重大并发症。因此,需要注意下列事项。

(1) 造影导管顶端位置必须游离在预定造影部位的管腔中或室腔中,避免管端对血管壁或心室内膜的直接撞击。

(2) 造影剂的选择和用量,应因人而异,用量过大会造成危险,过少又会显影不清,有大量分流或瓣膜关闭不全者,要适当增加剂量,而对心腔狭小或肺动脉瓣口狭窄者,则可适量减少。

(3) 一次造影完毕,应立即将导管从高压注射器取下,并注入肝素盐水冲去残留在导管腔中的造影剂，以免影响测压结果，同时术者应立即观察导管顶端位置是否移位，造影剂有无溢出心脏、血管或滞留心肌中。

第六节　心导管检查术并发症预防与处理

目前心导管检查作为心血管疾病介入诊断和治疗的一种重要方法，在临床上得到了越来越广泛的应用，其可靠性和安全性已经得到了广泛认可。但因其毕竟是一种有创的检查和治疗方法，在术中及术后有时会出现一些并发症。了解和认识这些并发症在对介入诊断和治疗中进行预防有重要的意义。

一、血管并发症

1. **动脉血栓形成和栓塞**　血栓形成是较少见的并发症，多发生于心导管检查术后的 24 h 内，与术中肝素用量不足有关。预防的方法是术中进行充分的抗凝，尤其是操作时间超过 1 h，应及时追加肝素。术后要密切观察股动脉穿刺侧足背动脉搏动情况和皮肤颜色，一旦足背动脉搏动减弱或消失，皮肤颜色苍白、湿冷，则应考虑到动脉血栓形成的可能，需进一步行血管超声多普勒检查，一旦明确诊断，可采用溶栓、介入性导管取栓术，必要时需考虑行外科手术干预。

2. **出血及局部血肿**　与术中多次动脉血管穿刺、术后压迫止血不当有关。多为浅表血肿。预防的方法是术中动脉穿刺尽量一次成功，动脉鞘管尽量采用 5F 或 6F 鞘管。术后压迫止血需完全彻底，并进行加压包扎和肢体保持制动。

3. **股动脉-股静脉瘘**　是少见的并发症，与血管穿刺中同时穿通股动脉、股静脉有关。临床表现为股动脉、股静脉穿刺处出现类似于动脉导管未闭的连续性血管杂音，血管彩色多普勒检查可以确诊。一般不需要特殊处理，多数患者可自行闭合。一年以上不能闭合者，需行外科治疗。

4. **假性动脉瘤**　假性动脉瘤的发生多与术后压迫止血不当有关，临床表现为局部疼痛，穿刺部位可触及搏动脉性肿块，听诊可闻及收缩期血管杂音。血管彩色多普勒检查可以明确假性动脉瘤的大小及瘘口的位置和大小。一旦发生假性动脉瘤，治疗的关键是及早发现，及时治疗。根据我们的经验，大多数假性动脉瘤的患者可以通过超声引导下的局部压迫得到治愈，而不需要外科手术治疗。

二、心脏并发症

（一）心律失常

心导管检查过程中，心律失常的发生率可达 100%，多与导管直接刺激心房壁和心室壁有关。

1. **房性心律失常**　导管刺激心房壁可引起房性早搏、房性心动过速、心房扑动和心房颤动等。一般不需特殊处理，调节导管的位置后可自行恢复。如发生快速房颤、房扑，可静脉注射普罗帕酮或胺碘酮治疗，也可以静脉注射毛花苷 C 治疗。

2. **室性心律失常**　与导管刺激心室壁有关，类型有室性早搏、短阵室性心动过速和持续性心动过速等。通过调整导管位置多可自行终止。在行心室造影注入造影剂前,应注意观察有无室性心律失常,如有则应调整导管位置后,待室性心律失常消失后再经高压注射器注入造影剂。持续性室性心动过速,可静脉注射利多卡因、普罗帕酮和胺碘酮等药物治疗。

3. **心脏骤停**　是心导管检查中最严重的并发症,主要原因有:重症肺动脉高压伴心脏扩大;复杂型先天性心脏病由于心房、心室解剖畸形以及心功能不全者造影剂使用过量有关。一旦发生,应迅速而有效地处理。如属于心室颤动引起者,首选非同步心脏电复律,维持有效血压及有效呼吸,并按心肺复苏原则进行处理。

4. **心动过缓**　出现心动过缓时先要明确原因,停止心导管操作,密切监测血压。可静脉注射阿托品 1~2 mg 治疗。必要时可静脉滴注异丙肾上腺素或行右心室临时起搏治疗。

5. **房室传导阻滞**　心导管检查中,发生心脏传导阻滞的机会较少,与导管刺激房室交界区有关,多为一过性,暂停操作后会自动恢复。在室间隔缺损封堵过程中,有时在导管通过缺损时可出现房室传导阻滞,此时应注意观察,决定下一步的治疗。

(二) 心脏穿孔

心脏穿孔是心导管检查中较严重的并发症,可以是心房穿孔,也可以是心室穿孔。心房穿孔多与导管操作不当有关,由于导管直接刺破心房壁或心耳所致。心室穿孔多发生于高压注射器注入造影剂时,由于导管弹到心室壁上和高速造影剂的双重作用所致。我们在行右心室造影时曾遇到 3 例右心室穿孔的患者,均与使用端-侧孔导管有关。因此,心室造影应使用侧孔导管或猪尾巴导管。

下列情况提示心脏穿孔:① 原因不明的血压急剧下降,应用高渗糖注射液或升压药治疗后仍不能恢复。② 突然出现的心动过缓。③ 心腔内的压力曲线改变。④ 透视下见心影明显扩大。

如心脏穿孔与心室造影有关,透视下可见心包腔内有造影剂滞留,诊断不难。如穿孔与造影无关,则诊断有时比较困难,最有效的方法是进行心脏超声检查,可迅速明确诊断。

确诊为心脏穿孔后,如无急性心脏压塞的表现,可以密切观察血压、脉搏的变化,并积极准备心包穿刺置管引流。对出现明显血流动力学变化者,应及时进行心包穿刺置管引流,如通过心包穿刺引流后,血压仍不能维持或出血不止,则应积极准备外科手术治疗。

三、造影剂过敏

临床表现有:皮肤潮红或苍白、荨麻疹、血管神经性水肿;神经系统出现头痛、头昏 、肌抽搐;呼吸系统表现有打喷嚏、咳嗽、哮喘、喉头痉挛水肿;泌尿系统有腰痛、血尿、少尿、蛋白尿、肾功能不全;心血管系统有心动过缓或过速、室性心律失常、低血压、急性肺水肿、休克、心跳停搏等。术前要详细了解有无药物过敏史,认真做碘过敏试验,若有可疑或阳性者,则应选用非离子型造影剂,术前给予地塞米松、苯海拉明,尽可能减少造影剂量及缩短造影时间,免做左心室造影,并补充足够液体以促进造影剂排出。若已出现变态(过敏)反应,则视反应情况分别予氢化可的松或地塞米松,对有哮喘、喉头水肿者,宜加用氨茶碱、皮下注射肾上腺素,仍不能缓解的严重患者,则宜行紧急气管插管或气管切开。对过敏性休克者,宜迅速进行抗休克处理。

(赵仙先)

参考文献

［1］秦永文.实用先天性心脏病介入治疗［M］.上海：上海科学技术出版社,2005,158.

［2］张玉顺.先天性心脏病介入治疗与超声诊断进展［M］.西安：世界图书出版西安公司,2005,56.

［3］孔祥清.主编.先天性心脏病介入治疗［M］.南京：江苏科学技术出版社,2003,21.

［4］FOX J M, BJORNSEN K D, MAHONEY L T, et al. Congenital heart disease in adults：catheterization labora-tory considerations［J］. Cathet Cardiovasc Intervent,2003,58：219－231.

［5］纪荣明,李玉泉,秦永文,等.经皮室穿刺封堵室间隔缺损的应用解剖［J］.中国临床解剖学杂志,2003,21(2)：148－150.

［6］张福臣,等.1 099例先天性心脏病左至右分流患者血氧含量鉴别诊断的研究——新的血氧含量诊断标准［J］.中华心血管病杂志,1983,11：252.

［7］秦永文,赵仙先,徐荣良,等.自制封堵器经导管闭合膜部室间隔缺损的临床应用研究［J］.第二军医大学学报,2002,23(8)：857.

［8］秦永文,赵仙先,徐荣良,等.经导管闭合膜部室间隔缺损的临床应用研究［J］.中国循环杂志,2002,17(增刊)：55－57.

［9］秦永文,赵仙先,吴弘,等.自制非对称型室间隔缺损封堵器的初步临床应用［J］.介入放射学杂志,2004,13(2)：101－103.

［10］秦永文,赵仙先,郑兴,等.自制封堵器闭合膜部室间隔缺损的疗效评价［J］.介入放射学杂志,2004,13(2)：104－107.

［11］胡海波,蒋世良,徐仲英,等.室间隔缺损膜部瘤的造影分型及介入治疗方法学研究［J］.中华放射学杂志,2005,39(1)：81.

［12］李军,张军,石晶,等.膜部室间隔缺损形态、大小与封堵器的选择［J］.中国医学影像技术,2005,21(5)：712－714.

［13］赵仙先,秦永文,吴弘,等.嵴内型和肺动脉瓣下型室间隔缺损的经导管封堵治疗［J］.介入放射学杂志,2004,13(6)：486.

［14］BASHORE, T M, BATES E R, BERGER P B, et al. ACC/SCAI clinical expert consensus document on cardiac catheterization laboratory standards［J］. J Am Coll Cardiol, 2001,37：2170.

［15］DAVIDSON C J, BONOW R O. Braunwald's Heart Disease：A Textbook of Cardiovascular Medicine［M］. 7th ed. Philadelphia：Saunders, 2005, 395－422.

第六章

室间隔缺损的心血管造影

　　随着室间隔缺损介入治疗的蓬勃发展,左心室造影的室间隔缺损影像特征判断已经成为室间隔缺损封堵术前、术中即刻疗效评价的常规检查,尽管超声心动图能清楚判断室间隔缺损的位置和类型,在进行室间隔缺损封堵术之前仍必须进行左心导管检查,通过左心室造影获得更多的有关室间隔缺损位置、大小,缺损与主动脉瓣、肺动脉瓣、三尖瓣关系以及血流动力学信息,为室间隔缺损介入治疗提供准确而全面的影像资料,也是具体介入治疗策略制定的重要依据。

　　正常情况下,心脏位于中纵隔内,大小与本人握拳相近。成人心脏 2/3 位于正中线左侧,1/3 在右侧。前方大部分被胸膜及肺遮盖,仅其下部一小三角区,即心裸区,隔心包直接与胸骨体和肋软骨相邻,是超声探察心脏的良好部位,也是心包穿刺时常选用的位置之一。心脏略似前后稍扁的圆锥体。底朝向右、后、上方,尖斜向左、前、下方,贯穿心底中央到心尖的假想心脏中轴呈左下斜走行,与身体矢状面呈 30°～50°。室间隔为一弧面,而非平面,若在房室瓣下方经心室作一横切面,室间隔面占圆周的 1/3,相当于 120°左右的弧,偏前的 80°弧相当于室间隔的前半部,偏后的 40°弧相当于后半部。基于心脏的位置和室间隔的特点,在实际心导管检查中需根据这些特点选择投照体位,以求更好地显示室间隔缺损的位置和与毗邻结构的关系,对室间隔缺损的封堵治疗有重要意义。

第一节　室间隔缺损心导管检查造影剂的选择

一、概述

　　心血管造影是将造影剂快速注入血流,采用快速摄片或电影摄影以显示心脏及大血管的解剖结构及心功能的 X 线检查方法。理想的造影剂为水溶性,有足够浓度,在血液稀释下显影良好,具有低黏稠度、高稳定性、低渗透性,毒性小可反复注射。目前造影剂尚不能完全达到以上要求,因此新的造影剂,尤其是非离子造影剂正在不断出现。

造影剂发展至今经历了 3 个主要阶段,实现了从单碘、双碘到多碘;从高渗到低渗;从离子到非离子型的重要变革,使造影剂逐步达到低毒、高效、安全的新境地。

第 1 代造影剂由碘化油开始,1928 年合成了碘吡酮乙酸钠作为泌尿系统造影的水溶性静脉造影剂,此后更多的单碘或双碘化合物陆续面世,主要用于泌尿系统造影,但这些造影剂胃肠道反应大,临床推广应用受到一定限制。50 年代初合成的醋碘苯酸钠成为第 2 代造影剂。在化学结构上,引入三碘苯甲酸这个基本结构,解决了造影剂含碘与毒性的矛盾。1956 年和 1962 年分别合成了泛影酸盐和异泛影酸盐,由于这些造影剂钠盐含量高,注入血液会因钠离子浓度过高产生血管和神经系统的损害,含钠盐造影剂逐渐被甲泛葡胺盐制剂或葡胺盐与钠盐混合制剂取代,这个阶段的造影剂有泛影葡胺、胺肽葡胺、碘达明、碘卡明等,虽然临床应用更加广泛,但突出缺点是含碘量高,渗透压也高,约为血浆渗透压的 5 倍。

以上造影剂均属单体苯环碘造影剂,溶液中的碘原子数和离子数之比(离子比)为 3:2,即 1.5,为满足诊断要求,需在渗透压高达 1 600 mmol·kg^{-1}·H$_2$O 状况下注入,肾脏损害发生率高。1968 年合成了以具有低渗透压、非离子型为特征的第 3 代造影剂,这是造影剂发展史上的重要突破。非离子型造影剂具有与离子型造影剂相等的碘成分,但渗透压明显低于离子型,且不带电荷现象,不干扰体内的电离环境及电解质平衡,具有较少的毒性,如碘卡酸(iocarmic acid)、甲泛葡胺(metrizamide),离子比为 3,渗透压减少到 500 mmol·kg^{-1}·H$_2$O,随后,第二代单体非离子型造影剂相继问世,如碘普罗胺(iopromide,优维显)、碘海醇(iohexol,欧米帕克)等,与第一代相比,第二代非离子型造影剂在溶液中是最稳定的,可进行高温消毒而不变质。近年,国外药厂先后研制出二聚体非离子型造影剂,如碘曲仑(iotrolan,伊索显),碘克沙醇(iodixanol,威视派克),这类造影剂离子比达 6,与血液等渗,即使碘浓度高达 300 mg/ml 时仍然适用于脊髓及体腔造影。

二、室间隔缺损心导管检查常用造影剂

国内目前用于心血管疾病诊断的造影剂主要有碘海醇和碘克沙醇,本书将重点介绍这两种造影剂。

(一) 碘海醇

碘海醇是挪威奈科明有限公司于 1980 年代研制的一种水溶性非离子型 X 线造影剂,具有水溶性大、黏度小、渗透压低、毒性小等优点,由于其优越的化学结构。使得它比其他离子型对比剂和非离子型对比剂具有更低的毒性和更好的临床耐受性。因而在临床上得到了广泛的应用,是目前应用最广泛的非离子型造影剂之一,正逐步替代离子型产品而成为临床诊断使用的首选用药。

1. **物理特性** 碘海醇为无色至淡黄色的澄明液体,含有 3 个碘原子的非离子水溶性造影剂,碘含量为 46.4%。以经过消毒的水溶液为剂型,随时可用,并有不同的碘浓度,分别为每毫升浓度含有 140 mg、180 mg、240 mg、300 mg 或 350 mg 碘。

2. **药理作用** 碘海醇为 X 线及 CT 检查常用的造影剂,可供血管内、椎管内和体腔内使用。动物试验结果表明碘海醇对犬肝脏、腹主动脉、CT 扫描影像有增强效应。

3. **药代动力学** 碘海醇通过静脉注射到体内,于 24 h 内几乎全部药物以原形经尿液排

出,静脉注射后1h,尿液药物浓度最高,无代谢物产生。健康志愿者接受静脉内注射碘海醇后,其血流动力学参数、临床化学参数及凝结参数与接受注射前的数值差别甚微,其改变无临床意义。大鼠、兔及犬静脉注射时主要从尿中排出,小部分(大鼠5%,犬1%)从粪中排出,尚未发现任何器官吸收的现象,也未在动物中检测到任何代谢产物,本品蛋白结合率少于2%或几乎不与蛋白结合。

4. 心血管造影用法用量 见表6-1。

表6-1 碘海醇心血管造影用法

造影部位	含碘浓度(mg/ml)	用量
心血管造影		
左心室主动脉根部	成人：350	成人：30～60 ml
	儿童：300(需考虑年龄、体重、病种)	儿童：1～1.5 ml/kg
		最高不超过8 ml/kg
冠状动脉	350	每次：4～8 ml
主动脉	成人：350	成人：40～60 ml
	儿童：300	儿童：1～1.5 ml/kg
数字减影血管造影		
动脉内	300	1～15 ml(取决于造影部位)
静脉内	300	20～60 ml

5. 用药注意事项

(1) 使用造影剂可能会导致短暂性肾功能不全,这可使服用降糖药(二甲双胍)的糖尿病患者发生乳酸中毒。作为预防,在使用造影剂前48 h应停服双胍类降糖药,只有在肾功能稳定后再恢复用药。

(2) 2周内用白介素-2治疗的患者其延迟反应的危险性会增加(感冒样症状和皮肤反应)。

(3) 所有含碘质造影剂均可能干扰甲状腺功能的检查结果。甲状腺组织的碘结合能力可能会受造影剂影响而降低,并且需要数日甚至2周才能完全恢复。

(4) 血清和尿中高浓度的造影剂会影响胆红素、蛋白或无机物(如铁、铜、钙和磷)的实验室测定结果。在使用造影剂的当天不应做这些检查。

6. 禁忌证

(1) 有明显的甲状腺病症状患者。

(2) 对碘海醇注射液有严重反应既往史者。

(3) 有癫痫病史者。

(4) 有严重的局部感染或全身感染,且可能形成菌血症的患者。

(5) 除非医生认为必要,否则孕妇和哺乳期妇女应禁用。

(6) 严重心、肝、肾功能不全者。

7. 药物不良反应

（1）少数患者可能会产生一些轻微的反应，例如：短暂的温感、微痛、脸红、恶心/呕吐、轻微胸口作痛、皮肤瘙痒及风疹等。

（2）头痛、恶心及呕吐都是脊髓造影中最常见的不良反应。持续数天的剧烈头痛，可能间断发生。迄今发现的其他轻微不良反应有短暂的头晕、背痛、颈痛或四肢疼痛以及各种感觉异常现象。也曾发生脑电记录显示不明确的短暂变化（慢波）。用水溶性造影剂作脊髓造影后曾发现无菌性脑膜炎。使用本品作脊髓造影也曾报道过类似情况，但十分轻微且持续时间短暂。

（3）偶有造影后数小时至数日内出现迟发性不良反应。

（4）过敏反应（变态反应）：含碘造影剂可能会引起过敏性反应或其他过敏现象。虽然碘海醇引起剧烈反应的风险甚微，但仍应事先制定紧急救治程序，以便发生严重的反应时能马上进行救治。有过敏症或气喘病史，或是曾对含碘造影剂有不良反应的患者，使用此造影剂时需要特别小心，必须造影时，可考虑在造影前使用皮质类固醇及抗组胺剂。

（5）严重不良反应：甚少出现，但休克、惊厥、昏迷、重度喉头水肿或支气管痉挛、肾功能衰竭、死亡等也偶有报道。国外学者对 30 万病例统计，非离子造影剂（包括碘海醇）轻度不良反应发生率约为 3.08%，中度不良反应发生率约为 0.04%，重度不良反应发生率约为 0.004%。

（二）碘克沙醇

碘克沙醇是一种新型的非离子型、双体、六碘、水溶性的 X 线造影剂，由挪威奈科明公司研制，由于高渗透压造影剂会引起血液渗透压增高，红细胞、内皮细胞变形，血容量增加，血管扩张，被认为是造影剂肾病的主要原因之一，碘克沙醇作为等渗的血管内造影剂可减少造影剂肾病的发生，在国内外得到越来越广泛的应用。

1. 物理特性 碘克沙醇为无色至淡黄色澄明水溶液，渗透压 290 mmol/（kg · H_2O），和正常的体液等渗，pH 为 6.8~7.6，非离子型含碘造影剂，每个分子含有 6 个碘离子。最大特点是与血浆等渗，制剂中加入钠离子、钙离子调整渗透压，因此含碘 270 mg/ml 和 320 mg/ml 浓度均与血液等渗。

2. 药代动力学 碘克沙醇注射后在体内快速分布，平均分布 $t_{1/2}$ 为 21 min；本品仅分布在细胞外液，Vd 与细胞外量（0.26 L/kg）相同，蛋白结合率<2%，体内基本不代谢，主要由肾小球滤过经肾以原形排出体外，排泄 $t_{1/2}$ 为 2 h。健康志愿者经静脉注射后，约 80% 的给药量在 4 h 排出，97% 在 24 h 排出，只有 1.2% 注射药量 72 h 内从粪便排泄，最大尿药浓度在注射后 1 h 内出现。

3. 临床应用 碘克沙醇作为 X 线造影剂，适用广泛，可用于成年人心血管造影、脑血管造影、外周动脉造影、腹部血管造影、尿路造影、静脉造影和 CT 增强检查。给药剂量取决于检查的类型、年龄、体重、心排血量、患者全身情况以及所使用的技术。与其他造影剂一样，在给药前后应保证充足的水分。必须使用单独的注射器。用于动脉内注射的单次剂量，可重复使用。老年人与其他成年人剂量相同（表 6-2），儿童的安全性与有效性尚未确定。

表6-2 成年人推荐剂量

用　途	含碘浓度(mg/ml)	用　量(ml)
血管造影		
左心室与主动脉根部造影	320	30～60
选择性冠状动脉造影	320	4～8
动脉造影		
主动脉造影	270～320	10～40
外周动脉造影	270～320	10～30

研究表明对于已有肾功能损害的患者,碘克沙醇在肾脏安全性方面优于碘海醇,由5个欧洲国家(丹麦、法国、德国、西班牙和瑞典)17个医疗中心参加的随机、双盲研究(NEPHRIC研究),入选129例造影剂肾病高危人群的患者。分别应用碘克沙醇(64例)和碘海醇(65例)。术后随访7 d,检测术前、术后血清肌酐浓度。应用造影剂3 d内血清肌酐浓度平均最大增加值碘克沙醇组明显低于碘海醇组($P = 0.001$)。术后0～7 d血肌酐的平均增加值碘克沙醇组也明显低于碘海醇组($P = 0.003$)。血肌酐浓度升高值$>44.2\,\mu mol/L$的比例,碘克沙醇组也明显低于碘海醇组。碘海醇组有15.4%患者血肌酐升高值$>88.4\,\mu mol/L$,碘克沙醇组则无1例($P = 0.001$)。如果把血肌酐浓度升高值大于$44.2\,\mu mol/L$定义为造影剂肾病,则碘克沙醇组发生造影剂肾病的可能性仅为碘海醇组的1/11。在碘海醇组,血肌酐浓度基线值越高,0～3 d间增加值也越高,而碘克沙醇组无此现象。造影中发生的与药物有关的不良事件,碘克沙醇组13例,碘海醇组29例,碘海醇组发生了7例严重造影剂相关事件。糖尿病同时伴有肾功能损害者最容易出现造影剂肾病。一项有124例肾损害的患者(入选标准:血肌酐浓度大于$150\,\mu mol/L$),其中34例患有糖尿病,应用碘克沙醇和碘海醇进行肾或外周血管造影的研究中,碘克沙醇组有15%的患者造影后1周血肌酐浓度升高10%以上,而碘海醇组达31%($P < 0.05$)。

4. 药物不良反应

(1) 常见的不良反应为轻度感觉异常,如冷、热感。外周血管造影时常会引起热感(10%)、远端疼痛(1%～10%)。

(2) 胃肠道反应较少见,如恶心、呕吐(0.1%～1%),腹部不适或疼痛偶发(<0.1%)。

(3) 偶见轻度的呼吸道和皮肤反应,如呼吸困难、皮疹、荨麻疹、瘙痒和血管性水肿。

(4) 罕见喉头水肿、支气管痉挛、肺水肿和过敏性休克。

5. 药物相互作用

(1) 使用造影剂后有可能出现短暂肾功能不全,与双胍类药物同用会增加乳酸性酸中毒发生率,因此,48 h内应停用双胍类药物。

(2) 与白介素-2合用会增加后者感冒样症状、皮疹等延迟反应。

(3) 可使甲状腺碘结合能力下降,并持续几周,也会影响甲状腺功能测定。

(4) 对血或尿的胆红素、蛋白质、铁、铜、钙、磷测定结果有影响。

6. 禁忌证

(1) 有明确的甲状腺毒症表现的患者禁用。

（2）严重心功能不全患者禁用。

7．注意事项

（1）对孕妇、儿童的安全性未确定，不宜应用。

（2）有肾功能损害者、糖尿病患者及有过敏、哮喘、含碘制剂不良反应史的患者慎用；在 X 线造影过程中应始终保持静脉输液通路畅通，以备抢救急用。

（3）严重心脏病和肺动脉高压的患者容易出现血流动力学失调及心律失常。

（4）非离子型造影剂有轻微的抗凝活性，因此实施血管造影术中，需不时用肝素化的 0.9%氯化钠溶液冲洗管道，减少血栓形成和栓塞。

（5）有急性脑病、脑瘤、癫痫者可能会引起癫痫发作。饮酒后服药也会增加癫痫发作的机会。

（6）为预防造影剂使用后的急性肾功能衰竭，应注意确保充分的水化，造影术前后应多饮水，如有必要，可在检查前开通静脉输液并一直维持到造影剂从肾脏清除；2 次使用造影剂之间的时间间隔应足够长，以保证肾功能恢复到检查前的水平。

（7）患者造影后应至少观察 30 min。

三、造影剂不良反应及处理

尽管造影剂的质量有了明显的提高，造影反应明显下降，但普通反应仍很常见，偶发严重反应，如不及时处理，可致死亡。造影剂对周围血管、肺血管、心脏传导系统和心肌收缩力有一定的影响，其程度与造影剂的种类、浓度、注射部位、剂量以及心血管系统本身的状态有关。

1．一般反应　常见灼热感、皮肤潮红、头痛、恶心和呕吐等，通常很快消失，不必处理，与造影剂对周围血管的扩张作用有关。非离子型造影剂的这种不良反应甚少，程度也轻得多。此外，造影剂对血管的直接刺激造成局部疼痛，静脉内高浓度大剂量注射可引起静脉炎。

2．过敏（变态）反应　以荨麻疹较常见，可给予抗过敏药处理。重者如喉水肿，肺水肿和支气管痉挛，可因窒息而死亡，应立即注射肾上腺素和必要时作气管插管，同时加压通气治疗。过敏性休克是另一类严重反应，立即注射肾上腺素和升压药。造影前的碘过敏试验固然重要，但并不能完全避免过敏反应的发生，关键在于及时处理和抢救。

3．休克　主动脉和周围血管内注射大量高浓度造影剂，由于周围血管扩张，加上造影剂的高渗作用，周围循环血容量骤然下降，可导致休克。左心室和冠状动脉造影由于对心肌收缩功能的影响，左心室舒张末压升高，收缩压下降，可导致心源性休克。禁水、脱水、婴幼儿和心功能不全者易发生上述休克，可静脉内滴注右旋糖酐和升压药。

4．心肌缺血和各种心律失常　最常见的为偶发或频发室性早搏。最严重的为心室颤动和停搏。这是由于心脏传导系统受抑制和心肌刺激的关系，多见于左心室和冠状动脉造影。根据情况给予吸氧、口含硝酸甘油、注射异丙肾上腺素或心脏按压直至电击除颤等处理。

5．肺循环高压和右心衰竭　主要见于右心室和肺动脉造影。造影剂可引起肺血管痉挛，高渗造成细胞尤其是红细胞脱水浓缩，血液黏稠度升高，使肺循环阻力和压力升高，诱发或加重右心衰竭，原有严重肺循环高压者应特别慎重。可静脉滴注右旋糖酐 40，给予强心等处理。

6．心肌损伤　加压注射时，造影剂进入心肌内。端孔导管和顶壁注射时易于发生，轻者无自觉症状，重者可发生心绞痛，心电图出现 ST 段和 T 波改变，透视下可见导管顶端附近心肌壁内有一团造影剂阴影,随心壁跳动。个别病例心壁穿透,造影剂进入心包腔内,如量少者无症状,观察即可。若心包积液量持续增多,出现胸闷气急、脉压变小、血压下降、颈静脉充盈等心脏压塞症状,应立即外科心脏修补和心包穿刺引流。

第二节 室间隔缺损心血管造影操作技巧

室间隔缺损的心血管造影不同于单纯左心室造影,除了不同投照体位左心室造影观察室间隔缺损部位、大小、与主动脉瓣等毗邻结构的关系,同时还常规主动脉瓣上造影以确定有无合并主动脉瓣关闭不全,必要时应行右心室造影,以判断有无合并右心室流出道狭窄。室间隔心血管造影所涉及的具体操作步骤在本书第五章已详尽讲述,本章重点讲述室间隔心血管造影过程中关键步骤的操作技巧和手法。

一、股动脉穿刺和置入动脉鞘管

(一)穿刺技巧

常用 Seldinger 血管穿刺技术,股动脉穿刺点的选择是穿刺成功的关键,一般选右侧股动脉(图 6-1),两腿略外展以便于穿刺。先触摸股动脉确定搏动最强点和股动脉走行,左手示指、中指及无名指并拢,指尖成一直线,在腹股沟韧带中部下方 2~3 cm 处触摸,穿刺点一般在股动脉搏动最强点和腹股沟皮折线交点,在穿刺点做皮肤切口后,左手轻压固定股动脉,右手持穿刺针,针头斜面朝上,沿股动脉走行与皮肤成 45°进针,尽可能使穿刺针抵达股动脉前壁,当针尖触及动脉壁时,针柄会出现搏动感,针尖穿入股动脉时有落空感,随见鲜红色动脉血喷出,微调穿刺针,使动脉血呈线形喷出,标志穿刺针在动脉

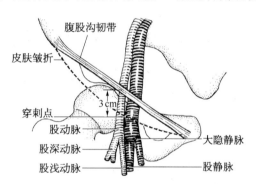

图 6-1 右侧股动脉穿刺点在腹股沟韧带中部下方 3 cm 处

腔内,当确信穿刺针在动脉腔才可导入导引钢丝,送入应无阻力,如遇阻力,应迅速退出钢丝,调整穿刺针角度或微调进针深度。导引钢丝顺利进入血管腔后,沿导引钢丝插入扩张管和外鞘管至血管腔内,注意钢丝必须露出鞘管尾端才可向前推送鞘管,鞘管尾部在血管外 1~2 cm时,停止推送,一并退出导引钢丝和扩张管,保留鞘管在血管腔内,再送入鞘管使鞘管与穿刺处皮肤紧密贴合。

(二)注意事项

(1)术前查看患者,了解股动脉搏动情况。

(2)切口前一定要仔细寻找动脉搏动最强点,力争做到一针见血。

(3)腹股沟韧带不是腹股沟皮纹,切忌过低或过高。

(4)针尖一定要斜面向上。

(5)禁止穿刺不顺利时穿刺针在真皮下作扇面运动寻找动脉。

(6)在穿刺不顺利时,不要轻易用针或者鞘作股动脉造影,容易使已经形成的夹层变大,

如果遇到任何阻力,均应该重新穿刺;如果仍不顺利,可以在透视下注射少许造影剂印证穿刺位置;因外周血管壁神经比较丰富,仔细询问患者疼痛感有无明显加重尤其重要。

(7) 如穿刺到静脉不要急于拔针,应将针头回撤至皮下稍微偏外再穿刺一针。

(8) 钢丝尽量向远端送,如果不能确定是否为动脉,建议用长钢丝一直送到升主动脉以明确位置。

(9) 如果近段血管极度扭曲,可在长钢丝引导下更换长鞘,如果髂动脉水平上扭曲,建议穿刺对侧。

二、室间隔缺损左心室造影与投照体位

(一)室间隔缺损左心室造影

左心室造影有两个步骤比较关键,猪尾巴导管通过主动脉瓣和猪尾巴导管进入左心室后位置的放置。

1. **操作技巧** 先将长 145 cm 导引钢丝插入导管内,使导丝软头与带端孔及侧孔的猪尾巴导管头端平齐,一并经外鞘管送入股动脉,正位透视下先送入导丝 10～20 cm,再同步推送导管与导丝,导丝至升主动脉时固定导丝,推进导管通过主动脉弓,将导丝头端回撤导管内,送导管至主动脉根部,顺时针方向旋转导管同时前送即可通过主动脉瓣进入左心室,如果导管难以进入左心室,可同时送导丝和导管到达主动脉根部,先将导丝送入左心室腔,沿导丝推进导管至左心室,撤出导丝,调整猪尾巴导管位置使之游离于左心室腔中部,若导管位置稳定,不触发室性早搏,压力曲线平稳,则可准备造影,连接高压注射器,确认无气泡后,再行造影。

2. **注意事项**

(1) 最佳导管位置:避免接触乳头肌或离二尖瓣口太近,以免造成人为的二尖瓣反流。

(2) 对于大多数成年人而言,导管置于心室腔中部最好,因为此位置有利于造影剂充盈,同时避免影响二尖瓣功能。

(3) 如果猪尾巴导管随着心跳而转动,意味着导管尖端可能挂住二尖瓣腱索。

(4) 当导管到位后,应先手推造影剂 5～8 ml 来证实导管的位置。

(二)造影剂注射量和注射速度

各类造影时造影剂注射量和注射速度取决于心腔容量大小、有无分流、有无瓣膜反流及其程度、注射心腔的远端有无狭窄阻塞及其程度。凡心腔大的、分流量和反流量大的,注射剂量宜加大,注射速度要快;反之,凡心腔容量小、无分流或反流存在,或远端有阻塞情况,注射剂量宜小,速度宜慢。通常每次注射量 1～1.5 ml/kg,总量不超过 4～5 ml/kg,常规用量 40 ml,范围在 30～50 ml;注射速度 15～25 ml/s;压力 600～1 200 PSI(磅/平方英寸),上升时间为 0.2～0.5 s。

(三)室间隔缺损左心室造影投照体位

1. **心脏解剖与投照体位** 正常心脏长轴自右后上方向左前下方倾斜,与正矢状面构成 45°,与轴位投照相关的心脏解剖有两个特点:① 当患者仰卧时,心脏长轴与操作台面长轴相交而不平行,从垂直台面的球管所射出的 X 线束与心脏长轴并不垂直,造成心脏结构的缩短和重叠,得到的影像比实际要小而短。心脏长轴与台面交角的大小与患者年龄、心型和膈位置等有关,一般而言,成人心脏长轴与操作台面交角约 30°,垂直型偏小,横位型偏大。婴幼儿大于成人,为 40°～45°。② 室间隔为一弧面,而非平面,若在房室瓣下方经心室作一横切面,室

间隔面占圆周的 1/3,相当于 120°左右的弧,偏前的 80°弧相当于室间隔的前半部,偏后的 40°弧相当于后半部。

2. 室间隔缺损左心室造影常用投照体位 室间隔缺损左心室造影最常用投照体位为左前斜 40°~50°+头位 20°~25°,必要时加长轴斜位即左前斜 60°~75°+头位 20°~25°。

(1) 左前斜 40°~50°+头位 20°~25°:增强器向患者左侧转动 40°~50°,同时向头端倾斜 20°~25°,此时近似从心尖部顺心脏正中轴往上、往后观,房间隔、室间隔以及冠状动脉前降支等心脏正中结构摆入心影正中,整个房间隔及室间隔的后半部与 X 线束呈切线位,使 4 个房室相互分开,左、右心房室瓣也分开,最大面积展开二、三尖瓣环,同时有助于区分心脏左右结构。在这一体位可清楚显示室间隔缺损的位置、大小和数目,即使数毫米大小的缺损,一般情况下,膜周部和肌部室缺的左心室造影常用此体位。

(2) 长轴斜位:增强器向患者左侧转动 65°~70°,向头端倾斜 25°~30°。该体位使室间隔前半部以及二尖瓣环与 X 线呈切线位,将左心室流出道拉长,便于观察左心室流出道情况以及缺损部位与主动脉瓣的关系,可较好显示高位室缺,尤其是位于主动脉瓣下和肺动脉瓣下的室间隔缺损。

三、主动脉瓣上造影

室间隔缺损介入治疗时,应常规进行术前术后主动脉瓣上造影,以确定患者术前是否合并主动脉瓣关闭不全和 Valsalva 窦瘤破裂,以及封堵器封堵后对主动脉瓣的影响。

主动脉瓣上造影操作手法较为简单,先把长 145 cm 导引钢丝插入导管内,使导丝软头与带端孔及侧孔的猪尾巴导管头端平齐,一并经外鞘管送入股动脉,正位透视下先送入导丝 10~20 cm,再同步推送导管与导丝,导丝至升主动脉时固定导丝,推进导管通过主动脉弓,将导丝头端回撤导管内,送导管至主动脉根部,导管头应置于瓣上 3~4 cm 处,主动脉必须显示清楚,而导管头又不能弹入左心室内,以免人为造成造影剂反流的假象。投照位置以左前斜位、左前长轴斜位为宜,通常每次注射量 1~1.5 ml/kg,总量不超过 4~5 ml/kg,常规用量 40 ml,范围在 30~50 ml;注射速度 15~25 ml/s;压力 600~1 200 PSI,上升时间为 0.2~0.5 s。

第三节 室间隔缺损的左心室造影分类

一、室间隔缺损分类

心室间隔由 4 部分组成:膜部间隔、心室入口部间隔、小梁部间隔和心室出口或漏斗部间隔,其中以膜部间隔缺损最为常见。室间隔缺损命名和分类尚不统一,按室间隔缺损大小,临床上分为大、中、小 3 种。小型室缺缺损直径小于主动脉口径的 1/3;中型室缺指缺损直径在主动脉口径的 1/3~2/3;大型室缺指缺损直径等于或大于主动脉口径。室间隔缺损的命名方式有多种,目前较常用的是根据胚胎发育、形态学特征和临床特点将室间隔缺损分为膜部、漏斗部、肌部 3 种类型,每种类型又分为不同亚型。

1. 膜部室间隔缺损 此种类型占室间隔缺损的绝大多数,约占 80%,膜部室间隔缺损又分为 3 种亚型。

(1) 单纯膜部室间隔缺损：缺损局限于膜部间隔,缺损边缘为纤维组织,部分缺损与三尖瓣隔瓣腱索粘连。

(2) 膜周型室间隔缺损：此型室间隔缺损最常见,缺损超出膜部界限向流入道间隔、流出道间隔和肌小梁间隔延伸,缺损通常较大,贴近三尖瓣前隔瓣交界处。

(3) 隔瓣下型室间隔缺损：又称流入道型或房室管型室间隔缺损,位于三尖瓣隔瓣下方,可造成流入道部分或完全缺如。

2. 漏斗部室间隔缺损 又称流出道或圆锥部室间隔缺损,缺损位于左右心室流出道,多系圆锥部间隔融合不良所致。漏斗部室间隔缺损分为以下 2 个亚型。

(1) 干下型室间隔缺损：缺损位置位于肺动脉瓣下方,室上嵴上方,缺损上缘由肺动脉瓣环构成,没有肌肉组织,缺损也可靠近主动脉右冠瓣,易伴发主动脉瓣右冠瓣因缺少支撑而关闭不全。

(2) 嵴内型室间隔缺损：缺损位于室上嵴结构之内,四周均为肌肉缘,其上方有一漏斗隔的肌肉桥将肺动脉瓣隔开。

3. 肌部室间隔缺损 缺损边缘完全为肌肉组织构成,可发生于肌部小梁间隔的任何部位。但常见于中部、心尖部和前部。

二、膜周部室间隔缺损左心室造影分类

以往对于室间隔缺损的左心室造影形态学研究较少,通过对室间隔缺损患者的左心室造影观察分析,作者通过对长海医院室间隔缺损患者左心室造影资料分析,提出了室间隔缺损左心室造影的形态学分型。根据左心室造影形态特点,室间隔缺损可被分为管型、漏斗型、窗型、瘤型和未分型 5 类,其中瘤型又进一步分为伴或不伴主动脉瓣脱垂 2 个亚型。此分类的重要意义在于一方面可根据左心室造影形态特点选择合适的封堵器,提高封堵治疗的成功率,减少残余漏的发生率,另一方面,根据室间隔缺损的不同解剖特点设计系列室缺封堵器,达到封堵的个体化治疗。

1. 窗型 窗型占 5%,缺损往往离主动脉瓣很近,缺损出入口较难分清,入口与出口距离很短,缺损直径一般较大,由于窗型室间隔缺损很难清楚显示,测定直径往往比实际缺损直径小,手术难度较大,对封堵器大小的选择更多地依靠术者的经验。

2. 管型 室间隔缺损呈管道状,缺损出口和入口大小相近,这类室间隔缺损占 20% 左右,在形态上又可分为直管和弯管两种,测量的缺损直径准确,这类室缺较容易封堵,即刻封堵效果好。

3. 漏斗型 占 36%,漏斗型在左心室面的入口处大,右心室出口处小,在形态上又呈现长漏斗形、短漏斗形和漏斗管形,长漏斗形提示室缺离膜部中心较短漏斗形远,这类室缺也较容易封堵。

4. 瘤型 占 40% 左右,在右心室面呈囊袋状,左心室面大,右心室面的出口小,有的可以有多个小出口,缺损右心室面可呈现羊角形、菜花形、球形、蘑菇形等多种形态。这类室缺由于出口多,位置分散,增加了手术的难度,膜部瘤型室间隔缺损一般远离主动脉瓣,可将封堵器放置在囊袋内,以免影响主动脉瓣的关闭。

5. 未分型 占 4% 左右,不能归入上述 4 类分型。

第四节 室间隔缺损左心室造影图谱

由于目前尚没有详细介绍左心室造影图像的书,作者特别收集了室间隔缺损的左心室造影图像,根据左心室造影特点进行了编排。

一、管型

见图 6-2～图 6-9。

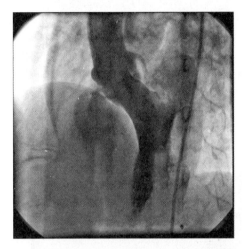

图 6-2 缺损直径 2 mm,出口方向向后,造影剂通过开口水平喷入右心室

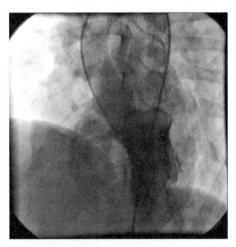

图 6-3 缺损直径约 2 mm,管长 9 mm,造影剂通过开口水平喷入右心室

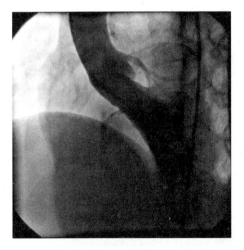

图 6-4 呈弯管形,缺损直径 2 mm,管长 5 mm

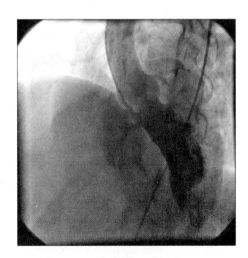

图 6-5 呈短管形,缺损直径 4 mm

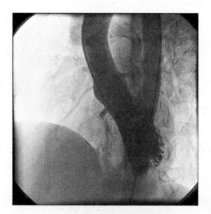

图 6-6　呈弯管形,缺损直径 3 mm,
管长 6 mm,出口方向向下

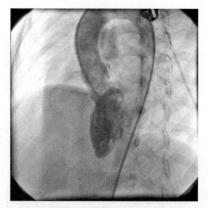

图 6-7　造影剂经缺损出口水平射入右心室,
缺损直径 2 mm,管长 6 mm

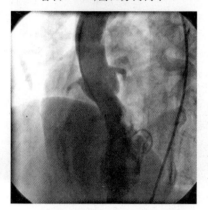

图 6-8　造影剂经缺损出口水平射入右心室,
缺损直径 3 mm,管长 4 mm

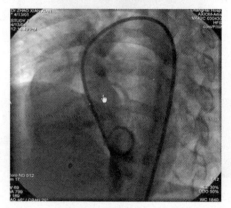

图 6-9　造影剂经缺损出口向下射入右心室,
缺损直径 4 mm,管长 3 mm

二、漏斗型

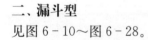

见图 6-10～图 6-28。

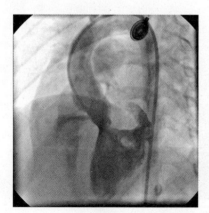

图 6-10　入口直径约 3 mm,出口直径 2 mm,
入口距出口约 9 mm

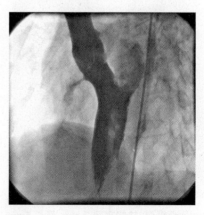

图 6-11　漏斗管型,造影剂在开口处呈漏斗形,
继而呈管形射入右心室,缺损入口直径 4 mm,出口
直径 2 mm,入口距出口约 4 mm,出口斜向下方

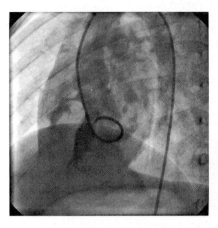

图 6–12 呈漏斗管型,造影剂在开口处呈漏斗形,继而呈管形射入右心室,入口直径 5 mm,出口直径 2 mm,造影剂通过出口水平喷入右心室

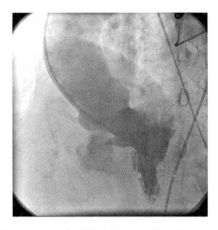

图 6–13 呈典型漏斗型,入口直径约 12 mm,出口最窄处直径 2 mm,入口距出口 7 mm

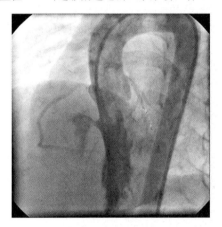

图 6–14 漏斗管型,入口直径 5 mm,出口方向向上,直径 1 mm,入口距出口 5 mm

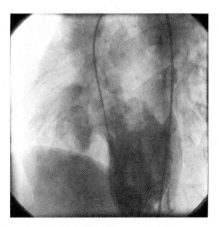

图 6–15 典型漏斗型,入口直径约 18 mm,出口最窄处直径 10 mm,入口距出口 5 mm

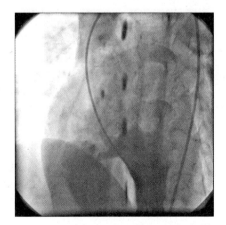

图 6–16 典型漏斗型,入口直径约 12 mm,出口最窄处直径 3 mm,入口距出口 7 mm

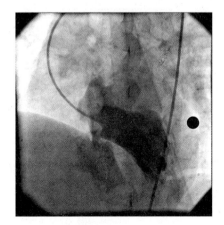

图 6–17 典型的漏斗型,入口直径约 8 mm,出口最窄处直径 4 mm,入口距出口 4 mm

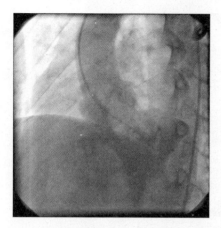

图 6–18　典型漏斗型,入口直径约 9 mm,
出口最窄处直径 4 mm,入口距出口5 mm

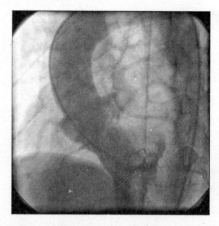

图 6–19　典型漏斗型,入口直径约 4 mm,出口最
窄处直径 1 mm,入口距出口 3 mm,出口窄,造影剂
呈线形射入右心室

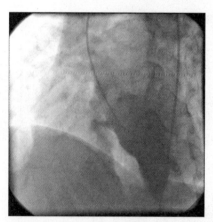

图 6–20　长漏斗形,入口直径约 10 mm,出口最窄
处直径 3 mm,入口距出口 6 mm

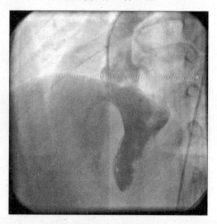

图 6–21　典型漏斗型,入口直径约 8 mm,出口最
窄处直径 2 mm,入口距出口 4 mm

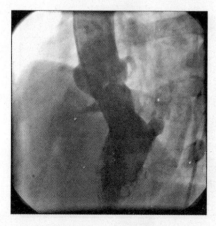

图 6–22　缺损图像左心室侧似管型,出口处突然
变细,入口直径约 5 mm,出口最窄处直径 3 mm,入
口距出口 4 mm

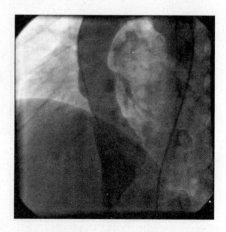

图 6–23　造影剂水平射入右心室,缺损部位为膜周
部靠近肌部,缺损入口直径约 4 mm,出口最窄处直径
2 mm,入口距出口 6 mm

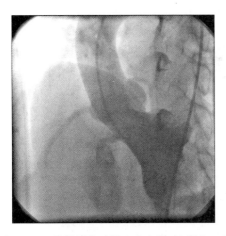

图 6-24 造影剂水平射入右心室,缺损入口直径约 5 mm,出口最窄处直径 2 mm,入口距出口 5 mm

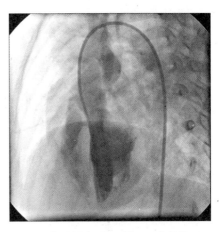

图 6-25 典型漏斗型,缺损入口直径约 4 mm,出口最窄处直径 3 mm,入口距出口4 mm

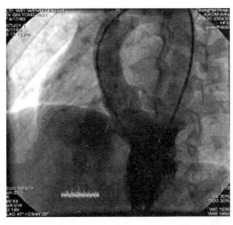

图 6-26 缺损入口直径约 4 mm,出口最窄处直径 2 mm,入口距出口 5 mm

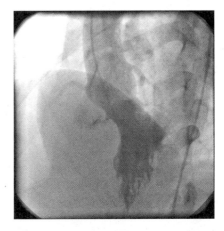

图 6-27 缺损入口处呈漏斗型,继而呈弯管型通过缺损部位,缺损入口直径 7 mm,出口直径 2 mm,入口距出口 6 mm

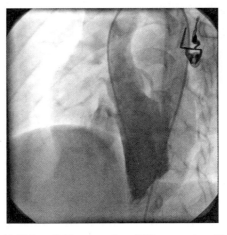

图 6-28 缺损入口直径 3 mm,出口直径 2 mm,入口距出口 4 mm

三、瘤型(膜周部室间隔缺损并发膜部瘤)

见图 6-29~图 6-52。

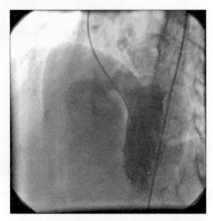

图 6-29　缺损入口直径约 7 mm,瘤体最大直径 14 mm,多出口

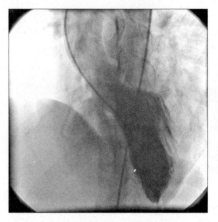

图 6-30　缺损入口直径约 7 mm,双出口,出口最窄处直径 3 mm

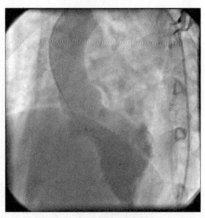

图 6-31　瘤体最大直径 13 mm,入口直径约 15 mm,多出口

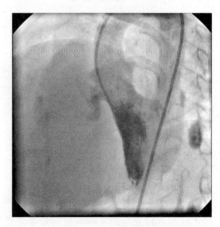

图 6-32　缺损入口直径约 6 mm,瘤体最大直径 12 mm,有 3 个出口

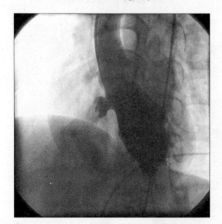

图 6-33　瘤体最大直径 12 mm,有盲端,单出口,入口直径约 9 mm,出口直径 3 mm

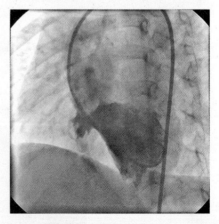

图 6-34　多瘤体最大直径 14 mm,入口直径约 8 mm,多出口,最大出口直径 3 mm

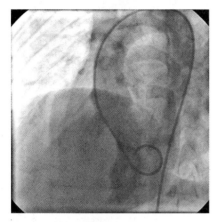

图 6-35　瘤体最大直径 10 mm,多孔型,入口
直径约 7 mm

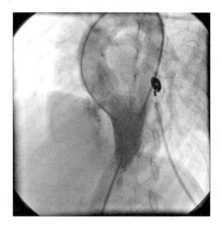

图 6-36　瘤体最大直径 12 mm,瘤体较分散,
多孔型,入口直径约 3 mm

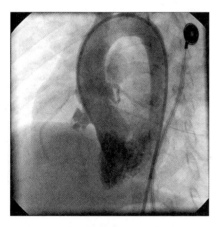

图 6-37　瘤体最大直径 11 mm,方向向上的突
出体为盲端,入口直径约 8 mm,两个出口,最大
出口直径约 5 mm

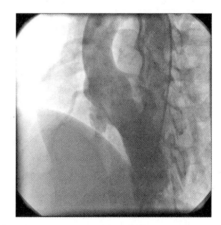

图 6-38　瘤体最大直径 14 mm,多孔型,入口
直径约 14 mm

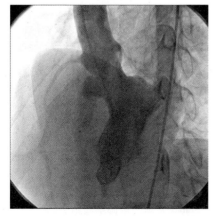

图 6-39　瘤体最大直径 13 mm,入口直径约
10 mm,双出口,主要出口方向向下

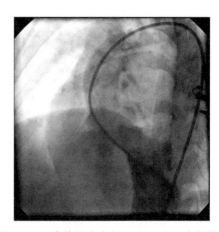

图 6-40　瘤体最大直径 12 mm,入口直径约
7 mm,多出口,呈筛孔状

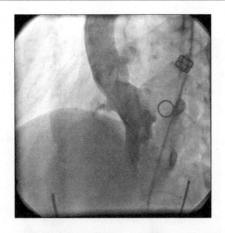

图 6-41 瘤体入口宽,出口窄,入口直径约 6 mm,多出口,最大出口方向向下直径 3 mm

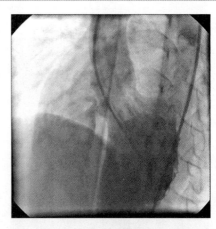

图 6-42 造影剂通过缺损部位显示缺损出口呈三叉型,也是膜部瘤型的常见图像,入口直径约 7 mm,三出口,主要出口位于中部和下部,最大出口直径 3 mm

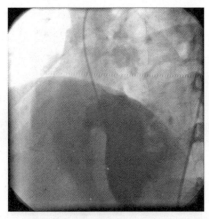

图 6-43 造影剂通过缺损部位出口呈蘑菇状,瘤长 13 mm,多出口,最大出口直径 5 mm,方向向下,入口直径约 14 mm

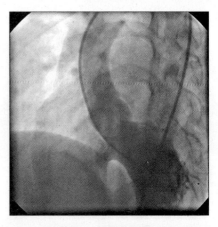

图 6-44 膜部瘤呈蘑菇状,瘤长 12 mm,多出口,最大出口直径 2 mm,入口直径约 10 mm

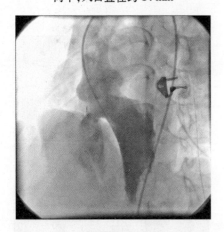

图 6-45 膜部瘤呈蘑菇状,瘤长 10 mm,多出口,最大出口直径 3 mm,入口直径约 11 mm

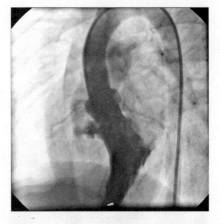

图 6-46 不典型的膜部瘤图像,造影剂通过缺损部位出口呈哑铃状,多出口,最大出口直径 4 mm,入口直径约 4 mm,出入口距离约 10 mm

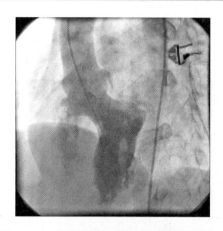

图 6‑47　典型的膜部瘤图像,造影剂通过缺损部位出口呈菜花状,瘤长 23 mm,多出口,主要出口方向向下,入口直径约 16 mm

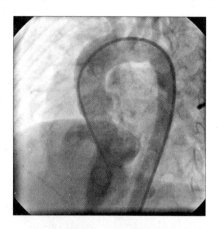

图 6‑48　典型的膜部瘤图像,呈蘑菇状,瘤长 6 mm,多出口,最大出口直径约2 mm,入口直径约 7 mm

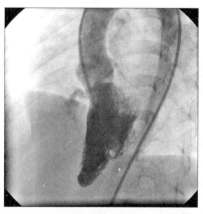

图 6‑49　不典型的膜部瘤图像,造影剂通过缺损部位出口呈纺锤状,瘤长6 mm,多出口,最大出口方向向下,直径约 2 mm,入口直径约 4 mm

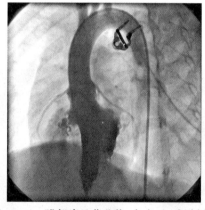

图 6‑50　膜部瘤呈菜花状,多出口,造影剂通过最大出口方向向下射入右心室,直径约 3 mm,入口直径约 9 mm

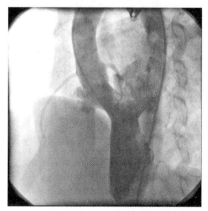

图 6‑51　不典型膜部瘤图像,造影剂通过缺损部位出口呈花瓣状,多出口,造影剂通过最大出口向下射入右心室,直径约 8 mm,入口直径约13 mm

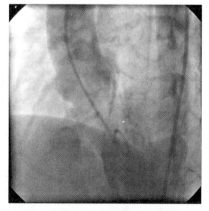

图 6‑52　造影剂通过缺损部位出口呈菜花状,瘤长 7 mm,多出口,造影剂通过最大出口向下射入右心室,直径约 4 mm,入口直径约 9 mm

四、窗型缺损

见图 6-53～图 6-56。

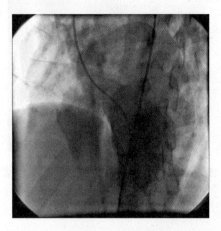

图 6-53 造影剂直接通过缺损部位进入右心室，造影剂相对均匀散开，缺损入口直径 16 mm

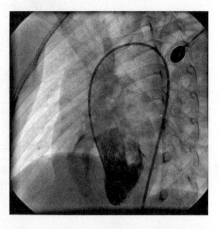

图 6-54 造影剂呈窗形通过缺损部位，缺损直径 3 mm

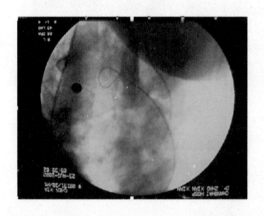

图 6-55 造影剂呈窗形通过缺损部位，缺损直径 5 mm

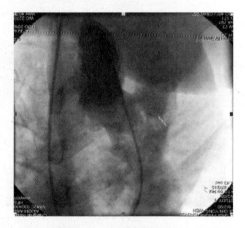

图 6-56 缺损直径 5 mm

（吴弘）

参考文献

［1］纪荣明，李玉泉，秦永文，等. 经皮穿刺封塞室间隔膜部缺损的应用解剖［J］. 中国临床应用解剖学杂志，2003，21 (2)：148.

［2］纪荣明. 心脏的临床应用解剖学图谱［M］. 上海：第二军医大学出版社，2003.

［3］周爱卿. 心导管术——先天性心脏病诊断与治疗［M］. 山东：山东科学技术出版社，1998，29-30.

［4］李荫太，张炎. 碘海醇的临床应用［J］. 中华实用医学杂志，2003，5(8)：113-114.

［5］张震洪，甘树广，张耿新. 碘海醇对肾功能的影响及相关因素分析［J］. 岭南心血管病杂志，2004，10 (55)：355-354.

［6］卞读军,肖恩华.碘克沙醇———一种新型的更安全的对比剂［J］.放射学实践,2005,20(5)：458－459.

［7］李美英,史亦丽.威视派克［J］.中国新药杂志,2004,13(3)：277－279.

［8］SOVAK M,TERRY R,ABRAMJUK C,et al. Iosimenol, a low-viscosity nonionic dimer；reclinical physico-chemistry, pharmacology,and pharmacokinetics［J］. Invest Radiol,2004,39(3)：171－181.

［9］ATA ERDOGAN, CHARLES J D. Recent clinical trials of iodixanol［J］. Rev Cardiovasc Med［J］,2003,4(1)：43－50.

［10］ASPELIN P,AUBRY P. Nephrotoxic effects in high-risk patients undergoing angiography［J］. N Engl J Med,2003,348(6)：491－499.

［11］秦永文.实用先天性心脏病介入治疗［M］.上海：上海科学技术出版社,2005,158－174.

第七章

室间隔缺损超声诊断与术中超声监测

　　心血管病的介入治疗是在X线透视引导下进行的,对于血管病的介入治疗,X线透视和血管造影相结合可清晰显示形态和治疗的效果。室间隔缺损的介入治疗时,X线透视和心血管造影可以大致了解室间隔缺损的位置、大小、与周围结构如主动脉瓣的关系、封堵器植入后对周围组织和结构的影响。但是患者接受造影剂的剂量有较大的限制,不宜反复造影检查。而应用经胸心脏超声检查可弥补血管造影的不足,二维超声检查可直观地显示缺损的形态、大小以及与毗邻结构的关系,并能实时评价封堵器植入后对主动脉瓣和三尖瓣的影响。这些方法相互结合能准确而可靠地引导封堵器的放置,实时判断封堵的疗效。临床应用证明,超声心动图以其无创性、可重复性而成为室间隔缺损介入治疗辅助诊断的首选方法之一,在术前检查、筛选,术中监测和术后随访方面均有重要作用,术中超声监测已成为室间隔缺损介入治疗中必不可少的环节。

第一节　概　　述

一、超声心动图引导室间隔缺损封堵的物理学基础

　　封堵装置的组成材料为镍钛合金支架、不锈钢固定圈和充填在其中的聚酯膜,封堵过程所涉及的封堵器、心导管、导引钢丝、输送鞘管等材料与人体组织和血液的声阻抗差别大,在超声显示屏上封堵器、导管和导引钢丝呈强回声,而心腔、心房肌、房室间隔、心室肌呈相对低回声,两者图像对比明显,非常容易区别。应用二维超声能清晰显示封堵器的形态和结构,能直观地判断封堵器放置的位置和放置后的形态。不仅如此,还能清晰显示导管和导引钢丝在心腔内的走行,帮助术者判断导管或导引钢丝是否通过室间隔缺损孔(图7-1)。应用三维超声显像技术,可得到实时的三维图像,显示封堵器的立体图像,较二维超声更准确地显示封堵器与其相邻结构的关系。甚至可以在三维超声指导下放置室间隔缺损封堵器,但三维超声目前应用还不广泛,临床经验较少,室间隔缺损的介入治疗仍以二维超声为主。

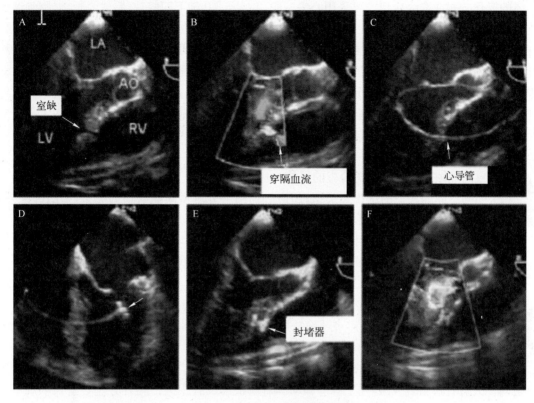

图 7-1　室间隔缺损超声心动图

A. 显示室间隔缺损部位位于肌部；B. 超声显示穿过室间隔缺损处的血流；C. 显示导引钢丝通过室间隔缺损处；D. 封堵器在右心室内释放；E. 封堵器放置在室间隔缺损处,室间隔缺损封堵器呈强回声图像；F. 显示经室间隔缺损的左向右分流消失

二、超声多普勒引导室间隔缺损封堵的物理学基础

心室间隔两侧心腔压力不一致,左侧高于右侧,由于存在室间隔缺损,血液从左侧流向右侧。利用超声彩色多普勒可显示经室间隔缺损的穿隔血流,穿隔血流对室间隔缺损有确诊价值；通过测量穿隔血流束的宽度,可初步确定缺损大小；测定穿隔血流的速度,可了解右心室的压力以及左右心腔间的压力阶差,如果穿隔血流速度明显减慢,往往提示存在肺动脉高压,或右心室流出道梗阻引起右心室压力升高；超声多普勒还用于评价封堵器到位后封堵的疗效,是否完全阻断了穿隔血流。此外,超声多普勒对于主动脉瓣反流和三尖瓣反流的定性和定量诊断也具有较重要的作用。因此,充分利用超声心动图和多普勒血流显像技术,对顺利完成封堵治疗,提高封堵成功率,减少并发症的发生起着举足轻重的作用。

第二节　术前超声心动图检查

所有患者封堵术前均需行超声心动图检查,目前的超声诊断主要有二维和三维图像及彩色多普勒等显示方式,操作方法有经胸和经食管探查等。在临床工作中可根据实际需要选择具体的操作方式或联合应用。可采用心尖四腔、心尖五腔、剑下四腔观,胸骨旁长轴、胸骨旁四腔心、心底大动脉短轴等多部位多切面扫查。每种切面观察的重点不同,心尖五腔心切面主要观察及测量室间隔缺损边缘距主动脉瓣的距离;大动脉短轴切面(肺动脉长轴切面)观察及测量室间隔缺损边缘距肺动脉瓣的距离;左心室长轴切面重点观察缺损与主动脉瓣的关系及有否存在主动脉瓣脱垂等。为充分了解室间隔缺损的形态特点,还需应用彩色多普勒血流显像观察,测量室间隔缺损的左心室侧距右心室侧直径、室间隔缺损与主动脉瓣环及三尖瓣隔叶的距离。所得数据和图像资料均能存储和重放,便于与封堵术中左心室造影图像对照。

一、室间隔缺损超声心动图检查的目的

(1)明确室间隔缺损的位置和类型;超声心动图可分辨室间隔缺损的类型,如肌部缺损、膜周部缺损、嵴下型、隔瓣后型和嵴内型缺损。

(2)明确室间隔缺损的数目、大小、形态和残端与周围组织的关系。

(3)明确有无合并其他心脏病变或不宜行手术的全身疾病。

二、重点观察项目

1. 确定室缺部位 术前超声可明确缺损的部位,需要区别适合封堵和不适合封堵治疗的室间隔缺损,以提高封堵治疗的成功率。

(1)肺动脉瓣下型室间隔缺损:大血管短轴观室间隔回声失落或其分流束位于1点～2点之间。大血管短轴观VSD左上缘与肺动脉后瓣根部没有距离。胸骨旁左心室长轴观室间隔缺损或其分流束上缘紧邻主动脉右瓣根部,常常合并主动脉脱垂。此型室间隔缺损应选择外科治疗。

(2)嵴内型VSD:大血管短轴观室间隔回声失落或其分流束位于11点半～1点半之间。大血管短轴观VSD左上缘与肺动脉瓣根部尚有距离。胸骨旁左心室长轴观VSD或其分流束上缘多紧邻主动脉右瓣根部。

(3)单纯膜部VSD:虽然超声图像上无法严格确定,但对于在大动脉根部短轴切面上主动脉前壁与室间隔连续中断,在9点位紧靠三尖瓣隔瓣的小于10 mm缺损,可初步诊断,五腔心切面及四腔心切面也可显示。此部位的缺损适宜施行经导管封堵术。

(4)膜周部VSD:在心尖五腔心切面上可清晰显示缺损的大小和部位,以及与邻近结构的关系,胸骨旁大动脉短轴切面显示缺损在9点～12点。适合行封堵治疗的VSD边缘与主动脉瓣环的距离应大于2 mm。紧邻于室上嵴下方的较小的室间隔缺损适合经导管封堵术。较大的缺损因上缘与主动脉右冠瓣瓣根相距太近,部分靠近右、无冠瓣交界,封堵器放置后易引起主动脉瓣的反流,对术者的技术水平和临床经验要求较高。

(5)隔瓣后VSD:与膜周部室间隔缺损相同,五腔心切面及四腔心切面可显示。在心尖五腔心切面上可清晰显示缺损的大小和部位,以及与邻近结构的关系,胸骨旁大动脉短轴切面上缺损在9点～10点位置,通常远离主动脉瓣。缺损下缘多紧邻三尖瓣隔瓣,并常伴膜部膨出瘤。室间隔缺损的基底大,出口小并与三尖瓣瓣下组织粘连。封堵术需注意的是隔瓣及其后方组织内有房室传导束。隔瓣后型室间隔缺损要较准确测量室间隔缺损下缘与三尖瓣的最小距离,此间距应大于3 mm,可施行常用的双盘状封堵器的封堵术。

(6) 肌部室间隔缺损：肌部缺损主要观察肌部室间隔的连续性和分流情况。心尖四腔心切面、左心室长轴切面、胸骨旁五腔心切面和左心室短轴系列切面均可以在不同角度显示肌部的室间隔。肌部室间隔缺损与膜周部室间隔缺损容易鉴别，前者缺损周围为室间隔的肌部，较厚。多为单孔型，也可为多孔型。3 mm 以下的室间隔肌部缺损，二维图像不易发现室间隔的连续中断，而彩色血流显像和多普勒频谱更敏感，根据在室间隔右心室面获取的收缩期高速血流频谱和彩色分流可诊断。

2. 确定 VSD 形态学分型

李军等将膜周部 VSD 形态上归纳为漏斗型、瘤型、不规则型、管道型。朱振辉等提出与封堵技术关系更为密切的分型方法。

Ⅰ型：VSD 边缘光滑平整，与周边结构无粘连，结构简明，缺损左右心室侧内径测值基本相等。

Ⅱ型：VSD 边缘轻度纤维增生粘连，呈结构简单、较小的瘤样形态，彩色多普勒血流显像示单一破口，血流束为左向右分流。

Ⅲ型：VSD 边缘纤维增生粘连严重，呈结构复杂、较大的瘤样形态，瘤体左心室侧单一缺损，右心室侧小缺损或分隔成多个缺损口，彩色多普勒血流显像示两束或多束左向右分流。

上述分型对指导封堵治疗有一定参考价值。如Ⅰ型室间隔缺损结构简单，术前测量容易，测量值可靠，可根据测量值选择封堵器大小。同时因室间隔缺损边缘光滑，与周边组织结构无粘连，导管操作相对容易。术后不出现残余分流。Ⅱ型室间隔缺损的粘连较轻，瘤样结构形成较小且只有一处分流口，可选择细腰型封堵器型，术前应准备这类封堵器，由于粘连较轻，导管操作相对容易，术后一般不并发残余分流。Ⅲ型 VSD 瘤样结构形成较复杂，大缺损、小破口或多破口的情况多见。封堵器选择难度较大，封堵治疗能否成功也难确定。

3. 主动脉瓣环周径的测量　左心室流出道、主动脉瓣环直径的测量对决定是否适合封堵治疗意义较大。如室间隔缺损较大，而主动脉瓣环相对小，植入的封堵器左心室盘片的直径大于瓣环周径的 50% 有可能影响主动脉瓣的关闭。其机制与动脉导管未闭封堵治疗引起的主动脉变形和主动脉狭窄机制相似，封堵器的左心室面为平整的圆盘，而主动脉瓣环为正圆形，如封堵器的直径大于主动脉瓣环周径的 50% 可引起流出道狭窄。因此必须测量主动脉瓣环的直径，对于室间隔缺损较大者，如果选择的封堵器左心室盘片直径大于主动脉瓣环的 50%，或接近 50%，不宜行封堵治疗。

4. 肺动脉压的估测　肺动脉高压诊断标准，按三尖瓣反流长度法(TI)或穿隔流速法分度：无肺动脉高压：肺动脉收缩压(SPAP)小于 30 mmHg(1 mmHg=0.133 kPa)；轻度肺动脉高压：SPAP 30～40 mmHg；中度肺动脉高压：SPAP 40～69 mmHg；重度肺动脉高压：SPAP 大于或等于 70 mm Hg。

5. 主动脉瓣关闭不全评估　二维超声不能反映是否存在主动脉瓣反流，而超声多普勒显像则容易显示有无主动脉瓣反流。反流的程度可按彩色多普勒反流长度分度：当彩色反流束仅达主动脉瓣环下为轻度；反流束达左心室流出道、二尖瓣前叶水平为中度；反流束达左心室腔并超过二尖瓣前叶为重度。

6. 三尖瓣关闭不全的评估　室间隔缺损的部位与三尖瓣关系密切，封堵器放置后直接与三尖瓣及其瓣下结构接触。如封堵器引起明显的三尖瓣关闭不全则不应释放封堵器。临床判断三尖瓣关闭不全的程度以及所伴发的血流动力学状态,可借助于心导管资料、右心室造影、超声多普勒心动图检查。经胸超声的特异性为 88%～100%。超声系半定量方法,根据反流入右心房血流的面积、流速或反流水平来估计反流程度。评价三尖瓣反流程度通常应用半定量标准:收缩期反流束自三尖瓣至右心房 1/3 处为少量,1/3～2/3 处为中量,大于 2/3 为大量。

三、鉴别诊断

室间隔缺损需与主动脉右窦瘤破入右心室流出道相鉴别,主动脉右冠窦瘤破入右心室流出道典型病例不难诊断,当窦瘤膨大不明显或破裂口显示不清时,二维超声图像酷似室间隔缺损。主动脉右冠窦破裂常合并室间隔缺损,彩色多普勒可直观显示以红色为主多彩镶嵌血流自主动脉窦进入右心室流出道。频谱呈双期连续性左向右分流,室间隔缺损则为收缩期左向右分流。

第三节　超声心动图在室间隔缺损封堵术中的应用

长海医院 2001 年 12 月率先开展应用对称双盘状封堵器治疗膜部室间隔缺损,随后,研制成功主动脉侧零边偏心型、小腰大边型封堵器并在临床推广应用,至 2006 年 7 月已成功治疗 500 余例。对术前筛选合适的病变和患者、术中监测和术后随访积累了一定的经验,方法已趋成熟。

一、术中超声检查方法的选择

目前临床上应用的超声检查方法有经胸超声、经食管超声和经静脉超声。

1. 经胸壁超声心动图(TTE)　可多方位及多切面观察缺损,对患者无任何痛苦。患儿较容易接受。长海医院 500 余例室间隔缺损封堵治疗中均是应用经胸超声引导完成治疗过程。临床应用证明经胸超声基本上可满足室间隔缺损封堵治疗监测的需要。

2. 经食管超声心动图(TEE)　不受肺组织和体位的影响,显示室间隔缺损大小、残端的长短较经胸超声清晰。但是室间隔缺损多为儿童,需要食管内探头的直径相对较小,而目前探头相对较粗,临床应用受到一定的限制。

3. 血管内超声　国外已有指导室间隔缺损封堵治疗的报道。血管内超声能清晰显示室间隔缺损的大小和与毗邻结构的关系,以及缺损距离主动脉的距离。但是,血管内超声检查应用的超声导管及设备较昂贵,其作用也不一定优于经胸超声,因此,目前难以在国内推广应用。

根据临床经验,室间隔缺损的封堵治疗应用经胸超声可满足术前筛选、术中监测和评价的需要。食管超声和血管内超声临床应用较少。有时经胸超声检查显示确实困难时,后两种方法可能对诊断和治疗有较大的帮助,因此,可根据临床实际情况灵活应用。

二、超声监测的主要内容

1. 明确导管在心腔内的位置　术中有时需要超声明确导管在左心室或右心室,特别是在轨道钢丝上放置长鞘管时,透视下不能确定时,超声帮助较大。可避免因判断失误导致重新建立轨道。

2. 显示导管进入的孔道 当室间隔缺损是多孔型时,需要选择拟要进入的孔道以便完全封堵。

3. 评估缺损的大小 当鞘管到位后超声检查,同时应用多普勒超声有助于判断缺损的大小。鞘管在室间隔处,如穿隔血流减少提示缺损较小;反之,缺损偏大,对选择封堵器有一定的帮助。

4. 评估封堵的效果以及对主动脉瓣和三尖瓣的影响 超声可清晰显示封堵器放置的部位和位置是否稳定,封堵器边缘对主动脉瓣和三尖瓣的影响,应用彩色超声多普勒检查可观察到是否存在残余分流。

三、经胸超声检查的常用切面

超声检查3个必要的切面:① 心尖五腔心切面,可较清晰显示室间隔缺损的大小、缺损残端的长短、缺损与主动脉瓣的关系。大部分患者在此切面上可清晰显示室间隔缺损的位置、缺损与主动脉瓣的关系。但是有一部分患者在此切面上不能显示室间隔缺损的位置,此时借助彩色超声多普勒血流显像可显示出缺损的大致部位和缺损的大小。有个别患者在此部位上显示缺损距主动脉瓣3 mm以上,而左心室造影则显示缺损上缘紧靠主动脉瓣,因此需要结合其他部位,特别是左心室长轴切面综合分析判断。② 心底短轴切面,观察室间隔缺损的大小、位置,在此切面上9点~11点位置较合适行封堵治疗。③ 左心室长轴切面,可显示室间隔缺损上缘与主动脉瓣的关系,对判断是否适合封堵治疗有较大帮助。

四、超声心动图的临床应用

目前认为镍钛合金室间隔缺损封堵器较其他闭合器更安全且操作简便、疗效可靠。室间隔缺损封堵治疗的超声术中监测与房间隔缺损的相似,相比较,室间隔缺损的封堵治疗中对超声的依赖性比房间隔缺损封堵治疗小。因为,要观察封堵器的位置和封堵治疗的效果以及封堵器放置后是否影响主动脉瓣的功能,通过主动脉造影和左心室造影可得到准确的结果。如术中逆行主动脉造影可准确判断有无主动脉瓣反流,行心室造影可准确判断经封堵器的分流和封堵效果。但是对三尖瓣的影响则仍需要超声检查确定。当然临床上听诊对是否合并三尖瓣反流也有重要的参考价值。

另外,室间隔缺损多为小儿,造影剂的用量不宜过大,故应尽量减少造影的次数和造影剂的总量。因此,超声监测在室间隔缺损封堵治疗中仍然起着重要的作用,不可缺少。

1. 封堵前检查 术前超声检查时患者可转动体位,超声检查的图象质量较好,但是在术中患者取平卧位,不便于转动体位。术前再次检查主要是熟悉在平卧位时的检查切面。此外,需要进一步明确室间隔缺损的部位,重点观察室间隔缺损的部位、大小,特别是室间隔缺损的上缘距主动脉瓣的长度。并要注意排除合并的其他畸形,如房间隔缺损、肺动脉瓣狭窄、右心室流出道狭窄。经胸超声一般可达到上述目的。

为了更好地显示缺损的部位应多切面、多角度观察室间隔,综合判断其缺损大小、形态。但是在实际工作中,主要检查3个切面:心尖五腔心切面、心底短轴切面和左心室长轴切面(图

7-2~图7-5)。根据多切面观察,通过超声筛选的室间隔缺损封堵的适应证有以下几类。

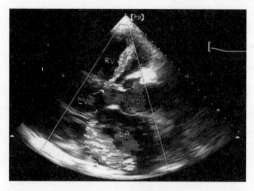

图7-2 左心室长轴切面,显示经缺损处的穿隔血流,以及缺损与主动脉瓣的关系

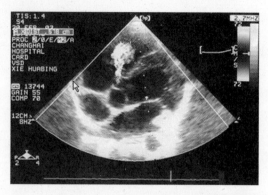

图7-3 经胸超声心尖五腔心切面,显示室间隔缺损与主动脉右冠瓣的关系,多普勒示左向右分流

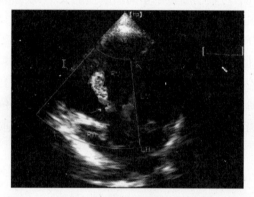

图7-4 经室间隔缺损的穿隔血流,缺损远离主动脉瓣的右冠瓣

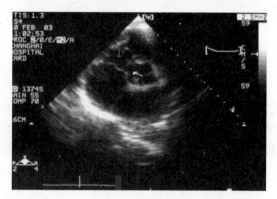

图7-5 心底短轴切面示缺损位于10点钟处

(1) 肌部和膜周部室间隔缺损。

(2) 缺损直径3~10 mm。

(3) 缺损残端边缘距离主动脉瓣、三尖瓣2 mm以上。

(4) 左向右分流。

(5) 不合并其他的需要外科治疗的心脏畸形。

2. 为选择封堵器提供影像依据 选择封堵器的大小主要依靠左心室造影,超声测值可供参考,特别是嵴内型室间隔缺损,造影往往难以显示室间隔缺损的位置和大小,超声测值可作为封堵器选择的依据。封堵器的大小一般是造影测值加1~2 mm,或超声测值加2~3 mm。如缺损上缘距主动脉瓣较短,少于2 mm,应建议选择偏心的封堵器;缺损有多个出口,应测量最大出口的直径,以及与其他邻近出口的关系,决定能否应用一个封堵器覆盖全部出口。对囊袋形室间隔缺损应准备两侧不对称和小腰大边的封堵器。总之,应在术前提供室间隔缺损的详细资料,以便做好充分的准备,增加封堵成功的机会和保证封堵治疗的质量。

3. 术中超声监测 超声可实时观察输送鞘管和封堵器在心腔内的位置和状态。在操作开始后,观察输送导管的位置,特别是输送鞘管经过室间隔缺损口时,可观察分流是否明显减少,如分流完全中断,推断室间隔缺损直径较小,可选择较小的封堵器,以免封堵器选择偏大。有时不易确定输送鞘管是否进入左心室,特别是在 X 线判断困难时,超声可清晰显示鞘管的位置。另外超声可在术中跟踪观察封堵器送入左心室后张开的左侧伞片是否紧贴室间隔的左心室面,是否完全封堵住缺损,对主动脉瓣和三尖瓣的影响。超声观察封堵器对主动脉和三尖瓣的影响主要观察有无主动脉瓣反流和三尖瓣反流以及反流的程度。

(1)主动脉瓣功能的观察:当导丝由主动脉进入左心室,通过室间隔缺损到达右侧心腔后,主动脉瓣瓣膜由于导丝的影响,会出现微量反流,反流局限于瓣膜附近,流速低;撤离导丝后,反流会消失。放置封堵器后,主动脉瓣瓣膜不应出现反流,如果出现反流,应暂不释放封堵器,延长观察时间,轻微调整封堵器位置。如果反流消失可释放封堵器,如反流持续存在应放弃封堵。

(2)三尖瓣功能的观察:封堵术中由于输送导管在右侧心腔中进行操作,三尖瓣出现反流是常见的,因此引起的反流,在撤离导管后会消失。而隔瓣后型室间隔缺损,封堵器放置后可能影响三尖瓣瓣环导致反流,故应观察在封堵器放置前和后,三尖瓣反流有无明显增多,以判断反流是由导管还是由封堵器引起,轻度的三尖瓣反流,一般不影响封堵器的释放。术前存在三尖瓣反流的室间隔缺损,并非封堵术禁忌证,通过超声图像提供判断依据,当三尖瓣瓣膜与室间隔之间有明显的粘连条索组织,考虑三尖瓣反流与室间隔缺损有关时,即使存在中度的三尖瓣反流也可试行室间隔缺损的封堵术,封堵术可能在堵闭室间隔缺损的同时改善三尖瓣的功能。实际临床工作中,有成功治愈的病例证实了两者之间的关系。

(3)室间隔残余分流:出口单一的室间隔缺损,封堵器放置后即刻分流消失,或存在微量分流者,约 10 min 后分流完全消失。而多个出口的室间隔缺损,术后可存在微至少量分流量。术后随访观察分流多于术后 6 个月消失。

(4)合并其他畸形:如左心室流出道狭窄,彩色超声心动图能直接观察到左心室流出道内封堵器的占位情况和血流的变化,多普勒检测到高速血流,观察结果应及时提醒操作医生。其他并发症如出现早搏等,较易观察。

封堵器释放前,应全面检查,至少 3 个切面。一是心尖五腔心切面,观察封堵器是否夹在室间隔缺损残断的两侧,封堵器对主动脉瓣和三尖瓣的影响。二是心底短轴切面,观察封堵器是否夹在室间隔缺损残断的两侧,以及残

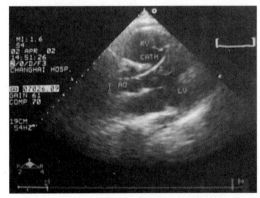

图 7-6　二维超声显示导管通过室间隔缺损处

存分流。三是左心室长轴切面,观察封堵器与主动脉瓣的关系。如上述 3 个切面上均显示封堵器夹在室间隔缺损的两侧,轻轻推拉封堵器,如封堵器位置稳定,无移动,则可释放封堵器。完全放置完毕后,再次观察上述内容(图 7-7,图 7-8)。

4. 术后监测和超声随访观察　术后主要监测封堵器的伞平面与室间隔的空间关系:①伞平面与室间隔平面平行。②伞两端分别夹住残端。③有无残余分流。④主动脉瓣和

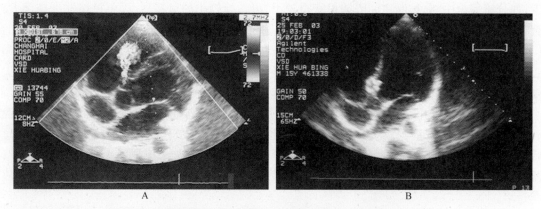

图 7-7　经胸超声心尖五腔心示室间隔缺损及封堵器放置后显像

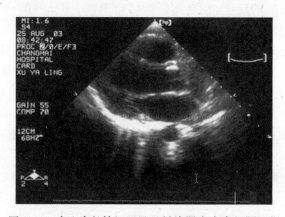

图 7-8　左心室长轴切面显示封堵器夹在室间隔缺损
处,紧贴主动脉瓣

三尖瓣活动及启闭情况。随访期间尚需观察封堵器表面有无血栓形成。

　　5. 操作中需要注意的一些问题　术中彩超观察 VSD 的形状和导管的位置,当封堵器送至 VSD 处时,由于左心室流出道的空间狭小,血流速高,鞘管非常容易滑出,彩超观察第一盘片是否张开很重要,如果在未张开盘片的情况下,回撤鞘管,会滑出 VSD 口,一切工作将重新开始。封堵器到位后,重点观察两个盘片是否均打开夹住 VSD 边缘组织、腰部充填 VSD 缺口大小是否合适、是否影响主动脉血流、心腔血流。彩色显示为:原有的穿隔血流消失,未出现其他异常血流。但是也有例外情况发生,如为膜部瘤型室间隔缺损,瘤体较长,封堵器完全在左心室面时也可达到完全封堵,超声检查无分流,当封堵器释放后即刻发生封堵器脱位,因此,需要观察心底短轴切面上封堵器的两盘是否夹在缺损口的两侧,呈现腰征,如无腰征不应释放封堵器。另外,封堵器放置后应常规观察右心室流出道的血流,血流速度不应增快。如血流增快需要明确是否存在肺动脉瓣下狭窄,或封堵器引起的右心室流出道梗阻,必要时行右心室造影加以评价。三尖瓣关闭不全是有可能发生的并发症,术中应密切观察封堵器对三尖瓣结构和功能的影响,或原有的三尖瓣反流明显加重,一般不应出现明显的三尖瓣反流,如出现明显的三尖瓣反流,在排除输送鞘管的因素后,应考虑是否释放封堵器。当选择封堵器偏小时,封堵器从左心室滑向右心室;封堵器选择过大,封堵器形成长腰形,两盘片呈球形,两端的直径较长,应提醒术者更换小一些的封堵器。缺损靠近主动脉瓣,封堵器放置出现主动脉瓣关闭不全,如出现主动脉瓣关闭不全应更换偏心型的封堵器或放弃封堵器治疗。

据国内外文献报道,VSD封堵术后并发症常见的有术后残余分流、三尖瓣反流、主动脉瓣反流或左心室流出道狭窄等,此类现象彩超均应在术后即刻予以提示,必要时放弃封堵。长海医院目前已完成470余例VSD的封堵术,包括膜部、膜周部和肌部各类型,最大VSD为17 mm,最小为3 mm。病例术前慎重选择,封堵器选择恰当,术中经超声和造影检查,基本上可准确判断即刻的疗效和避免发生可能发生的如较大的残余漏、右心室流出道梗阻、三尖瓣关闭不全等并发症。

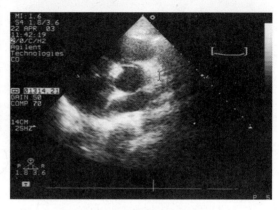

图7-9 经胸超声心底短轴切面封堵器位于10点钟处

经胸彩超在术前可以准确对VSD进行定位和测量其缺损间距,在导管术的整个操作过程中,能观察到导管等材料的影像图,术中操作对患者无任何痛苦,但因患者体位固定,图像清晰度有一定影响,要求检查者有娴熟的探头操作能力和图像判断能力。术后均能够清楚地观察到封堵器的位置和封堵的效果。

总之,室间隔缺损经导管封堵术技术上可行,效果确实。超声心动图引导有重要的临床应用价值。

第四节 室间隔缺损的超声心动图图解

详见图7-10～图7-48。

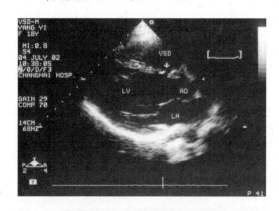

图7-10 室缺类型:干下型室间隔缺损(左心室长轴切面)。室间隔与主动脉前壁之间可见回声脱失,主动脉瓣脱垂,部分脱入室间隔缺损处

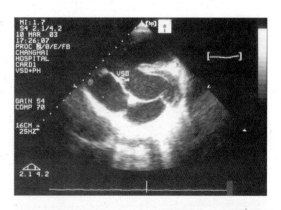

图7-11 室缺类型:膜周部室间隔缺损(大动脉短轴切面)。超声显示9点～11点处回声脱失,断端回声增强,此型室间隔缺损因缺损较大,不宜行封堵治疗

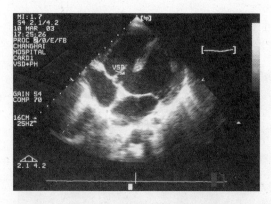

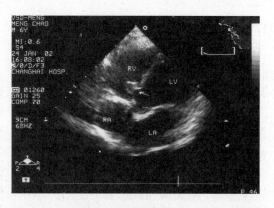

图 7 - 12　室缺类型：膜周部室间隔缺损（四腔心切面）。超声显示室间隔膜周部回声脱失，缺损大，不宜行封堵治疗

图 7 - 13　室缺类型：膜部室间隔缺损（五腔心切面）。室间隔膜部回声脱失，入口大，出口小，且有囊壁回声增强，远离主动脉瓣，封堵治疗容易且安全

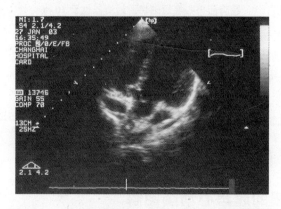

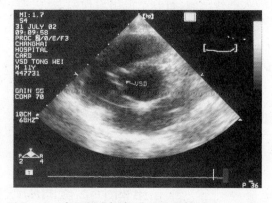

图 7 - 14　室间隔膜部瘤。五腔心切面上显示室间隔膜部呈瘤状向右心室膨出但彩色血流未见异常血流穿隔，提示是室间隔缺损已愈合

图 7 - 15　室间隔膜部瘤（大动脉短轴切面）。9点～10点位可见室间隔膜部呈瘤状向右心室膨出，入口大，出口较小，需要应用多普勒检查判断是否为多出口的室缺

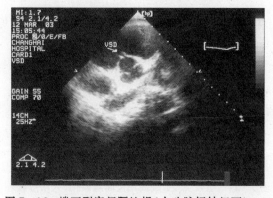

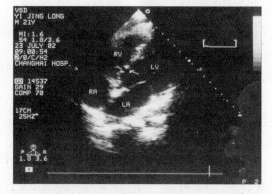

图 7 - 16　嵴下型室间隔缺损（大动脉短轴切面）。11点处可见回声脱失、两断端回声增强。缺损口周围的回声增强是室间隔缺损常见的超声表现，可能与缺损口周围受血流的作用引起纤维化有关。最适合封堵治疗

图 7 - 17　嵴下型室间隔缺损（胸骨旁四腔心切面）。室间隔缺损断端与主动脉瓣均有距离，缺损直径4 mm，缺损口周围回声增强，适合行封堵治疗

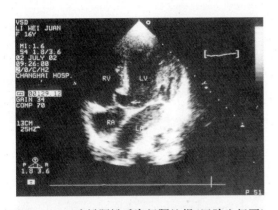

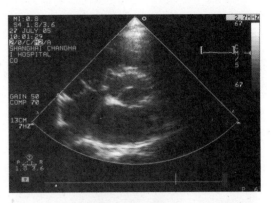

图 7 - 18　三尖瓣隔瓣后室间隔缺损(四腔心切面)。室间隔缺损位于三尖瓣隔瓣后,基底部较大但出口较小,在缺损的入口处距离三尖瓣较近,出口远离三尖瓣的附着处,缺损口与三尖瓣隔瓣粘连在一起,此型室间隔缺损可封堵出口。封堵器放置后密切观察对三尖瓣的影响

图 7 - 19　三尖瓣隔瓣后室间隔缺损(心底短轴切面),缺损呈膜部瘤样

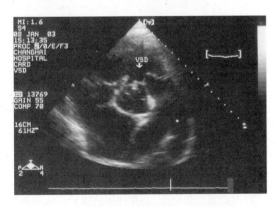

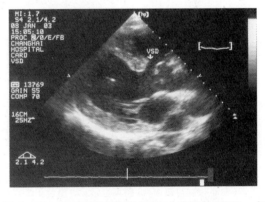

图 7 - 20　嵴内型室间隔缺损的大动脉短轴切面(心底短轴切面)。缺损在 12 点处,缺损距离肺动脉约 10 mm,缺损口约 6 mm,部分患者可封堵成功

图 7 - 21　干下型室间隔缺损(左心室长轴切面)。主动脉前壁与室间隔之间回声脱失,缺损间距较大不宜行封堵术

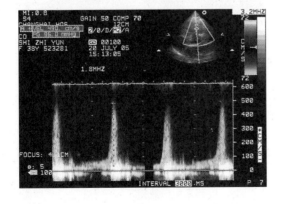

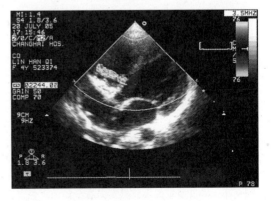

图 7 - 22　室间隔缺损心室水平左向右分流的连续多普勒频谱图像。高速血流,支持心室水平左向右分流

图 7 - 23　膜部室间隔缺损左向右分流的彩色血流图像(五腔心切面)。缺损远离主动脉瓣,适合封堵治疗

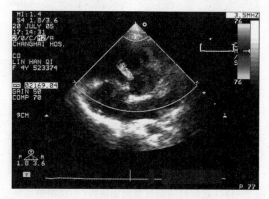

图 7-24 膜部室间隔缺损左向右分流的彩色血流图像（大动脉短轴切面）。存在穿隔血流和间接显示缺损的大小

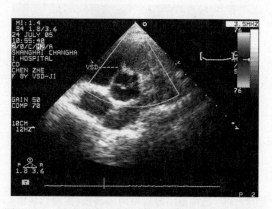

图 7-25 嵴内型室间隔缺损左向右分流的彩色血流图像（大动脉短轴切面）。嵴内型室间隔缺损，缺损口较小，可以行封堵治疗

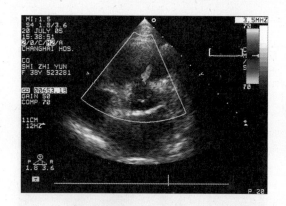

图 7-26 嵴内型室间隔缺损左向右分流的彩色血流图像（大动脉短轴切面）。超声提示：缺损位于 1 点钟位，缺损直径较小，如距离肺动脉瓣 2 mm 以上，可以行封堵治疗

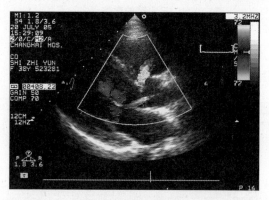

图 7-27 干下型室间隔缺损左向右分流的彩色血流图像（左心室长轴切面）。室间隔缺损合并主动脉瓣脱垂

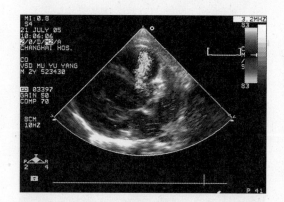

图 7-28 嵴内型室间隔缺损左向右分流的彩色血流图像（左心室长轴切面）。缺损靠近主动脉瓣膜，在左心室长轴切面上能清晰显示缺损口的往往提示嵴内型室间隔缺损

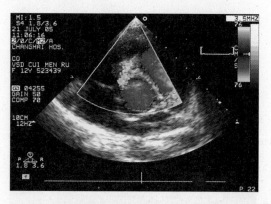

图 7-29 膜部室间隔缺损左向右分流的彩色血流图像（大动脉短轴切面）。缺损在 9 点~10 点钟位，提示隔瓣后室间融缺损

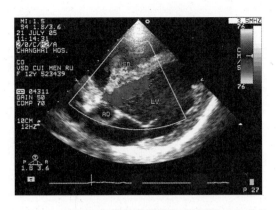

图7-30 膜部室间隔缺损左向右分流的彩色血流
图像(五腔心切面)。穿隔血流比较集中,血流束的直
径多与两维超声测量的直径一致

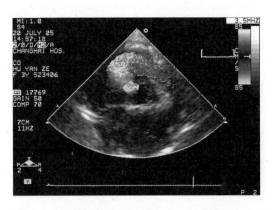

图7-31 膜周部室间隔缺损左向右分流的彩色血流
图像。穿隔血流束宽,过隔散开,提示大室间隔缺损

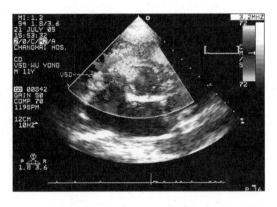

图7-32 膜周部较大室间隔缺损左向右分流的彩色
血流图像(大动脉短轴切面)。血流束宽,分散,提示
大室间隔缺损或多孔型室间隔缺损

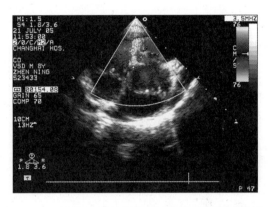

图7-33 膜周部室间隔缺损左向右分流的彩色血
流图像(心底短轴切面)。穿隔血流束集中,多为小室
间隔缺损

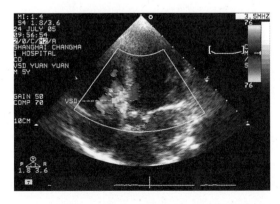

图7-34 膜部室间隔缺损左向右分流的彩色血流图
像(五腔心切面)。血流束分散,提示多孔型室间隔
缺损

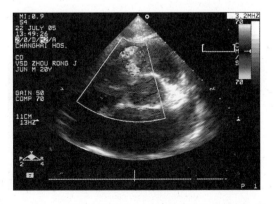

图7-35 膜周部室间隔缺损左向右分流的彩色血流
图像(大动脉短轴切面)。穿隔血流位于11点钟,出
口较小

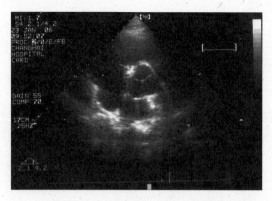

图7-36 嵴下型室间隔缺损封堵术后图像(大动脉短轴切面)。可显示室间隔缺损封堵器

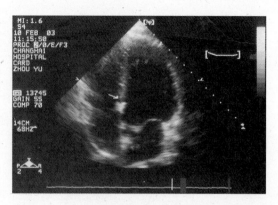

图7-37 嵴下型室间隔缺损封堵术后图像(四腔心切面)。箭头处为封堵器的强回声

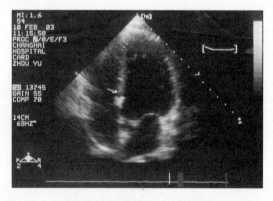

图7-38 膜部室间隔缺损封堵术后图像(五腔心切面)。封堵器大小合适

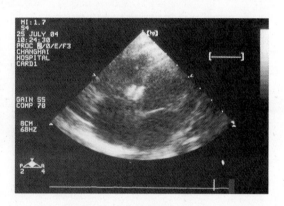

图7-39 膜部室间隔缺损封堵术后图像(四腔心切面)。清晰显示封堵器外形

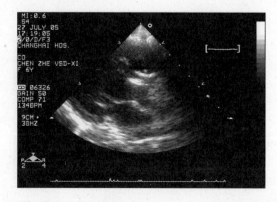

图7-40 嵴下型室间隔缺损封堵术后图像(左心室长轴切面)。偏心型封堵器,封堵器的长边指向心尖,零边朝向主动脉瓣

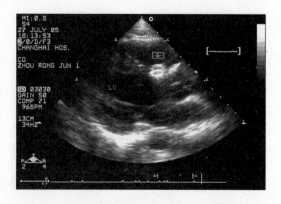

图7-41 嵴内型室间隔缺损封堵术后图像(左心室长轴切面)。显示缺损与主动脉较近,在封堵术中,应用此切面可有助于判断封堵器对主动脉瓣的影响

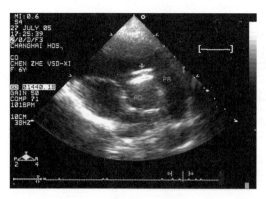

图 7-42　嵴内型室间隔缺损封堵术后图像（大动脉短轴切面）。偏心型封堵器,封堵器较大,但未引起主动脉变形

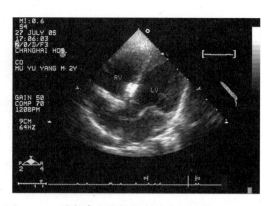

图 7-43　膜部室间隔缺损封堵术后图像（五腔心切面）。封堵器与主动脉瓣间有一定的距离

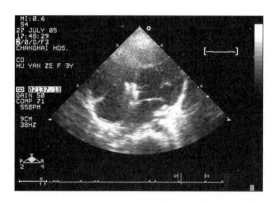

图 7-44　膜部室间隔缺损封堵术后图像（四腔心切面）。显示封堵器远离三尖瓣

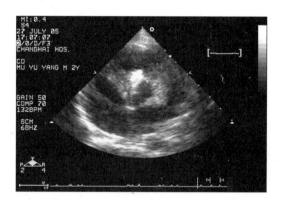

图 7-45　膜部室间隔缺损封堵术后图像（大动脉短轴切面）。封堵器的两侧盘片靠近,提示大小选择合适

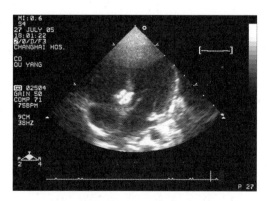

图 7-46　膜部室间隔缺损封堵术后图像（四腔心切面）。封堵器的两侧大小不对称,封堵器的大边完全覆盖了膜部瘤的入口

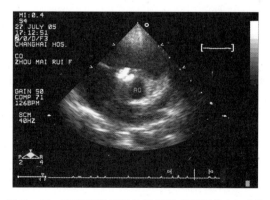

图 7-47　嵴下型室间隔缺损封堵术后图像（大动脉短轴切面）。强回声处为封堵器

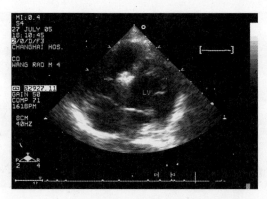

图 7 - 48　肌部室间隔缺损封堵术后图像(四腔心切面)。箭头处为封堵器

（王尔松　秦永文）

参考文献

[1] DE DIOS ANA MARIA S, GRANJA M, et al. Follow-up in closing of atrial septal defect by catheterism with transesophageal echocardiography(tee) guidance[J]. Echocardiography,2004,21(2)：213.

[2] 刘延玲,吕秀章,朱振辉,等.综合性超声心动图监测引导房间隔缺损封堵治疗的应用研究[J].心脏杂志,2004,16：s24 - s25.

[3] 李靖,刘延玲,吕秀章,等.实时三维超声心动图在室间隔缺损诊断中的应用[J].中华超声影像学杂志,2003,12(7)：395 - 396.

[4] 王新房.实时三维超声成像原理及其临床应用前景[J].生物医学工程与临床,2002,6(1)：59 - 60.

[5] 朱振辉,刘延玲,王浩,等.超声心动图对膜周部室间隔缺损封堵术前形态学型的初步探讨[J].中华超声影像学杂志,2005,14(2)：89 - 91.

[6] 李军,张军,姚志勇,等.经胸超声心动图在室间隔缺损封堵术中的应用研究[J].中国超声医学杂志,2003,10：740 - 743.

[7] CAO Q L, ZABAL C, KOENIG P, et al. Initial clinical experience with intracardiac echocardiography in guiding transcatheter closure of perimembranous ventricular septal defects：feasibility and comparison with transesophageal echocardiography[J]. Catheter Cardiovasc Interv,2005,66(2)：258 - 267.

[8] 胡海波,蒋世良,徐仲英,等.应用新型 Amplatzer 封堵器治疗膜周部室间隔缺损的初步临床研究[J].中华心血管病杂志,2004, 32：2372 - 2240.

第八章

室间隔缺损的介入治疗

第一节 概 述

一、室间隔缺损介入治疗发展史

室间隔缺损（VSD）是最常见的先天性心脏病之一，占先天性心脏病的 20%~30%。由于心室内解剖结构复杂、VSD 解剖部位变异大、左右心室腔压差显著以及室间隔随心脏搏动活动度较大等原因，封堵装置容易发生移位而影响主动脉瓣及房室瓣功能，因此 VSD 封堵器的放置远较房间隔缺损（atrial septal defect，ASD）和动脉导管未闭（patent ductus arteriosus，PDA）难度大，发生并发症的机会也多。肌部 VSD 由于远离瓣膜、传导束等部位，封堵容易且安全。但肌部 VSD 仅占 VSD 总数的 2%，绝大部分 VSD 发生在膜周部，膜周部 VSD 由于紧邻主动脉瓣、房室瓣及传导束等重要解剖结构、缺损周围无足够的边缘可供封堵器附着，对其进行封堵易引起主动脉瓣、房室瓣关闭不全及高度房室传导阻滞等严重的并发症。因此，VSD 的经导管治疗在早期始终是个有争议、富有挑战性的问题。

经导管关闭先天性或心肌梗死后的 VSD 已有 10 余年历史，早期无室间隔缺损专用的封堵器材，多应用 PDA 和 ASD 封堵器材治疗室间隔缺损，因此疗效差，并发症发生率高，故发展缓慢。1979 年 Rashkind 等发明了由钢丝弹簧架和海绵片两部分组成的双面伞状闭合器（即Rashkind 装置）封堵 PDA 成功。1988 年 Lock 首次报道了用 Rashkind 装置关闭因病情危重且无手术适应证的 VSD 而首开经导管封闭 VSD 的先河，其后封堵器的设计研究大致上依据Rashkind 双伞封堵装置的原理进行改进和完善。该封堵器仅有 12 mm 和 17 mm 两种型号，选择的患者为 8 mm 以下、距主动脉瓣边缘距离 1 cm 以上的肌部或膜部缺损，应用受到限制。1989 年 Lock 对其进行除去倒钩等改进，称之为蛤壳型闭合器（lock clamshell occluder），在释放前封堵器位置可在缺损内调整，释放系统可由 11 F 鞘管送入，有 17 mm、23 mm、28 mm、33 mm和44 mm 多种型号，可应用于儿童患者。20 世纪 90 年代后发明的 CardioSEAL 封堵器，采用镍钛合金作支架使伞面撑开更佳，并且支架折断的发生率也明显减少。上述双伞型闭合器关闭 VSD 有一定疗效,临床报道较多,但由于材料本身缺陷,术后封堵器容易移位,常存在较大残余分流,部分产品金属臂可发生折断(随访发现蛤壳型闭合器一支以上伞臂折断发生率 40%)、存在主动脉瓣关闭不全、血栓形成(CardioSEAL 报道较多)等严重并发症。且其放置技术较为复杂,封堵成功率仅为 60%左右。因此,临床应用总例数较少,未能广泛推广。

1988 年 Sideris 设计一种纽扣式补片装置用来封堵 PDA 和 ASD 获成功。1997 年 Sideris 对其纽扣式补片装置进行改进后用于 VSD 的封堵。该装置系统主要由正、反面补片和输送系统组成。正面补片为 1.60 mm 厚的缝在 X 型钢架上的方形聚氨基甲酸乙酯海绵片,中间连结 1 个 2 mm 的弹性环形圈以形成"纽扣",操作时可以此作为标志。反面补片则在其海绵的中央镶嵌一小块特别橡皮片作"纽扣孔",中间有一根针穿过橡皮片作为导入导丝时用。其关闭 VSD 的原理是经输送鞘管,把正面补片送至左心室,然后回撤紧贴缺损的左心室侧,再送入反面补片,用顶管顶至室间隔右侧,通过锁扣装置,将正、反面补片扣在一起,达到修补 VSD 的目的。新的 sideris 纽扣补片装置较以往封堵器具有以下优点:① 具有各种规格的补片,通过较小的传送鞘管输送。② 由于补片较薄,因此很少会影响瓣膜的闭合且操作时较易避开心室内重要的解剖结构。③ 它可通过沿导丝推送系统(over-the-wire)进行操作,可操作性更强。Sideris 于 2001 年报道了使用本装置关闭 55 例 VSD(45 例膜部、5 例肌部、5 例心肌梗死后),均获得成功。但仍存在术后残余分流发生率较高、操作复杂、补片较易移位、价格昂贵等问题。

1992 年 Cambier 等将弹簧圈技术用于封堵 PDA 获得成功,在此基础上 Latiff 等于 1999 年用弹簧圈成功封堵一例 10 个月龄婴儿的多发性肌部 VSD。弹簧圈柔软易弯曲适合于肌部 VSD 解剖特点,且其操作简单、价廉,可以经静脉途径用 4 F～5 F 的导管输送,对婴幼儿的创伤小。但弹簧圈脱落风险较大,不适用于膜部 VSD,只能适用于小于 4 mm 直径的肌部 VSD。1999 年 Kalra 报道带有可控释放装置的弹簧圈(detachable coil),安全性有所提高。国内 2004 年上海新华医院高伟等报道应用 pfm Duct-occluder 弹簧圈封堵室间隔缺损 2 例成功,认为该方法有操作简便、金属含量少、损伤小、可用于小婴儿等优点,可获得良好的疗效。目前弹簧圈封闭 VSD 临床应用的病例数仍很少,其远期疗效和安全性有待进一步评估。

由于上述每种封堵器都有不尽满意之处,因此未能推广应用。但这些研究成果为后续的封堵装置的设计和应用积累了宝贵的经验。

1997 年 Amplatzer 双盘状超弹性镍钛合金封堵器闭合 ASD 和 PDA 获巨大成功,开创了经导管介入治疗先天性心脏病的新时代。1999 年 Thanopoulos 将应用于 ASD 的 Amplatzer 封堵器进行改进后封闭肌部 VSD 成功,2000 年 Gu 等将 Amplatzer 封堵器的外形再作改进,设计出适合膜部 VSD 解剖特点的膜部 VSD 封堵器。该封堵器为双盘状,由超弹性镍钛合金丝编织而成,分为自膨胀的盘面和连接盘面的腰部两部分,内缝有 3 或 4 层涤纶片。呈不规则偏心形状,其双盘的左心室面向主动脉侧突出 0.5 mm,而向室间隔肌部侧突出 5～7 mm。2002 年 FDA 批准将其临床试用(美国 AGA 公司)。该封堵器具有如下优点:① 操作简便,封堵器由超弹性镍钛合金丝编织而成,可纳入大于 6 F 细长的推送鞘,从导管内推出后自动撑开,恢复原状。② 效果可靠,双盘状结构恢复记忆形状后可以稳定封堵 VSD 的边缘部分,封堵器内 3 层聚酯片贴壁紧密,降低残余分流的发生率。③ 适应证广,对肌部、膜部和膜周部、部分嵴上型 VSD 均可封堵。④ 安全性高,撑开的盘面只要没有释放,便可再次回收。⑤ 封堵器可经 6 F～10 F 输送鞘管送入,因此对股静脉的损伤小,可适于 2～4 岁幼儿。为适应膜部

VSD复杂的解剖形态,2001年长海医院秦永文等和上海形状记忆合金材料有限公司对上述膜部VSD封堵器进行改进,先后设计出对称型膜部室间隔封堵器、零边偏心型封堵器和细腰型封堵器并应用于临床,实现了VSD封堵的个体化治疗,扩大了适应证,减少了潜在的并发症。

因操作简便、痛苦小、成功率高、安全,在VSD的介入治疗中Amplatzer封堵器及其改良产品已显示出独特的优势。在短短的几年时间内,这一新技术在全球范围内迅速推广,病例数迅猛增加,已经在很大程度上替代了开胸外科手术。对具有适应证的患者可作为首选治疗方案。

我国VSD介入治疗始于20世纪90年代初,国内任森根等应用Rashkind双面伞、Sideris装置治疗室间隔膜部缺损获得成功。但早期发展缓慢,近4～5年发展较快并渐成规模,一些介入中心无论在治疗的数量和种类上都达到甚至超过国外先进水平。国内少数的心血管中心新技术的研发和应用几乎和国外先进水平同步。AGA公司设计的膜部VSD封堵器在我国先于美国注册上市。长海医院在国内外首先研制出对称型室间隔缺损封堵器,并于2001年12月应用于临床,此后又根据临床治疗的需要开发研制了零边偏心室间隔缺损封堵器、偏心室间隔缺损封堵器和细腰型室间隔缺损封堵器,至今应用国产VSD封堵器治疗膜周部VSD和心肌梗死后室间隔穿孔,已成功治疗了500余例膜部VSD,2例肌部VSD,在全国范围内应用国产封堵器总例数超过2 000例。国内深圳、北京等地也生产室间隔封堵器并获广泛临床应用。作者治疗的500余例患者中术后即刻造影可见少量分流,15 min后重复造影绝大部分无残余分流,随访期间除了个别多孔型缺损的缺损口未完全封堵外,其他病例均无残余分流。术后随访最长已4年,未见不良反应。2003～2004年国内军队系统的医院共介入治疗VSD 1 883例,其中肌部VSD 47例,心肌梗死后室间隔穿孔11例。在一些大医院,VSD介入治疗例数占全部介入治疗病例的半数以上,部分医院介入中心治疗的病例数已经超过同期外科手术数。据估计2004年全国先心病介入治疗总量达4 500余例,其中VSD占1/3～1/4,治疗数量居全球之首。随着该技术在我国的迅速普及,VSD的治疗方式正在发生根本性的改变。

二、室间隔缺损介入治疗进展

近年来,经过各国学者的艰苦探索和不懈努力,在VSD的介入治疗方面取得了非凡的成绩。

(一) 对VSD分类的新认识

在封堵治疗的实践中,国内外学者根据临床需要,从不同角度丰富和发展了对VSD的分类,提高了人们对VSD形态学的认识,有利于正确地选择适应证,并根据患者解剖生理特点采取最佳的治疗对策。

1. 解剖分类　解剖上心室间隔由4部分组成:膜部间隔、流入道间隔、小梁部间隔、流出道间隔或漏斗部间隔。VSD是由于各部分发育不全或融合不完全所致。Kirklin根据缺损的位置将室缺分为5型:Ⅰ型,室上嵴上方缺损。Ⅱ型,室上嵴下方缺损。Ⅲ型,隔瓣后缺损。Ⅳ型,肌部缺损。Ⅴ型,室间隔完全缺如(单心室)。

2. 左心室造影的分类　以往对膜部VSD造影的介入解剖的研究较少,在实践中我们观察到对于膜部VSD,X线造影能够准确判断VSD的部位和其实际大小,且优于超声心动图。左心室造影膜部VSD的形态大致可分为囊袋型(膜部瘤型)、漏斗型、窗型和管型4种类型。

不同类型 VSD 封堵器的选择和治疗的难易程度常有不同。其中漏斗型、窗型和管型形态与动脉导管未闭的造影影像相似,囊袋型室缺的形态较复杂,常突向右心室,常呈漏斗状,在左心室面较大而右心室面开口较小,右心室面可以有多个出口。北京阜外医院胡海波等根据对 32 例并发膜部瘤的膜周部 VSD 左心室造影的不同形态将 VSD 膜部瘤分为漏斗型、囊袋型、菜花型、弯管型 4 种类型。

嵴上型 VSD 距离主动脉瓣很近,常需要较膜部 VSD 造影采用更大角度的左侧投照体位(即左前斜位 65°～90°,加头位 20°～30°)观察时才较为清楚,造影剂自主动脉右冠窦下方直接喷入肺动脉瓣下区,肺动脉主干迅速显影。肌部室缺一般缺损较小,造影剂往往呈线状或漏斗状喷入右心室。

3. 超声心动图的分类　通过超声心尖五腔心切面可测量 VSD 边缘距主动脉瓣的距离,心底半月瓣处短轴切面可初步判断膜周部 VSD 的位置和大小。6 点～9 点钟位置为隔瓣后型、9 点～11 点为膜部室缺;12 点～1 点为嵴上型室缺;二尖瓣短轴切面可观察肌部室缺的位置,12 点～1 点钟位置为室间隔前部 VSD,9 点～12 点为中部 VSD,7 点～9 点为流入道 VSD。

第四军医大学附属西京医院李军等根据超声形态将 VSD 分为:不规则型、漏斗型、瘤型和管型。作者超声检查发现 209 例 VSD 中有 184 例缺损口局限性向右心室侧突出,形成不同形态。其中不规则型 66 例,漏斗型 56 例,瘤型 38 例,管型 24 例。不同形态的 VSD 大小不同,以管型较小,不规则型较大;有 140 例呈多孔,平均最大孔径 (3.6 ± 1.1) mm。

北京阜外医院朱振辉等依据形态特点及周围结构对 VSD 术前超声检查进行如下分型:Ⅰ型,VSD 边缘光滑平整,与周边结构无粘连,结构简明,缺损左右心室侧内径测值基本相等。Ⅱ型,VSD 边缘轻度纤维增生粘连,呈结构简单、较小的瘤样形态,彩色多普勒血流显像示单一破口,血流束为左向右分流。Ⅲ型,VSD 边缘纤维增生粘连严重,呈结构复杂、较大的瘤样形态,瘤体左心室侧单一缺损,右心室侧小缺损或分隔成多个缺损口,彩色多普勒血流显像示两束或多束左向右分流。3 种类型 VSD 封堵难度和并发症递增,成功率递减。

(二) 对 VSD 超声研究更加深入,进一步确定了其术前筛选中的重要地位

术前超声检查可确定 VSD 的部位、数目、大小、分流量,与主动脉瓣、房室瓣、腱索等结构的关系。经胸二维超声兼用彩色多普勒对 0.2 cm 以上 VSD 检出率可达 98%～100%。选择经胸超声检查至少有 3 个切面,即心尖五腔心切面、主动脉短轴切面和左心室长轴非标准切面。

通过术前超声检查基本上可作出能否行介入治疗的判断,判断方法如下。

(1) VSD 直径在 2～10 mm 范围内,缺损距主动脉瓣和三尖瓣 2 mm 以上,在上述切面上均符合条件者一般能封堵。

(2) 直径较大的膜部瘤型 VSD 如果缺损的入口和出口均大于 10 mm 者,缺损出口距主动脉右冠瓣的边缘小于 2 mm 一般不宜封堵;如入口大出口小,出口距主动脉瓣、三尖瓣均 2 mm 以上者则可封堵。

(3) 超声心动图对嵴内型 VSD 的确定具有决定性的作用,大血管短轴多位于 11 点半和 1 点半之间,缺损直径在 7 mm 以下,缺损距离肺动脉瓣膜 2 mm 以上,也可成功封堵。

(4) 干下型 VSD 特点是 VSD 与肺动脉瓣无距离,大血管短轴观 VSD 一般位于 1 点～

2点位置,一般无封堵适应证。

(三) VSD 介入封堵技术日益成熟,手术时间逐渐缩短

经过国内外介入专家和工程技术人员的不懈努力,VSD 封堵器材不断改进,方法日渐成熟,大大缩短了手术操作时间,提高了成功率。对于某些具有复杂解剖形态 VSD,如囊袋型膜部 VSD、部分嵴内型 VSD 亦能完成封堵。VSD 介入治疗已经从少数介入中心逐渐向一般医院普及。近年主要在如下几个方面取得进步。

1. 摸索出可清晰显示 VSD 的投照体位 膜部 VSD 采用左前斜位 45°～55°,加头 20°～30°可清楚显示绝大多数缺损部位、形态、大小和主动脉瓣的关系。嵴上型 VSD 常需要采用更大角度的左侧投照体位(即左前斜位 65°～90°,加头位 20°～30°)观察时才较为清楚。

2. 摸索出快速通过 VSD 的方法,选择合适导管导丝是关键 可选择 Judkins 3.5 F 或4.5 F 右冠造影导管。笔者体会可根据造影观察 VSD 开口形态及走向,将猪尾巴导管头端部分剪除,塑型制作成适合于开口解剖的形态,常能顺利通过缺口达右心室。国外多用面条钢丝,国内术者摸索出泥鳅导丝更容易通过室间隔缺损部位到达右心室。

3. 圈套器 国内有厂家将圈套器由单环改制成互相垂直的双环,将圈套器材料进行改良,使其在血管内或心腔内更容易张开,可明显增加圈套器捕获导丝的机会,缩短手术操作时间。

4. 输送鞘管 将输送鞘管送达左心室心尖部是手术中难点之一。国内有厂家将输送鞘管制作成适合的弯曲度,使其更容易送达左心室心尖部。

(四) VSD 封堵治疗例数快速增长,适应证逐步扩大

VSD 封堵早期由于器材及技术局限,只能封堵肌部 VSD。随着器材进步和技术的不断完善成熟,适应证不断扩大,目前绝大多数膜部和膜周部、大部分隔瓣后型、部分嵴上型 VSD 均可行封堵治疗,近期疗效良好,国内外已有不少介入封堵的大宗病例报告。

1. 膜部及膜周部 VSD 最常见,目前治疗病例数也最多。西京医院张玉顺等报道 86 例距主动脉瓣边缘不足 2 mm 膜周部室间隔缺损的介入治疗,成功率 98%。沈阳军区总医院朱鲜阳等报道 89 例 VSD 接受介入治疗,封堵成功 88 例,67 例即刻无分流,21 例有少量分流,1例封堵术后封堵器脱落,经导管取出后行外科手术修复室缺,无其他严重并发症。长海医院秦永文等报道介入治疗 284 例 VSD 中,缺损最大直径 17 mm,最小 2 mm。其中直径小于 10 mm的漏斗型、管型和窗型 VSD 封堵治疗较容易,成功率达到 99%以上,操作时间在 40 min 左右,X 线透视时间一般在 10 min 以内。

2. 嵴上型 VSD 以前认为嵴上型 VSD 的封堵难度和风险均较大,不宜封堵,但经过国内外介入专家的探索和努力,已经成功对其中嵴内型 VSD 进行封堵并获良好近期疗效。江苏盐城市第三人民医院孙万峰报道应用国产偏心型封堵器闭合 8 例嵴内型 VSD 均成功;长海医院报道应用国产偏心型 VSD 封堵器经导管治疗 22 例嵴内型和 6 例肺动脉瓣下型 VSD,嵴内型22 例全部成功,肺动脉瓣下型 6 例中 4 例封堵成功,1 例合并微量主动脉瓣反流。2 例因缺损大而放弃封堵治疗,均未发生其他并发症。

3. 肌部 VSD 国内肌部 VSD 封堵报道的病例数较少,西京医院李军等报道 12 例先天性肌部 VSD 中 9 例封堵成功,其中 2 例心室缺口较大且左右心室面大小相同,位于右心室流入道部,放置封堵器时因出现Ⅲ度房室传导阻滞而放弃。2004 年 Holzer 等报道的 1 组美国应

用 AGA 公司 Amplatzer 肌部封堵器注册登记的中期随访报告,75 例患者进行 83 次手术,70 例经导管封堵,5 例为外科术中使用,43.6% 患者有多发肌部缺损(2~7 个),术后平均随访 211 d。手术成功率 86.7%,操作相关并发症 10.7%,2 例栓塞,1 例心脏穿孔,手术操作相关的死亡 2 例(2.7%)。术后 24 h、6 个月、12 个月缺损完全关闭率分别为 47.2%、69.6% 和 92.3%。

急性心肌梗死后室间隔穿孔无论内科保守治疗还是外科手术治疗死亡率均极高,经导管封堵治疗难度和风险均较大,主要并发症为术中导管操作易诱发室性心动过速,甚至心室颤动。穿孔周围组织缺血可导致心肌进行性的坏死,术后容易发生不同程度残余分流。但介入治疗可完全封堵或至少大部封堵左向右的分流,以保证血流动力学的稳定,使患者度过心肌梗死早期危险期。一般而言,如缺损上缘距主动脉瓣 2 mm 以上,能封堵成功,而大于 10 mm 的梗死后肌部 VSD 治疗有一定的难度。目前只有少数病例报道,2003~2004 年国内军队系统医院共报道封堵 11 例,均获良好疗效。笔者曾治疗 5 例心肌梗死后室间隔穿孔,体会是 Amplatzer 肌部室间隔缺损的封堵器,因边缘较小,不易固定,因此应设计特殊肌部封堵器,即延长封堵器的腰部高度,放大圆盘的边缘部分,使两个圆盘的直径一致,目的是避免在左心室盘片打开后滑向右心室,也避免右心室的盘片在释放后移位至左心室。2004 年 Holzer 等报道一项美国多中心研究,总结了用 Amplatzer 肌部室间隔缺损封堵器关闭心肌梗死后室间隔穿孔的结果,18 例患者,成功 16 例,失败 2 例。与操作相关的并发症很少见。术后 24 h 经胸超声心动图 7 例和 4 例示少量和中量残余分流。术后 11 例患者幸存,随访 35~989 d(平均 332 d),有中量残余分流 2 例,需要再次封堵治疗。

4. 巨大或伴肺动脉高压的 VSD 伴肺动脉高压的 VSD 一般其缺损口和分流量比较大,常常伴有比较严重的心功能不全,以前认为是封堵禁区,国内报道病例数较少。我院曾经应用 24 mm 偏心零边封堵器成功闭合一例 15 岁、缺损直径 17 mm、伴明显静息发绀和高度房室传导阻滞的 VSD 患儿,封闭后即刻发绀改善,肺动脉压下降,术后传导阻滞无加重。我们的体会是能否封堵主要根据缺损是否适合封堵和肺动脉压力升高的程度及性质,如室缺适合封堵,肺动脉高压是动力型的(肺动脉压低于主动脉压,试封堵后肺动脉压力下降),可以选择介入治疗。

(五)逐步认识术后传导系统损伤发生的规律和处理对策

房室束及其分支行走于膜周部 VSD 后下缘,距缺损边缘仅 2~4 mm,左、右束支甚至可以包裹在缺损边缘的残余纤维组织内。由于术中操作导管导丝机械损伤、封堵器压迫、局部炎症反应等因素,VSD 封堵术中、术后可出现不同程度房室传导阻滞(AVB),个别患者甚至发生三度房室传导阻滞并发生阿斯综合征,术前常难以预测。

国内西京医院李寰等报道 VSD 封堵术中或术后 9 例发生持续性或间歇性高度房室传导阻滞,5 例术中发生,10 min~46 h 恢复正常窦性心律。4 例发生于术后 12 h~10 d,其中 3 例在 1~12 d 恢复,在高度 AVB 时,心电图均表现为完全性右束支传导阻滞+左前分支传导阻滞。1 例未恢复,给予永久起搏器治疗。作者提出膜部 VSD 介入治疗术后发生 AVB 的危险因素为:① 年龄小于 5 岁。② VSD 位置,VSD 距离三尖瓣侧边缘小于 1 mm。③ 手术过程,导管/鞘管通过 VSD 困难,反复刺激、摩擦 VSD。④ 术中发生传导阻滞,特别右束支传导阻滞+左前分支传导阻滞或 AVB。⑤ 术后发生传导阻滞,特别右束支传导阻滞+左前分支传导阻滞有进一步加重者。

我们行 VSD 封堵治疗的前 500 例病例中,术后监护心电图常可见不同程度传导阻滞,8 例发生高度房室传导阻滞。我们的 8 例病例有如下特点:① 均见于膜部及膜周部 VSD,嵴内型 VSD 无发生。② 术前心电图正常,年龄 2～19 岁。③ 多于术后 1 周内发生,术后 3～5 d 为高发期。④ 术后心电图有右束支传导阻滞和(或)左前分支传导阻滞者易于发生,但可无任何先兆心电图改变。⑤ 经异丙肾上腺素、糖皮质激素治疗后均于 3 周内恢复正常,均未植入临时心脏起搏器或永久性心脏起搏器。

因此,我们术后常规行心电监护 1 周,对上述具有发生房室传导阻滞危险因素的患者给予糖皮质激素预防用药 3～5 d。如此处理是否能够减少包括高度传导阻滞房室的传导系统并发症需要进一步的临床观察,特别是严格的循证医学检验。

(六) 实现了 VSD 封堵器的国产化和治疗的个体化

大多数 VSD 具有解剖部位变异性大、缺损的形态多样、室间隔的毗邻心内解剖结构复杂等特点,因此实行 VSD 封堵的个体化治疗对于提高疗效,减少并发症尤其重要。近年通过国内外介入和工程专家的努力,设计了与复杂的室间隔解剖特点相对应的各种类型的封堵器,逐步实现了 VSD 封堵治疗的个体化。

1. **嵴上型 VSD 封堵** 嵴上型(也称漏斗型或干下型)VSD,位于室上嵴左侧和肺动脉之间,分嵴内型和肺动脉瓣下型。嵴内型 VSD 位于室上嵴结构内,四周为肌性组织,或其上缘为主动脉瓣,其余部分为肌性组织。肺动脉瓣下型上缘为肺动脉瓣,其上无肌性组织。缺损位于主动脉右冠瓣左侧缘,部分病例可因缺乏支撑组织而导致主动脉瓣脱垂于缺损内引起主动脉瓣关闭不全。

该型缺损介入治疗具有如下特点。

(1) 分流量常较大,由左心室至右心室的血流常直接射入肺动脉,对肺动脉干造成冲击,容易于早期出现肺动脉高压。

(2) 常规左心室造影体位常不能显示其大小和形态。左前斜位 60°～80°加头 20°～30°可能较好显示缺损与主动脉瓣关系。

(3) 缺损常被主动脉右冠瓣部分遮盖,故无论左心室造影还是超声常难以准确评估缺损直径大小,常被明显低估。

(4) 超声检查有较大帮助,一般选择非标准左心室长轴、大血管短轴、五腔心切面。干下型 VSD 大血管短轴切面位于 12 点至 1 点位置,缺损大小测量值常较左心室造影大。一般选择大血管短轴切面确定干下型 VSD 类型,左心室长轴测量缺损与主动脉瓣距离,在大血管短轴切面和五腔心切面测量缺损直径。此外当二维超声不能清楚显示缺损直径时,彩色多普勒血流图测定分流宽度对缺损直径评估有帮助。

(5) 当超声、左心室造影均不能准确评估 VSD 大小时,手术操作时通过室间隔导管的直径及其难易程度对缺损直径估测及封堵器大小选择常有帮助。

(6) 封堵成功关键是正确放置封堵器,偏心型封堵器的标记(marker)必须指向心尖部。

(7) 并发症主要为主动脉瓣关闭不全或穿孔,而房室传导阻滞罕见。进口的偏心型封堵器主动脉侧有 0.5 mm 边缘,因其边缘较长容易引起主动脉瓣关闭不全。

根据上述解剖特点,长海医院秦永文等研制了上缘为零边的偏心型封堵器,于 2003 年应用于临床,国内有较多封堵成功的报道,封堵器植入后不影响主动脉瓣关闭。肺动脉瓣下型VSD,由于上缘为肺动脉瓣,一般不适合行介入治疗。但国内外少数介入中心也有成功封堵的一些病例报道,远期疗效有待随访评估,目前仍认为应该谨慎。

2. **室间隔肌部缺损的封堵** 开展较早,但由于发病率低,总体治疗病例数并不多。封堵器形状与用于 ASD 的 Amplatzer 封堵器相似,其中间腰部的长度从 4 mm 增加到 7 mm,以适应较厚的室间隔。双盘的直径左心室面比中间"腰"部大 4 mm,右心室面大 3 mm。中至大的室间隔肌部缺损或多发性肌部缺损容易发生心力衰竭,内科治疗预后差,外科手术治疗难度和风险也很大,死亡率较高。

其封堵介入治疗有如下特点。

(1) 封堵方法基本同膜部 VSD。

(2) 如果缺损于室间隔后方或心尖部,可选择右颈内静脉路径。

(3) 肌部 VSD 多远离传导束、心脏瓣膜,并发症较膜部少。

(4) 泥鳅导丝通过 VSD 常较困难,封堵难度较膜部高。

(5) 对于多发性筛孔状 VSD,可选择弹簧圈封堵。

3. **膜周部 VSD** 膜部及膜周部 VSD 最为多见,治疗方法最为成熟、治疗病例数目前最多。绝大多数膜部及膜周部 VSD 适合于经导管封堵治疗。由于膜周部的 VSD 上缘靠近主动脉瓣膜,Amplatzer 设计了偏心型的封堵器,其左心室侧的盘片上缘仅 0.5 mm,下缘 5.5 mm,腰部呈圆柱形,直径 4～18 mm,右心室侧的盘片呈正圆形,边缘 2 mm。Amplatzer 偏心型封堵器放置过程中操作较为复杂,必须使标记指向心尖,有时操作颇为困难。因此我们设计了双面对称型 VSD 封堵器,适用于缺损距离主动脉瓣 2 mm 以上的 VSD,使放置过程大为简化,已广泛应用于临床。

VSD 中膜部瘤型占有较大比例,封堵常较为困难。如果封堵器不能完全封闭入口,术后常有残余漏;而封堵出口,有可能引起膜部瘤增大。有的出口较多,应用进口的 VSD 封堵器和应用对称型的国产封堵器均难以完全封堵。长海医院根据膜部瘤型 VSD 的解剖特点,研制了左右两侧盘片大小不对称的 VSD 封堵器,其腰部较小,边缘较长,即"细腰型 VSD 封堵器",临床应用后效果较好。

三、问题与展望

VSD 介入治疗操作简便、痛苦小、成功率高、安全。但是,随着介入治疗的普及和病例数量的快速增长,以下问题也亟待关注。

(一) 预防并发症

VSD 解剖变异大,毗邻解剖关系复杂,封堵操作技术难度高,容易出现并发症,有些并发症较为严重。最常见有主动脉瓣关闭不全、不同程度房室传导阻滞、三尖瓣腱索断裂导致三尖瓣关闭不全、空气和血栓栓塞、机械性溶血、封堵器脱落以及心脏压塞等。有一些并发症是可以预防的,如主动脉瓣关闭不全、空气和血栓栓塞、机械性溶血、封堵器脱落等,多与操作不规范,封堵器品种单一,封堵器选择不当等有关;有一些并发症尚不能预测,如 VSD 封堵术后发生高度房室传导阻滞。

虽然发生并发症的数量较少,但是一旦发生,处理较困难,需要引起重视。术者应该严格掌握适应证和禁忌证,规范操作程序,仔细研究每一病例,力争进行个体化治疗。此外,还应加强术后随访观察,以便客观评价介入治疗远期疗效和安全性,保证早期发现并处理并发症。

(二) 加强规范化治疗

随着 VSD 介入封堵治疗在基层医院的迅速普及推广,为提高治疗水平,减少并发症,亟待进行规范,并实行严格的准入制度。我国于 2004 年已制定相关的操作指南,但随着技术和器材的发展,很有必要对其进一步完善修订。除此之外,开展单位必须具备相关的影像、超声等硬件设备,特别应加强人员培训。

(三) 做好随访登记工作,开展循证医学研究

我国完成 VSD 封堵治疗病例数已经占全球首位,但随访登记工作很不尽如人意。应行多中心临床随机试验观察不同类型封堵器治疗效果和并发症,以循证医学资料客观评价各种封堵器治疗效果,进一步提高治疗水平。此外,还应加强手术并发症登记以及术后随访,以了解远期效果及并发症。观察封堵治疗是否引起主动脉瓣、三尖瓣、房室传导及心室功能改变,以期不断完善技术,使封堵效果更趋完美。

(四) 加强宣教,加速普及

VSD 经导管封堵近期疗效好,操作简便、安全、创伤微小,已经日渐成为患者乐于接受的治疗方法。但是应注意到目前国内外应用这一技术治疗的病例数相对创伤大的外科开胸手术仍然有限。因此应该加强宣教,不仅要让患者,更应该让非心血管专科医生也认识到这一新技术的优越性。让 VSD 可经导管封堵治疗这一观念深入人心,以转变医患观念,加速其推广普及,使更多的患者受益。

(五) 进一步完善器材技术,扩大适应证,降低潜在风险

目前大部分肌部室缺和膜周部室缺均能经导管封堵,但对干下型和巨大 VSD 的封堵仍有困难,仍需不断探索新的器材和方法。目前普遍应用的封堵器为镍钛合金丝编织,其金属成分高,植入后留置体内,释放的镍离子对机体的长期影响有待观察。Ries 等在 Amplatzer 封堵器封堵的房间隔缺损患者中测血浆镍浓度,术后浓度上升,1 个月达到高峰,以后逐渐下降,12 个月时血浆浓度正常,虽然临床上未观察到任何损害的表现,但对某些具有过敏体质的患者中是否引起损害需要关注。故开发金属成分少,或进行金属表面改性,研制释放镍离子少的封堵器或人体可吸收材料的封堵器可能是今后的发展方向。此外,目前使用的 Amplatzer 封堵器双侧的不锈钢套不利于内皮化,长海医院等单位已经研制出不含不锈钢的由单一的镍钛合金丝构成的封堵器,已完成动物实验,有望近期进行临床试用。

(六) 加强研发,开发具有自主知识产权的封堵器

由于我国各地的经济发展不平衡,对于广大地区而言,昂贵的进口介入性材料费用仍为推广这一技术的主要障碍之一。因此,应积极开展国产封堵器械的研制,开发具有自主知识产权的产品,降低治疗费用对于这一新技术推广普及尤其重要。

第二节　室间隔缺损介入治疗的相关理论与操作

1988 年 Lock 等首次应用 Rashkind 的双面伞器经导管成功关闭室间隔缺损(VSD)。此后曾应用 Sideris 纽扣式补片、CardioSEAL、弹簧圈以及可脱卸球囊堵闭室间隔缺损。由于操作复杂,并发症的发生率高,未能在临床上推广应用。1977 年 Amplatzer 发明了治疗房间隔缺损和动脉导管未闭的镍钛合金封堵器,并成功应用于临床,由于方法简单,疗效可靠,并发症少,很快在全球范围内推广和普及。在此基础上,又推出了治疗肌部和膜周部室间隔缺损的封堵器,经临床应用也证明其安全、可靠,可用于不同年龄的婴幼儿和成年人。新型封堵器的发明推动了经导管封堵 VSD 疗法的推广和普及。1998 年长海医院与上海形状记忆合金材料有限公司合作,在国内率先研制出房间隔缺损和动脉导管未闭封堵器,并成功应用临床。2001年在国内外率先研制出适合于膜周部室间隔缺损的对称型双盘状镍钛合金的室间隔缺损封堵器,并于 2001 年 12 月 21 日成功治疗首例膜周部室间隔缺损的成人患者,至 2006 年 5 月,作者在长海医院治疗的膜周部室间隔缺损患者的总数达 500 余例,术后最长已经随访 4 年,无不良反应。2002 年开始在国内推广应用,经全国百余家医院近 2 000 例的应用,显示新型封堵器使用安全,疗效可靠,并发症少。在临床应用中发现室间隔缺损的形态各异,出口多少不一,距离主动脉瓣的距离也不一致,因此一种形状的封堵器只能适合部分患者的治疗。为了提高治疗的成功率,减少并发症的发生率,我们开发了适合于多孔型室间隔缺损的细腰型封堵器和适合接近主动脉瓣的零边偏心型室间隔缺损封堵器,基本上实现了室间隔缺损封堵器选择的个体化,达到了疗效和外观的完美结合。近年来,国内已有多家企业生产类似的封堵器,满足了国内的需要,并部分出口到国外。镍钛合金封堵器已经成为国内外介入治疗室间隔缺损的主要产品。部分外科医师甚至向内科医师学习,应用介入技术,在术中封堵肌部室间隔缺损,降低了外科手术的难度,并有可能降低因心室肌切开引起的术后并发症。总之,新型封堵器的出现,改变了室间隔缺损需外科手术的传统治疗理念。2004 年全国外科心脏体外循环手术 8 万例,其中 60% 是先心病。同年先心病介入治疗总数 4 500 例左右,反映大部分先心病仍选择外科治疗。但是从先心病发展趋势看,这种情况正在发生变化(图 8-1),图中显示先心病介入治疗已经处于快速发展期,预计今后的几年中可能总例数能达到每年 2 万例。在一些大的中心和医院,室间隔缺损、动脉导管未闭和房间隔缺损 3 个病种的介入治疗数量逐渐超过外科手术(图 8-2),其中室间隔缺损的介入治疗数量约占介入治疗数量的一半,这些数字显示介入治疗在先心病的治疗中正在发挥越来越重要的作用。

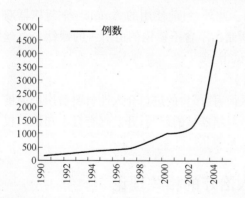

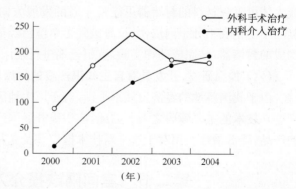

图 8-1 1990～2004 年间全国先心病介入治疗病例

图 8-2 2000～2004 年间长海医院房间隔缺损、动脉导管未闭和室间隔缺损介入治疗与外科手术例数,反映了 3 类主要先心病内外科治疗例数变化趋势

一、室间隔缺损的应用解剖

(一)室间隔及其毗邻关系

室间隔位于左、右心室之间,分膜部和肌部两部分。肌部占室间隔的大部,主要由肌肉组成,较厚,为1～2 cm。膜部室间隔呈三角形,有前、后、上3个缘。前缘和后缘分别相当于前、后室间沟。上缘由3部分构成:① 前部(动脉间部),向上与肺动脉干和升主动脉根部相连。主动脉右窦下缘比肺动脉左窦下缘约低1 cm。② 中部(膜部),相当于三尖瓣隔侧瓣前1/4及前瓣内侧端附着处(图8-3)。室间隔膜部为致密的结缔组织膜,用光线透照为一亮区。纪荣明报道膜部室间隔平均前后长13.8 mm,上下宽8.4 mm,厚1 mm。大小和形状有较大的变异,以三角形者多见,约占58%,圆形或椭圆形者占42%。③ 后部(房室部),介于右心房与左心室之间,左上有二尖瓣环附着,右下有三尖瓣附着,相当于房室间隔。从室间隔左侧观察,膜部室间隔位于主动脉右瓣和后瓣连合部的下方,下方是室间隔肌部的上缘,膜部向后延续为后瓣环下方的中心纤维体。从右侧面看,膜部的前上方是室上嵴带的下缘,右侧面中部有三尖瓣隔侧瓣的前端附着。

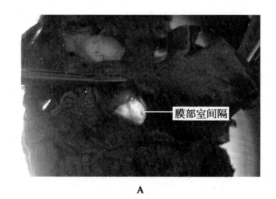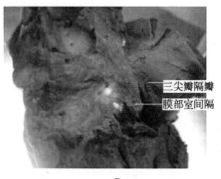

图8-3 室间隔及其毗邻

A. 膜部室间隔相当于三尖瓣隔侧瓣前1/4及前瓣内侧端附着处;B. 拉起三尖瓣隔侧瓣后膜部室间隔呈三角形

(二)室间隔与房室传导系统

膜部室间隔的后缘后方约4 mm处是房室结。膜部的后下缘有房室束经过。房室束穿过中心纤维体后进入心室,在肌性室间隔顶部(左侧心内膜下)走行一很短的距离,很快向左侧呈扁带状分出左束支,先分出的纤维形成左束支后组(左后半)。再分出的纤维形成前组(左前半)。从左心室面看,房室束与主动脉瓣无冠窦的下缘关系密切,房室束分叉部的前端恰好在右冠窦和无冠窦交界处(图8-4)。左心室面观察显示房室束与主动脉瓣无冠窦的下缘关系密切,房室束分叉部的前端恰好在右冠窦和无冠窦交界处。

从右心室面看,则三尖瓣的隔瓣斜跨房室束。从房室结深面发出的房室束,在中心纤维体中长约1 mm,分叉前长约10 mm,直径为1～4 mm。右束支主干在室间隔膜部下方从房室束分出后,沿室间隔右侧面向前下方,在间隔前上部的圆锥乳头肌的后下方,转向外下达前乳头肌的基底部。膜部下缘与肌性室间隔之间为房室束的分叉部。

(三)室间隔缺损的形态

室间隔缺损的解剖形态多样,表现为不规则形状。在不同投照角度,测量的室间隔缺损直径可能有较大的差异(图8-4)。

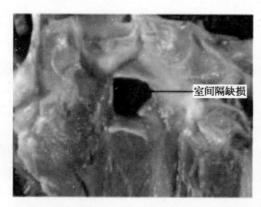
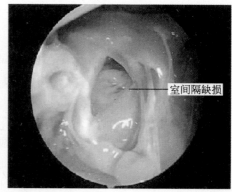

图 8-4　显示室间隔缺损为不规则形状

（四）室间隔缺损的应用解剖与介入治疗的联系

膜部室间隔为一薄层的纤维组织，在正常情况下仅有 1 mm 的厚度，因此，不宜应用封堵动脉导管未闭的封堵器治疗膜周部室间隔缺损。室间隔缺损为不规则形状，在不同的投影体位上可能测量的大小有差异，而左心室造影为平面显像，有可能因投影体位的关系影响测量结果。在选择封堵器时需要结合超声检查结果综合判断室间隔缺损的大小。膜周部室间隔缺损的后下缘有传导系统通过，特别是隔瓣下型室间隔缺损，在介入治疗后有可能发生完全性房室传导阻滞，术后需要密切观察。此外，膜部间隔范围狭小，而传导系统与其邻近，从预防房室传导阻滞考虑，封堵器覆盖的范围应该是越小越好，因此，应尽可能选择短边和腰部张力不大的封堵器。

二、室间隔缺损的分型与分类

（一）根据室间隔缺损的部位分型

室间隔缺损为最常见的先天性心脏畸形，可单独存在，亦可与其他畸形合并发生。本病的发生率占先天性心血管疾病的20%～30%，占存活新生儿的 0.3%，由于室间隔缺损有比较高的自然闭合率，故本病约占成人先天性心血管疾病的10%。

心室间隔由 4 部分组成：膜部间隔、心室入口部间隔、小梁部间隔和心室出口或

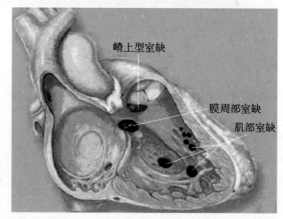

图 8-5　室间隔缺损分型示意图

漏斗部间隔。胎生期室间隔因发育缺陷、生长不正或融合不良而发生缺损。Kirklin 根据缺损的位置又将室缺分为以下 5 型（图 8-5）。

1. Ⅰ型　为室上嵴上方缺损（嵴上型）。缺损位于右心室流出道、室上嵴的上方和主、肺动脉瓣的以下为主。从右心室面观，室间隔缺损位于右心室流出道（或漏斗部）、室上嵴之上方，紧贴肺动脉瓣下。从左心室面观，室间隔缺损位于主动脉右冠瓣与无冠瓣之间，紧贴瓣膜之下，也有位于左、右冠瓣交界附近。缺损常呈圆形，上方可与主肺动脉瓣环紧贴，成为缺损的上界。主动脉右冠瓣常因缺乏瓣环的支持而脱垂到缺损孔，造成主动脉瓣关闭不全，偶尔可造

成右心室流出道轻度梗阻。少数合并主、肺动脉瓣关闭不全。此型约占 15%。

2. Ⅱ型　为室上嵴下方缺损(膜周部)。从右心室面观,缺损位于室间隔膜部,室上嵴的下后方,有时可延伸至流入、流出道或室间隔小梁部位,形成膜周部缺损。常被三尖瓣隔瓣或其腱索部分覆盖,三尖瓣隔瓣叶只接近缺损后缘,而不能完全遮盖缺损。从左心室面观,室间隔缺损位于主动脉无冠瓣与右冠瓣之下。缺损常呈圆形,直径数毫米至 3 cm 以上。缺损边缘可有完整的纤维环,有时下缘为肌肉。此型最多见,约占 60%。

3. Ⅲ型　为隔瓣后缺损。缺损位于膜部缺损下后方的右心室流出道,室间隔的最深处,三尖瓣的隔瓣附着部位之下,与隔瓣之间无肌肉组织。常呈椭圆形或三角形,周缘有完整的纤维环,有时下缘为肌肉组织。三尖瓣隔瓣叶常覆盖室间隔缺损。此型约占 21%。

4. Ⅳ型　Ⅳ型是肌部缺损,多为心尖附近肌小梁间的缺损。有时为多发性。由于在收缩期室隔心肌收缩,使缺损缩小,所以左向右分流较小,对心功能的影响也较小。此型较少,仅占 3%。

5. Ⅴ型　为室间隔完全缺如,又称单心室。接受二尖瓣和三尖瓣口,或共同房室瓣口流入的血液入共同心室腔内,再由此注入主动脉、肺动脉内。

(二) 根据室间隔缺损的大小和分流量分类

室间隔缺损的直径多在 0.1～3.0 cm。通常膜周部缺损较大;而肌部缺损较小。如缺损直径小于 0.5 cm,左向右的分流量很小,多无临床症状。缺损呈圆形或椭圆形。缺损边缘和右心室面的心内膜可因血流冲击而增厚,容易引起细菌性心内膜炎。心脏增大多不显著,缺损小者以右心室增大为主,缺损大者左心室较右心室增大显著。由于左心室压力高于右心室,室缺时产生左向右分流。按室缺的大小和分流的多少,一般可分为 4 类: ① 轻型病例,左至右分流量小,肺动脉压正常。② 缺损为 0.5～1.0 cm 大小,有中等量的左向右分流,右心室及肺动脉压力有一定程度增高。③ 缺损大于 1.5 cm,左至右分流量大,肺循环阻力增高,右心室与肺动脉压力明显增高。④ 巨大缺损伴显著肺动脉高压。肺动脉压等于或高于体循环压,出现双向分流或右向左分流,从而引起发绀,形成艾森门格氏综合征。

(三) 根据室间隔缺损的造影形态分类

室间隔缺损的形态不规则,在不同投影体位上大小也不一致,有些部位的室间隔缺损造影不能显示缺损的形态和大小,有的因有主动脉瓣脱垂,造影不能显示缺损的实际形态和大小。但是,绝大多数膜周部室间隔缺损在左前斜位加头位造影时可清晰显示出缺损的形态和大小。左心室造影显示的室间隔缺损的形态大致可分为漏斗型,管型,囊袋型和窗型 4 种(图 8 - 6)。其中漏斗型较常见,有的为漏斗管状,其次是囊袋型,即膜部瘤型,膜部瘤型室间隔缺损的形态最复杂,可为单出口、双出口和多出口。出口大小不一,相距远近和方向不一。有的出口与室间隔平行,出口的部位可以是相互面对,即均与室间隔平行,一个朝上,另一个朝下,有的缺口呈盲端。窗型的室间隔缺损直径往往较大。管状室间隔缺损较少,形态与动脉导管未闭相似。

三、室间隔缺损封堵治疗的适应证和禁忌证

1. 适应证　缺损小于 0.5 cm,无症状至 5 岁以后如不能自行闭合者,是否需手术治疗,有不同看法。一种观点认为手术毕竟并非绝对安全,可能感染、异体血液接触等可引起意想不到的并发症,二是患者终身可以无症状,且无资料证明剧烈活动对小的室间隔缺损比正常儿童更具危险性。另一种观点是一些特殊部位如肺动脉干下、膜部缺损等,可能会因长期的血流冲击

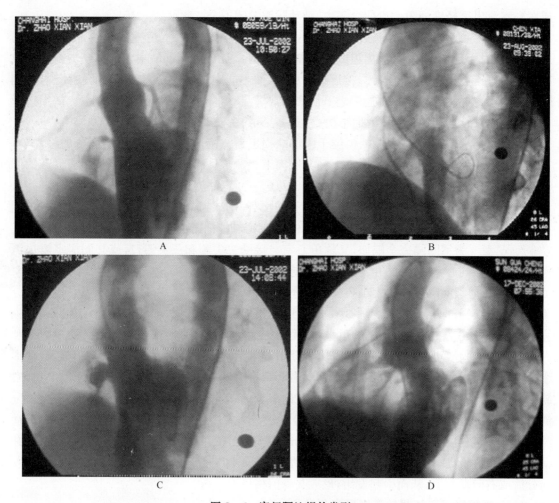

图 8 - 6 室间隔缺损的类型

A. 管状室间隔缺损；B. 窗型室间隔缺损；C. 囊袋型室间隔缺损；D. 漏斗管状室间隔缺损

造成主动脉等病变,引起严重后果。二是不做手术,并发细菌性心内膜炎的机会比作手术者大一倍,而出现心内膜炎后,病死率很高;相反,小的室间隔缺损如做手术本身的死亡率极低。三是患者终身有这种生理缺陷存在,可能会有心理负担,加上可能存在的社会因素如升学、就业等。如出现上述情况后才考虑手术时,患者可能已为成人,相对来讲手术危险性大于儿童,故主张在 12 岁以前做手术为好。根据外科修补室间隔缺损的原则,经导管介入治疗的适应证如下。

(1) 年龄一般大于 3 岁,体重大于 5 kg。

(2) 有外科手术适应证的膜部和肌部室间隔缺损。

(3) 室间隔缺损合并可以介入治疗的其他心血管畸形。

(4) 外科手术后残余漏。

(5) 室缺直径 3～15 mm。

(6) 缺损边缘距主动脉瓣和三尖瓣 2 mm 以上。

(7) 轻到中度肺动脉高压而无右向左分流。

2. 禁忌证

(1) 室间隔缺损已并发艾森门格综合征。

(2) 室间隔缺损合并其他畸形需要外科手术治疗者。

(3) 室间隔缺损并发感染性疾病,如呼吸道感染,细菌性心内膜炎等。

四、封堵器与输送系统

(一) 封堵器

1. 肌部室间隔缺损封堵器 肌部室间隔缺损封堵器由直径 0.1 mm 的高弹性镍钛合金丝编织成盘状结构,两盘片之间连接部分呈圆柱形,长 7 mm,盘片和圆柱部分中都充填聚酯片,圆柱形腰部直径为 4～14 mm,左心室面的圆盘直径比圆柱部分大 4 mm,右心室面直径比圆柱部分大 3 mm(图 8-7)。封堵器的两端由 316L 不锈钢圈固定,其中一端有与推送杆相匹配的螺纹。用于心肌梗死后室间隔穿孔的封堵器长度为 10 mm。

2. 膜部室间隔缺损封堵器 正常人的室间隔膜部较薄,范围较小,室间隔膜部上、下、前、后和中点的厚度分别为 0.8 mm、0.7 mm、0.78 mm、0.75 mm 和 0.52 mm。因此,膜部室间隔缺损封堵器的腰部长度应

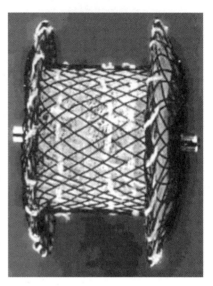

图 8-7 肌部室间隔缺损封堵器

在 2 mm 以内。AGA 公司封堵器中膜部室间隔缺损封堵器的材料与肌部缺损封堵器相同,但形状明显不同。用于膜部室间隔缺损的封堵器腰部长 1.5 mm,两盘片的边缘呈不对称型,在靠近主动脉侧的边缘较其对侧的盘片小,边缘为 0.5 mm,与其相对的边缘为 5.5 mm,右心室侧的盘片比腰部直径大 2 mm(图 8-8)。这种封堵器设计的优点是可以减少对主动脉瓣膜的损伤。

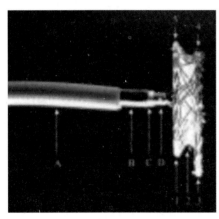

图 8-8 AGA 公司生产的偏心型室间隔膜部缺损封堵器

国产的室间隔膜部缺损封堵器为对称的双盘状,两盘的直径比封堵器的腰部直径大 4 mm,左右心室面封堵器直径相同,长度为 2 mm。

长海医院与上海医用形状记忆合金有限公司共同设计生产的封堵器有以下几种。

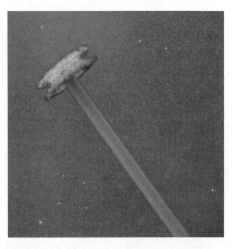

图 8-9 对称型膜部室间隔缺损封堵器

（1）对称型膜部室间隔缺损封堵器：由直径 0.1 mm 的高弹性镍钛合金丝编织盘状结构，两盘片之间连接部分呈圆柱形，长 2 mm，盘片和圆柱部分中都缝有聚酯片，圆柱形腰部直径在 4～18 mm，左、右心室面盘片直径比圆柱部分大 4 mm。封堵器的两端由 316L 不锈钢圈固定，其中一端有与推送杆相匹配的螺纹。用于心肌梗死后室间隔穿孔的封堵器长度为 10 mm（图 8-9）。

（2）非对称型膜部室间隔缺损封堵器：用于膜部室间隔缺损的封堵器腰部长 2 mm，两盘片的边缘呈不对称型，在靠近主动脉侧的边缘较其对侧的盘片小，边缘为 0～0.5 mm，与其相对的边缘为 5.5～6 mm，右心室侧的盘片比腰部直径大 2 mm。封堵器设计的优点是减少对主动脉瓣膜的损伤（图 8-10～图 8-12）。

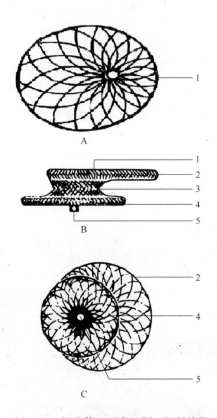

图 8-10 短边偏心型室间隔缺损封堵器

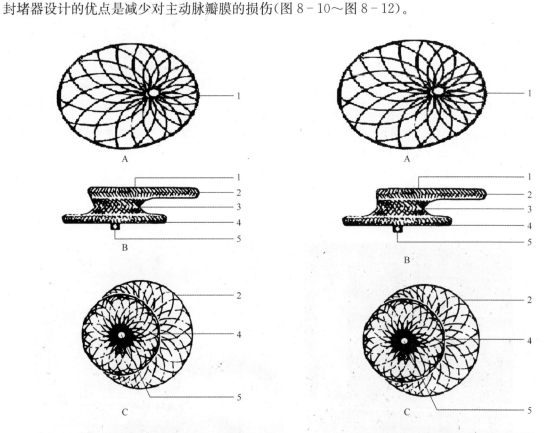

图 8-11 国产零边型室间隔缺损封堵器

1. 封堵器左室面；2. 封堵器左室盘片；3. 封堵器腰部；4. 封堵器右室盘片；5. 封堵器固定钢圈和与输送系统连接的侧孔

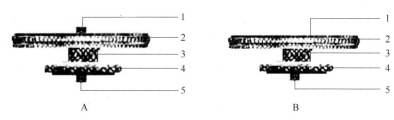

图 8-12　细腰型室间隔缺损封堵器(A)和国产单铆细腰型室间隔缺损封堵器(B)

（3）心肌梗死后肌部室间隔穿孔封堵器：基本结构与膜部室间隔缺损封堵器相同，不同点是封堵器的圆柱长 10 mm，盘片的直径比圆柱直径大 10 mm。

（4）肌部室间隔缺损封堵器：与用于心肌梗死室间隔穿孔的封堵器相同，封堵器的圆柱长度为 8 mm。两盘片的直径比圆柱直径大 4 mm。

（5）动脉导管未闭封堵器：国内任森根等应用动脉导管未闭封堵器治疗室间隔缺损，认为疗效好，并发症发生率低，在其他医院也有应用，证明对一部分室间隔缺损应用现有的封堵器未能成功封堵的患者，改用蘑菇伞型封堵器后获得成功，临床应用证明有一定的疗效和作用。提出应用动脉导管未闭封堵器治疗室间隔缺损的依据是有些室间隔缺损解剖形态类似动脉导管未闭，膜部室间隔缺损上缘距主动脉瓣距离如大于 3 mm，动脉导管未闭封堵器植入后一般不影响主动脉瓣的关闭，封堵器的左心室面呈盘片状，类似铆钉堵住室间隔缺损口，左心室的压力大于右心室，放置后一般不会发生移位。与目前专用的封堵器不同的是长度较长，室间隔缺损封堵器的左右侧伞片的总长度为 3 mm 左右，动脉导管未闭封堵器的长度为 7～8 mm。有人指出，室间隔的正常厚度为 10 mm 左右，放置后不会凸入右心室流出道，而且右心室端较小，不应造成右心室流出道狭窄和影响右心室血流。另外，动脉导管未闭封堵器的右心室端较小，放置后不会产生目前应用的专用室间隔缺损封堵器两侧向心室间隔压迫的力量，因此，有可能发生传导阻滞的机会应低一些。但是在临床应用中，特别是大的室间隔缺损，放置动脉导管未闭封堵器后，封堵器腰部较长，可能会造成流出道狭窄，或影响三尖瓣功能，因此，从解剖上考虑应用动脉导管未闭封堵器治疗室间隔缺损值得商榷。对形态特殊的室间隔缺损，最好是根据缺损的形态设计专用的封堵器。

（二）输送系统

1. 输送长鞘　AGA 公司的输送系统包括两根特制的输送钢丝和有一定弧度的输送长鞘。两根钢丝中一根是中空的，另一根是实心钢丝，空心钢丝中间可以通过实心钢丝。在空心钢丝的一端的内面有一平台，其形状和大小与封堵器的右心室面的固定钢圈相匹配（图 8-13）。

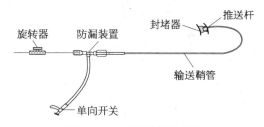

图 8-13　封堵器输送系统

用于室间隔缺损的输送系统包括长鞘管、扩张管、推送导管、推送杆、负载导管和旋转器。鞘管为抗折鞘，远端弯曲呈 180°，其定型有利于鞘管放置在左心室近心尖处。4 mm 的封堵器选用 6F 鞘管，6 mm 封堵器选用 7F 鞘管，8～18 mm 封堵器选用 8F～9F 鞘管（表 8-1）。

表8-1 室间隔缺损封堵器的大小与输送鞘管的选择

封堵器直径(mm)	封堵器长度(mm)	选用的鞘管(F)
4	7	6
6	7	6~7
8	7	6~7
10	7	8
12	7	9
14	7	9
16	7	9
18	7	9

国产封堵器可通过6F~8F鞘管推送。可选用Cook公司生产的抗折鞘和国产的聚四氟乙烯输送长鞘。

与闭合房间隔的输送系统基本相同。不同的是应用于室间隔缺损的输送鞘管应能抗折。否则,导管容易打折,影响封堵器的输送。

与其他封堵材料和方法相比,新型封堵器和输送系统的主要优点是输送导管(6F~9F)的直径较小,操作方便,能闭合较大直径的VSD,当封堵器选择不合适时也容易退回导管鞘内,便于取出。因此使用更安全。

2. 其他器材

(1) 防漏鞘管:小儿一般选用5F鞘管,以减轻对血管的损伤。

(2) 小儿血管穿刺装置:用于小儿的穿刺针最好选用Cook公司生产的小儿专用的穿刺鞘和穿刺针,一次穿刺成功率高,对血管的损伤较小。成人桡动脉穿刺用的穿刺针和鞘管也可选用。

(3) 猪尾导管:选用5F或6F。

(4) 圈套器:选用Cook公司生产的圈套器或国产圈套器。应根据患者肺动脉的粗细选择相应直径的圈套器,国产圈套器能通过内腔直径1 mm的任何导管(图8-14)。因儿童肺动脉直径小,选择大圈的圈套器在血管内不能充分张开,选择偏小一点的圈套器一次圈套成功的机会较多。

图8-14 不同直径的圈套器

(5) 右冠状动脉造影导管和Cobra导管:用于通过室间隔,以便建立轨道。

(6) 直径0.89 mm长度为260 cm泥鳅导丝:钢丝前端较软,容易通过室间隔缺损进入右心室和肺动脉。

(7) 260 cm面条导丝:用于建立轨道。因导丝较软,容易将输送鞘管引入左心室心尖处。

五、术前检查

1. 同常规心导管检查的术前准备 主要检查心电图,心肺摄X线片,心脏超声,出、凝血时间和肝肾功能等项目,以全面评价患者的心脏功能和其他脏器的功能。

2.术前心脏超声检查　通常重点观察 3 个切面:① 心尖五腔心切面,测量室间隔缺损边缘距主动脉瓣的距离。② 左心室长轴切面,观察缺损与主动脉瓣膜的关系,测量缺损上缘至主动脉瓣的距离。③ 心底短轴切面,观察室间隔缺损的位置和大小。此外需要排除合并的其他心脏畸形,如房间隔缺损、肺动脉瓣狭窄以及右心室流出道狭窄。由于室间隔缺损的杂音与流出道狭窄的杂音难以区别,超声检查则容易发现。

六、操作方法

1.肌部室间隔缺损封堵

(1)麻醉,年长儿及成人用 1% 普鲁卡因局麻,小儿用静脉复合麻醉。

(2)全身肝素化(100 U/kg),如术程超过 1 h,每小时追加 1 000 U 肝素。

(3)穿刺股动脉和静脉,放置 5F~6F 或 7F 鞘管,行左、右心导管检查,评价分流量和肺血管阻力。送 6F 猪尾导管逆行入左心室,取左前斜 45°~60°,头位斜 25°~30°行左心室造影,观察测量 VSD 大小及位置,选择合适的鞘管和封堵器。

(4)从动脉鞘内插入 4F~5F Cobra Ⅰ 导管或 Judkins 右冠状动脉造影导管至左心室,导管经 VSD 进入右心室,经导管送入交换导丝从右心室入肺动脉。经右颈内静脉或股静脉插入圈套器至肺动脉,抓住导丝后收紧,从静脉端拉出导丝,退出导管和鞘。建立从静脉至右心房、右心室,通过 VSD 入左心室、主动脉、降主动脉、股动脉的轨道。如封堵靠近心尖部的室间隔缺损,需要从颈内静脉拉出导丝,建立轨道(图 8-15)。

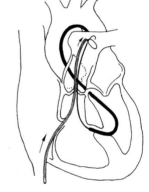

图 8-15　圈套器经右心系统入肺动脉,套住经左心室通过室间隔缺损、右心室至肺动脉的导引钢丝,建立经动脉-室间隔缺损-静脉的轨道

(5)沿轨道导丝从静脉端插进 6F~7F 长鞘至左心室,然后退出鞘内扩张器和导丝,保留长鞘在左心室主动脉瓣下,或左心室靠近心尖部。

(6)根据造影测量的缺损直径选择封堵器,封堵器的直径应比造影所测缺损直径大 1~2 mm。将大小合适的封堵器与推送杆相连接,完全浸在生理盐水中拉入负载短鞘内,或通过负载导管的侧管注入肝素盐水排尽封堵器中的气体。再插入长鞘内向前推送。在透视和经食管超声或经胸超声引导下送达左心室,先放出左心室面的盘片,轻轻回拉至室间隔,通过手感、透视和超声以及心室造影确定封堵器的位置,如位置合适,超声检查无明显分流则可固定推送杆,回退鞘管,释放出右心室面的盘片。当左心室盘片释放后回拉时遇有阻力,可能是鞘管插入过深,进入二尖瓣腱索中,不可应用暴力牵拉,应将封堵器退回至室间隔缺损左心室面处再推出左心室盘片(图 8-16)。否则可引起二尖瓣腱索断裂和二尖瓣关闭不全。

(7)重复左心室造影,检查有无分流,或存在另一部位的室间隔缺损。

(8)经超声检查证实不影响三尖瓣、二尖瓣开放,左心室造影确定封堵器大小合适后可逆钟向旋转推送杆,释放出封堵器(图 8-17,图 8-18)。撤除长鞘及所有导管,压迫止血。

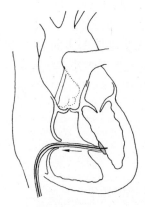

图 8-16　经输送鞘管送入封堵过程

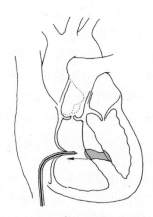

图 8-17　封堵器释放示意图

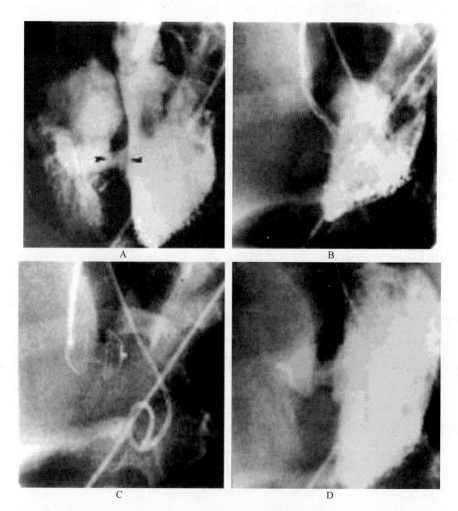

A

B

C

D

图 8-18　经导管闭合肌部室缺的步骤

A. 左心室造影显示室间隔缺损部位和大小；B. 左心室面盘片释放后经猪尾巴导管造影，显示已到位；C. 释放出右心室面的盘片；D. 封堵器释放后左心室长轴斜位造影，显示缺损完全闭合

2. 膜周部室间隔缺损封堵

（1）基本操作步骤与封堵肌部室间隔缺损相同。

（2）左心室造影，选用左前 45°＋头位 25°行左心室造影。根据造影结果选择封堵器，选择的封堵器应比造影测量的直径大 1～2 mm。

（3）超声检查，通常选择心尖五腔心切面和心底短轴切面。在心尖五腔心切面上可清晰显示室间隔缺损的上缘距主动脉瓣的距离。心底短轴切面上适合封堵治疗的位置在 9 点～11 点钟处。注意观察室间隔缺损及其邻近结构，如二尖瓣的乳头肌，腱索（图 18－19）。

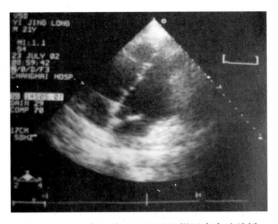

图 8－19　心尖五腔心切面示缺损远离主动脉瓣

（4）经导管送入导引钢丝进入肺动脉，经股静脉送入圈套器，在肺动脉内套住导引钢丝，拉至股静脉处，交换 0.89 mm 的"J"形 Noodle 导丝，经导管送入上腔静脉，经圈套器套住，拉出股静脉，建立经动脉-室间隔缺损-动脉的轨道。沿导引钢丝送入鞘管至主动脉，缓慢回撤鞘管，一旦鞘管在主动脉瓣下，从动脉侧的导管推送导引钢丝，并达左心室尖部，沿导引钢丝将鞘管送至心室尖部（图 8－20～图 8－23）。

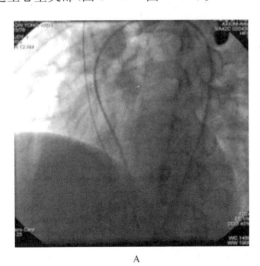
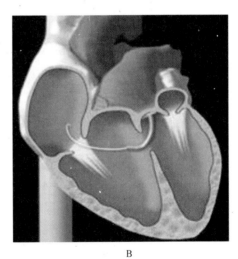

A　　　　　　　　　　　　　　　　　　　B

图 8－20　导引钢丝经室间隔缺损进入右心室、右心房至上腔静脉

（5）封堵器与输送杆相连接。AGA 公司用于室间隔缺损封堵器的推送杆与房间隔缺损封堵器的输送杆不同。由两部分组成，即输送杆和输送鞘管。输送鞘管为中空的导管，头端有一段金属管，金属管的头端的一侧为一平台，平台的作用是与封堵器的固定钢圈上的平台匹配，防止释放封堵器旋转推送杆时引起封堵器的位置改变。使用时，推送杆与推送导管相连接，再一起通过负载导管，然后将推送杆与封堵器连接，顺钟向旋转 3～4 圈，拧紧后再将输送导管头端套在封堵器的固定钢圈上，应用血管钳夹紧输送杆，防止输送导管与封堵器的固定钢

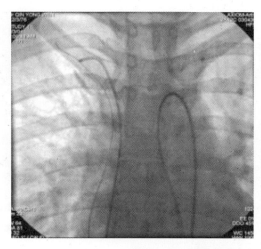
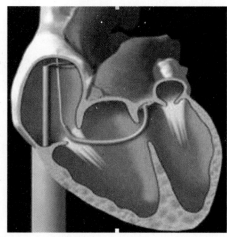

图 8-21　圈套器在上腔静脉处抓住导引钢丝

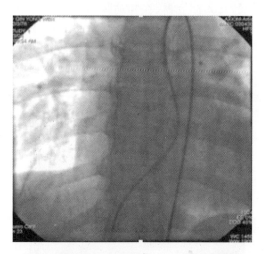

图 8-22　导管沿导引钢丝从左心室经室间隔缺
　　　　损入右心室、右心房、下腔静脉

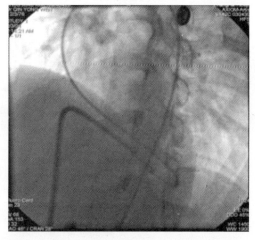

图 8-23　输送鞘管沿导引钢丝进入左心室

圈分离。将封堵器拉入负载导管内。

　　(6) 经鞘管送入封堵器。在输送过程中,保证有铂金标记的边缘指向病人足侧。封堵器达左心室后,缓慢回撤鞘管至流出道,在二尖瓣前叶和室间隔之间,通过超声确认。回撤鞘管,释放出第一盘,如位置合适,释放出右心室面的盘片。造影确认封堵器的位置和有无分流。如位置正确,无残余分流,则逆钟向旋转推送杆,释放出封堵器(图 8-24~图 8-27)。

　　国产封堵器为对称型圆盘,边缘 2 mm,因此,应用于室间隔缺损边缘距主动脉瓣膜 2 mm以上的患者。放置过程较偏心型室间隔缺损封堵器容易,因为是对称型的,不需要调整封堵器的方向。我们体会,对室间隔缺损上缘距主动脉瓣 2 mm 以上,直径在 3~10 mm 的室间隔缺损,应用对称型封堵器操作简便,可减少 X 线的暴露时间,随访 4 年多时间中也未出现后期的并发症,提示封堵器的对称型设计是可行的,临床应用是安全的。

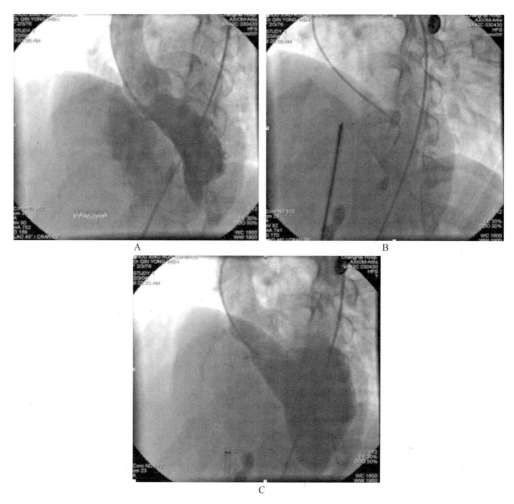

图 8-24　封堵器植入过程

A. 植入前；B. 释放前；C. 释放后

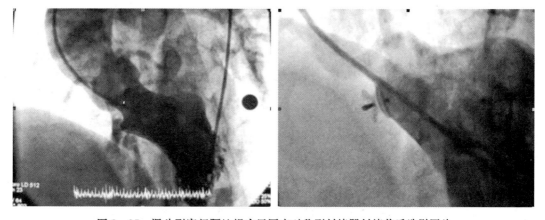

图 8-25　漏斗型室间隔缺损应用国产对称型封堵器封堵前后造影图片

121

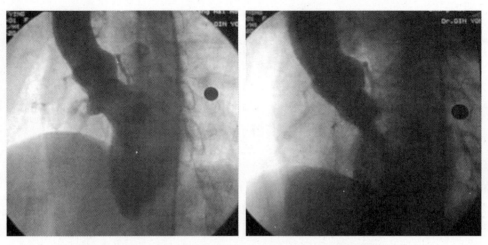

图 8-26　囊袋型双出口型室间隔缺损应用国产同心封堵器完全封堵

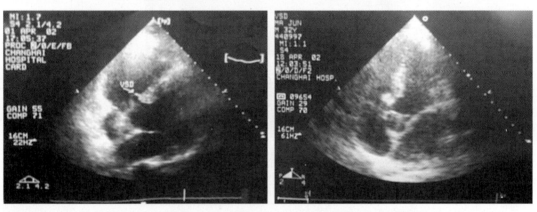

图 8-27　膜周部室间隔缺损封堵器前后超声图像(国产封堵器)

3. 囊袋型(膜部瘤型)室间隔缺损的封堵治疗　见本书的相关章节。

4. 嵴内型室间隔缺损的封堵器治疗　见本书的相关章节。

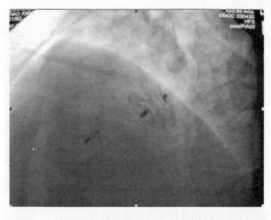

图 8-28　室间隔缺损合并房间隔缺损同时成功封堵

5. 室间隔缺损合并房间隔缺损和(或)动脉导管未闭的治疗　室间隔缺损合并房间隔缺损或动脉导管未闭,如有适应证均可同时行封堵治疗,术前需确定是否可行介入治疗,如一个病变介入治疗后仍需要外科手术,则不应选择介入治疗。在室间隔缺损合并房间隔缺损介入治疗时,应首先治疗室间隔缺损,完成后再治疗房间隔缺损。室间隔缺损合并动脉导管未闭时,应首先治疗动脉导管未闭,成功后再治疗室间隔缺损,这样可减少因导管在心腔内操作引起封堵器脱位的概率,提高治疗的安全性(图 8-28)。

6. 心肌梗死后室间隔穿孔的封堵　封堵方法与肌部室间隔缺损相同。心肌梗死后室间隔穿孔患者的一般情况较差,导管刺激心内膜可出现室早和室速,并可发生持续性室速和室颤及并发阿斯综合征,因此术前应做好应急准备。Szkutnik 等治疗的 7 例中 3 例发生室颤。作者曾应用国产封堵器成功治疗了 5 例室间隔穿孔的患者,1 例术中发生持续性室速和阿斯综合征发作,经电复律恢复窦性心律,继续完成封堵治疗。

七、术后处理

(1) 术后卧床 12 h。

(2) 心电图监护 3～5 d。

(3) 静脉给予抗生素 3～5 d。

(4) 口服阿司匹林 3～5 mg/(kg·d),疗程 6 个月。

(5) 对大的室间隔缺损,应用肝素抗凝 3～5 d。

八、疗效及评价

长海医院从 2001 年 12 月开始应用国产室间隔缺损封堵器治疗膜部室间隔缺损和心肌梗死后室间隔穿孔,目前已成功治疗了 500 余例膜部室间隔缺损,2 例肌部室间隔缺损和 5 例心肌梗死后室间隔穿孔患者。早期主要治疗远离主动脉瓣的膜周部室间隔缺损,对膜部瘤型多出口的室间隔缺损和接近主动脉瓣的嵴内型缺损多放弃介入治疗,随着对缺损形态认知的提高和封堵器的改进,对膜部瘤型和嵴内型室间隔缺损也可成功封堵治疗,术后即刻造影可见少量分流,15 min 后重复造影无分流。术后随访最长已 4 年,患者无不良反应。近期疗效佳,远期疗效尚需长期随访。Chessa 等报道应用肌部室间隔缺损封堵器对 32 例肌部室间隔缺损患者行封堵治疗,其中 12 例为心肌梗死后室间隔穿孔。缺损位于肌部室间隔的中部 14 例,后部 10 例,心尖部 5 例,前部 3 例。30 例封堵器植入成功,封堵器直径 6～26 mm,15 例即刻完全封堵,14 例微量分流,1 例并发心脏压塞死亡。1 例因封堵器位置不良需要外科治疗,并发严重溶血 2 例,一过性交界区心律 1 例,3 例住院期间死亡,2 例在后期死亡,未发生其他并发症。作者认为应用 Amplatzer 肌部室间隔缺损封堵器治疗肌部室间隔缺损是安全、有效的。Bass 等应用非对称型室间隔缺封堵器治疗了 27 例膜周部室间隔缺损的患者,25 例成功,1 例因封堵器引起主动脉瓣关闭不全取出,另 1 例因输送鞘管不能到位而放弃。23 例在 1 周内完全闭合,2 例存在微量分流,封堵器未引起心律失常、栓塞以及主动脉瓣和三尖瓣关闭不全。Arora 等对 137 例室间隔缺损的患者行经导管封堵治疗,应用 Rashkind 封堵器 29 例,Amplatzer 封堵器 107 例,弹簧圈 1 例。其中膜周部室间隔缺损 91 例,肌部室间隔缺损 46 例。操作成功率为 94.8%,应用 Rashkind 封堵器成功率为 86.2%,Amplatzer 封堵器成功率为 97.1%。应用 Rashkind 封堵器 24 h 残余分流率为 32%,Amplatzer 封堵器为 0.9%。3 例并发短暂的束支传导阻滞,2 例并发完全性房室传导阻滞。随访 1～66 个月中,未发生封堵器移位,无后发的传导阻滞,主动脉瓣关闭不全,感染性心内膜炎和溶血。Hijazi 等应用偏心型 Ampatzer 封堵器治疗 6 例膜部室间隔缺损的患者,全部封堵成功,1 例并发轻度主动脉瓣反流,未发生其他并发症。认为经导管封堵膜部室间隔缺损是安全有效的。Fu 等报道在美国 2003 年开始的一期临床试验结果,共 35 例膜周部室间隔缺损的患者,年龄 1.2~54.4 岁,体重 8.3~110 kg,超声测量室间隔缺损直径 4~15 mm,32 例成功,应用封堵器腰部直径 6~16 mm,经胸超声随访 6 个月的完全闭合率为 96%。X 线时间平均 36 min,3 例患者发生严重并发症,其中有完全性房室传导阻滞,肝周出血和三尖瓣腱索断裂。本组 X 线检查时间长,并发症发生率高,可能与术者缺乏操作经验和技巧有关。根据动脉导管未闭和房间隔缺损封堵治疗结果和动物实验研究的组织学观察,以及镍钛合金在医疗领域的长期应用结果分析,远期疗效应无置疑。我们将封堵器放置在实验动物的心脏室间隔内,3 个月后封堵器表面形成光滑、透明的薄膜,封堵器镍钛丝周围无组织增生和炎症反应。表明封堵器的生物相容性好。对急性心肌梗死并发室间隔穿孔,应用封堵器治疗疗效非常显著。肌部室间隔缺损外科治疗困难,术中如切开心肌,术后可发生与切口部位有关的心律失常,因此,封堵治疗的疗效优于外科手术。膜部室间隔缺损的介入治疗可能出现的并发症是主动脉瓣关闭不全和房室传导阻滞,但是如能严格掌握适应证,术中严密超声监测和在释放前行心室造影和主动脉造影,可避免发生主动脉瓣关闭不全的并发症,但是对三度房室传导阻滞术后尚难预测和预防,目前房室传导阻滞的发生率约为 2%,与外科手术的发生率相似,但是大多数可以恢复,极少需要安置人工心脏起搏器。

九、封堵治疗的问题和难点

(一) 如何通过室间隔

介入治疗室间隔缺损要求有较好的心导管检查基础,在此基础上容易掌握操作技术。在开展此项技术的早期可能遇到的难点是如何建立经动脉-室间隔缺损-静脉的轨道。我们体会从左心室侧导管容易通过室间隔,而经右心室侧则难以通过。通过室间隔的关键是选择通过室间隔的导管。常用 Judkins 右冠状动脉造影导管,也可应用乳内动脉造影导管。导管容易从心室内跳出,有时需要改变导管形状。此外,有时建立轨道后导引钢丝卡在右心室的腱索内,输送鞘管不能推送到位,需要重新建立轨道,不可应用暴力通过导管,以免引起瓣膜结构的损伤。

(二) 如何选择封堵器

肌部室间隔缺损选用的封堵器较单一,腰部直径 4~18 mm 可选择。关于封堵器应比室间隔缺损的直径大多少,文献上介绍选择封堵器的腰部直径应比室间隔缺损直径大 1~2 mm。但是在实际工作中需要根据室间隔缺损的大小来定,如室间隔缺损直径小于 6 mm,封堵器的腰部直径比室间隔缺损直径大 1~2 mm 是可行的,如室间隔缺损大于 6 mm,封堵器的腰部直径要大 3~4 mm,如室间隔缺损直径大于 10 mm,封堵器的腰部直径可大于 5 mm。

膜部室间隔缺损应视室间隔缺损的形态和距主动脉瓣的距离选择封堵器。如室间隔缺损距主动脉瓣的边缘小于 2 mm,应首选偏心型室间隔缺损封堵器;距主动脉瓣距离大于 3 mm 的可选择对称型室间隔缺损封堵器或偏心型封堵器;对多孔型室间隔缺损可选择左心室面直径比腰部直径大 6~8 mm,右心室盘片直径比腰部大 4 mm 的非对称型的细腰型封堵器。

对于膜部瘤型的室间隔缺损,如入口小应封堵入口,如不能封堵入口,应选择偏心型封堵器可能更合适,因为在动物实验中发现,同心的封堵器应用此类室间隔缺损可能使膜部瘤增大。封堵器最好有部分在囊袋内，另一部分在左心室内。

封堵器选择是否合适，除了显示完全封堵室间隔缺损外，尚需根据封堵器的形态判断，在透视下封堵器的两盘片应充分伸展，平整，保持在体外的初始形状，右心室侧不锈钢固定圈在凹面内，也可稍突出于封堵器盘片的外侧。超声显示封堵器长轴的长度较短，紧贴在室间隔的两侧(图 8－29，图 8－30)。

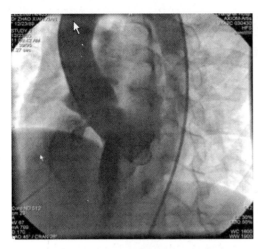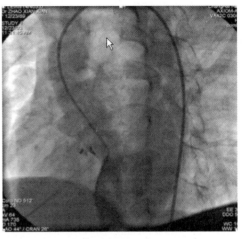

图 8－29　偏心封堵器，封堵器选择较合适，封堵器基本上保持体外的初始形状

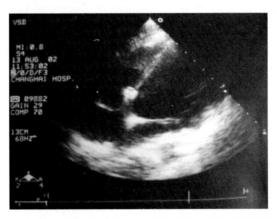

图 8－30　同心封堵器，超声显示封堵器夹在室间隔缺损的两侧

(三) 封堵器放置位置的选择

有些室间隔缺损呈囊袋型，出口较小，如堵出口，可能使封堵器基本上位于右心室流出道处，有可能引起流出道梗阻。因此，应将封堵器放置在囊袋的入口处。囊袋型室间隔缺损的封堵治疗难度较大，主要是因为出口多，有的出口在中间，有的出口偏上，有的偏下，中间型出口较容易封堵，偏上或偏下的出口封堵则需要选择合适的封堵器，应首选偏心型的封堵器。

第三节　室间隔缺损封堵器的研制与应用

近几年室间隔缺损的介入治疗方法正在国内外推广和普及，介入治疗的数量迅速增加。

回顾室间隔缺损的介入治疗历史,可以这样认为,室间隔缺损介入治疗的发展实际上是封堵器研制的进展。从 1988 年开始探索室间隔缺损介入治疗至今,先后发明了多种封堵器,如 Cardioseal 封堵器,Sideris 补片,弹簧圈以及镍钛合金封堵器(Amplatzer 封堵器)等。除了镍钛合金封堵器外,其他封堵器均存在设计和功能方面的缺陷,未能在临床上推广应用。主要原因是上述封堵器不是专为治疗室间隔缺损设计的,功能上也不适合室间隔缺损的封堵治疗。1997 年 Amplatzer 发明了镍钛合金封堵器,在成功治疗房间隔缺损、动脉导管未闭的基础上,于 2001 年又成功应用于肌部和膜部室间隔缺损的治疗。数千例临床应用和近 4 年的临床随访观察显示,应用镍钛合金封堵器治疗室间隔缺损方法简单,疗效可靠,是一种可以部分替代外科手术的治疗方法。由于新型封堵器的应用,以往在临床上曾经使用的一些封堵器,如 Rashkind 双伞型闭合器、Cardioseal 封堵器和 Sideris 纽扣式补片装置已经被淘汰。目前在临床上应用的主要是镍钛合金封堵器和应用较少的弹簧圈封堵装置。国内封堵器的研制也紧跟国外的发展势头,在消化吸收国外技术的基础上实现了封堵器的国产化,并有所创新,开发了具有自主知识产权的新型室间隔缺损封堵器。在开发国产封堵器的过程中,国内医生和工程技术人员对封堵器的研制和临床应用方面具有独到的见解。

本章对已经淘汰的封堵器不再赘述,仅介绍目前在临床上应用较多的镍钛合金封堵器和弹簧圈封堵装置的研究现状。

一、弹簧圈封堵装置

1992 年 Cambier 等首先报道了用 3 mm 弹簧圈关闭 2 例最细处直径分别为 1.4 和 1.5 mm 的动脉导管未闭(PDA)。弹簧圈为全螺旋状,有单圈、2～4 个圈以上多种类型,根据动脉导管的直径选用不同直径的弹簧圈,取大于动脉导管直径 2 倍以上的弹簧圈。经导管递送到动脉导管,先释放一个弹簧圈置于动脉导管的肺动脉一侧,然后后撤导管使另外 2 个弹簧圈释放于动脉导管的主动脉一侧,这样仅一个弹簧圈堵塞动脉导管,随后弹簧圈及夹在其中的纤维使动脉导管堵塞及血栓形成。根据该原理,Latiff 等于 1999 年用弹簧圈对 1 例 10 个月的多发性肌部室缺的患儿进行封堵,获得成功。其主要优点是简单、价廉、损伤小,可以经静脉途径用 4F～5F 的导管通过 VSD,这就明显减少了对婴幼儿血管的创伤。另外,其柔软易曲折的特点也使其能适应于肌部室缺。但其只能适用于小于 4 mm 直径的 VSD 且较易脱落,操作中一旦钢圈跑出导管外则需用捕捉器对弹簧圈进行捕捉回收。近年来带有安全的可控释放装置的 PDA 弹簧圈(Detachable coil)的应用逐渐增多,避免了这种缺陷。国内应用德国 PFM 公司生产的 Duct-occlude 弹簧栓和 Cook 公司生产的 PDA 专用弹簧栓两种类型。目前关于其应用的报道还很少,仅有少数个案报道。对其安全性和有效性还有待进一步研究。

二、镍钛合金室间隔缺损封堵器

1997 年,Amplatzer 发明了用于封堵 PDA 和 ASD 的封堵器,其主要结构由 3 部分组成,即镍钛合金网状支架、固定支架的不锈钢固定圈和充填在支架中的 3 或 4 层涤纶片。其中不锈钢固定圈的一端有一可与推送杆相连接的螺丝口,以便于控制连接和释放。镍钛合金封堵器具有以下特点:① 操作简便,易于改变外形,既可纳入 6F 细长的推送鞘,并可于推出后自动撑开,恢复原状,这就大大简化了手术方式。② 盘片的两侧直径不同,一般左侧较右侧的盘片直径大 2 mm,中间管状结构能牢固地嵌入缺损内,因此具有更广泛的适应证。③ 只要封堵器没有释放,便可再次回收,使其安全性及有效性有了保障,同时降低了手术并发症。④ 内部的多层海绵状涤纶片,有利于封堵器内形成血栓,使术后残余分流明显减少。因此,此类封堵器临床应用日益广泛。

进口的封堵器有 3 种。

1. 肌部室间隔缺损封堵器(图 8-31)　其形状与用于 ASD 的 Amplatzer 封堵器相似,但其中间腰部的长度从 4 mm 增加到 7 mm,以适应相对于房间隔较厚的室间隔。双盘的直径左心室面比中间"腰"部大 4 mm,比右心室面大 3 mm。

2. 应用于心肌梗死合并室间隔穿孔的封堵器其形状与用于肌部室间隔缺损的封堵器相似,其不同点是中间腰部的长度为 9 mm,双盘的直径左心室面比中间"腰"部大 10 mm,右心室面大 8 mm。Am-platzer 封堵器用于肌部 VSD 和心肌梗死后 VSD 及创伤后 VSD 封堵成功的报道日渐增多。Amplatzer 封堵器在 VSD 的介入治疗中已显示出特点及优势,技术成功率高,疗效可靠,是一种可靠的室间隔穿孔的非手术治疗方法。

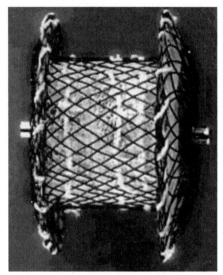

图 8-31　肌部室间隔缺损封堵器

3. 膜部室间隔缺损封堵器　2000 年 Gu 等报道对 Amplatzer 封堵器的外形进行了改进,用于膜部 VSD 的封堵。主要是双盘的左心室面向主动脉侧突出 0.5 mm,而向室间隔肌部侧突出 5.5 mm,呈一不规则偏心形状。封堵器腰部长 1.5 mm,封堵器的右心室面较封堵器的直径大 4 mm,呈对称分布。动物实验表明,此改进型封堵器较肌部 VSD 封堵器明显地降低了膜部瘤、瓣膜关闭不全等并发症的发生,且 3 个月后表面完全被平滑的内皮覆盖。2002 年 FDA 已批准将其临床试用(美国 AGA 公司),2002 年进入中国市场,目前已在国内各大医院应用,总例数达 1 000 余例。除了发生封堵器脱落、房室传导阻滞和个别病例需要安置人工心脏起搏器外,未发生其他严重并发症。临床随访也显示其近期疗效可靠,远期疗效尚需要进一步随访观察。Amplatzer 膜部室间隔缺损封堵器与其配套的输送系统也有独特的设计,输送系统包括特制的输送钢丝、输送内管和有一定弧度的输送长鞘。输送内管是中空的,可以通过实心的输送钢丝。在输送内管的前端内面有一平台,其形状和

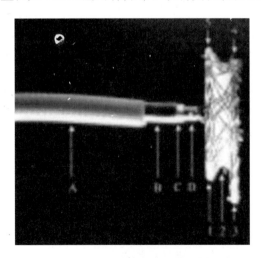

图 8-32　Amplatzer 膜部室间隔缺损封堵器

大小与封堵器的右心室面的固定钢圈上的平台相匹配。连接时输送钢丝与固定螺丝旋接后再

将输送内管的平台与固定钢圈上的平台套接,这样在释放时旋转输送钢丝不会引起封堵器移位(图 8 - 32)。

三、上海产封堵器的研制

制作封堵器的关键材料是具有形状记忆效应和超弹性的镍钛合金(Nitinol)丝。镍钛合金丝具有热弹性马氏体相变的特性,处于低温状态时,进行一定限度的变形,如具有形状记忆效应的双盘状室间隔缺损封堵器,在零度时可拉成条索状,在随后的加热过程中,当达到一定温度时如 37℃,封堵器就能完全恢复到变形前的形状和体积,这种现象称为形状记忆效应,也可称为回形状记忆效应。镍钛合金的应变量可高达百分之几甚至 20%,卸除应力后,仍能恢复原来的形状。这种远远超出弹性极限的变形仍能复原的现象称为超弹性。镍钛合金的形状记忆和超弹性的特性决定了制作的封堵器能永远保持设定的初始形状,此外还具有人体组织相容性好的特点。因此,制作优质的封堵器首先是制备优质的镍钛合金丝。国内从事相关研究已 30 余年,从镍钛合金的冶炼至材料处理方面的技术不比国外技术差,上海产的镍钛丝在某些指标上优于国外产品,因此保证了国产封堵器的质量。

(一)镍钛合金丝的制作

按照一定比例的镍和钛进行冶炼,制备出大块的镍钛合金,再制作丝材。主要工艺是热拉和冷拉,最后制造成需要的镍钛合金丝。上海产的镍钛丝应用扫描电镜观察,在放大 40 倍、150 倍时镍钛丝表面光滑,无裂痕、毛刺、划痕等。

(二)镍钛合金丝技术指标检验

1. 镍钛合金丝化学成分 见表 8 - 2。

表 8 - 2 镍钛合金丝化学成分

成 分	含 量	
	国 产	进 口
镍	55.7%～55.89%	55.77%
钛	43.56%	44.1%
碳	0.01%～0.05%	0.13%
氧	0.046%～0.05%	

2. 5 种有害元素含量分析 上海产镍钛合金丝中国家规定的 5 种有害元素 Pb(铅)、Sb(锑)、Sn(锡)、Bi(铋)、As(砷)均<0.005%,低于 0.05%的国标标准。

3. 磁性 上海产镍钛合金丝磁导率为 1.001 936 Gs/Oe,略小于国家标准(≤1.005 Gs/Oe),可视为无磁性材料。封堵器成品在磁共振的强磁场中不发生移位,植入动物房间隔和室间隔后行磁共振检查未发生封堵器移位或封堵器周围发生组织学改变。

4. 延伸性能和断裂强力 上海产镍钛合金丝直径 0.4 mm 镍钛金属丝与国外同类产品的拉伸曲线(图 8 - 33,图 8 - 34)。

从拉伸曲线看出,两种丝的拉伸曲线性能相近,均随拉力增加而均匀增加长度;进口丝在强力超过(1399±9.83)MPa 时断裂,自产丝在强力接近(1402±9.59)MPa 时断裂,强度水平相差不明显($P>0.05$);进口丝断裂时延伸量为(4.50±0.08)%,自产丝断裂时的延伸量超

过 (7.02±0.34)%，表明自产丝延伸性能较好 ($P < 0.05$)。

5. **冷拉态超弹性**　取变形量 4%，上海产镍钛合金丝直径 0.4 mm 镍钛合金丝和国外同类产品进行比较，冷拉态弹性曲线如图 8-35，图 8-36。

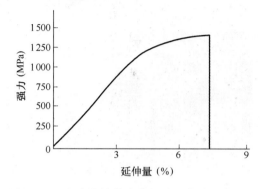

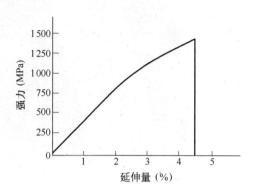

图 8-33　上海产镍钛合金丝拉伸曲线。断裂强力约为 1 400(MPa)，延伸度＞7%

图 8-34　进口同类合金丝拉伸曲线。断裂强力≥1 400(MPa)，延伸度 4.5%

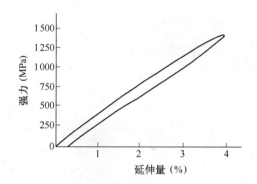

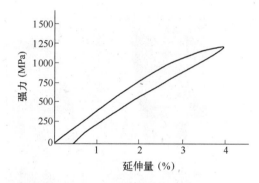

图 8-35　上海产镍钛合金丝冷拉态弹性曲线。变形量 4%，拉力约 1 250 MPa，残余变形 0.4%

图 8-36　进口同类合金丝冷拉态弹性曲线。变形量 4%，拉力约 1 400 MPa，残余变形 0.3%

从弹性曲线看出，进口丝在 4% 变形量范围内恢复较快，去除外力后最终残余变形量约为 (0.297±0.034)%；自产丝恢复稍慢，最终残余变形量约为 (0.402±0.045)%。进口丝超弹性较自产丝高 ($P < 0.05$)。

6. **表面性状**　Amplatzer 封堵器和自制封堵器金属丝扫描电镜图像（图 8-37，图 8-38），扫描电镜发现两种镍钛合金丝表面性状相似，均光滑，无毛刺、伤痕。

（三）金属网支架的编织

采用多丝模具手工编织技术，先编织成圆柱状金属网格，按不同规格织成不同直径与长度后，经处理定型成双圆盘状，左、右心室端各有一个 316L 不锈钢圈，用于固定镍钛合金丝，右心室侧钢圈有一螺母与输送器推送杆头端的螺丝相匹配。

（四）聚酯纤维膜缝合

封堵器支架内缝有 4 层聚酯纤维膜，能够起到阻挡血流、促进血栓形成的作用。

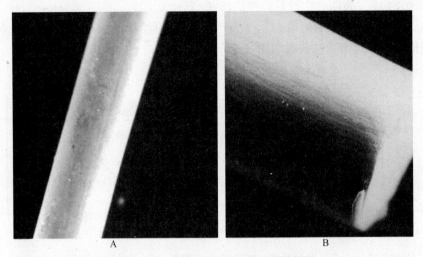

图 8 - 37　Amplatzer 封堵器镍钛合金丝

A. ×40；B. ×150

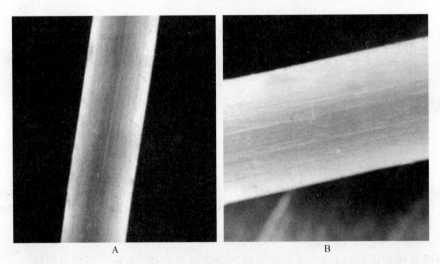

图 8 - 38　上海产镍钛合金丝

A. ×40；B. ×150

(五) 封堵器的组织相容性研究

开胸经穿刺右心室前壁将封堵器植入室间隔处,或经颈静脉穿刺的方法模拟经导管植入法将封堵器放置在室间隔处。植入后 45 d 可见封堵器表面被一层光滑、半透明的新生内膜所覆盖,该新生内膜与正常心内膜相连续,未见附壁血栓。镍钛合金丝表面无腐蚀现象。光镜观察新生内膜表面为一单层扁平细胞所覆盖,细胞呈长梭形。其下为成纤维细胞及胶原纤维,并可见长入其间的毛细血管。切片可见在封堵器处有炎性细胞浸润,60 d 时炎性浸润明显减轻,120 d 时无炎性浸润现象,呈现纤维化改变,45 d、60 d 和 120 d 封堵器植入处的新生内膜厚度相似(图 8 - 39～图 8 - 42)。

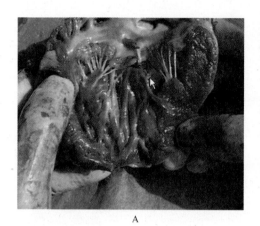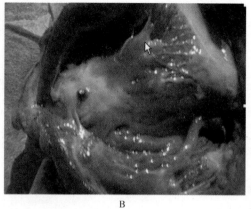

图 8 - 39　封堵器植入后 45 d 肉眼观察

A. 右心室面观；B. 左心室面观

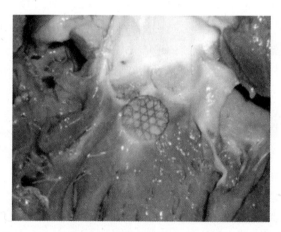

图 8 - 40　左心室面无铆封堵器植入后 3 个月左心室面观

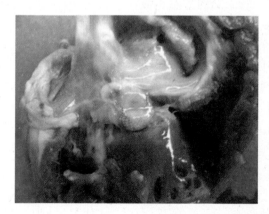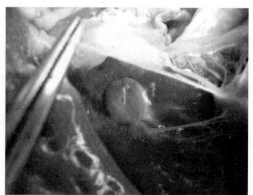

图 8 - 41　封堵器植入后 4 个月肉眼观

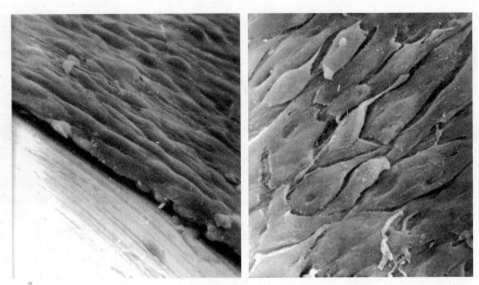

图 8-42　封堵器植入后 4 个月电镜观察,镍钛合金丝处上皮化完全,不锈钢固定圈处上皮化不完全

四、上海产室间隔缺损封堵器的临床研究

1990 年以来,国内任森根等应用 Rashkind 双面伞治疗室间隔膜部缺损获得成功。近年来应用治疗动脉导管未闭的封堵器封堵膜部室间隔缺损,认为疗效好,但是,动脉导管未闭封堵器较长,可能仅适用于一部分患者。长海医院秦永文等自 2001 年研制出应用于膜部室间隔缺损的封堵器,并于同年 12 月成功治疗膜周部室间隔缺损患者,至今已成功治疗近 500 例膜部室间隔缺损患者,并在全国范围内推广应用,累计治疗病例数达到 2 000 余例,成功率达到 97% 左右。并发症的发生率与进口封堵器相当。根据室间隔缺损的解剖形态和临床实际需要研制了 6 种类型的封堵器,其中应用于膜部室间隔缺损的封堵器 4 种,肌部室间隔缺损 2 种。封堵器的基本结构与 Amplatzer 封堵器相同,介绍如下。

(一) 对称型圆盘形封堵器

左心室造影显示室间隔缺损的形态与动脉导管未闭的形态相似,有的缺损远离主动脉瓣和三尖瓣,因此应用对称型封堵器封堵室间隔缺损是可行的。

1. **基本结构**　对称型室间隔缺损封堵器的基本结构与房间隔缺损封堵器相似,不同是两侧的盘片直径相同,腰部长度为 2 mm,封堵器中间有 4~5 层聚酯膜。

2. **适应证**　对称型室间隔缺损封堵器适用于距主动脉瓣三尖瓣 2 mm 以上的漏斗型、管型和窗型膜周部室间隔缺损的患者。我们应用对称型治疗的室间隔缺损最小直径为 2 mm,最大直径 17 mm。成功率为 97%,未发生严重并发症。而且使用时比偏心型封堵器更方便,不需要调整封堵器的方向,可以自行定位,操作时间短,并能减少患者接受的 X 线辐射剂量(图 8-43)。

(二) 细腰型室间隔缺损封堵器

造影显示膜部瘤型室间隔缺损的左心室面入口通常较大,右心室面的出口小,可以有多个出口,每个出口都不大,出口间可以相距较远。如按照小孔放置目前进口或国

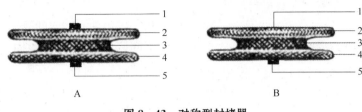

图 8-43　对称型封堵器

A. 两侧有固定钢圈的封堵器；B. 左心室盘片上去除了固定钢圈的封堵器

产的偏心或对称型封堵器，则不能覆盖其他缺损孔，如选择大直径封堵器，因腰部伸展受限，两侧盘片则形成球形。因此，膜部瘤型室间隔缺损介入治疗有一定的难度，术后容易出现残余漏。我们针对膜部瘤型室间隔缺损的解剖特点设计了细腰大边型的封堵器。

1. 结构特点　细腰型封堵器的特点是腰部直径小，左心室侧的盘片比腰部直径大 6～8 mm，右心室侧的盘片比腰部直径大 3～4 mm。

2. 操作方法　与对称型的封堵器相同。可根据室间隔缺损的直径和室间隔缺损的左心室面直径选择封堵器。封堵器的左心室面大，可将多个出口完全覆盖，细腰部分与出口的直径相适应，封堵器放置后能充分伸展，达到了完全覆盖入口的目的，同时封堵器形状恢复好，形成一圆盘，不占有过多的心腔，因而不引起流出道狭窄。临床应用也显示此种封堵器治疗囊袋型室间隔缺损的即刻疗效好，只要在术中完全封堵室间隔缺损的出口，术后均无残余分流。随访期间也未发生其他并发症。提示细腰型封堵器是特别适合于膜部瘤型室间隔缺损，尤其是多孔型室间隔缺损的封堵（图 8-44）。

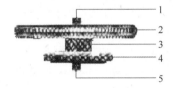

图 8-44　细腰型封堵器

（三）偏心型封堵器

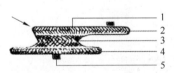

图 8-45　偏心封堵器。箭头指示封堵器边缘 0.5 mm，其对侧的边缘 5.5 mm

由于膜部室间隔较薄，直径小的室间隔缺损占的比例较大，且靠近主动脉瓣和三尖瓣，要求用于膜部室缺的封堵器必须满足以下几点：① 结构精细，植入后不占有过多的空间，以免影响左心室流出道和右心室流出道。② 边缘短，短的边缘可以减少对主动脉瓣和三尖瓣的损伤。③ 操作简便，如封堵器选择的大小不合适在释放前可回收。④ 可压缩性好，由于小的室间隔缺损较多，以及儿童患者居多，因此，封堵器应能通过 5F～7F 鞘管输送，以便容易通过室间隔缺损和减少对血管的损伤。偏心型封堵器基本上满足了以上要求（图 8-45）。

1. 结构特点　偏心型室间隔缺损封堵器与肌部室间隔缺损封堵器的形状有明显的不同。用于膜周部室间隔缺损的封堵器腰部长 2 mm，两盘片的边缘呈不对称型，在靠近主动脉侧的边缘较其对侧的盘片小，边缘为 0.5 mm，与其相对的边缘为 5.5 mm，右心室侧的盘片的边缘为 2 mm。

2. 适应证　适用于室间隔缺损的上缘距离主动脉瓣 1～2 mm 膜周部与嵴内型室间隔缺损的患者。

（四）零边偏心型室间隔缺损封堵器

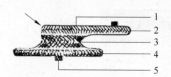

图 8 - 46　零边偏心封堵器。箭头指示封堵器边缘 0 mm，其对侧的边缘 6 mm

1. 结构特点　零边偏心型室间隔缺损封堵器的基本结构与偏心型室间隔缺损封堵器相同。封堵器腰部长 2 mm，两盘片的边缘呈不对称型，在靠主动脉侧的边缘较其对侧的盘片小，边缘为 0 mm，与其相对的边缘为 6 mm，右心室侧的盘片比腰部直径大 4 mm。封堵器的两端由 316L 不锈钢圈固定，左心室侧的固定钢圈在封堵器定型时放置在零边的对侧，封堵器正面观，固定不锈钢圈在 6 点钟的位置。这种设计的优点是标记清楚，容易准确定位，放置后对主动脉瓣影响小，可应用于距主动脉瓣较近的室间隔缺损（图 8 - 46）。

2. 适应证　零偏心室间隔缺损封堵器特别适用于室间隔缺损上缘距主动脉瓣小于 1 mm 的室间隔缺损。多应用于嵴内型室间隔缺损。偏心与零偏心封堵器操作中一定保证零边的位置指向主动脉瓣膜。

（五）肌部室间隔缺损封堵器

肌部室间隔缺损封堵器的两盘片之间连接部分呈圆柱形，长 7 mm，盘片和圆柱部分中都缝有聚酯片。左心室面的圆盘直径比圆柱部分大 4 mm，右心室面直径比圆柱部分大 3 mm。

（六）用于急性心肌梗死并发室间隔穿孔的封堵器

其基本结构和规格与进口同类封堵器相同。

（七）新型封堵器

1. 单铆室间隔缺损封堵器　长海医院与上海形状记忆合金材料有限公司合作，开发了具有自主知识产权的膜部室间隔缺损封堵器。新型的封堵器在左心室面为编织的平面，与有不锈钢固定圈的封堵器相比，更容易上皮化，有可能减少在左心室面形成血栓的机会（图 8 - 47）。

2. 两侧无不锈钢圈固定的室间隔缺损封堵器　动物实验显示有不锈钢固定圈的封堵器植入体内后，不锈钢圈的表面不容易上皮化，且

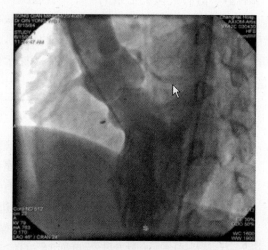

图 8 - 47　单铆型封堵器

突出于封堵器的表面，因此，尚不是最理想的封堵器。为此我们改良了制作工艺，制作了封堵器的左右盘片无固定钢圈的新型封堵器，动物实验显示上皮化完全，可能是一种理想的封堵器。

总之，室间隔缺损的介入治疗目前正在推广和普及，治疗的病例数迅速增加，即刻和近期疗效好，安全性高，是医生和患者乐于接受的治疗选择。但是室间隔缺损的形态各异，目前进口封堵器品种单一，难以适应各种不同形状的膜部室间隔缺损的治疗。国产封堵器的研制已经达到较高的水平，并具有一定的产品定制和新产品开发能力，为室间隔缺损介入治疗的进一步发展提供了坚实的基础。另外，目前应用的封堵器为镍钛合金封堵器，其金属成分高，植入

后长期留在体内,开发金属成分少,以及人体可吸收的封堵器可能是今后的发展方向。

第四节　室间隔缺损介入治疗适应证的选择

VSD 的介入治疗已经历了 18 年的发展过程,首先在 1988 年由 Lock 采用 Rashkind 双面伞封堵器治疗室间隔缺损,随后出现了 Clamshell、CardioSEAL 封堵器和 Sederis 纽扣补片,但上述封堵器由于操作复杂,并发症多,限制了在临床上的广泛应用。其间能够成功封堵的例数很少,仅有少量的个案报道。随着介入治疗材料不断发展,操作方法不断改进和完善。特别是 1997 年 Amplatzer 镍钛合金封堵器的发明,有力地推动了室间隔缺损介入治疗方法的推广和普及。治疗方法变得简单和容易,如最早治疗 1 例室间隔缺损需要数小时,现在可以在 30 min 内完成治疗的全过程。笔者从 2001 年 12 月在国内首先开始应用国产室间隔缺损封堵器治疗膜部室间隔缺损和心肌梗死后室间隔穿孔,目前已成功治疗了 500 余例膜部室间隔缺损。术后即刻造影可见少量分流,15 min 后重复造影绝大部分无分流,随访期间除了多孔型缺损的缺损口未完全封堵外,其他病例均无分流。术后随访最长已 4 年,患者无不良反应。目前正在国内外推广应用。但是,室间隔缺损的解剖形态复杂,毗邻结构重要,对术者的超声和影像知识以及操作技术的要求相对较高。在国内早期曾出现一些严重的并发症,如三尖瓣腱索断裂,冠状动脉栓塞导致心肌梗死,Ⅲ度房室传导阻滞需要安置人工心脏起搏器等。有些是技术问题,有的则是难以避免的并发症。为了进一步提高室间隔缺损介入治疗的成功率,减少并发症的发生率,以下就成功治疗的病例进行分析。

一、术前超声筛选

术前超声检查可确定室间隔缺损的部位、数目、大小、分流量、与主动脉瓣、房室瓣、腱索等结构的关系。通过超声检查基本上可做出能否行介入治疗的判断。经胸二维超声可直接显示 0.2 cm 以上的缺损,检出率可达 95% 以上。并能确定缺损的部位和大小。对于可疑回声失落的小缺损兼用脉冲多普勒的敏感性达 96%、特异性达 100%。若二维超声兼用彩色多普勒对室间隔缺损的检出率可达 98%～100%。经胸超声必须检查的切面有左心室流出道长轴切面,主动脉根部短轴切面,胸骨旁、心尖及剑下四腔、五腔心切面,左心室长轴切面。在这些切面上可清晰显示室间隔缺损的大小、缺损的形态、缺损与主动脉瓣和三尖瓣的关系。室间隔缺损直径在 2～10 mm 范围内,缺损距主动脉瓣和三尖瓣 2 mm 以上,一般均能封堵成功。如超声检查显示室间隔缺损呈膜部瘤型,如瘤体直径较大,缺损的入口和出口均较大,如 10 mm 以上,缺损出口距主动脉右冠瓣的边缘小于 2 mm,一般不宜封堵治疗,如入口大出口小,出口距主动脉瓣 2 mm 以上,缺损距三尖瓣 2 mm 以上,一般可以成功封堵。因此,选择经胸超声检查至少有 3 个切面,即心尖五腔心切面、主动脉短轴切面和左心室长轴非标准切面,在这些切面上如符合上述条件者可作为室间隔缺损介入治疗的适应证。

目前认为大部分的嵴内型 VSD 也可成功封堵,超声心动图对嵴内型 VSD 的确定具有决定性的作用,可从多切面多角度观察嵴内型 VSD,尤其是大血管短轴观可以测量其与肺动脉及肺动脉瓣的距离,而这恰恰是 X 线左心室造影无法实现的。以下情况可判断为嵴内型 VSD:① 大血管短轴观室间隔回声失落或其分流束位于 11 点半～1 点钟之间。② 大血管短轴观 VSD 右缘与肺动脉瓣根部尚有距离。③ 胸骨旁左心室长轴观 VSD 或其分流束上缘多紧邻主动脉右冠瓣根部。超声检查时在大血管短轴切面上可测量 VSD 左心室侧缺损口宽度、距肺动脉瓣的距离;胸骨旁左心室长轴观及心尖五腔观还可测量 VSD 距主动脉瓣的距离。嵴内型 VSD 位置较高,部分患者可伴有轻度主动脉右冠瓣脱垂,脱垂的瓣膜遮挡缺损口,测量时可导致缺损口的低估。应根据多切面观察有无主动脉瓣脱垂。胸骨旁左心室长轴观的连线可判断有无右冠瓣脱垂情况,脱垂的右冠瓣根部往往超过瓣环连线水平进入右心室流出道及部分遮挡缺损口,影响 VSD 位置的判断和缺损口大小的准确测量。此时,于大血管短轴观由上向下轻微来回转动探头多可发现瓣叶遮挡处回声较薄,而缺损口缘回声较厚,并根据相对应的右冠瓣的附着点的位置判断有无右冠瓣脱垂。二维超声结合彩色多普勒观察大血管短轴观,根据过隔分流束的宽度可较准确地判断缺损口大小。嵴内型 VSD 口大小的准确判断,对选用合适大小的封堵器、提高手术的成功率有着至关重要的作用。

由于干下型 VSD 无封堵适应证,因此,嵴内型 VSD 应与其相区别,干下型 VSD 的大血管短轴观一般位于 1 点~2 点位置,其关键是要显示清楚肺动脉瓣,观察缺损口与肺动脉瓣间有无距离,干下型 VSD 的特点是在主动脉短轴切面上与肺动脉瓣间无距离。

二、室间隔缺损造影形态与适应证的选择

根据长海医院 470 余例室间隔缺损左心室造影的形态分析,室间隔缺损大致可分为漏斗型、管型、窗型和膜部瘤型。各型室间隔缺损,如缺损上缘距主动脉瓣 2 mm 以上,缺损直径在 10 mm 以下均可封堵成功。其中漏斗型、管型和窗型缺损的形态较单一,封堵治疗较容易。根据缺损距主动脉瓣和三尖瓣的距离就能确定是否适合封堵治疗。膜部瘤型室间隔缺损的形态复杂,出口多且小,出口位置分散而且出口方向不一,有的表现为双出口,出口在两个方向,且相距较远,应用一个封堵器难以封堵两处出口。有的为多出口,其中一个出口较大,其余出口较小,还有一些多出口,出口直径均较小。如两个出口靠近,应用一封堵器可完成两个出口的封堵,如出口相距较远可选择两个封堵器封堵,否则不适合封堵治疗。对于多出口,可选择通过大孔送入鞘管,选择能完全覆盖全部出口的封堵器。如多个出口的直径均较小,应选择细腰型室间隔缺损封堵器,应用一个封堵器覆盖所有的出口。对于膜部瘤型室间隔缺损,是否适合封堵治疗,除了缺损的形态和部位外,有可供选择的合适的不同形状和规格的封堵器也是决定成败的关键因素。因此,室间隔缺损的形态、缺损的直径、缺损距主动脉瓣的距离以及封堵器的规格和形态等因素决定封堵治疗适应证的选择。是否可为介入治疗的适应证,主要根据病变的解剖特征和与其相适应的封堵器,如能完全封堵又不影响主动脉瓣和三尖瓣的功能则可行介入治疗。

三、超声与 X 线在适应证选择中的互补作用

在 VSD 的介入治疗中,X 线与超声具有各自不同的应用价值。超声心动图可于不同角度和切面观察 VSD 的大小及彩色多普勒分流束的宽度,其心尖五腔心切面观察的角度类似于常规的 X 线左心室造影。对于膜部 VSD,X 线造影能够准确判断 VSD 的部位和其实际大小,且优于超声心动图。而对于嵴内型 VSD,由于缺损位置较高,X 线常规造影角度往往不能清楚地显示缺损口,并且由于其紧邻主动脉瓣而难以与干下型 VSD 区别,从而影响对嵴内型

VSD大小和类型的准确判断。此时,超声可准确判断VSD的部位、形态、与主动脉右冠瓣的关系及其大小,并可确定右冠瓣有无脱垂及脱垂程度、彩色分流束的宽度及走向。超声多角度和多切面观察嵴内型VSD明显优于X线左心室造影的单一角度,因此,对嵴内型VSD封堵器直径大小的选择,主要依据于超声检查。

VSD能否进行介入治疗,除缺损的大小外,膜周部或嵴内型VSD残端距离主动脉瓣或肺动脉瓣之间的距离极为重要。X线左心室造影观察测量其残端与主动脉瓣之间的距离较超声准确,具有一定的优越性,但对于嵴内型VSD的残端与肺动脉瓣距离的判断,超声则明显优越于X线左心室造影。缺损口残端与三尖瓣之间的距离,对于能否进行介入治疗也有着决定性的作用,由于超声能清晰实时显示膜部VSD与三尖瓣叶、腱索的细微解剖结构与毗邻关系,因此在判断上要明显优于X线左心室造影。

总之,两者各有其长,应紧密结合,相互弥补,以最终保证介入治疗病例的选择及治疗成功。

四、室间隔缺损的解剖部位与适应证的选择

Kirklin根据缺损的位置又将室缺分为以下5型：Ⅰ型为室上嵴上方缺损。Ⅱ型为室上嵴下方缺损。Ⅲ型为隔瓣后缺损。Ⅳ型是肌部缺损。Ⅴ型为室间隔完全缺如,又称单心室。除了Ⅴ型外,其他4型均有成功封堵治疗的报道。

1. 嵴内型VSD　嵴内型VSD位于室上嵴之内,缺损四周均为肌肉组织,从左心室分流的血液往往直接进入右心室流出道。缺损远离希氏束。从外科手术中见到嵴内型室间隔缺损的四周为肌组织,在漏斗部与三尖瓣环处有肌肉间隔。嵴内型VSD的上缘距主动脉瓣较近,有些缺损的上缘即为主动脉的右冠瓣。由于右冠瓣缺少支撑而造成瓣膜脱垂,脱垂的瓣膜遮挡室缺口致使室缺分流口较小,导致测量时低估缺损口大小,因此,嵴内型VSD的封堵难度较大。

X线左心室造影显示VSD效果主要取决于造影角度。嵴内型VSD的位置不同于膜部VSD,常规角度造影往往不能清晰显示室间隔缺损的分流口;而由于嵴内型VSD大血管短轴多位于11点半和1点半之间,加之主动脉瓣遮挡缺损口的影响,其分流束走向也有一定变化,如X线造影角度选择不佳,其缺损口的测量往往会偏小,此时应行左前斜65°～90°造影,也可取右前斜位造影,结合超声检查确定缺损口的大小,以选择合适大小的封堵器。

如缺损在5mm以内,不合并主动脉瓣关闭不全和主动脉瓣脱垂,应用主动脉侧零偏心封堵器可以封堵成功,而应用主动脉侧有边的封堵器则视为禁忌证。长海医院应用零偏心封堵器已成功封堵80余例嵴内型室间隔缺损的患者,术后无不良反应,4例合并主动脉瓣微量反流,随访期间主动脉瓣反流无加重,提示嵴内型室间隔缺损经导管治疗是可行的。但是操作技术要求高,术中必须保证封堵器左心室侧的零边朝向主动脉瓣。在放置过程中可先将封堵器的左盘面在左心室内推出鞘管,观察封堵器的指向标志是否指向心尖部,如方向不准确,可将封堵器全部在左心室内推出鞘管,顺钟向旋转推送杆,多方向观察封堵器指向标志指向心尖部后回拉封堵器的右心室盘和腰部进入鞘管内;或拉出体外,通过将封堵器的指向标志指向6点钟的位置推送入输送鞘管内,保证推出鞘管后封堵器的指向标志指向心尖,如指示不合适,可反复调整直至位置正确。由于嵴内型缺损的边缘全为肌肉组织,理论上讲亦易于固定封堵器,

不发生移位。嵴内型室间隔缺损与希氏束相距较远,封堵器植入后一般不引起房室传导阻滞。术后出现交界区心动过速和室性加速性自主心律较多。目前的治疗结果提示直径小的嵴内型室间隔缺损(缺损直径 5 mm 以内),缺损上缘距肺动脉瓣 2 mm 以上,可以考虑行介入治疗。

2. 嵴下型缺损 约占室间隔缺损的 80%,亦统称为膜周部缺损。从右心室看位于室间隔膜部、室上嵴的下后方,可延伸到流入道、流出道或室间隔小梁部位,形成膜周部缺损,常被三尖瓣隔瓣及其腱索部分覆盖。从左心室面看刚好位于主动脉无冠瓣与右冠瓣之下。缺损常呈椭圆形,小到数毫米,大到 3 cm 以上。有时缺损周缘有完整的纤维环,有时下缘为肌肉。房室之间的膜部周围缺损可形成右心房左心室通道。中小型的室间隔缺损较常见。根据造影结果大致可分为:膜部瘤型、漏斗型、管型和窗型。如室间隔缺损上缘距主动脉瓣、三尖瓣 2 mm 以上,缺损直径在 10 mm 以下,一般均能成功封堵。根据目前治疗的经验,该部位的室间隔缺损如远离主动脉瓣和三尖瓣,且直径在 10 mm 以内可视为介入治疗的适应证。如 VSD 左心室面较大,右心室面为多孔且形成的假性膜部瘤右心室面粘连牢固,手术设计时可以将封堵器放置在膜部瘤的入口内侧,则对称型和偏心型都可选用。应用对称型封堵器即刻残余分流发生率低,不易移位。但选择型号不宜过大,甚至小于 VSD 左心室面直径大小。

3. 距主动脉瓣 2 mm 以内的膜周部 VSD 距主动脉瓣右冠瓣 2 mm 以内的膜部 VSD 介入治疗的关键问题是如何避免发生主动脉瓣关闭不全。在应用 Amplatzer 封堵器封堵 VSD 的早期,距主动脉瓣右冠瓣 2 mm 以内的膜部 VSD 曾是介入封堵的禁忌证,原因即是为了避免术后发生主动脉瓣关闭不全。但最近几年,随着 VSD 介入材料的不断改进及手术经验的不断丰富,这一禁区也逐渐被打破。对这部分 VSD 的介入治疗,主要考虑的问题应是选择什么样的封堵器,封堵器放在什么位置。一般认为应选用偏心型封堵器。张玉顺等报道了 86 例此类病人的介入治疗,除 2 例失败外,其余全部成功,成功的 84 例中,42 例选用对称型,44 例选用偏心型封堵器,其即刻主动脉瓣反流发生率、偏心和对称型封堵器之间无差异。表明两种封堵器均可选用。究竟选择何种封堵器,取决于 VSD 的形态和放置封堵器的位置。如 VSD 较小,无假性膜部瘤形成或假性膜部瘤右心室面粘连不牢固,如拟封堵 VSD 的左心室面或膜部瘤的入口处,则必须用主动脉方向上零边偏心型封堵器。

4. 隔瓣后型室间隔缺损 缺损位于右心室流入道,三尖瓣隔瓣之下,与隔瓣之间没有肌肉组织。常呈椭圆形或三角形,周缘有时为完整的纤维环,有时部分为肌肉组织。因缺损被三尖瓣隔瓣覆盖。希氏束的走行与隔瓣后缺损关系密切,外科修补手术时缝针容易损伤传导束,造成传导阻滞;封堵器植入后也有发生束支传导阻滞和Ⅲ度房室传导阻滞,术后经内科治疗可恢复,需要安置永久起搏器的病例较少,提示该部位的室间隔缺损介入治疗适应证与膜周部室间隔缺损相同。

5. 肌部 VSD 肌部室间隔缺损较少见,室间隔缺损可以分布在室间隔肌部的任何部位,包括流入道、流出道或右心室小梁部位。由于肌部 VSD 远离瓣膜、传导束等结构,严重并发症的发生率很低。在 Amplatzer 封堵器应用之前,就有一些应用 Rashkind 的双面伞、Sideris 纽扣式补片装置、CardioSEAL 装置等成功封堵各种肌部 VSD 的报道。缺损边缘为肌肉,经常多发,大小随心肌舒缩而变动。缺损大多位于间隔前部、中部及心尖部。由于不同部位肌部 VSD 介入治疗的径路可能不同,如心尖部的缺损,从股静脉建立的动-静脉轨道弯曲角度太大,输送长鞘常难以送到左心室,故一般从右侧颈内或锁骨下静脉建立动-静脉轨道。因而需要在术前明确是心尖部还是室间隔中部的缺损。大部分导管容易通过室间隔孔,有些部位则导管难以通过室间隔缺损孔,不能建立轨道则封堵失败。有一部分室间隔缺损呈多孔型,笔者曾见到一例缺损有10余个散在的缺损口。肌部室间隔缺损如为单发的缺损,均可视为封堵治疗的适应证。分散的多发室间隔缺损可视为禁忌证。

6. **伴重度肺动脉高压的VSD** 伴重度肺动脉高压的VSD一般其缺损口比较大,分流量大,当发生重度肺动脉高压时,常常伴有比较严重的心功能不全,能否封堵主要根据缺损是否适合封堵和肺动脉压力升高的程度及性质,如室缺适合封堵,肺动脉高压是动力型的,可以选择介入治疗。

7. **合并其他畸形的VSD** VSD合并ASD、PDA及肺动脉瓣狭窄等,如有适应证均可同时进行封堵治疗。如一个患者介入治疗后仍需要外科手术矫正另一畸形,则不应选择介入治疗。

8. **急性心肌梗死后室间隔穿孔** 急性心肌梗死后的VSD,患者预后差,属于外科手术的高危人群,介入治疗可降低患者的危险性,封堵术可以作为一种治疗方法,或为外科修补术前稳定血流动力学的过渡性治疗,以提高手术成功率。

五、并发症的发生与适应证的选择

1. **房室传导阻滞** 膜周部VSD患者的Koch三角位置正常,三角的顶点即为房室结所在处。一般情况下Koch三角的顶点总在缺损的流入面,房室结发出His束后在主动脉瓣无冠瓣基底部穿过中心纤维体发出束支,束支穿过后行走于缺损的后下缘,并转向缺损的左心室面,左束支迅速呈瀑布样分布于心肌和小梁,右束支穿行于缺损顶部的心肌内,直至内乳头肌。在流入道室间隔缺损,Koch三角顶部向心脏十字交叉移位,移位的程度取决于间隔发育不全的程度。传导组织易受损伤区域为房室束从右心房进入心室处,此外束支被包绕中心纤维体的白色组织内,外科手术缝线植入这些组织中极易产生Ⅲ度房室传导阻滞。封堵器植入后引起房室传导阻滞的发生率约为2%,与外科手术的发生率相似。常见于膜周部室间隔缺损和隔瓣后室间隔缺损。除了缺损部位外,封堵器的大小,封堵器与室间隔缺损的接触面积,封堵器的张力可能也与房室传导阻滞的发生有一定的关系。尽管发生房室传导阻滞,基本上可恢复,与传导系统紧密相邻的部位本身并不是介入治疗的禁忌证。术前存在Ⅲ度房室传导阻滞和束支传导阻滞是否适合封堵治疗,目前尚无定论,长海医院曾治疗2例术前存在Ⅲ度房室传导阻滞患者,术后心室率无明显变化,提示术前存在房室传导阻滞也不是介入治疗的绝对禁忌证。但术前存在束支传导阻滞,术后发生房室传导阻滞的机会可能更多。

2. **残余漏** 以往应用的Rashkind和CardilSEAL封堵器关闭室间隔缺损术后残余分流发生率较高,24h内发生率达30%,长期随访中减至4%。新型镍钛合金封堵器治疗室间隔缺损术后残余分流发生率较低,如是单孔型的室间隔缺损一般不遗留残余漏。多孔型的室间隔缺损术后可发生残余漏,可能是封堵器只封闭了部分缺损口,或两个缺口相距较远,封堵器未能完全覆盖。国内有多孔型室间隔缺损术中仅堵闭部分缺损口,术后存在明显的残余分流,1年后行外科治疗的报道。提示对多孔型室间隔缺损应根据是否能完全封堵缺损口作为介入治疗的适应证的选择。

3. **三尖瓣关闭不全** 隔瓣后型室间隔缺损与三尖瓣的关系密切,如封堵器植入后影响三尖瓣的关闭可引起明显的三尖瓣反流。长海医院曾发生 1 例，外科术中见封堵器夹住三尖瓣隔瓣。因此，封堵治疗术中，特别是大的室间隔缺损释放封堵器前，应观察封堵器对三尖瓣的影响，如出现三尖瓣反流，应放弃封堵治疗。术前存在三尖瓣反流能否行室间隔缺损封堵治疗？长海医院遇到 2 例隔瓣后室间隔缺损，术前存在中至大量三尖瓣反流，室间隔缺损成功封堵后三尖瓣反流减轻至轻度。提示室间隔缺损的高速血流可能冲击三尖瓣，影响三尖瓣的关闭，室间隔缺损封堵后，对三尖瓣的影响去除，三尖瓣反流减轻。因此，三尖瓣反流不是室间隔缺损介入治疗的禁忌证。

4. **主动脉瓣关闭不全**　如封堵器靠近主动脉瓣膜可引起主动脉瓣关闭不全，术前应常规造影确定有无主动脉瓣反流。如植入的封堵器接近主动脉瓣，有可能影响主动脉瓣的关闭。因此，释放前应常规行主动脉根部造影确定封堵器对瓣膜关闭的影响。如术中发现新出现的主动脉瓣反流，则不应释放封堵器。

5. **血管损伤**　封堵器不能回拉入鞘管内，应用进口腰部直径 12 mm 的封堵器经 9F 鞘管推送，在左心室内释放出左右侧盘片后，封堵器的右心室盘片不能拉入鞘管内。对小儿是否行封堵治疗需要考虑血管的粗细是否能送入相应的鞘管，如缺损大，需要较粗的鞘管则不宜行封堵治疗。

六、小结

总结目前的室间隔缺损的介入治疗现状，提出室间隔缺损的封堵治疗适应证：年龄大于 3 岁，体重大于 5 kg；有外科手术适应证的膜部和肌部室间隔缺损；室间隔缺损合并可以介入治疗的心血管畸形；外科手术后残余漏；室缺直径 3～12 mm；缺损边缘距主动脉瓣和三尖瓣 2 mm 以上；轻到中度肺动脉高压而无右向左分流。

室间隔缺损封堵器治疗的禁忌证：室间隔缺损合并艾森门格综合征；干下型室间隔缺损；室间隔缺损合并其他畸形需要外科手术治疗者。

总之，室间隔缺损的封堵治疗经历了一个从不可为到可为之的过程。自从 1964 年 Dotter 等开创血管病介入治疗以来，以导管为手段的介入诊疗方法得到迅速的发展和普及。常见的先天性心脏病中动脉导管未闭和继发孔型房间隔的介入治疗已趋成熟和完善，基本上可以替代外科手术，使治疗更简便和安全。但是由于 VSD 解剖形态复杂，毗邻结构重要，使 VSD 的介入治疗的发展在历史上曾经远远落后于 PDA 和 ASD。VSD 的封堵治疗均是在 PDA 和 ASD 成功封堵的基础上发展起来的。其封堵器器材均是原应用于 PDA 或 ASD 的器材，没有专门为 VSD 而设计的器材，这也是限制 VSD 介入治疗发展的一个重要原因。1997 年 Amplatzer 发明的新一代封堵器，也是用于 PDA 和 ASD 的介入治疗。直至 2001 年美国 AGA 公司发明了新的偏心型的室缺封堵器，在取得动物试验成功后于 2002 年开始应用于临床。而国内 2001 年长海医院与上海形状记忆合金公司合作研制了对称型的双盘状封堵器，并成功地应用于临床。其后又针对不同部位 VSD 的解剖特点而设计了不同形状和特点的专用室缺封堵器，从而使封堵的适应证范围不断扩大。并且，由于价格降低，接受治疗的患者成倍增加，促进了我国先心病介入治疗迅速发展。从封堵的室缺类型时间先后顺序来看，则先是肌部室缺，继而是早期被认为是禁区的膜周部室缺，然后则是三年多前还是介入治疗禁区的嵴内型、隔瓣后型、距主动脉瓣 2 mm 以内的膜周部 VSD、多孔型的膜部瘤的 VSD，适应证逐渐扩大，而这一切均与介入器材与技术的不断发展有关。随着器材的改进和操作技术的不断提高,室间隔缺损介入治疗的适应证将进一步拓宽,而且与外科协同治疗某些复杂先天性心脏病将成为今后的发展趋势。

(秦永文 穆瑞斌)

参考文献

[1] RASHKIND W J, CUSSO C C. Transcatheter closure of a patent ductus arteriosus: successful use in a 3.5 kg infant[J]. Pediatr Cardiol, 1979, 1: 63.

[2] LOCK J E, BLOCK PC, MCKAY R G. Transcatheter closure of ventricular septal defects[J]. Circulation, 1988, 78: 361 - 368.

[3] LOCK J E, ROME J J, DAVIS R. Transcatheter closure of atrial septal defects: experimental study[J]. Circulation, 1989, 79:1099.

[4] KAULITZ R, PAUl T, HAUSDORF G. Extending the limits of transcatheter closure of atrial septal defects with the double umbrella device(CardioSEAL) [J]. Heart, 1998,80(1): 54 - 59.

[5] SIDERIS E B, WALSH K P, HADAD J L, et al. Occlusion of congenital ventricular septal defects by the buttoned device[J]. Heart, 1997, 77: 276 - 280.

[6] SIDERIS E B, HADDAD J, RAO S, et al. The role of the Sideris devices in the occlusion of ventricular septal defects[J]. Pediatric Interventional Cardiology, 2001,3: 349 - 353.

[7] CAMBIER P A, KIRBY W C, Wortham D C. Percutaneous co;sure of the small(<2.5 mm)patent ductus arteriosus using coil emborization[J]. Am J Cardiol, 1992, 69: 815.

[8] LATIFF H A, AIWI M, KANDHAVEL G. Transcatheter closure of multiple muscular ventricular septal defects using Gianturco coils[J]. Ann Thorac Surg, 1999, 68(4): 1400 - 1401.

[9] KALRA G S, VERMA P K, SINGH S, et al. Transcatheter closure of ventricular septal defect using detachable steel coil[J]. Heart, 1999, 82: 395 - 296.

[10] 高伟,周爱卿,余志庆,等. 应用 pfm Duct2Occlud 弹簧圈封堵室间隔缺损—附 2 例报道[J]. 介入放射学杂志, 2004,12(增刊2):124.

[11] MASURA J, GAVORA P, FORMANEK A, et al. Transcatheter closure of secundum atrial septal defects using new self-centering Amplatzer septal occluder: initial human experience[J]. Cathet Cardiovasc Diagn, 1997, 42: 388 - 393.

[12] THANOPOULOS B M, TSAOUSIS G S, KONSTADOPOULOU G N, et al. Transcatheter closure of muscular ventricular septal defects with the Amplatzer ventricular septal defect occluder: initial clinical application in children[J]. J Am Call Cordial, 1999, 33: 1395 - 1399.

[13] GU X, HAN Y M, TITUS J L. Transcatheter closure of membranous ventricular septal defects with a new nitinol prosthesis in a natural swine model[J]. Catheter Cardiovasc Interv,2000, 50(4): 502 - 509.

[14] 秦永文,赵仙先,吴弘,等. 自制非对称型室间隔缺损封堵器的初步临床应用[J]. 介入放射学杂志, 2004, 13(2): 101.

[15] 秦永文,赵仙先,李卫萍,等. 应用自制封堵器经导管闭合膜部室间隔缺损[J]. 介入放射学杂志,2002, 11(2):130.

[16] 赵仙先,秦永文,王尔松,等. 自制双盘状室间隔缺损封堵器经导管闭合小儿膜周部室间隔缺损[J]. 第二军医大学学报,2003, 24(10): 1124 - 1126.

[17] 胡海波,蒋世良,徐仲英,等. 室间隔缺损膜部瘤的造影分型及介入治疗方法学研究[J]. 中华放射学杂志,2005,

39(1)：81.

[18] 李军,张军,石晶,等. 膜部室间隔缺损形态、大小与封堵器的选择. 中国医学影像技术[J]. 2005,21(5)：712－714.

[19] 朱振辉,刘延玲,王浩,等. 超声心动图对膜周部室间隔缺损封堵术前形态学分型的初步探讨[J]. 中华超声影像学杂志,2005,14(2)：89－91.

[20] 张玉顺,代政学,李寰,等. 主动脉边缘不足 2 mm 膜周部室间隔缺损的介入治疗评价[J]. 心脏杂志,2005,17(2)：198.

[21] 朱鲜阳,韩秀敏,侯传举,等. 膜部室间隔缺损介入治疗的疗效分析[J]. 介入放射学杂志,2004,13(2)：108.

[22] 秦永文,赵仙先,吴弘,等. 国产封堵器治疗膜周部室间隔缺损 284 例的疗效评价[J]. 介入放射学杂志,2004,12(增刊2)：141.

[23] 孙万峰,张国培,崔婷,等. 国产偏心室间隔缺损封堵器在嵴内型室间隔缺损封堵中的临床应用[J]. 中华心血管病杂志,2005,33(3)：232.

[24] 赵仙先,秦永文,吴弘,等. 嵴内型和肺动脉瓣下型室间隔缺损的经导管封堵治疗[J]. 介入放射学杂志,2004,13(6)：486.

[25] 李军,张军,朱霆,等. 肌部室间隔缺损封堵剖析[J]. 心脏杂志,2005,17(3)：273.

[26] HOLZER R, BALZER D, CAO Q L, et al. Device closure of muscular ventricular septal defects using the Amplatzer muscular ventricular septal defect occluder：immediate and mid-term results of a U. S. registry[J]. J Am Coll Cardiol,2004,43(7)：1257－1263.

[27] HOLZER R, BALZER D, AMIN Z, et al. Transcatheter closure of postinfarction ventricular septal defects using the new Amplatzer muscular VSD occluder：Results of a U. S. Registry[J]. Catheter Cardiovasc Interv,2004,61(2)：196－201.

[28] 李寰,张玉顺,刘建平,等. 室间隔缺损经导管封堵术后高度房室阻滞[J]. 中华心律失常学杂志,2005,9(1)：55－56.

[29] RIES M W, KAMPMANN C, RUPPRECHT H J, et al. Nickel release after implantation of the Amplatzer occluder[J]. Am Heart J,2003,145：737－741.

第九章

不同类型室间隔缺损的介入治疗及经典病例解析

第一节　嵴内型室间隔缺损的介入治疗

嵴内型室间隔缺损是常见的心脏畸形,占室间隔缺损的 5%～15%。嵴内型室间隔缺损位于右心室流出道,由于其紧靠主动脉瓣,缺损上缘与主动脉瓣环之间缺乏足够支持;此外,高速的左向右分流将主动脉瓣叶拉向下方,使瓣叶延长,脱入右心室流出道,易引起主动脉瓣脱垂和主动脉瓣关闭不全。主动脉瓣脱垂和主动脉瓣关闭不全的程度与缺损的大小和年龄的大小有一定的关系。随年龄增长,主动脉瓣脱垂和主动脉瓣关闭不全的发生率逐渐增高,为 5%～10%。缺损越大,脱垂的可能性越大。左心室造影显示嵴内型室间隔缺损位置高,左心室血液可经过 VSD 直接喷入肺动脉,可能由此容易导致肺动脉高压。大的嵴内型室间隔缺损自行愈合的机会少,为了避免后期的并发症,应早期治疗。但是在临床上,有不少患者为小的嵴内型室间隔缺损,因期望自行愈合,另外对血流动力学影响不大,故未行治疗。随着年龄的增大,有些患者发生主动脉瓣反流,不得不外科手术或介入治疗。应用超声检查和心脏听诊,往往低估室间隔缺损的大小。应用进口的短边缘偏心的封堵器常常导致治疗失败,其原因是嵴内型室间隔缺损与主动脉瓣毗邻,目前应用的进口室间隔缺损封堵器为偏心型封堵器,其左心室面的主动脉侧盘片边缘最短处为 0.5 mm,当放置在缺损处时,因腰部直径比室间隔缺损孔的直径大,腰部受到外力后边缘明显大于 0.5 mm,故对于距主动脉瓣 2 mm 以内的室缺,应用此种封堵器可引起主动脉瓣关闭不全,因此,不适合嵴内型室间隔缺损的封堵治疗。但是,有一些小的嵴内型室间隔缺损周围均为肌性组织,相对较坚韧,如应用封堵器上缘为零边的偏心封堵器可以牢固地固定在缺损处,达到治疗的目的。近年的临床实践证明对直径在 7 mm 以下的嵴内室间隔缺损,只要缺损上缘距主动脉瓣有 0.5 mm,均有可能应用国产零边偏心的封堵器成功封堵。有一些病例左心室造影显示缺损与主动脉瓣之间无边缘的患者也能成功封堵,提示通过设计相应的封堵器,部分嵴内型室间隔缺损的介入治疗是可行的。

一、与嵴内型室间隔缺损有关的应用解剖

了解嵴内型室间隔有关的解剖,对适应证的选择、封堵器的研制和应用以及对封堵器放置可能产生的并发症的预测有一定的应用价值。

(一) 右心室流出道与肺动脉瓣的解剖

右心室流出道是右心室腔向左上方延伸出的部分,由环肌结构的漏斗管组成,其长轴与流入道的夹角约45°,其上部为动脉圆锥,也称漏斗部,内壁光滑。动脉圆锥向上延伸为肺动脉干,二者相连接处为肺动脉口,其周长6.5~7.5 cm。周围的纤维环上附有3个半月形的肺动脉瓣,分前瓣、左瓣和右瓣三个瓣叶,瓣叶的游离缘朝向肺动脉。因为肺动脉瓣为半月瓣,此瓣实际上并不存在通常所说的环样结构的瓣环。肺动脉瓣叶在右心室肌肉与肺动脉连接处以半月形与瓣环连接。因此,在解剖上,肺动脉瓣环不是1个而是3个(图9-1,图9-2)。上部分为第一环,在主肺动脉窦管的嵴处作为瓣叶交界的周边平面。第2个环存在于房室连接处。第3个环是由3个瓣叶基底与漏斗部肌肉连接部分一起构成。3个瓣环均不是半月形的结构。构成血液动力学上右心室与肺动脉瓣的连接应从第一环开始跨越第二环再下至第三环,每个瓣叶的背侧为半月形连接。

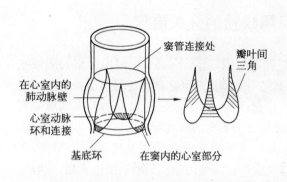

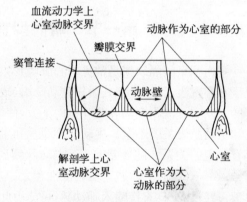

图9-1 3个肺动脉瓣环。第1环,在主肺动脉部的窦管窦交界处;第2环存在于心室肌-动脉连接处;第3环在心室内的窦基底部分

图9-2 构成血流动力学上右心室与肺动脉瓣的连接应从第1环开始跨越第2环再下至第3环,每个瓣叶的背侧为半月形连接。心室在每个窦处作为肺动脉的一部分,在每个瓣叶之间的心室部分为肺动脉间的三角

(二) 右心室的室上嵴与肺动脉漏斗部的解剖

室上嵴界于右心室流入道与流出道之间,是肺动脉瓣下肌性漏斗部的后部,是肺动脉瓣叶的支持部分。室上嵴为一个宽厚的弓形肌肉隆起,可分为壁带、漏斗隔和隔带3个部分(图9-3)。漏斗隔位于肺动脉左右瓣的下方,其深面是主动脉右窦。漏斗隔的肌束向右前方折转并加厚,形成漏斗部的前壁,增厚弯曲的肌束即是室上嵴的壁带。由漏斗隔向下有一"Y"形的扁平肌肉隆起,为室上嵴的隔带,其向下端移行为隔缘肉柱,向上分为两支,前支走向肺动脉左瓣,后支伸向室间隔膜部。两支之间的上方为漏斗部。室上嵴的肌肉如肥厚可造成漏斗部狭窄,可见于双腔右心室。室上嵴将三尖瓣与肺动脉分开。切开室上嵴可见横向走行的室间隔部,此区常常被认为是室间隔的流出道部分,实际上,如整个肺动脉漏斗部切除,包括心室漏斗的交迭区,也未进入左心室腔内。这可能是因为肺动脉和主动脉的瓣叶均由右心室和左

心室流出道的肌袖支持。在主动脉和主肺动脉之间的连接区较广泛,主动脉瓣叶和肺动脉瓣叶在各自心室内的附着点之间的平面明显的不同(图9-4)。

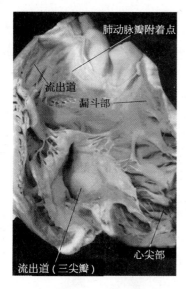

图9-3　右心室观,显示肺动脉瓣的半月形连接,支持组织为室上嵴

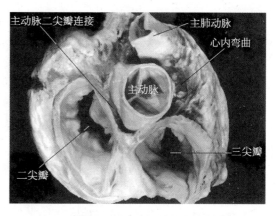

图9-4　心脏短轴切面显示心脏瓣膜间的关系

(三) 主动脉与心室交界处的解剖

肺动脉瓣和三尖瓣由右冠窦处的宽大圆弧分开。相反,二尖瓣和主动脉瓣在瓣叶间存在纤维连接。在主动脉瓣膜平面,主动脉位于三尖瓣和肺动脉瓣中间。主动脉瓣与三尖瓣之间通过中央纤维体形成纤维连接。主动脉瓣与左心房和左心室直接接触。二尖瓣和三尖瓣分布在与主动脉瓣相连接的室间隔的两侧。三尖瓣与室间隔的连接点比二尖瓣低。因此,部分肌性房室间隔处于右心房与左心室之间。汇集主动脉瓣、二尖瓣和三尖瓣的中心纤维体处于肌性房室间隔的头侧和前部。中心纤维体是心脏纤维结构的主要部分,部分由右侧纤维三角、主动脉和二尖瓣纤维连接区右侧的增厚部组成(图9-5),另一部分由左心室流出道与右心腔之间的纤维分隔即膜部室间隔组成。

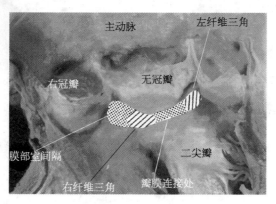

图9-5　左心室流出道观,显示心脏纤维支架的一部分

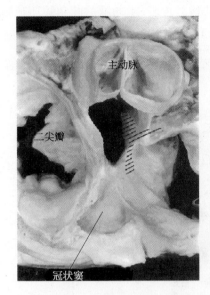

图 9-6 切面无冠窦,显示房室传导轴的大致位置和二尖瓣与室间隔缺损关系,斜线为传导系统通过处

膜部间隔被三尖瓣的隔瓣分为两部分,即右心房和左心室之间的房室间隔和两心室之间的室间隔。房室间隔是位于右心房与左心室之间的一部分间隔,是房间隔和室间隔之间的一个过渡性、相互重叠的区域。房室间隔呈前窄后宽的三角形,前后长约 2.95 cm。其宽度从前向后分别为 0.49 cm、1.04 cm 和 1.61 cm。房室隔后厚 1~1.2 cm,中部约 0.6 cm,前部约 1 mm。房室间隔上界是间隔上的二尖瓣环,高于右侧的三尖瓣附着缘内约 1 cm,上缘向前是中心纤维体的左上缘,再向前是主动脉后瓣环和右瓣环。因此,房室隔的上界主要以左侧间隔上的主动脉瓣环和二尖瓣环的水平来确定,两者以中心纤维体的左上缘相连接。右侧的三尖瓣隔侧瓣附着缘为下界,前界右侧为室上嵴,左侧为主动脉右瓣环。后界为冠状窦口前缘至隔瓣的垂线,两侧为心内膜。

切除主动脉瓣的无冠瓣,可显示左心室流出道与其他心腔的关系。无冠瓣下区将二尖瓣口与室间隔分开,这一分隔区有房室传导组织通过与二尖瓣叶和瓣下结构相连接见图 9-6。

(四)房室隔、房室结和 Koch 三角的解剖

房室结位于 Koch 三角内,Koch 三角由 Todaro 韧带、三尖瓣隔瓣叶和冠状窦口组成,Todaro 韧带是 eustachian 瓣(下腔静脉瓣)和 thebesian 瓣(冠状窦瓣)连接处形成的纤维结构。房室传导组织的整个心房部分包含在 Koch 三角中,房室束直接在 Koch 三角的尖部经过(图 9-7,图 9-8)。

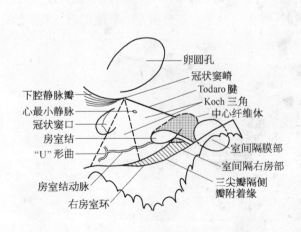

图 9-7 房室隔和房室结与 Koch 三角的关系

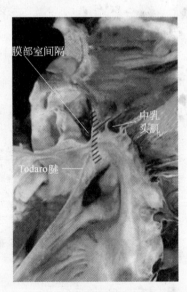

图 9-8 Koch 三角的尖部与中乳头肌的连接线构成房室传导轴的部位,斜线表示房室传导轴的走行

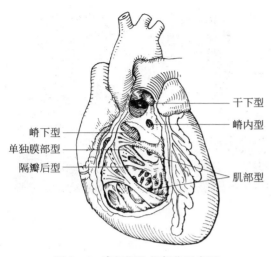

图 9-9　室间隔缺损部位示意图

干下型
嵴内型
肌部型

嵴下型
单独膜部型
隔瓣后型

（五）嵴内型室间隔缺损解剖

缺损的上缘为主动脉瓣和肺动脉瓣，缺损的下缘为左心室的室上嵴（图 9-9）。肺动脉瓣环的水平比主动脉瓣环要高。漏斗部的室间隔缺损可分为干下型和嵴内型两种。Ⅰ型：干下型，缺损上缘紧邻肺动脉瓣环。Ⅱ型：嵴内型，缺损四周为肌组织，在漏斗部与肺动脉瓣环间有肌肉间隔。

（六）应用解剖与介入治疗中的关系

嵴内型室间隔缺损靠近主动脉瓣和肺动脉瓣，如行封堵治疗有可能影响主动脉瓣的启闭。但是，如缺损与肺动脉瓣环间有 2 mm 的组织，此处的组织应是室上嵴，组织坚韧，可以考虑行封堵治疗。对小的肺动脉瓣下型室间隔缺损亦有可能行封堵治疗。因为右心室的室上嵴的组织较坚韧，能够固定封堵器，如不影响主动脉瓣膜，可以释放封堵器。但是小的室间隔缺损如选择封堵器过大，有可能在缺损的上缘即肺动脉瓣处撕裂，导致封堵器脱落。提示封堵靠近肺动脉的室间隔缺损选择的封堵器大小应合适，不宜产生过高的张力。此外，房室传导系统相对靠下和靠后，离靠近主动脉瓣的缺损有一定距离，因此，封堵器治疗引起房室传导阻滞的可能性较小。术后不需要为预防房室传导阻滞而应用皮质激素。

二、超声检查

嵴内型室间隔缺损主要通过超声诊断，在能清晰显示膜周部室间隔缺损的心尖五腔心切面上可以发现穿隔血流，但不能显示缺损口。在心底短轴切面上可清晰显示缺损的大小。张军等报道采用二维超声心动图结合彩色多普勒分流束综合判断，均测出缺损口或分流口大小（图 9-10）。其 VSD 最大径测值大多与封堵器释放后腰径相似。在心底短轴切面上也可显示缺损与肺动脉瓣的关系，如缺损

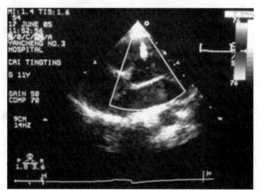

图 9-10　心底短轴切面，显示嵴内型室间隔缺损，多普勒超声显示穿隔血流在 12 点钟的位置

距离肺动脉瓣 2 mm 以上，对决定是否适合介入治疗有参考价值。在左心室长轴非标准切面上可清晰显示缺损的部位、大小及与主动脉瓣的关系（图 9-11，图 9-12），并且能确定有无合并主动脉瓣脱垂。提示主动脉瓣脱垂的超声显像特征是在左心室长轴非标准切面上主动脉瓣膜直接在缺损的上缘，并有部分主动脉瓣膨出超越主动脉壁与室间隔的连线。有些患者可以同时存在主动脉瓣关闭不全。遇到上述征象不应选择介入治疗。因此，心底短轴切面、左心室长轴非标准切面是嵴内型室缺的诊断和介入治疗适应证选择以及术中监护必须选择的切面。应用好上述的切面，可以在术前预测能否封堵成功。

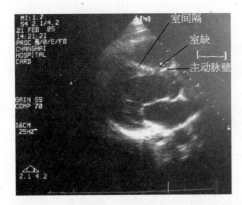

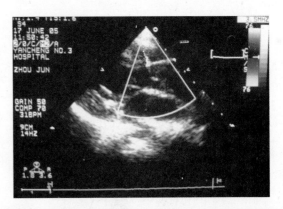

图 9-11 左心室长轴非标准切面,显示嵴内型室间隔缺损上缘为主动脉瓣,无残缘。缺损直径 2 mm

图 9-12 左心室长轴非标准切面,显示嵴内型室间隔缺损,多普勒超声显示穿隔血流,血流上缘为主动脉瓣,无残缘

嵴内型室间隔缺损的判断可根据嵴内型室间隔缺损的超声特点,具体如下。

(1) 大血管短轴观室间隔回声失落或其分流束位于 11 点半至 1 点半之间。

(2) 大血管短轴观 VSD 左上缘与肺动脉后瓣根部有一定的距离。

(3) 胸骨旁左心室长轴观室间隔缺损或其分流束上缘多紧邻主动脉右瓣根部。

另外,超声需要测量主动脉瓣环的周径,对决定是否适合封堵治疗意义较大。如缺损大,主动脉瓣环相对小,植入的封堵器左心室盘片的直径大于瓣环周径的 50% 有可能影响主动脉瓣的关闭。例如主动脉瓣环直径 10 mm,缺损直径 8 mm,计算出的瓣环周径 31 mm,选择 10 mm 封堵器封堵,封堵器的左心室盘片直径 16 mm,大于瓣环直径的 50%,封堵器植入后可凸入左心室流出道,引起主动脉瓣环变形,导致主动脉瓣关闭不全。因此,在临床应用中应注意测量主动脉瓣环的直径,如封堵器的左心室盘片直径大于主动脉瓣环的 50%,或接近 50%,应避免选择封堵治疗。

三、左心室造影

嵴内型室间隔缺损与膜周部室间隔缺损的部位不同,嵴内型室间隔缺损的位置靠后,与室间隔不在一个平面上。因此,通常采用的左前斜 45°加头位 25°的投照体位不能显示嵴内型室间隔缺损的大小,而采用左前斜 60°～80°,头位 20°可显示缺损的位置和主动脉瓣的关系,但是往往不能准确显示缺损的大小(图 9-13)。部分患者采用右前斜位可清晰显示缺损的开口,有的需要侧位方能显示缺损的部位。造影时可见造影剂自主动脉右冠窦下方直接喷入肺动脉瓣下区,肺动脉主干迅速显影。造影的结果不能反映室间隔缺损的实际大小,需要根据超声检查结果综合判断。如在建立轨道后放置鞘管时再行左心室造影,由于鞘管托起主动脉瓣,可以较好反映室间隔缺损的大小。

四、嵴内型室间隔缺损介入治疗的适应证

嵴内型室间隔缺损如具有以下条件可行介入治疗。

(1) 嵴内型室间隔缺损,缺损直径 3～7 mm。

(2) 缺损上缘距离主动脉右冠瓣 1 mm 以上。

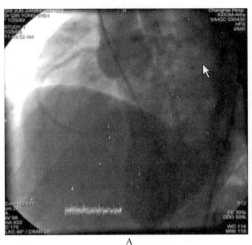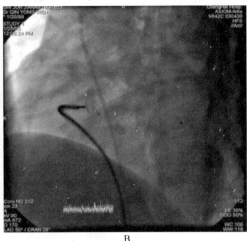

图 9‐13 左前斜 45°加头位 25°的投照体位缺损显示不清,右图示放置封堵器后按照封堵器的腰部测量室间隔缺损直径 4 mm

（3）缺损上缘距肺动脉瓣 2 mm 以上。

（4）无主动脉瓣关闭不全。

五、封堵器的选择

(一)封堵器的类型

1. 进口偏心型封堵器　进口偏心型室间隔缺损封堵器的左心室侧盘片的主动脉侧有 0.5 mm 的边缘,国内有应用此种封堵器治疗成功的报道,但是国外有学者在国内应用时往往见封堵器放置后发生明显的主动脉瓣反流,因此应用范围较小。

2. 国产零边偏心型室间隔缺损封堵器　封堵器腰部长 2 mm,腰部直径自 4~16 mm,每一型号相差 1 mm。两盘片的边缘呈不对称,左心室侧的盘片在靠近主动脉侧的边缘较其对侧的盘片小,边缘为 0 mm,与其相对的边缘为 6 mm,右心室侧的盘片比腰部直径大 2 mm。封堵器的两侧由 316 L 不锈钢圈固定,左心室侧盘片的不锈钢圈在长边近边缘部分,起固定镍钛丝和放置封堵器时的指向作用。右心室侧固定钢圈中有可与推送杆头端螺丝连接的螺纹。4 层聚酯膜缝合在镍钛合金支架中。不同大小的封堵器均可通过 6F~10F 导管输送。对缺损距主动脉瓣小于 2 mm 的嵴内型室间隔缺损选择零边偏心的封堵器较安全,放置后对主动脉瓣的影响较小。

(二)封堵器大小的选择

封堵器大小的选择较困难,难点是造影缺损显示不清,通常结合超声选择。可根据超声多普勒血流束的宽度选择封堵器。如缺损口 3 mm,通常应选择比缺损口大 2~3 mm 的零偏心封堵器（图 9‐14）,如缺损口 4~7 mm,可选择比缺损口大 3~5 mm 的零偏心封堵器。也可根据输送鞘管通过情况判断室间隔缺损口的大小,如 7F 鞘管不容易通过,提示小室缺,应用 3~5 mm 的封堵器即可,如

图 9‐14 零偏心封堵器

7F 鞘管容易通过,听杂音未减轻,超声检查穿隔血流未减少,提示缺损相对较大,选择封堵器应根据超声测量的直径选择适当大小的封堵器。

六、操作技巧

(一)建立经室间隔缺损的动脉静脉轨道

与常用的封堵器操作相同。难点是嵴内型室间隔缺损的位置高,靠近主动脉瓣,导管不容易从左心室通过室间隔缺损孔进入右心室。可通过选择导管前端有 90°角的导管在左心室内缓慢向主动脉瓣膜处移动,到位时可见导管相对固定,此时轻轻推送导丝可见导丝进入肺动脉。导丝达肺动脉后,导管通常仍在左心室内,此时不要急于将导管送入右心室,应保持导管在原位,待建立轨道后再将导管送入右心室。如在未建立轨道前推送导管,导管可向左心室尖方向移动将导引钢丝弹出。嵴内室缺操作过程中另一难点是输送鞘管不易压入左心室。选择前端有 90°弯曲的输送鞘管容易完成操作。

(二)封堵器定位和放置

嵴内室缺靠近主动脉瓣,对封堵器放置的位置要求较高,必须准确调整封堵器的放置角度,保证封堵器的长边指向心尖部,短边指向主动脉瓣。准确定位的操作关键在体外不在体内。在操作过程中首先必须保证鞘管在左心室内有一定的长度,其次是鞘管的大小与封堵器匹配,当封堵器从鞘管送出后能容易退回到鞘管内。为了保证封堵器零边朝上,一般在体外通过将负载短鞘插入长鞘内时控制长边的方向,如一次不成功,将封堵器拉出鞘管,重新调整方位送入封堵器,一般 1～2 次能获得准确的定位。如封堵器的长边指向心尖,回拉封堵器和输送鞘管,使封堵器贴近室间隔缺损的左心室侧,不宜过度用力,有阻力时固定推送杆,回撤输送鞘管,送出右心室盘片。如封堵器稳定,大小合适,行左心室造影和主动脉根部造影,确定疗效和对主动脉瓣的影响(图 9-15)。如无分流和主动脉瓣反流,释放出封堵器(图 9-16,图 9-17)。

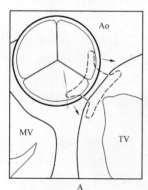
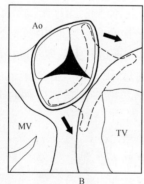

图 9-15 封堵器的选择

A. 封堵器大小合适,封堵器直径小于主动脉瓣环周径的 50%,未引起主动脉瓣变形;B. 封堵器选择过大,超过主动脉瓣环周径的 50%,引起主动脉瓣环变形和主动脉瓣关闭不全

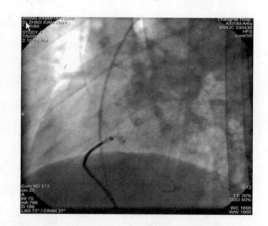

图 9-16 封堵器的定位。 封堵器在左心室内释放出左盘,封堵器的上缘为零边,固定钢圈指向心尖,此影像提示封堵器的回拉至室间隔前的指向正确,可以拉至室间隔缺损处,如位置不准确,可以回拉出体外,重新调整位置,直至指向准确

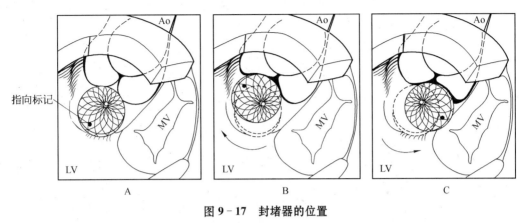

图 9-17 封堵器的位置

A. 偏心型封堵器位置正确,短边指向主动脉瓣膜;B、C. 封堵器位置放置不正确,引起主动脉瓣变形和关闭不全

七、术中及术后处理

术中应常规抗凝,经静脉注射肝素 100 U/kg,应避免抗凝不够和操作时间长在鞘管内形成血栓,导致血栓栓塞。术后不需要肝素抗凝,也不需要应用皮质激素预防房室传导阻滞。术后口服阿司匹林 3～5 mg/(kg·d),并连续心电图监护 5～7 d。

八、临床应用与评价

嵴内型室间隔缺损封堵器封堵治疗的例数尚少,有待于进一步总结经验。根据目前的治疗经验,对嵴内型室间隔缺损的封堵应注意以下几点:① 应用超声心动图大血管短轴观察以区别嵴内型 VSD 与干下型室间隔缺损,后者大血管短轴观紧邻肺动脉瓣,一般难以封堵成功,但是对部分小的室间隔缺损,有可能封堵治疗。② 缺损大小的判断,将超声与左心室造影相结合进行综合分析。超声检查采用多切面观察、测定缺损大小。如彩色多普勒血流束直径在 7 mm 以内可以行封堵治疗。③ 术前检查已经存在并发主动脉瓣脱垂的嵴内型室间隔缺损一般不宜行封堵治疗。有轻微主动脉瓣脱垂不并发主动脉反流且缺损口较小者,可根据肺动脉瓣处的残缘长短决定是否行封堵术治疗。④ 并发明显主动脉瓣反流的嵴内型 VSD 不宜行封堵术治疗。⑤ 由于主动脉瓣遮挡缺损口,左心室造影往往低估嵴内型室间隔缺损的实际大小,应采用二维超声心动图及彩色多普勒血流图多切面、多角度测量其最大径,根据最大径选择封堵器。

零边偏心室间隔缺损封堵器的零边设计可减少封堵器对主动脉瓣的影响,增加了治疗的安全性和成功率,并使应用范围增加。我们体会只要室间隔缺损距主动脉 1～2 mm 以上,缺损直径在 7 mm 以下,一般均能封堵成功。

国内已有多家医院应用零边偏心型室间隔缺损封堵器,甚至对小的嵴内型室间隔缺损,距主动脉处无边缘亦可成功封堵,未发生主动脉瓣反流的并发症。提示如封堵器大小合适,植入后早期无主动脉瓣反流,随访期间也不应出现主动脉瓣反流。

嵴内型室间隔缺损远离传导系统,术中和术后未发生房室传导阻滞。术后可发生交界区心律,可能与室缺部位高靠近房室交界区有关。

从近年的临床实践看,相当一部分嵴内型室间隔缺损是可以行介入治疗的。零边偏心型室间隔缺损封堵器使用方便、安全,近期疗效可靠。特别是对室间隔缺损上缘距主动脉瓣较近的患者,零边偏心型室间隔缺损封堵器有其独特的优势。

第二节　膜周部室间隔缺损并发膜部瘤的介入治疗

一、概述

　　左心室造影显示膜周部室间隔缺损的形态大致可分为 4 种类型,即漏斗型、窗型、管型和囊袋型(膜部瘤型)。在吴龙报道的 1 006 例室间隔缺损患者中,膜部瘤型室间隔缺损占 11.73%。对膜部瘤型室间隔缺损也可分为漏斗型、囊袋型、菜花型、弯管型 4 种类型。从病理上室间隔膜部瘤分为真性和假性两种,真性室间隔膜部瘤是心脏膜部间隔向右侧心腔囊袋状突起的一种先天性畸形。朱亚彬报道 7 例真性室间隔膜部瘤患者,术中见到室间隔膜部纤维组织增生,形成囊袋状瘤样突入右心室腔,长为 0.8~1.5 cm,基底部直径为 1.0~2.0 cm,囊袋顶部有 4~6 mm 的穿孔,瘤体和三尖瓣无粘连。朱亚彬报道 12 例假性室间隔膜部瘤,术中见室间隔缺损直径为 0.6~1.0 cm,周边由隔瓣和前瓣或前隔瓣交界以及部分增生粘连的腱索构成,并无向右心腔突出的囊袋壁,注水试验可见部分三尖瓣反流,向右心室膨出的部分多为增生肥厚的三尖瓣组织。通常认为膜部瘤型室间隔缺损是室间隔缺损愈合过成中形成的。由于血流冲击,纤维组织沉着,粘连等因素,三尖瓣隔瓣易与 VSD 周边粘连,融合,纤维化,促使室缺闭合,同时三尖瓣在长期高压作用下,易发生瘤样变,形成室间隔膜部瘤的一部分。膜部瘤的形成从功能上减低了室间隔缺损的大小,但可能引起三尖瓣关闭不全,主动脉瓣脱垂,右心室流出道梗阻和细菌性心内膜炎。此外膜部瘤完全闭合后还可能发生破裂。在未手术的室间隔缺损患者中,主动脉瓣膜反流的发生率在 5.5%~18%。在膜部瘤的患者中,主动脉瓣脱垂的发生率为 6.25%。室间隔缺损的大小可能是主动脉瓣脱垂和反流的重要因素,随着时间延长,膜部瘤患者室间隔缺损的大小减少,但是小的缺损可产生高速血流,通过形成的负压作用牵拉主动脉瓣进入室间隔缺损处,最终引起主动脉瓣脱垂和反流。因此对膜部瘤型室间隔缺损合并主动脉瓣脱垂的患者应积极治疗。超声心动图对膜部瘤有较高诊断价值,在心尖四腔或五腔切面上,在三尖瓣隔瓣处沿室缺边缘可见收缩期向右心腔呈囊袋状突出,舒张期则消失或平复即可确诊。真性膜部瘤一般呈球状或锥状,直径一般不超过 3.0 cm,长 1.0~2.0 cm,囊壁薄而光滑,厚度均匀,回声细淡;假性室间隔膜部瘤则表现为室间隔膜部的半圆形不规则膨出,壁较厚,活动受限,收缩期粘连的隔瓣轻度凸向右心室腔或右心室。以往的治疗方法是外科手术,近年来试图采用介入治疗替代外科手术。术前造影显示膜部瘤型室间隔缺损的左心室面入口通常较大,右心室面的出口小,可以有多个出口,出口间可以相距较远。按照小孔放置目前进口或国产的偏心或对称型封堵器,则不能覆盖其他缺损孔,如选择大直径封堵器,因腰部伸展受限,两侧盘片则形成球形。因此,膜部瘤型室间隔缺损介入治疗有一定的难度,术后容易残留残余漏。我们针对膜部瘤型室间隔缺损的解剖特点设计了细腰大边型的封堵器,其左心室面大,可将多个出口完全覆盖,且细腰部分与出口的直径相适应,封堵器放置后能充分伸展,达到了完全覆盖入口的目的,同时封堵器形状恢复好,不占有过多的心腔,因而不引起流出道狭窄。临床应用也显示此种封堵器治疗囊袋型室间隔缺损的即刻疗效好,只要在术中完全封堵室间隔缺损的出口,术后均无残余分流。随访期间也未发生其他并发症。

二、术前检查

1. **超声检查** 超声心动图对术前病例选择和判断极为重要。通常应用经胸超声完全可以作出正确的测量和能否介入治疗的判断。与膜周部介入治疗的要求相同,常规观察 3 个切面,即心尖五腔心切面、心底短轴切面和左心室长轴非标准切面。观察的指标有膜部瘤的位置、出入口的大小、瘤壁的厚度、活动度、左右心室面破口部位、数量、方向以及瘤体与三尖瓣、主动脉瓣的关系。膜部瘤入口的上缘与主动脉瓣右冠瓣的距离等。当膜部瘤较小时(左心室面入口直径小于 5 mm),膜部瘤入口的上缘与主动脉瓣右冠瓣的距离应至少不小于 1 mm;如果膜部瘤较大时(左心室面入口直径大于或等于 10 mm),膜部瘤的出口的上缘与主动脉瓣右冠瓣的距离不应小于 2 mm。对膜部瘤入口的上缘与主动脉瓣右冠瓣的距离的要求主要是考虑放置封堵器的边缘对主动脉瓣的影响。另外,还需在术前测量右心室流出道前向血流速度、三尖瓣口血流流速等,以便与术后比较,判断封堵器植入后是否引起流出道狭窄和对三尖瓣的影响。

2. **左心室造影** 术前左心室造影的投影体位与膜部室间隔缺损一致,取左前斜位 45°～60°,加头向成角 20°～30°,造影剂的量按 1～1.5 ml/kg。观察室间隔缺损的部位、形态、数量、出入口直径,出口的方向、出口间的距离、入口和出口与主动脉瓣的关系等,以作为封堵器型号选择的参考标准。

超声膜部瘤总的检出率较造影略低,但超声对膜部瘤的形态、位置、内壁等情况的显示较造影直观。应将超声和造影检查结果结合起来分析,全面考虑。

三、膜部瘤型室间隔缺损介入治疗的适应证和操作过程

1. **适应证**

(1) 缺损直径 3～10 mm。

(2) 缺损孔距离主动脉瓣和三尖瓣 2 mm 以上。

(3) 缺损的左心室面可被封堵器的左心室盘片完全覆盖。

2. **操作过程**

(1) 麻醉:成人应用 1% 利多卡因局部麻醉,小儿在氯氨酮基础麻醉。

(2) 血管穿刺:穿刺股动脉、股静脉。

(3) 左心室造影:经股动脉鞘管插入猪尾巴导管至左心室,取左前斜位 45°～60°＋头位 25°行左心室造影,确定室间隔缺损的大小及位置。

(4) 建立股动脉-室间隔缺损-股静脉的轨道:造影后经股动脉送入 Judkin 右冠脉造影导管至左心室,经左心室将导管通过室间隔缺损处进入右心室,送入导引钢丝至肺动脉或上腔静脉,再经股静脉送入圈套器,套住导引钢丝,并拉出体外,建立股动脉-股静脉轨道。

(5) 送入长鞘至左心室尖部:沿轨道钢丝经股静脉侧送入 6F～10F 长鞘管至主动脉瓣上,通过推送经股动脉插入的导管,将导引钢丝和导管一起送入左心室尖处,再沿导引钢丝送入输送鞘管至左心室近心尖处,撤出导引钢丝和扩张管。

(6) 送入封堵器:将推送杆与封堵器连接,拉入负载导管内,再将负载导管插入长鞘内,

在 X 线透视下向前推送至左心室,先打开第一盘,轻轻回拉,使其与室间隔的左心室面贴靠,回拉有阻力,再通过心脏超声观察封堵器的位置,确定第一盘贴靠左心室面,固定推送杆,回撤鞘管,释放出第二盘片。如听诊杂音消失,再次行左心室造影观察封堵效果,并通过经胸超声确定封堵器不影响主动脉瓣和三尖瓣的启闭后,逆钟向旋转推送杆,释放出封堵器。

四、术中及术后处理

术中经静脉注射肝素 100 U/kg,术后口服阿司匹林 2~3 mg/(kg·d),时间 6 个月。静脉应用抗生素 3~5 d,并连续心电监护 7 d。所有患者于出院前、术后 1 个月、6 个月和 1 年复查心脏超声和心电图。

五、封堵器的选择

膜部瘤型 VSD 的左心室面入口通常较大,右心室面出口较小。由于膜部瘤的形态复杂,其大小、出入口的位置、出入口间的长度、囊壁厚薄均有较大的差异。根据左心室造影大致可分为漏斗型、漏斗管型、喷头型、囊袋型 4 种,其中以漏斗型最常见。不同类型的膜部瘤型室间隔缺损在封堵方法和封堵器的选择上应有所不同。

1. 漏斗型　如漏斗型膜部瘤左心室面入口直径在 12 mm 以内,出口的上缘距离主动脉瓣膜 2 mm 以上,一般选择对称型或偏心型封堵器封堵 VSD 左心室面即可达到完全封堵,方法与不合并膜部瘤的 VSD 封堵相同。术中将左心室盘完全覆盖膜部瘤左心室基底部,右心室盘从膜部瘤右心室面破口拉出后打开,使封堵器腰部卡在出口处,右心室盘将整个瘤体夹住移向室间隔左心室面。如室间隔缺损上缘距主动脉瓣 4 mm 以上,应选择细腰型封堵器,这样能保证完全封堵器入口,同时封堵器的右心室面相对较小,放置后盘片可以保持平整,对三尖瓣的影响较小,且不影响右心室流出道,封堵器的腰部直径应比出口直径大 1~2 mm 或相等。如室间隔缺损上缘距主动脉瓣右冠瓣 2 mm 以上,可选择对称型的封堵器,腰部直径应比出口直径大 1~3 mm。如果室间隔缺损上缘距主动脉瓣小于 2 mm 大于 1 mm,可选择与 VSD 左心室面破口大小相同的零边偏心的封堵器,将封堵器的零边准确放置在主动脉瓣下。

2. 漏斗管型　一般缺损直径较小,入口与出口间的距离较长,放置封堵器后封堵器的左心室面可张开,而右心室面不能充分张开,呈现丁字型外观,此种类型的室间隔缺损选择弹簧圈封堵可能更合适。对直径较大的漏斗管型室间隔缺损,可应用对称型或偏心型封堵器,封堵器腰部直径比出口直径大 1~2 mm。

3. 喷头型膜部瘤的封堵　此型室间隔缺损的出口多,出口方向不一致,出口间的距离不一。在选择封堵器时需要考虑的问题是能否完全覆盖入口,封堵器是否影响主动脉瓣、三尖瓣的启闭以及对右心室流出道的影响。一般主张完全封堵左心室面入口,这样左心室基底部被完全覆盖后右心室面多发破口的血流就自然被堵闭。如果选择封堵右心室面出口,应选择大孔送入鞘管,以保证封堵器的腰部能充分展开。通常选择细腰封堵器可以达到封堵左心室的入口,且不影响三尖瓣和流出道。其他种类的封堵器也可选择,但是必须完全封堵入口,且封堵器应能较好地展开。

4. 囊袋型膜部瘤的封堵　囊袋型膜部瘤一般左心室基底部直径较大,多在 10 mm 以上,瘤体也大,入口与出口均大于 10 mm,缺损的上缘距主动脉瓣应大于 3 mm,可选择对称型封堵器,封堵器腰部直径应比缺损直径大 3～4 mm。如出口小,可选择细腰型封堵器,封堵器腰部直径比缺损直径大 1～2 mm。

总之,由于 VSD 膜部瘤的大小、位置、形态、破口多种多样,应根据具体情况,灵活地选择封堵的部位及封堵器型号,总的原则是在不影响主动脉瓣、三尖瓣功能的基础上,达到完全阻止穿隔血流的目的,并减少并发症的发生。

六、操作技巧

1. **导管如何通过缺损口**　膜部瘤型室间隔缺损建立轨道时大部分较容易,其中漏斗型和囊袋型膜部瘤由于左心室面破口较大,应用右冠状动脉造影导管寻找其左心室面破口时较为容易。多出口的室间隔缺损,出口的指向影响导管的顺利通过,如出口与室间隔头向成角,应用右冠状动脉造影导管不易进入室缺孔,因为导管头端指向下,推送导引钢丝时导管容易跳出,对此选择乳内动脉造影导管则容易进入室缺孔。如出口指向下,与室间隔足向成角,应用右冠状动脉造影导管容易进入室间隔缺损孔。多出口型室间隔缺损,主要难度是如何保证进入大孔,或远离主动脉瓣的缺损孔。可将导管放置在囊袋内造影,通过造影显示大缺损孔的位置。根据造影的路标寻找缺损口。另外可应用猪尾巴导管切除头端一部分,根据缺损孔的部位决定导管头端的长短与角度。有一种膜部瘤室间隔缺损呈弯曲管道型,应用超滑导引钢丝容易通过,以 0.81 mm 的导引钢丝较好。

2. **封堵器的放置**　放置封堵器前应将输送鞘管送入左心室尖处,鞘管选择应适当,以保证封堵器选择不合适时可顺利回收。鞘管最好是前端有 180°的大弯,在主动脉瓣上容易压向心尖部,鞘管放置心尖部不易穿入二尖瓣腱索,避免引起二尖瓣的损伤。封堵器的左心室面推出后回拉,如有阻力可能是卡在二尖瓣腱索上,应将封堵器回收入鞘管内,回撤鞘管至左心室流出道处再送出封堵器。待封堵器完全张开后回拉至室间隔缺损的左心室面,如囊袋较长,则必须保证封堵器的右心室面在囊袋的右心室面,影像上出现“腰征”。封堵器释放前必须常规行左心室造影,观察封堵器是否完全封堵入口和对主动脉瓣的影响。如完全覆盖入口,且卡在缺损口处方可释放出封堵器。

七、膜部瘤型室间隔缺损的并发症与预防

1. **三尖瓣关闭不全**　曾有介绍囊袋型室间隔缺损,放置封堵器后出现三尖瓣大量反流,行外科手术中发现封堵器夹在三尖瓣上,影响三尖瓣关闭导致大量反流。因此,在释放前应反复超声检查,确定封堵器与三尖瓣的关系,比较术前与术后三尖瓣反流的变化,如出现明显的三尖瓣反流不应释放封堵器。

2. **残余漏**　发生术后残余漏的原因是封堵器未能完全覆盖室间隔缺损口,见于多孔型室间隔缺损。为了避免残余漏,术中在封堵器释放前行左心室造影,如封堵器未能全部覆盖出口,应更换封堵器,保证完全覆盖出口。

3. **房室传导阻滞**　囊袋型室间隔缺损以隔瓣后型室间隔缺损较多,缺损与房室传导系统的关系比较密切,传导束在室间隔缺损的后下缘通过,封堵器放置后可压迫传导束引起三度房室传导阻滞。术中如发生三度房室传导阻滞不应释放封堵器,术后发生的三度房室传导阻滞一般经临时心脏起搏和应用肾上腺皮质激素治疗可恢复,时间多在 3 周内。

第三节　室间隔缺损介入治疗图谱与解析

一、嵴内型室间隔缺损

【病例1】　见图9-18。

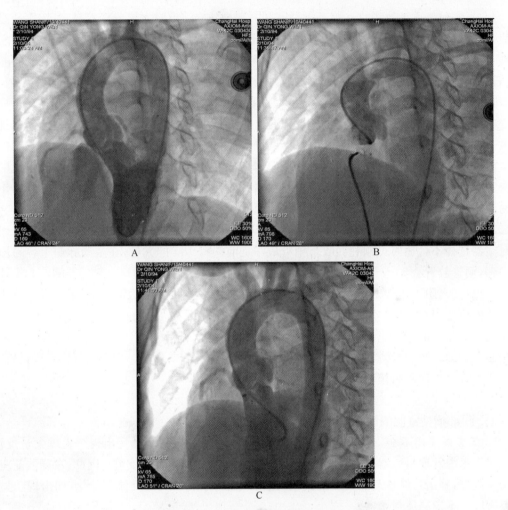

图9-18　嵴内型室间隔缺损病例1

A. 左心室造影,缺损口显示不清(左前斜位加头位); B. 封堵器放置后主动脉瓣上造影(左前斜加头位); C. 封堵器释放后左心室造影(左前斜位加头位)

本例是长海医院首例介入治疗的嵴内型室间隔缺损,左前斜位加头位造影,室间隔缺损部位未能清晰显示,超声测量缺损直径4 mm,选择腰部直径6 mm的偏心封堵器。封堵器到位后左心室造影无分流,主动脉瓣上造影显示无反流。此例室间隔缺损部位可能位于右冠状窦与后窦之间的三角处。因此,封堵器放置后不影响主动脉瓣的启闭。

156

【病例2】　见图9-19。

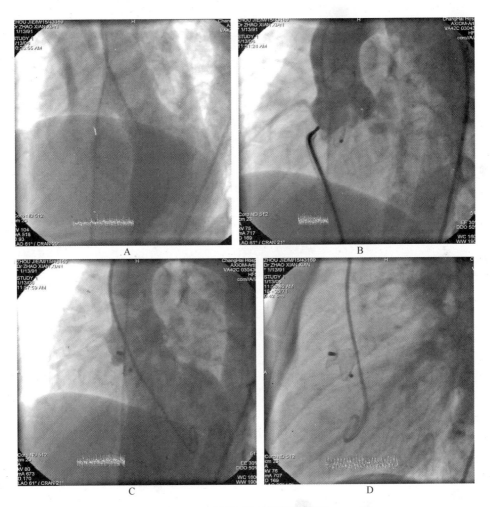

图9-19　嵴内型室间隔缺损病例2

A. 术前左心室造影(左前斜加头位)；B. 封堵器放置后主动脉瓣上造影,无反流(左前斜加头位)；C. 封堵
器释放后左心室造影(左前斜加头位)；D. 侧位投照显示封堵器的零边朝向主动脉

　　嵴内型室间隔缺损,超声测量缺损直径3 mm,左心室造影显示缺损位于主动脉瓣下,缺损口显示不清。建立轨道后应用6 mm零边偏心封堵器,封堵器到位后行造影检查时封堵器自行滑入右心室。同时显示分流量较前明显增加,改用12 mm零偏心封堵器后封堵成功,瓣上造影无反流,左心室造影无分流。左侧位透视见封堵器长边指向心尖。封堵器腰部直径8 mm。本例提示嵴内型室间隔缺损左心室造影往往不能准确显示缺损的大小,可在建立轨道、放置长鞘后再行超声检查和左心室造影,超声检查仍有明显的分流,说明不是小的室缺。小的嵴内型室间隔缺损选择封堵器最好能一次成功,如反复更换,有可能引起缺损周围撕裂导致缺损增大。

【病例3】 见图9-20。

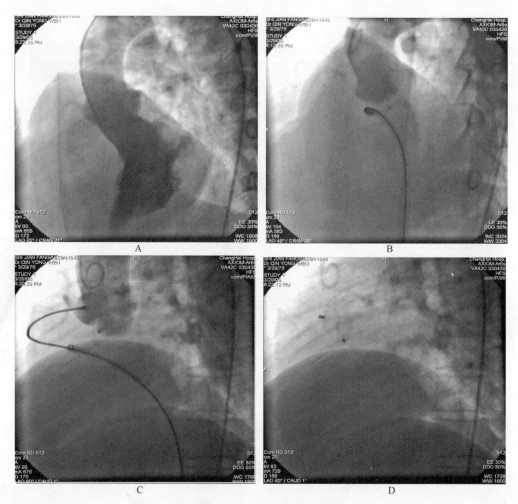

图9-20 嵴内型室间隔缺损病例3

A. 左心室造影(左前斜加头位);B. 封堵器释放前左心室造影(左前斜加头位);C. 封堵器放置后主动脉瓣上造影(左前斜加头位);D. 封堵器释放后侧位投照

超声检查室间隔缺损 7 mm,距离主动脉瓣 0 mm。术前主动脉瓣上造影少量反流,放置 12 mm 的零偏心封堵器。即刻造影无分流,主动脉瓣上造影少量反流。术后随访 6 个月,主动脉瓣反流未增加。

【病例4】　见图 9 - 21。

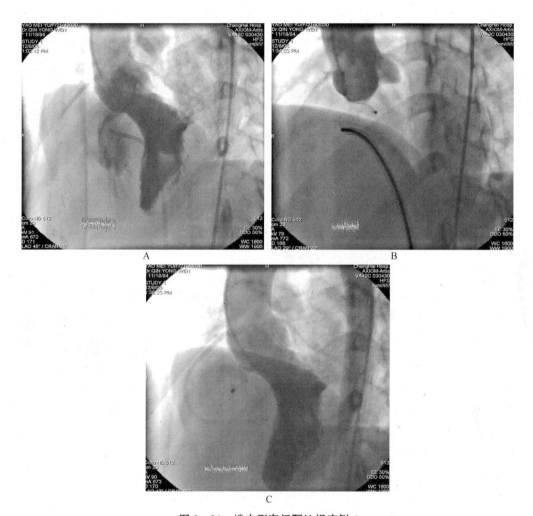

图 9 - 21　嵴内型室间隔缺损病例 4

A. 左心室造影（左前斜加头位）；B. 封堵器放置后主动脉瓣上造影（左前斜加头位）；C. 封堵器释放后左心室造影
（左前斜加头位）

　　左前加头位造影显示缺损上缘紧贴主动脉瓣，超声测量缺损直径 5 mm，选择腰部直径 8 mm 的偏心封堵器，封堵器到位后左心室造影无分流，主动脉瓣上造影显示无反流。主动脉瓣上造影显示封堵器不影响主动脉瓣的启闭。

【病例5】 见图9-22。

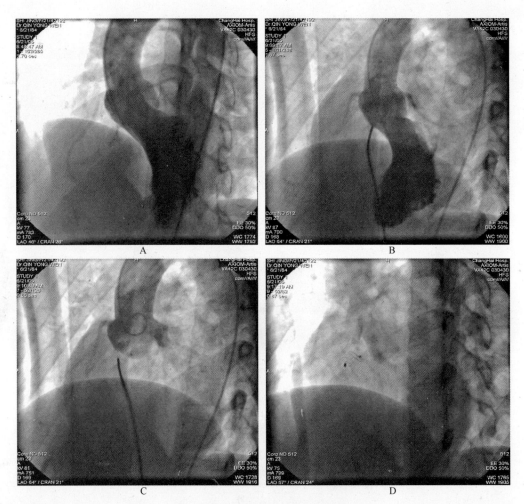

图 9-22　嵴内型室间隔缺损病例 5

A. 术前左心室造影(左前斜加头位)；B. 封堵器放置后左心室造影(左前斜加头位)；C. 封堵器放置后主动脉瓣上造影(左前斜加头位)；D. 封堵器释放后(左前斜加头位)

室间隔缺损 2 mm,紧贴主动脉瓣,选择 4 mm 零偏心封堵器,完全封堵,对主动脉瓣无影响。

【病例6】 见图9-23。

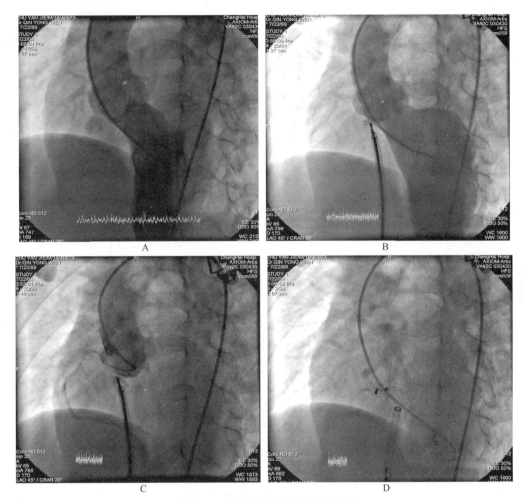

图9-23 嵴内型室间隔缺损病例6

A. 术前左心室造影(左前斜加头位)；B. 封堵器放置后左心室造影(左前斜加头位)；C. 封堵器放置后主动脉瓣上造影(左前斜加头位)；D. 封堵器释放后(左前斜加头位)

　　嵴内型室间隔缺损，左前加头位造影显示分流量较少。超声测量缺损直径5 mm，选择腰部直径10 mm的偏心封堵器，封堵器到位后封堵器的盘片与室间隔成角，左心室造影无分流，封堵器两侧的盘片充分伸展，主动脉瓣上造影显示无反流。本例封堵器成功可能与室间隔缺损位于右冠窦与无冠窦的三角形间隙内有关。

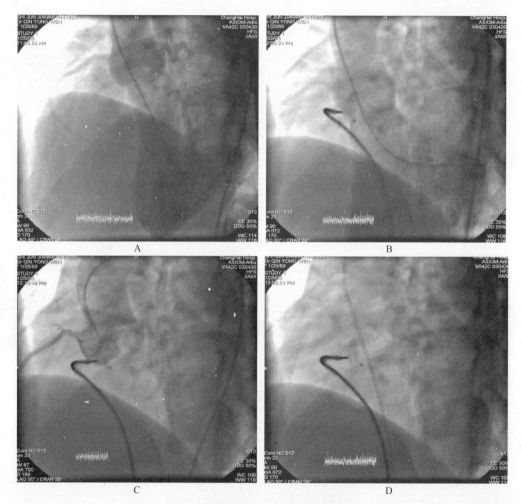

图 9‑24 嵴内型室间隔缺损病例 7

A. 术前左心室造影(左前斜加头位);B. 封堵器放置后左心室造影(左前斜加头位);C. 封堵器放置后主动脉瓣上
造影(左前斜加头位);D. 封堵器释放前(左前斜加头位)

　　嵴内型室间隔缺损,左前加头位造影,在主动脉显影的同时肺动脉显影,缺损大小显示不
清。超声测量缺损直径 3 mm,选择腰部直径 5 mm 的零边偏心封堵器,封堵器到位后左心室
造影无分流,封堵器两侧的盘片充分伸展,主动脉瓣上造影显示无反流。

【病例8】 见图 9-25。

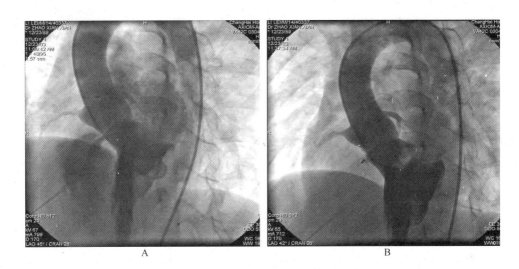

图 9-25 嵴内型室间隔缺损病例 8

A. 术前左心室造影(左前斜加头位); B. 封堵器释放后左心室造影(左前斜加头位)

左前斜加头位左心室造影显示缺损距离主动脉瓣 0.5 mm,缺损直径 4 mm,选择腰部直径 6 mm 零边偏心封堵器。封堵器到位后左心室造影无分流,主动脉瓣上造影显示无反流。此例室间隔缺损封堵治疗较容易,要点是将封堵器的零边朝向主动脉瓣。

【病例9】 见图9-26。

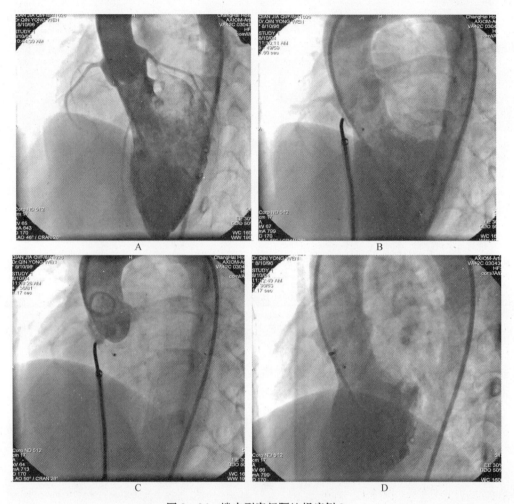

图9-26 嵴内型室间隔缺损病例9

A. 术前左心室造影(左前斜加头位);B. 封堵器放置后左心室造影(左前斜加头位);C. 封堵器到位后主动脉瓣上造影(左前斜加头位);D. 封堵器释放后(左前斜加头位)

嵴内型室间隔缺损,左前加头位造影,在主动脉显影的同时肺动脉显影,缺损大小显示不清。超声测量缺损直径3 mm,选择腰部直径5 mm的偏心封堵器,封堵器到位后左心室造影无分流,主动脉瓣上造影显示无反流。封堵器两侧的盘片充分伸展,提示缺损大于3 mm。

【病例10】　见图9－27。

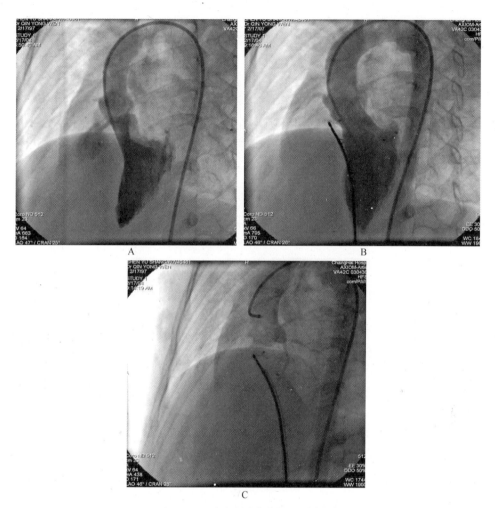

图9－27　嵴内型室间隔缺损病例10

A. 术前左心室造影(左前斜加头位)；B. 封堵器放置后左心室造影(左前斜加头位)；C. 封堵器放置后主动
脉造影(左前斜加头位)

左前加头位左心室造影显示缺损距离主动脉瓣不足1 mm，缺损直径3 mm，选择腰部直径5 mm零边偏心封堵器。封堵器到位后左心室造影无分流，主动脉瓣上造影显示无反流。此例室间隔缺损造影显示清晰，封堵器治疗较容易，关键是封堵器的定位。

【病例11】 见图9-28。

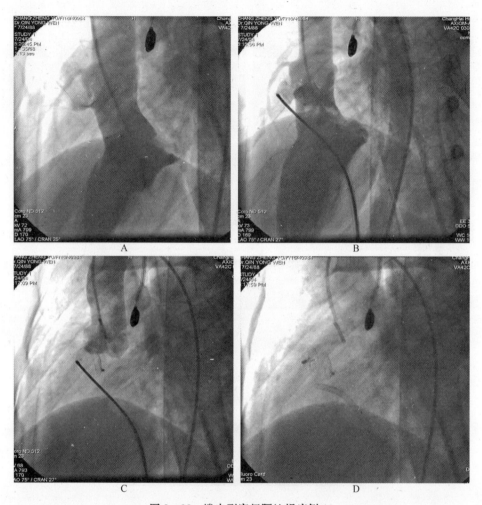

图9-28 嵴内型室间隔缺损病例11

A. 术前左心室造影(左前斜加头位);B. 封堵器放置后左心室造影(左前斜加头位);C. 封堵器放置后主动
脉瓣上造影(左前斜加头位);D. 封堵器释放后(左前斜加头位)

　　该病例室间隔缺损位置高,左心室造影显示主动脉瓣的右冠瓣脱垂,造影显示缺损的分流
束直径小于2mm,超声测量缺损直径7.5mm,因此,左心室造影不能准确显示缺损的实际大
小。选择腰部直径10mm的偏心封堵器,封堵器容易滑入右心室,选择直径12mm的封堵器
完成封堵,封堵器到位后左心室造影无分流,主动脉瓣上造影显示无反流。封堵器将脱垂的主
动脉瓣部分托起,未引起主动脉瓣关闭不全。近期疗效好,随访期间未出现不良反应,提示部
分室间隔缺损合并主动脉瓣脱垂的患者也可考虑行封堵治疗。笔者体会此类患者能否封堵治
疗,关键是超声检查时缺损的大小和室间隔缺损距离肺动脉瓣的距离,如缺损小于5mm,缺
损距离肺动脉瓣2mm以上,有可能获得封堵成功。

【病例12】　见图9-29。

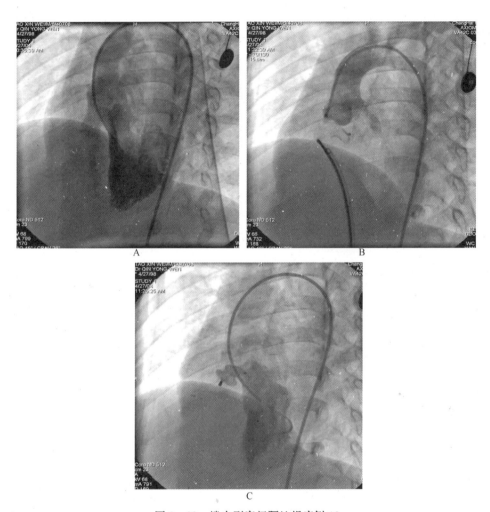

图9-29　嵴内型室间隔缺损病例12

A. 术前左心室造影(左前斜加头位)；B. 封堵器放置后主动脉瓣上造影(左前斜加头位)；C. 封堵器释放后
左心室造影(左前斜加头位)

　　嵴内型室间隔缺损，左前加头位造影，在主动脉显影的同时肺动脉显影，缺损直径难以判断，超声测量缺损直径3mm，选择腰部直径5mm的偏心封堵器，封堵器到位后左心室造影无分流，主动脉瓣上造影显示无反流。主动脉造影显示封堵器位于右冠状窦与后窦之间的三角处。封堵器长边指向心尖部，封堵器的零边朝向主动脉瓣是成功的关键。

【病例13】 见图 9-30。

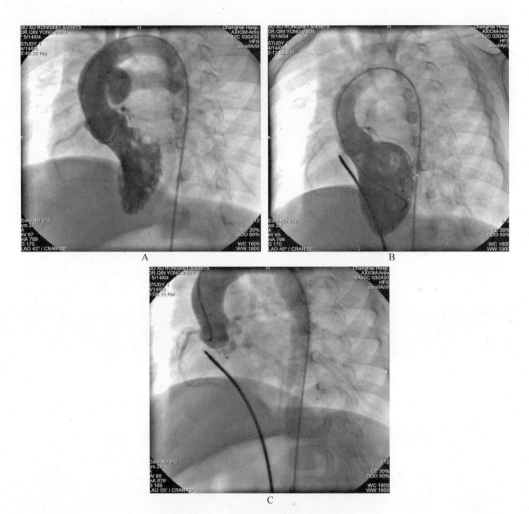

图 9-30 嵴内型室间隔缺损病例 13

A. 术前左心室造影(左前斜加头位);B. 封堵器到位后左心室造影(左前斜加头位);C. 封堵器到位后主动脉造影(左前斜加头位)

　　嵴内型室间隔缺损,左前加头位造影,在主动脉显影的同时肺动脉显影,提示穿隔血流直接进入肺动脉内,常规造影位置不能显示缺损口的部位和大小,超声测量缺损直径 3 mm,选择腰部直径 5 mm 的偏心封堵器,封堵器到位后左心室造影无分流,主动脉瓣上造影显示无反流。主动脉造影显示封堵器位于右冠状窦与后窦之间的三角处。

【病例14】 见图9-31。

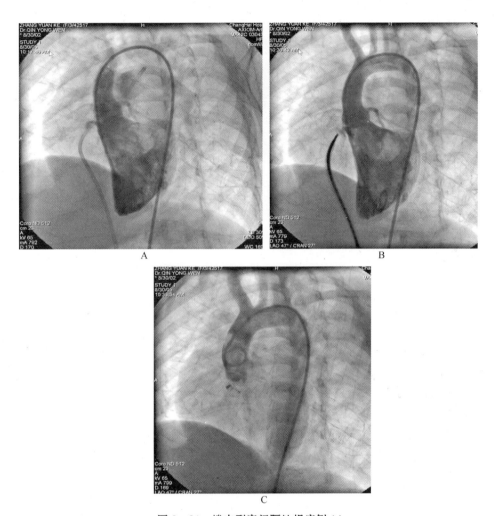

图9-31 嵴内型室间隔缺损病例14

A. 术前左心室造影(左前斜加头位);B. 封堵器放置后左心室造影(左前斜加头位);C. 封堵器释放后主动脉瓣上造影(左前斜加头位)

嵴内型室间隔缺损,左心室显影的同时肺动脉显影,缺损口显示不清,超声测量缺损直径3 mm,选择腰部直径6 mm的零边偏心封堵器,封堵器到位后左心室造影无分流,主动脉瓣上造影显示无反流。术中造影不能确定缺损大小时,可在放置鞘管在室间隔缺损处时再次行左心室造影和超声检查,如分流量明显减少,则提示为室间隔缺损直径较小。

【病例15】 见图9-32。

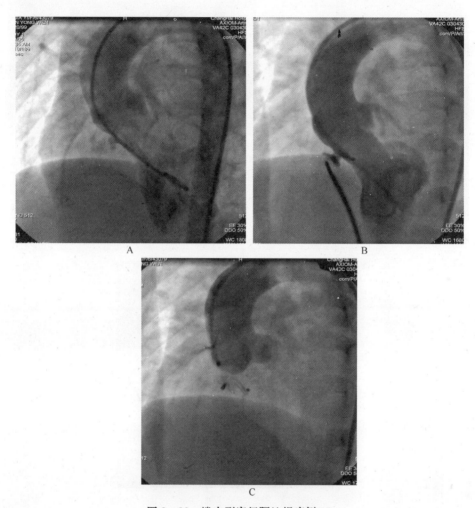

图9-32　嵴内型室间隔缺损病例15

A. 术前左心室造影(左前斜加头位)；B. 封堵器到位后左心室造影(左前斜加头位)；C. 封堵器放置后主
动脉瓣上造影(左前斜加头位)

　　室间隔缺损上缘距离主动脉瓣1 mm,缺损直径4 mm,选择腰部直径6 mm的零边偏心封
堵器,封堵器到位后左心室造影无分流,主动脉瓣上造影显示无反流。此例封堵器的指向位置
最佳,零边正好放置在主动脉瓣下方。

【病例16】　见图9-33。

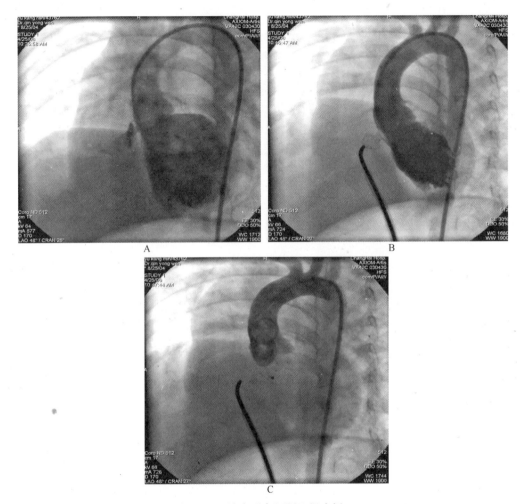

图9-33　嵴内型室间隔缺损病例16

A. 术前左心室造影(左前斜加头位)；B. 封堵器放置后左心室造影(左前斜加头位)；C. 封堵器放置后主动脉瓣上造影(左前斜加头位)

　　嵴内型室间隔缺损,缺损上缘紧靠主动脉瓣,左心室造影显示缺损口直径4 mm,选择腰部直径7 mm的零边偏心封堵器,主动脉瓣上造影无反流,左心室造影无分流。封堵器选择偏大,右心室盘片未能恢复成圆盘形,选择5 mm的封堵器更合适。

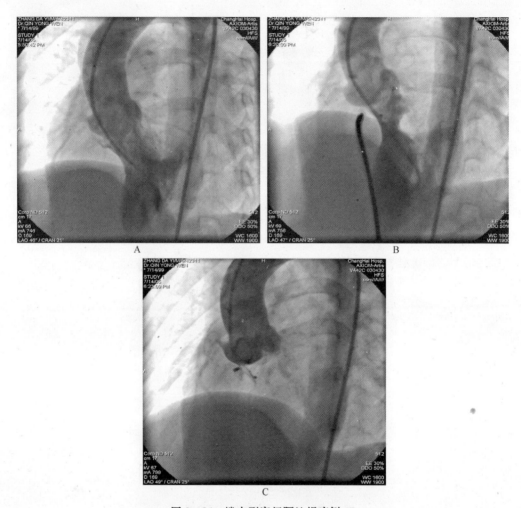

图9-34 嵴内型室间隔缺损病例17

A. 术前左心室造影(左前斜加头位);B. 封堵器到位后左心室造影(左前斜加头位);C. 封堵器释放后主动脉瓣上
造影(左前斜加头位)

嵴内型室间隔缺损,缺损上缘紧靠主动脉瓣,左心室造影显示缺损口1~2 mm,主动脉显影的同时肺动脉显影,超声测量缺损直径4 mm,选择腰部直径6 mm的零边偏心封堵器,封堵器放置后主动脉瓣上造影无反流,左心室造影无分流。封堵器腰部无明显受压,提示室间隔缺损5~6 mm。

【病例18】 见图 9-35。

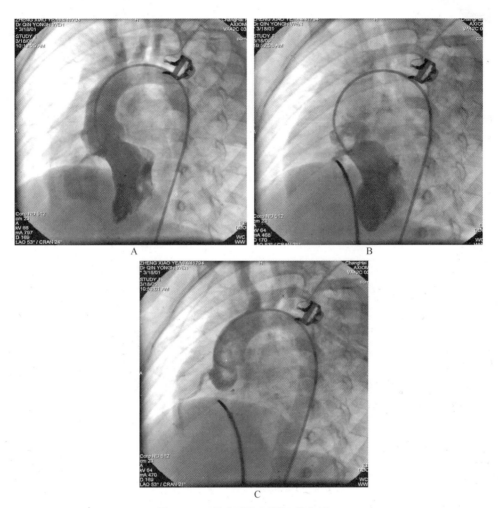

图 9-35 嵴内型室间隔缺损病例 18

A. 术前左心室造影(左前斜加头位);B. 封堵器到位后左心室造影(左前斜加头位);C. 封堵器放置后主动脉瓣上造影(左前斜加头位)

嵴内型室间隔缺损,缺损呈漏斗形,缺损直径 5 mm,距离主动脉瓣无距离,选择腰部直径 8 mm 的零边偏心型封堵器,封堵器的左心室面与室间隔垂直,左心室造影显示封堵器左心室盘面紧贴室间隔,左心室造影无分流,主动脉瓣上造影无反流。

【病例19】 见图9-36。

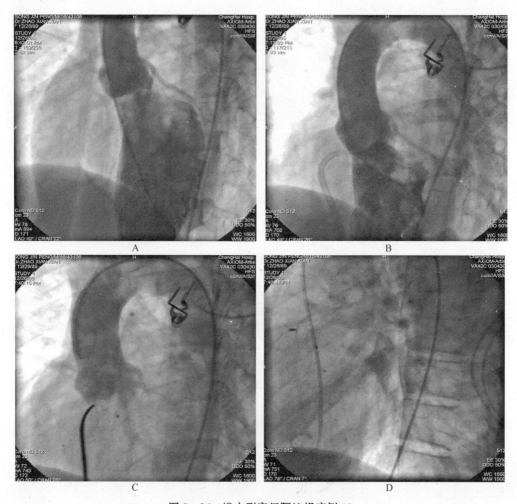

图 9 - 36　嵴内型室间隔缺损病例 19

A. 术前左心室造影（左前斜加头位）；B. 鞘管放置在室间隔缺损处时左心室造影分流量无增加（左前斜加头位）；
C. 封堵器放置后主动脉瓣上造影（左前斜加头位）；D. 封堵器释放后（左前斜加头位）

　　左心室造影室间隔缺损显示不清，超声测量缺损直径 5 mm，术中放置鞘管后再行左心室造影，显示分流量未增加，提示无明显主动脉瓣脱垂。选择 10 mm 零边偏心封堵器，封堵器到位后主动脉瓣上造影无反流。

【病例20】　见图9-37。

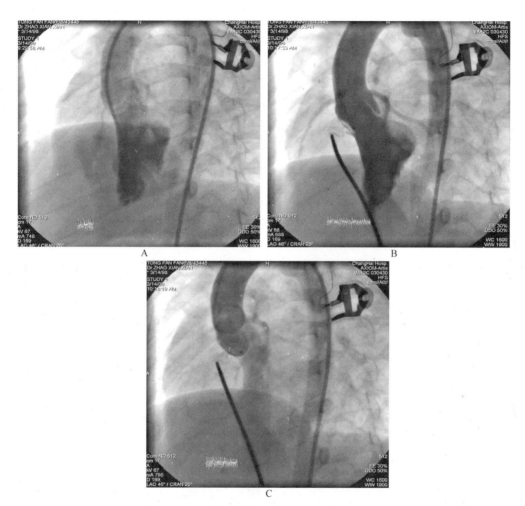

图9-37　嵴内型室间隔缺损病例20

A. 术前左心室造影,显示小型室间隔缺损(左前斜加头位); B. 封堵器放置后左心室造影(左前斜加头位);
C. 主动脉瓣上造影显示大量反流(左前斜加头位)

　　左心室造影显示缺损在主动脉瓣下,缺损直径2 mm,选择4 mm零边偏心封堵器,封堵器定位准确,但是封堵器到位后主动脉瓣上造影显示大量反流,故放弃封堵治疗。本例缺损小,封堵器放置后其腰部受压后的直径约2 mm,故4 mm的封堵器偏大,由于腰部受压,封堵器的零边部分也形成明显的边缘,影响主动脉瓣的关闭,如定制2 mm腰的零边偏心型封堵器则有可能封堵成功。

二、大型室间隔缺损

【病例1】 见图 9-38。

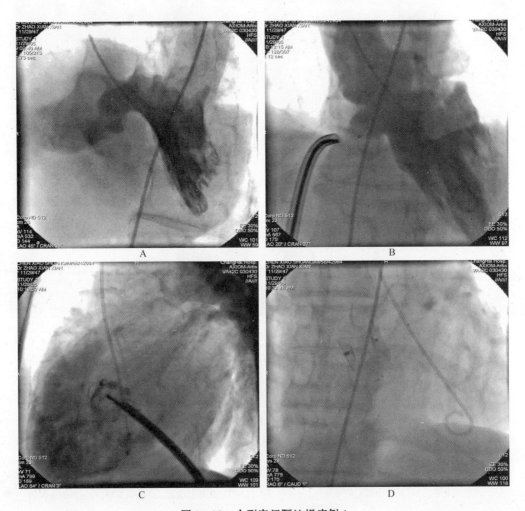

图 9-38 大型室间隔缺损病例 1

A. 术前左心室造影(左前斜加头位);B. 封堵器放置后左心室造影(左前斜加头位);C. 右心室造影(左侧位);
D. 封堵器释放后(后前位)

本例为大型室间隔缺损,左心室造影室间隔缺损呈长囊袋管形,出口 18 mm,选择 22 mm 的动脉导管未闭封堵器,完全封堵。超声检查无三尖瓣反流,右心室造影封堵器未占据右心室流出道内腔。

176

【病例2】　见图9－39。

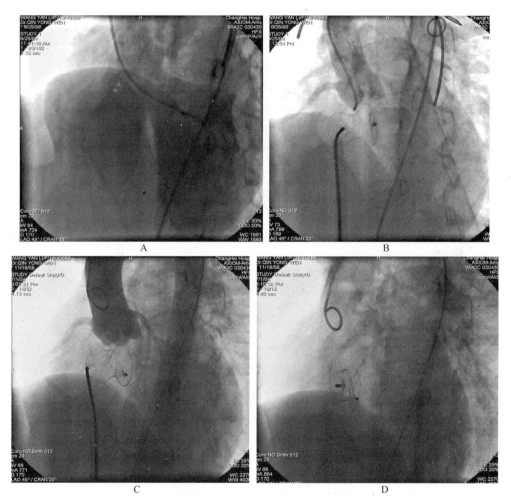

图9－39　大型室间隔缺损病例2

A. 术前左心室造影(左前斜加头位)；B. 放置封堵器后主动脉瓣上造影(左前斜加头位)；C. 偏心封堵器放置后主动脉瓣上造影(左前斜加头位)；D. 封堵器释放后(左前斜加头位)

　　室间隔缺损17 mm，应用直径22 mm的动脉导管未闭封堵器，封堵器较长，体积较大，故改用偏心型室间隔缺损封堵器，封堵器腰部直径22 mm，封堵器腰部充分伸展，未出现明显的腰征，提示封堵器选择偏小，但是术中牵拉封堵器时其较稳定，故释封堵器。术后未发生封堵器移位。对大型缺损应选择与其解剖匹配的封堵器，以减少远期的不良影响。

【病例3】 见图9-40。

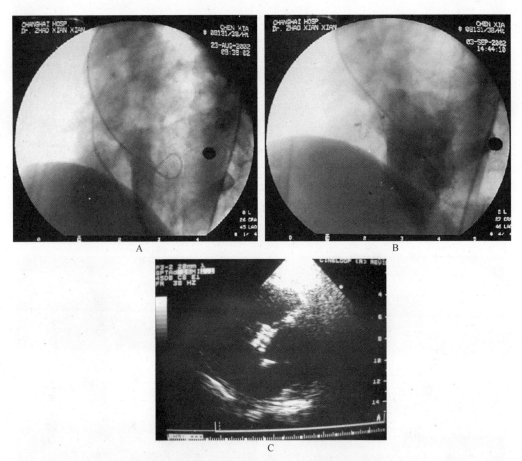

图9-40 大型室间隔缺损病例3

A. 术前左心室造影(左前斜加头位);B. 封堵器放置后左心室造影(左前斜加头位);C. 封堵器放置后2年超声显像
(心尖五腔心切面)

本例为女性,38岁,室间隔缺损合并支气管哮喘,中度肺动脉压力高压。左心室造影测量室间隔缺损直径15 mm,选择腰部直径18 mm的对称型室间隔缺损封堵器,放置后出现明显的腰征,封堵器不影响主动脉瓣的启闭,提示封堵器选择合适。下图为术后2年超声随访显示封堵器两侧盘片靠近。

【病例4】 见图 9 - 41。

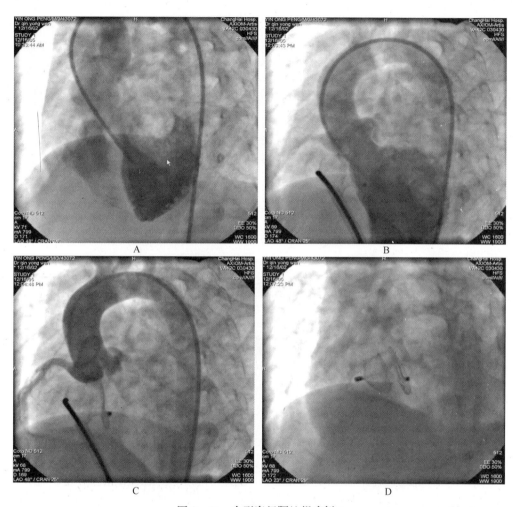

图 9 - 41 大型室间隔缺损病例 4

A. 术前左心室造影(左前斜加头位);B. 封堵器放置后左心室造影(左前斜加头位);C. 封堵器放置后主动脉瓣上
造影(左前斜加头位);D. 封堵器释放后(左前斜加头位)

室间隔缺损靠近主动脉瓣,缺损直径 10 mm,应用 14 mm 的零边偏心型室间隔缺损封堵
器封堵。封堵器到位后左心室造影无分流,主动脉瓣上造影无反流,封堵器的上缘紧靠主动脉
瓣。随访期间未出现不良反应。

【病例5】 见图9-42。

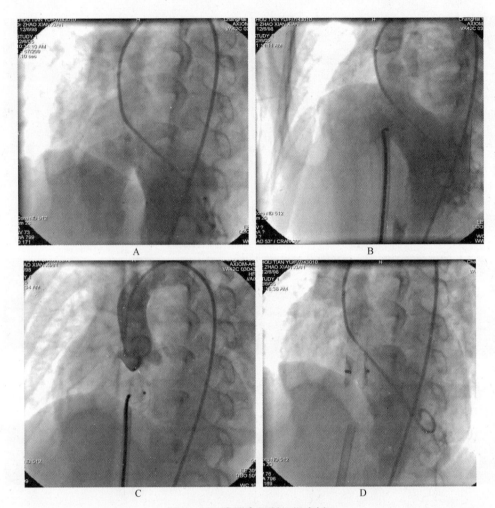

图9-42 大型室间隔缺损病例5

A. 术前左心室造影(左前斜加头位);B. 封堵器放置后左心室造影(左前斜加头位);C. 封堵器放置后主动
脉瓣上造影(左前斜加头位);D. 封堵器释放后(左前斜加头位)

左心室造影测量缺损直径10 mm,选择腰部直径12 mm的细腰型封堵器,封堵器释放后左心室造影无分流,缺损距主动脉瓣有一定的距离,封堵器放置后不影响主动脉瓣的功能。

【病例6】　见图9‑43。

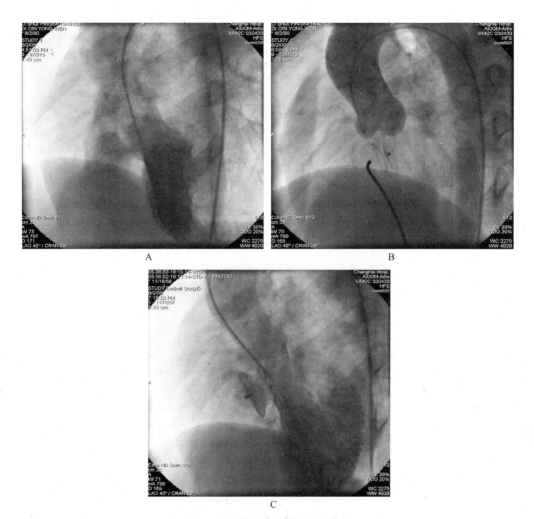

图9‑43　大型室间隔缺损病例6

A. 术前左心室造影示大型室间隔缺损(左前斜加头位)；B. 封堵器到位后主动脉瓣上造影(左前斜加头位)；C. 封堵器放置后左心室造影(左前斜加头位)

本病例为大型室间隔缺损(缺损直径17 mm)，应用腰部直径22 mm的封堵器，即刻造影少量分流。术后6个月超声检查无分流。

【病例7】 见图 9-44。

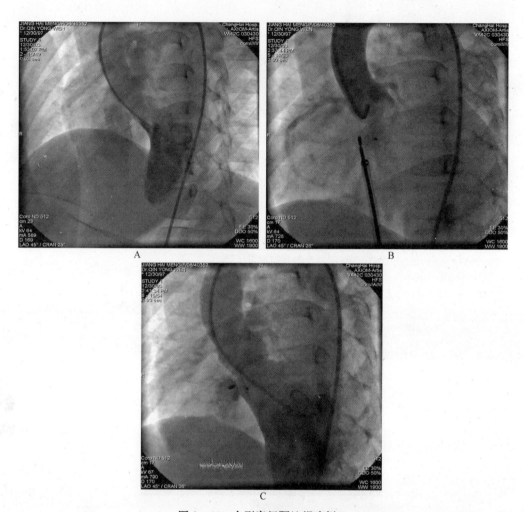

图 9-44　大型室间隔缺损病例 7

A. 术前左心室造影（左前斜加头位）；B. 封堵器放置后主动脉瓣上造影（左前斜加头位）；C. 封堵器释放后左心室造影（左前斜加头位）

左心室造影显示室间隔缺损直径 5 mm，应用 12 mm 的零边偏心型室间隔缺损封堵器。封堵器到位后主动脉瓣上造影无反流，左心室造影微量分流。封堵器释放后显示封堵器盘片充分展开，提示缺损直径约 10 mm。造影测量的室间隔缺损大小与实际大小有较大差异，产生差异的原因是室间隔缺损并非正圆形，可能在长径上小，而在横径上较大。封堵器的上缘与主动脉瓣尚有一定的距离，主动脉瓣上造影无反流，提示此例应用零边偏心型封堵器是最佳选择。

三、膜部瘤型室间隔缺损

【病例1】　见图9-45。

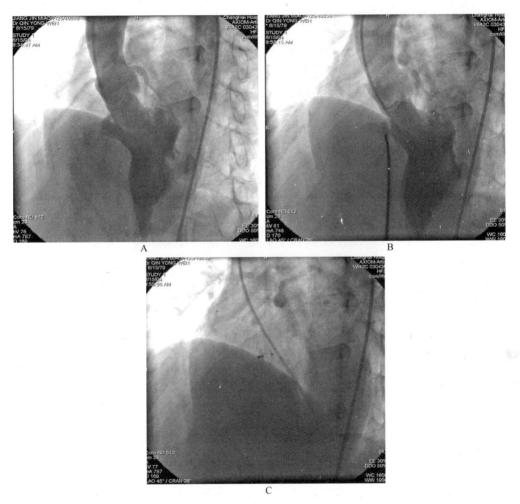

图 9-45　膜部瘤型室间隔缺损病例 1

A. 术前左心室造影（左前斜加头位）；B. 封堵器到位后左心室造影（左前斜加头位）；C. 封堵器释放后左心室造影
（左前斜加头位）

室间隔缺损入口直径 12 mm，出口有 5 个，每个出口均不大，最大直径 2 mm，缺损远离主动脉瓣。选择腰部直径 5 mm 的细腰型封堵器，完全封堵入口，即刻造影无明显分流。

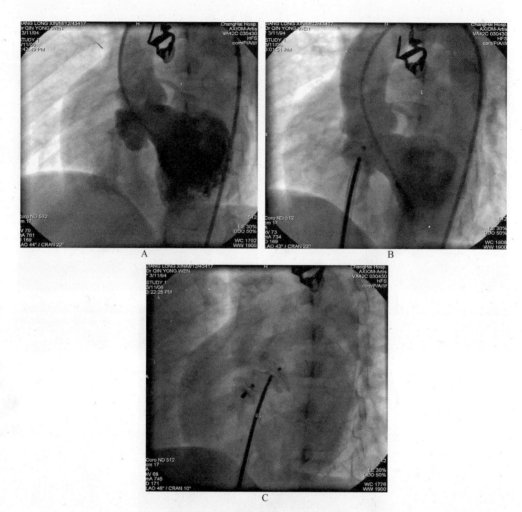

图 9-46 膜部瘤型室间隔缺损病例 2

A. 术前左心室造影(左前斜加头位); B. 封堵器到位后左心室造影(左前斜加头位); C. 合并房间隔缺损同时封堵治疗(左前斜加头位)

膜部瘤型室间隔缺损,入口大,直径 20 mm,出口显示不清,但是分流量不大。选择腰部直径 10 mm 的细腰型封堵器,封堵器的左心室面直径 18 mm,将封堵器拉入囊袋内,主要封堵出口。封堵器到位后左心室造影显示无明显分流,封堵器的腰部能充分展开,提示室间隔缺损口大,选择封堵器应比缺损的出口大,应用小的封堵器可能会在释放后脱落。术中发现合并房间隔缺损,同时行封堵治疗。

【病例3】 见图9-47。

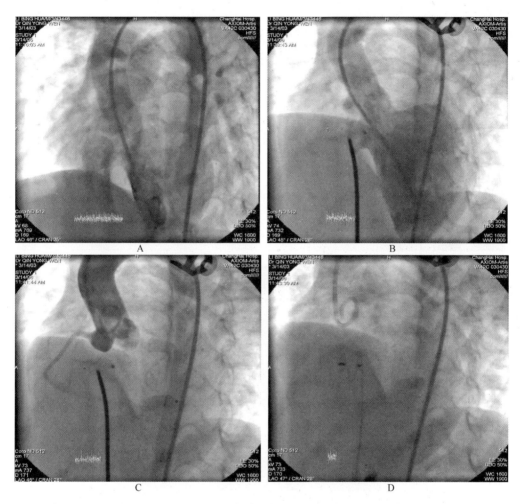

图9-47 膜部瘤型室间隔缺损病例3

A. 术前左心室造影(左前斜加头位);B. 封堵器到位后左心室造影(左前斜加头位);C. 封堵器放置后主动脉瓣上造影(左前斜加头位);D. 封堵器释放后(左前斜加头位)

室间隔缺损为膜部瘤型,多出口,入口直径12 mm,选择腰部直径8 mm的细腰型封堵器,完全覆盖入口,封堵器的腰部明显受压。主动脉瓣上造影无反流。

【病例4】 见图 9-48。

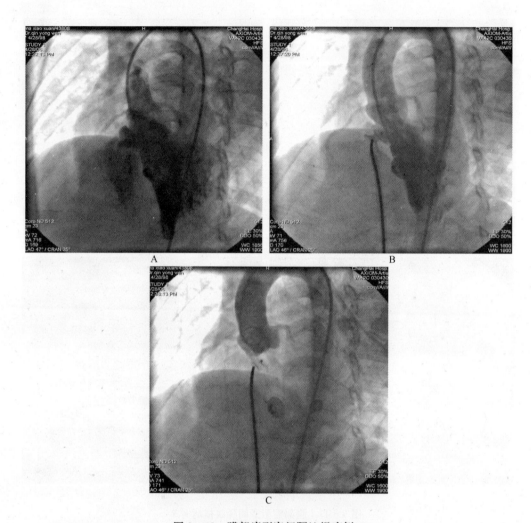

图 9-48　膜部瘤型室间隔缺损病例 4

A. 术前左心室造影(左前斜加头位)；B. 封堵器到放置后左心室造影(左前斜加头位)；C. 封堵器放置后主动脉瓣上造影(左前斜加头位)

室间隔缺损为膜部瘤型,入口直径 6 mm,选择腰部直径 6 mm 的细腰型封堵器,封堵器一部分放置在囊袋内。完全覆盖入口。主动脉瓣上造影无反流。

【病例5】　见图9－49。

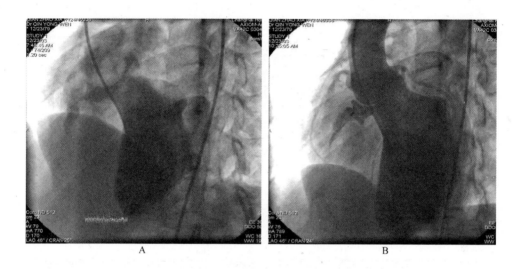

图9－49　膜部瘤型室间隔缺损病例5

A. 术前左心室造影（左前斜加头位）；B. 封堵器释放后左心室造影（左前斜加头位）

　　室间隔缺损为膜部瘤型，入口15 mm，靠近主动脉瓣，出口单一，直径4 mm，选择腰部直径6 mm的细腰型封堵器，封堵出口，即刻造影显示少量分流，出院时超声检查无分流，提示封堵器放入囊袋内也是一种可行的治疗方法。

【病例6】 见图 9 - 50。

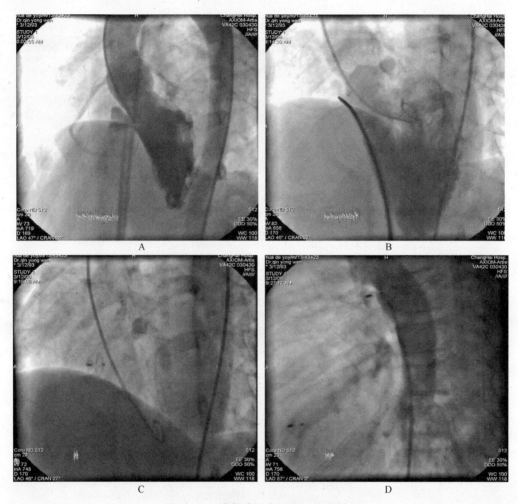

图 9 - 50　膜部瘤型室间隔缺损病例 6

A. 术前左心室造影(左前斜加头位)；B. 封堵器放置后左心室造影(左前斜加头位)；C. 封堵器释放后(左前斜加头位)；D. 合并 PDA 同时封堵(左侧位)

　　室间隔缺损为膜部瘤型,出口呈双孔型,入口直径 6 mm,选择腰部直径 8 mm 的细腰型封堵器,完全覆盖入口。封堵器到位后造影无分流。合并动脉导管未闭同时行封堵治疗。

【病例7】　见图9-51。

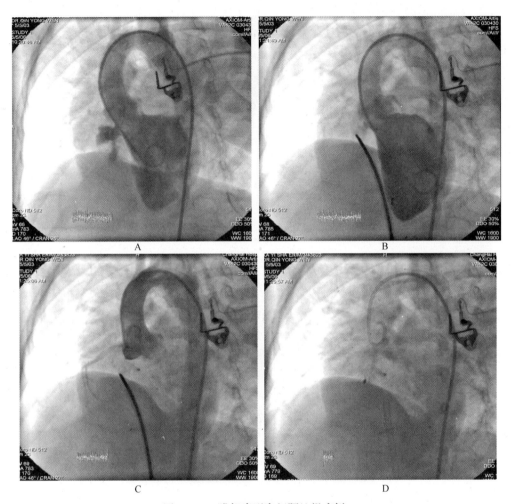

图9-51　膜部瘤型室间隔缺损病例7

A. 术前左心室造影(左前斜加头位)；B. 封堵器到位后左心室造影(左前斜加头位)；C. 封堵器放置后主动脉瓣上造影(左前斜加头位)；D. 封堵器释放后(左前斜加头位)

　　室间隔缺损为膜部瘤型，出口向下，出口3 mm，部分出口为盲端，入口直径7 mm。选择腰部直径5 mm的对称型封堵器，封堵器靠近主动脉瓣，引起少量主动脉瓣反流，故改用腰部直径5 mm的零边偏心型封堵器。封堵器到位后即刻造影无反流，主动脉瓣上造影无反流。

【病例8】　见图9-52。

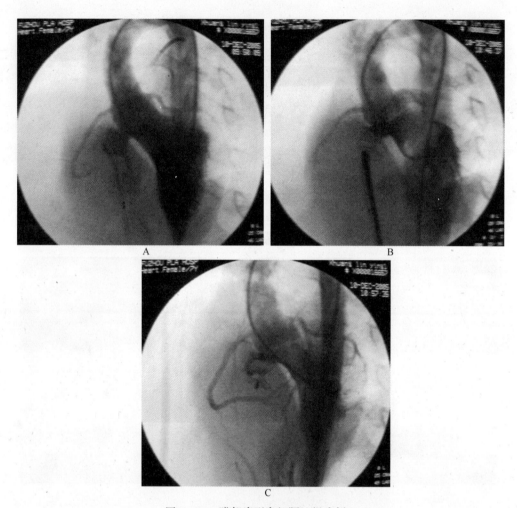

图9-52　膜部瘤型室间隔缺损病例8

A. 术前左心室造影(左前斜加头位)；B. 封堵器放置后左心室造影(左前斜加头位)；C. 封堵器释放后左心室造影(左前斜加头位)

　　室间隔缺损为膜部瘤型,本例室缺的特点是入口处上缘紧贴主动脉瓣,故不能封堵入口。如应用小的封堵器则需要封堵两个出口。应用细腰型封堵器可能是较好的选择,封堵器的左心室盘片放置在囊袋内,封堵了下出口,同时覆盖了上出口。如选择边缘更大的封堵器,可能效果更好。

【病例9】　见图9-53。

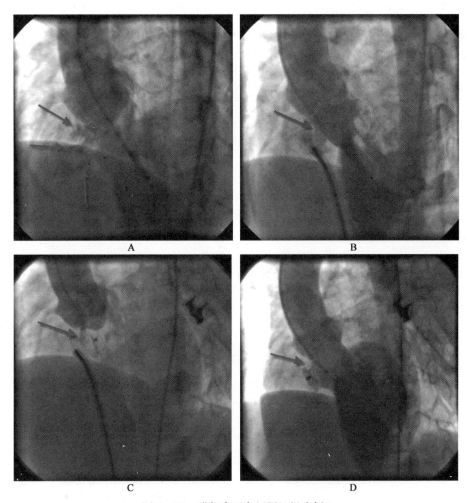

图9-53　膜部瘤型室间隔缺损病例9

A. 术前左心室造影(左前斜加头位)；B. 封堵器到位后左心室造影(左前斜加头位)；C. 封堵器到位后主动脉造影(左前斜加头位)；D. 封堵器释放后(左前斜加头位)

　　室间隔缺损为膜部瘤型，其特点为三孔型室间隔缺损，三孔分布在上、中、下3处，每个孔径均不大。入口处直径13 mm。3个出口由上向下分别为4 mm、6 mm和6 mm。术中将输送鞘管从中间孔中通过，选择细腰型室间隔缺损封堵器，封堵器左心室面盘片应能将左心室侧的入口全部覆盖。首选封堵器腰部直径10 mm，左心室侧盘直径18 mm，封堵器未能完全覆盖缺损，改用腰部直径12 mm，左心室盘片20 mm的封堵器完全封堵3个出口。主动脉瓣上造影无反流，左心室造影无穿隔血流。术后未发生房室传导阻滞。

【病例10】 见图9-54。

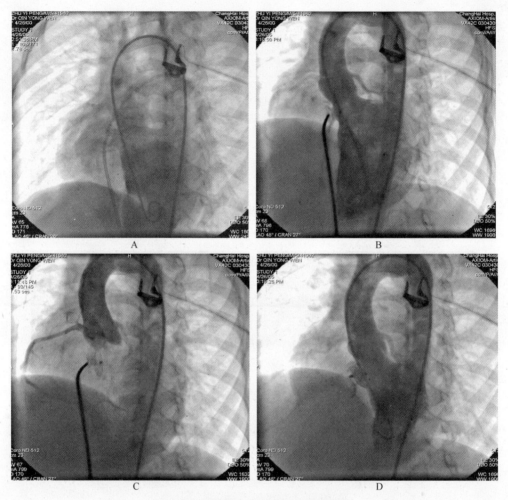

图9-54 膜部瘤型室间隔缺损病例10

A. 术前左心室造影(左前斜加头位);B. 封堵器放置后左心室造影(左前斜加头位);C. 封堵器放置后主动脉瓣上
造影(左前斜加头位);D. 封堵器释放后左心室造影(左前斜加头位)

　　室间隔缺损为膜部瘤型,其特点为双孔型室间隔缺损,入口处直径11 mm,上孔直径6 mm,下孔直径3 mm。输送鞘管从上孔中通过,选择细腰型室间隔缺损封堵器,封堵器腰部直径10 mm,左心室侧盘直径18 mm,封堵器完全封堵两个出口。主动脉瓣上造影无反流,左心室造影示微量经封堵器的穿隔血流。释放后封堵器两盘片贴靠紧密,右心室侧的固定钢圈缩在封堵器右心室面的凹面内,两侧的盘片能充分展开。

【病例11】　见图9-55。

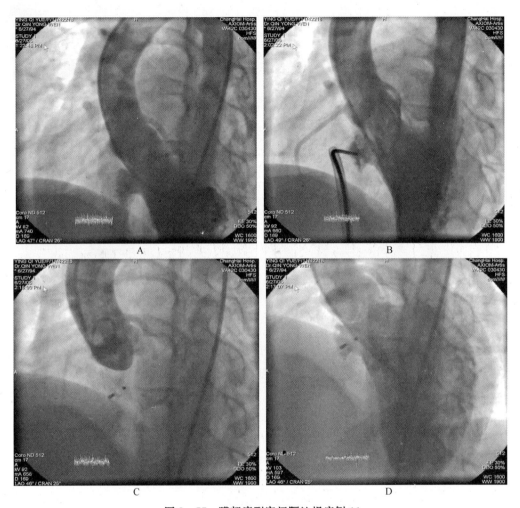

图9-55　膜部瘤型室间隔缺损病例11

A. 术前左心室造影（左前斜加头位）；B. 封堵器到位后左心室造影（左前斜加头位）；C. 封堵器释放后主动脉瓣上
造影（左前斜加头位）；D. 封堵器释放后左心室造影（左前斜加头位）

　　室间隔缺损为膜部瘤型，缺损孔最小直径7 mm，入口9 mm。缺损上缘距离主动脉瓣4 mm。选择细腰型室间隔缺损封堵器，腰部直径8 mm，左心室侧盘直径16 mm，封堵器完全封堵入口。主动脉瓣上造影无反流，左心室造影无穿隔血流。术后未发生房室传导阻滞。

四、漏斗型室间隔缺损

【病例1】 见图 9 - 56。

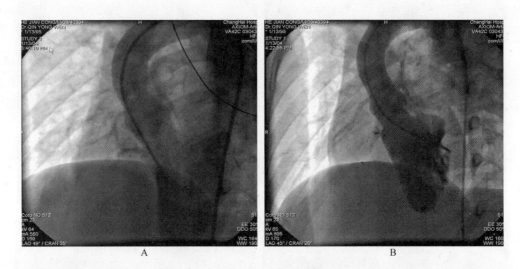

图 9 - 56 漏斗型室间隔缺损病例 1

A. 术前左心室造影(左前斜加头位);B. 封堵器释放后左心室造影(左前斜加头位)

漏斗型室缺,出口直径 3 mm,漏斗不深,选择 4 mm 的对称型封堵器完全封堵。

【病例2】　见图9－57。

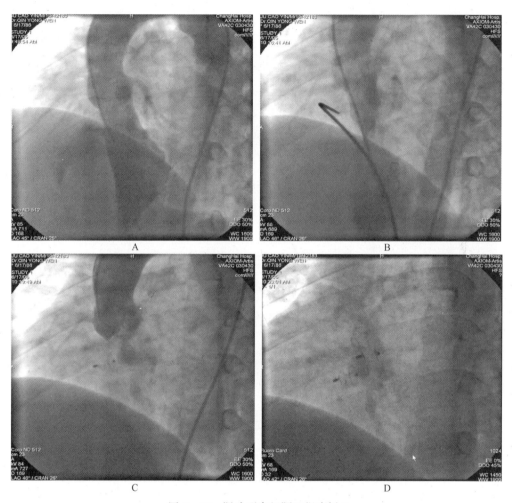

图9－57　漏斗型室间隔缺损病例2

A. 术前左心室造影（左前斜加头位）；B. 封堵器释放后左心室造影（左前斜加头位）；C. 封堵器释放后主动脉瓣上
造影（左前斜加头位）；D. 房、室缺封堵器释放后（左前斜加头位）

　　漏斗型室间隔缺损，出口直径3 mm，漏斗较长，选择4 mm的对称型封堵器，封堵器植入
后出现腰征，提示缺损口直径小于3 mm。该例合并房间隔缺损同时行封堵治疗。

【病例3】 见图 9‑58。

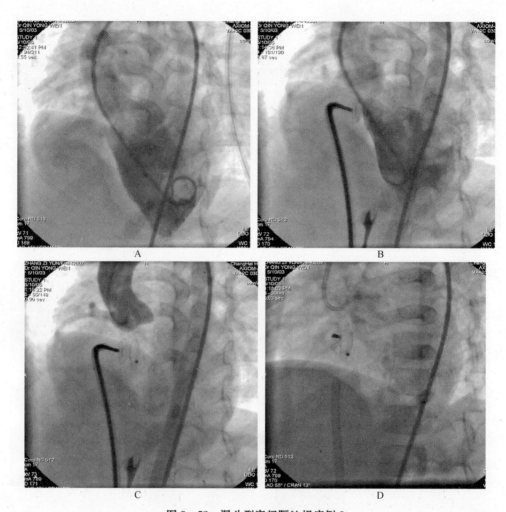

图 9‑58　漏斗型室间隔缺损病例 3

A. 术前左心室造影（左前斜加头位）；B. 封堵器到位后左心室造影（左前斜加头位）；C. 主动脉造影（左前斜加头位）；D. 封堵器释放后（左前斜加头位）

室间隔缺损头向成角，缺损距离主动脉瓣 3 mm，缺损直径 7 mm，选择 10 mm 的零边偏心型封堵器，即刻造影无分流。

【病例4】 见图9-59。

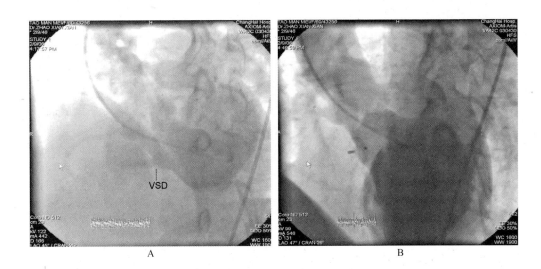

图9-59 漏斗型室间隔缺损病例4

A. 术前左心室造影(左前斜加头位);B. 封堵器到位后左心室造影(左前斜加头位)

室间隔缺损出口直径6 mm,缺损远离主动脉瓣,选择腰部直径7 mm的细腰型封堵器,即刻造影无分流。

【病例5】 见图9-60。

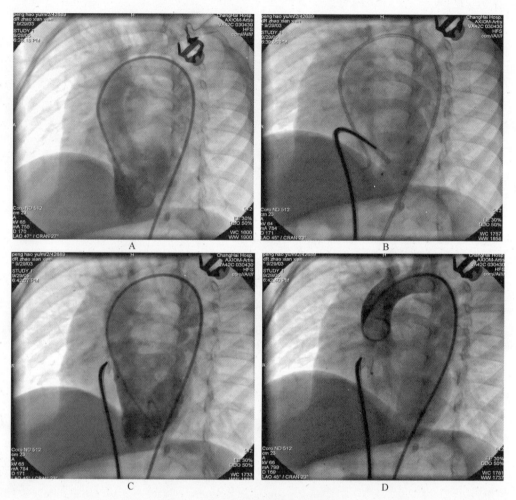

图9-60 漏斗型室间隔缺损病例5

A. 术前左心室造影(左前斜加头位);B. 封堵器指示标记指向心尖(左前斜加头位);C. 封堵器到位后左心室造影(左前斜加头位);D. 封堵器放置后主动脉瓣上造影(左前斜加头位)

　　室间隔缺损头向成角,上缘距主动脉瓣2 mm,出口直径5 mm,选择腰部直径7 mm的零边偏心型封堵器,封堵器定位准确,封堵器的上缘不与主动脉瓣接触,选择对称型封堵器有可能引起主动脉瓣关闭不全,因此,零边偏心型封堵器更合适。

【病例6】　见图9-61。

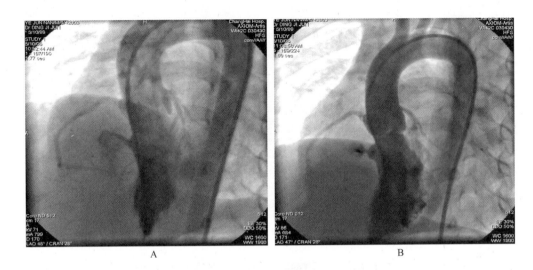

图9-61　漏斗型室间隔缺损病例6

A. 术前左心室造影(左前斜加头位)；B. 封堵器到位后左心室造影(左前斜加头位)

室间隔缺损呈漏斗管状,头向成角,远离主动脉瓣,出口直径3 mm,选择腰部直径4 mm的对称型封堵器,封堵器出现明显的腰征,提示封堵器偏大。

【病例 7】 见图 9 - 62。

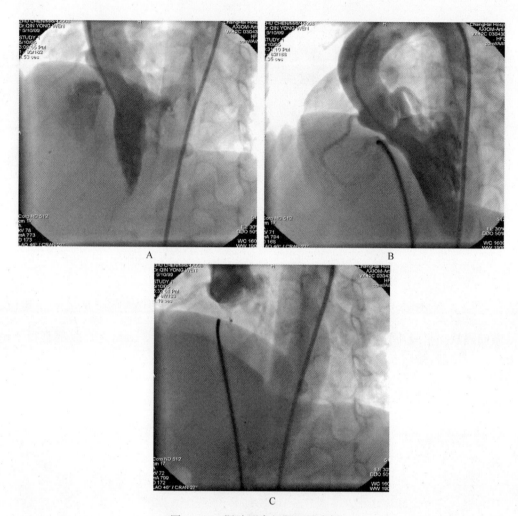

图 9 - 62　漏斗型室间隔缺损病例 7

A. 术前左心室造影(左前斜加头位)；B. 封堵器到位后左心室造影(左前斜加头位)；C. 封堵器放置后主动脉瓣
上造影(左前斜加头位)

　　室间隔缺损出口直径 2 mm,上缘距主动脉瓣 3 mm,选择腰部直径 4 mm 的对称型封堵器,即刻造影无分流,主动脉瓣上造影无反流。

五、管状室间隔缺损

【病例1】　见图9-63。

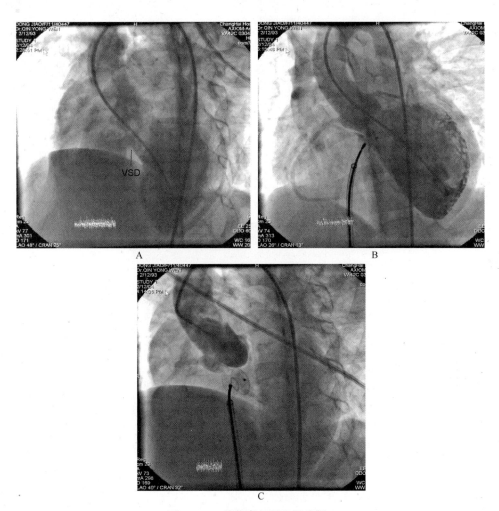

图9-63　管状室间隔缺损病例1

A. 术前左心室造影（左前斜加头位）；B. 封堵器到位后左心室造影（左前斜加头位）；C. 封堵器放置后主动脉瓣上造影（左前斜加头位）

室间隔缺损直径7mm，选择8mm细腰型封堵器，即刻造影无分流，主动脉瓣上造影无反流。本例也可选择对称型封堵器，封堵器的腰部直径10mm可能比较合适。

【病例2】 见图9-64。

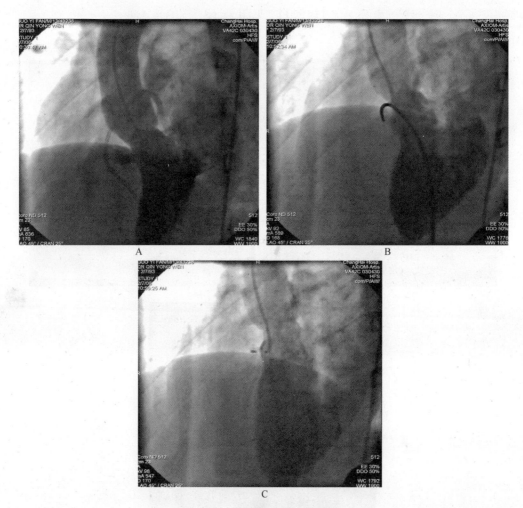

图9-64 管状室间隔缺损病例2

A. 术前左心室造影(左前斜加头位);B. 封堵器到位后左心室造影(左前斜加头位);C. 封堵器释放后左心室造影(左前斜加头位)

室间隔缺损直径5 mm,缺损远离主动脉瓣,选择直径6 mm的细腰型封堵器,即刻造影无分流。封堵器放置后两侧盘片充分展开,提示大小合适。本例也可选择直径8 mm的对称型封堵器。

【病例3】 见图9-65。

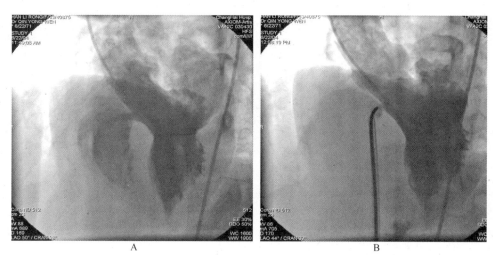

图9-65 管状室间隔缺损病例3

A. 术前左心室造影(左前斜加头位);B. 封堵器到位后左心室造影(左前斜加头位)

室间隔缺损直径6 mm,选择腰部直径8 mm的对称型封堵器,即刻造影无分流。

【病例4】 见图9-66。

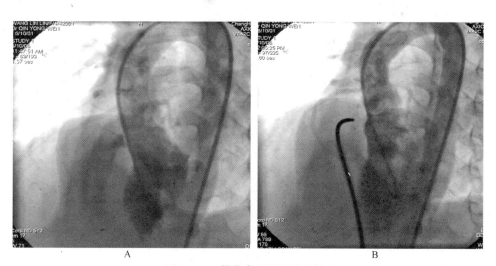

图9-66 管状室间隔缺损病例4

A. 术前左心室造影(左前斜加头位);B. 封堵器到位后左心室造影(左前斜加头位)

室间隔缺损入口直径3 mm,出口呈膜部瘤型。选择腰部直径4 mm的对称型封堵器,即刻造影无分流。完全封堵入口即可达到治疗目的。

【病例5】 见图 9 - 67。

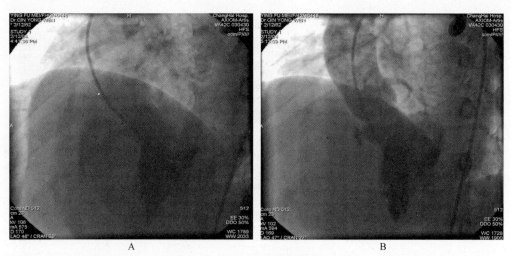

图 9 - 67 管状室间隔缺损病例 5

A. 术前左心室造影(左前斜加头位)；B. 封堵器到位后左心室造影(左前斜加头位)

室间隔缺损呈漏斗管状，入口直径 7 mm，选择腰部直径 10 mm 的对称型封堵器，即刻造影无分流。

【病例6】　见图 9 - 68。

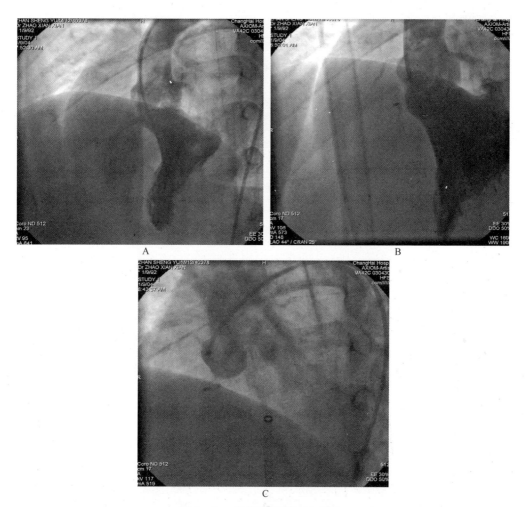

图 9 - 68　管状室间隔缺损病例 6

A. 术前左心室造影(左前斜加头位)；B. 封堵器释放后左心室造影(左前斜加头位)；C. 主动脉瓣上造影(左前斜加头位)

　　室间隔缺损呈漏斗管状，入口直径 8 mm，出口直径 4 mm，选择腰部直径 6 mm 的对称型封堵器，即刻造影完全封堵，主动脉瓣上造影无反流。此例患者选择零边偏心型封堵器更合适。

【病例7】 见图9－69。

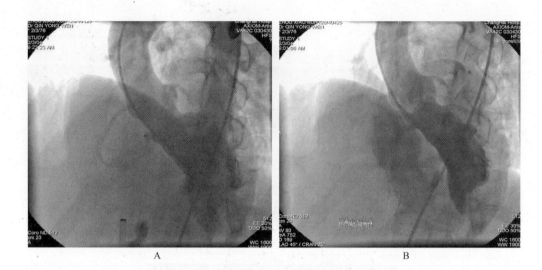

图9－69 管状室间隔缺损病例7

A. 术前左心室造影（左前斜加头位）；B. 封堵器释放后左心室造影（左前斜加头位）

室间隔缺损呈管状，入口与出口直径相似，直径3.5 mm，选择腰部直径5 mm的对称型封堵器，即刻造影无分流。封堵器完全伸展，提示大小合适。

【病例8】 见图9－70。

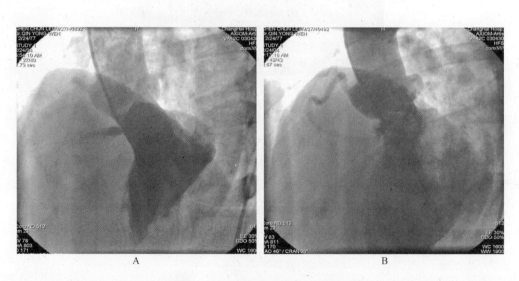

图9－70 管状室间隔缺损病例8

A. 术前左心室造影（左前斜加头位）；B. 封堵器释放后左心室造影（左前斜加头位）

　　室间隔缺损呈长管状,入口处直径 4 mm,选择腰部直径 5 mm 的对称型室间隔缺损封堵器,即刻造影完全封堵。本例右心室盘充分展开,提示右心室侧的囊袋管壁较薄,未影响封堵器盘片的伸展。

【病例 9】　见图 9-71。

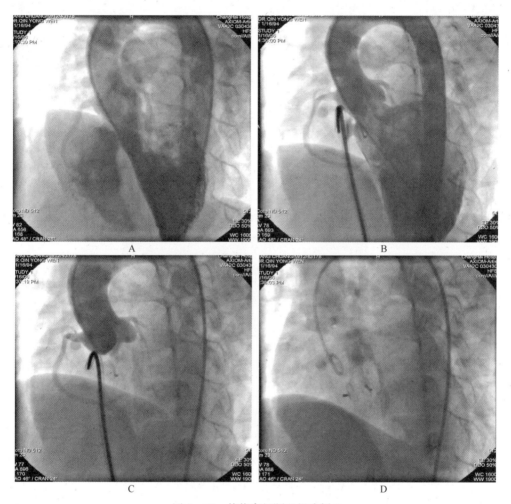

图 9-71　管状室间隔缺损病例 9

A. 术前左心室造影(左前斜加头位);B. 封堵器到位后左心室造影(左前斜加头位);C. 主动脉瓣上造影(左前斜加头位);D. 封堵器释放后(左前斜加头位)

　　左心室造影显示缺损口直径 8 mm,且缺损上缘靠近主动脉瓣。选择腰部直径 10 mm 的偏心型封堵器。封堵器到位后见封堵器腰部未能充分展开,形成明显的腰征,提示封堵器偏大,但是左心室造影无分流,主动脉瓣上造影无反流,故释放封堵器。根据封堵器的腰部测量室间隔缺损的实际大小为 5 mm。

六、小室间隔缺损

【病例1】 见图9-72。

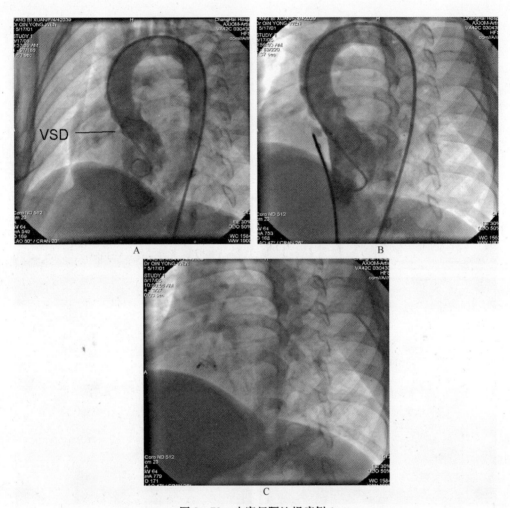

图9-72 小室间隔缺损病例1

A. 术前左心室造影(左前斜加头位)；B. 封堵器到位后左心室造影(左前斜加头位)；C. 封堵器释放后(左前斜加头位)

室间隔缺损直径2 mm，靠近主动脉瓣，选择4 mm的零边偏心型封堵器，到位后即刻完全封堵。

【病例2】　见图9-73。

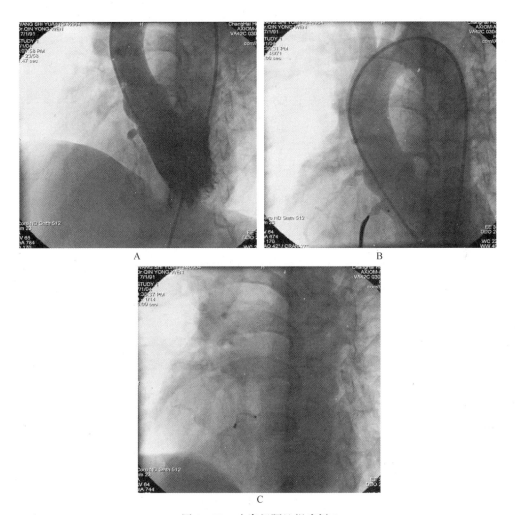

图9-73　小室间隔缺损病例2

A. 术前左心室造影(左前斜加头位)；B. 封堵器到位后左心室造影(左前斜加头位)；C. 封堵器释放后(左前斜加头位)

室间隔缺损入口3.5 mm，出口2 mm，中间部分膨大，拟封堵入口。选择4 mm的零边偏心型封堵器，完全封堵。因出口小，封堵器腰部明显受压。

【病例3】 见图9-74。

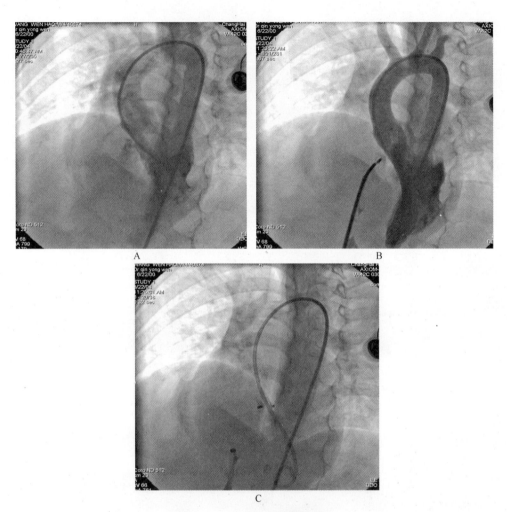

图9-74 小室间隔缺损病例3

A. 术前左心室造影(左前斜加头位);B. 封堵器到位后左心室造影(左前斜加头位);C. 封堵器释放后(左前斜加头位)

室间隔缺损2 mm,距离主动脉瓣4 mm,选择腰部直径4 mm的对称型封堵器,完全封堵。

七、肌部室缺

见经典病例解析一节。

八、室间隔缺损合并肺动脉瓣下狭窄

见图 9 - 75。

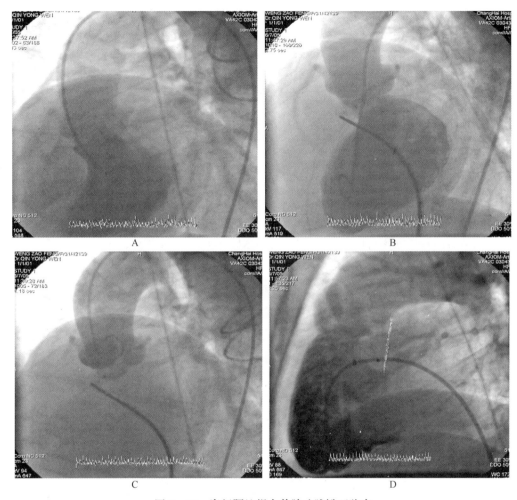

图 9 - 75　室间隔缺损合并肺动脉瓣下狭窄

A. 术前左心室造影(左前斜加头位)；B. 封堵器到位后左心室造影(左前斜加头位)；C. 主动脉造影(左前斜加头位)；D. 封堵器放置后右心室造影(左前斜加头位)

术前右心导管检查在右心室与肺动脉之间存在压力阶差 20 mmHg。

左前斜 45°加头位 25°造影,缺损位置显示不清,增大投照体位至左前 60°,加头位 20°造影可清晰显示缺损与主动脉瓣的关系。缺损上缘距主动脉右冠瓣 1 mm,缺损呈漏斗形,直径 2 mm,选择零边偏心型封堵器,直径 4 mm,输送鞘管 6F,零边朝向主动脉瓣,封堵器到位后造影显示完全封堵,封堵器不影响主动脉瓣关闭。

封堵器释放后取侧位行右心室造影,造影显示右心室流出道轻度狭窄,封堵器未加重流出道狭窄。

九、外科术后残余漏的封堵治疗

【病例1】 见图 9 - 76。

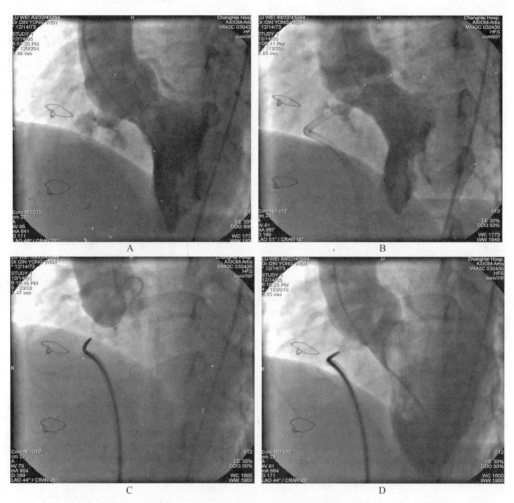

图 9 - 76 室间隔缺损外科手术后残余漏病例 1

A. 术前左心室造影(左前斜加头位);B. 鞘管通过室缺孔后左心室造影(左前斜加头位);C. 主动脉瓣上造影(左前斜加头位);D. 左心室造影(左前斜加头位)

室间隔缺损外科手术后残余漏,漏口有两个,呈上下分布,相距 10 mm 左右,出口直径 3 mm,术中鞘管到位后再次造影显示鞘管放置在上孔内。选择零边偏心型、腰部直径6 mm的封堵器,拉入囊袋内,同时覆盖两个出口,不影响主动脉关闭。

【病例2】　见图9-77。

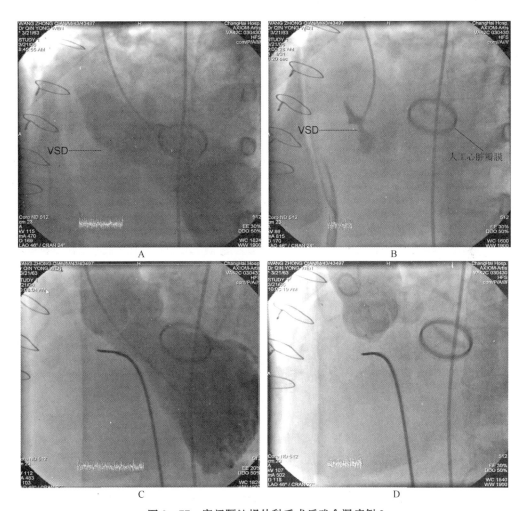

图9-77　室间隔缺损外科手术后残余漏病例2

A. 术前左心室造影（左前斜加头位）；B. 经心导管在室间隔缺损入口处造影（左前斜加头位）；C. 封堵器到位后左心室造影（左前斜加头位）；D. 封堵器到位后主动脉瓣上造影（左前斜加头位）

　　该病例因室间隔缺损行外科手术，术后残余漏。后因二尖瓣关闭不全行瓣膜置换术，术中行残余漏缝合术，术后仍存在残余漏，拟行封堵治疗入院。左心室造影残余漏口显示不清，将右冠状动脉造影导管放置在漏口附近造影显示了缺损与主动脉瓣的关系以及缺损口的直径，残余口直径2.5 mm，选择腰部直径4 mm的对称型封堵器完全封堵。

第四节　室间隔缺损介入治疗经典病例解析

【病例1】 见图9-78,图9-79。

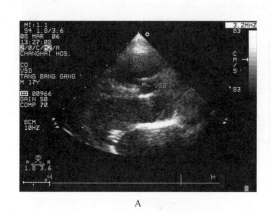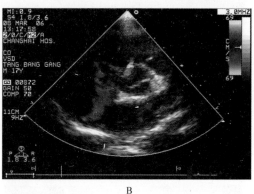

图9-78　病例1超声检查

A. 心底短轴切面显示室缺开口；B. 心底短轴切面显示经室间隔缺损孔的穿隔血流

患者,男性,17岁。发现心脏杂音10余年,平时体健。体检发育正常,体重43 kg,胸廓无畸形,未触及震颤,胸骨左缘第3~4肋间可闻及3/6级粗糙收缩期杂音。心电图示窦性心律不齐,肝肾功能正常。超声检查：室间隔缺损为嵴下型。主动脉长轴切面：嵴内型,缺损直径约0.3 cm。短轴切面：缺损位于10点~11点处,大小约4.5 mm,缺损距离三尖瓣膈瓣6.2 mm(图9-78)。术中造影见室间隔缺损距离主动脉瓣1 mm。测肺动脉压20/3(10)mm-Hg。选择腰部直径为8 mm的零偏心室间隔缺损封堵器。即刻造影显示无残余分流。超声观察封堵器对主动脉瓣和二、三尖瓣无影响,未见残余分流。听诊杂音明显减轻,释放封堵器。术后复查心电图、动态心电图正常。

点评：本例为嵴内型室间隔缺损,左心室造影显示室间隔缺损紧贴主动脉瓣,分流少,缺损大小不能准确测量。选择7F鞘管,鞘管容易通过。超声测量缺损直径4.5 mm,以此选择直径8 mm的封堵器。由于缺损接近主动脉瓣,故只能选择零边偏心型室间隔缺损封堵器。封堵器释放后封堵完全,封堵器的定位标志指向心尖部,表明封堵器定位准确。该例缺损的位置可能在右冠窦与无冠窦之间,如封堵器定位不准确,则封堵器的零边不能指向两个瓣的三角形间隙,封堵器的有边部分必然影响主动脉瓣关闭。准确放置零边的方向极为重要。封堵器的腰部受压,提示封堵器偏大,实际缺损4 mm左右。封堵器放置后不影响主动脉瓣启闭,且零偏心封堵器如选择偏小,放置后可发生移位,因此,零偏心封堵器可选择比超声测量直径大3~4 mm。

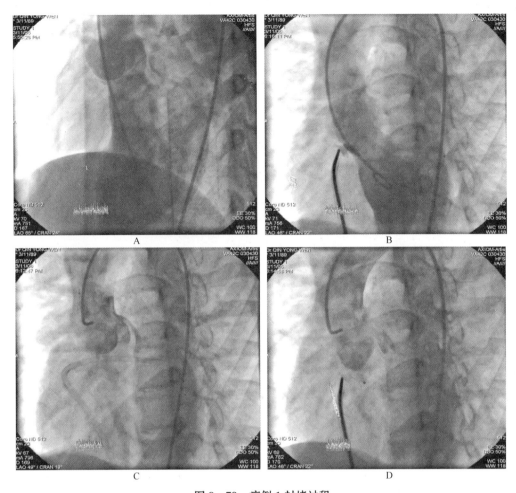

图 9-79　病例 1 封堵过程

A. 术前左心室造影(左前斜加头位)；B. 封堵器放置后左心室造影(左前斜加头位)；C. 鞘管通过室缺孔后主动脉
造影(左前斜加头位)；D. 封堵器放置后主动脉造影(左前斜加头位)

【病例 2】　见图 9-80,图 9-81。

患者,女性,8 岁。发现心脏杂音 4 个月,
平时体健。体检发育正常,体重 26 kg,胸廓
无畸形,未触及震颤,胸骨左缘第 2～3 肋间
可闻及 3/6 级吹风样收缩期杂音。心电图正
常,肝肾功能正常。超声检查:室间隔缺损为
嵴内型,缺损直径 5 mm,离主动脉瓣 1 mm。
术中左心室造影见室间隔缺损位置高,缺口
显示不清。分流量较大。测右心室压 42/16
(25) mmHg,肺动脉压 36/14(23) mmHg,左
心室压 117/6(51) mmHg。选择腰部直径为

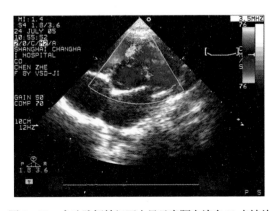

图 9-80　主动脉短轴切面上显示穿隔血流在 12 点钟处

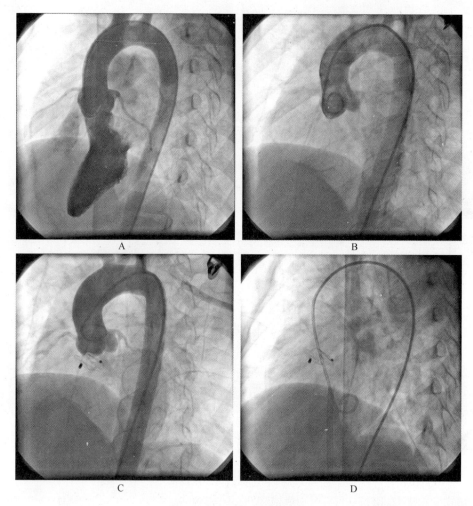

图 9 - 81　病例 2 封堵过程

A. 术前左心室造影(左前斜加头位)；B. 主动脉瓣上造影(左前斜加头位)；C. 封堵器释放后主动脉瓣
上造影(左前斜加头位)；D. 封堵器释放后(左前斜加头位)

12 mm 的零偏心室缺封堵器。即刻造影显示无残余分流。超声观察封堵器对主动脉瓣和二、三尖瓣无影响，未见残余分流。听诊杂音明显减轻。术后复查心电图提示窦性心动过速，ST - T 改变。

　　点评：本例为嵴内型室间隔缺损，缺损大小根据左心室造影难以确定。选择封堵器主要根据超声测量的结果和多普勒血流束的宽度决定，超声测量的直径为 5 mm，多普勒血流束分散，据此推测室间隔缺损直径大于 5 mm，故选择腰部直径 12 mm 的封堵器，封堵器到位后腰部完全展开，提示室间隔缺损直径至少 10 mm，选择的封堵器大小合适，放置位置准确。选择封堵器有一定的盲目性，如试封堵显示封堵器过大，测量封堵器的腰可明确缺损准确直径，为更换另一封堵器提供依据。封堵器的上缘接近主动脉瓣，但是未引起主动脉瓣的反流，故术中认为可以释放封堵器。术后随访未出现并发症。

【病例3】　见图9-82,图9-83。

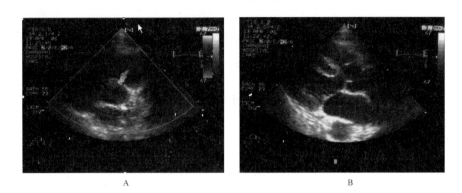

图9-82　病例3超声检查

A. 主动脉短轴切面,显示缺损位于1点钟位置；B. 左心室长轴非标准切面,显示缺损与主动脉瓣的关系

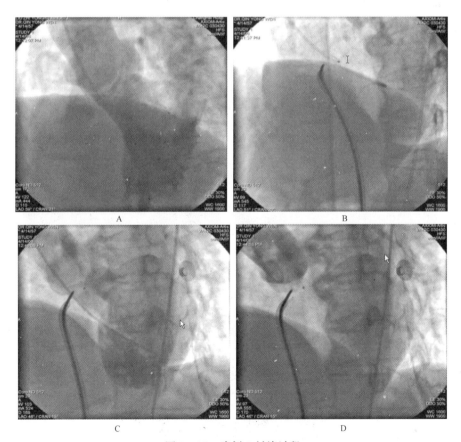

图9-83　病例3封堵过程

A. 术前左心室造影(左前斜加头位)；B. 照片显示封堵器形态(左前斜加头位)；C. 封堵器到位后左心室造影(左前斜加头位)；D. 封堵器到位后主动脉造影(左前斜加头位)

　　患者,发现心脏杂音28年,平时体健。体检发育正常,体重64 kg,胸廓无畸形,未触及震颤,胸骨左缘第3、4肋间可闻及4/6级收缩期杂音。超声检查:心腔大小正常,室间隔缺损为嵴内型,大动脉短轴切面显示缺损位于10点~11点处,缺损直径3 mm。心电图正常,肝肾功能正常。入院后介入治疗,术中造影见缺损位于嵴内,缺口直径3 mm。测肺动脉压21/3(10)mmHg。选择腰部直径7 mm的零偏心双盘状封堵器。即刻造影未见残余分流,主动脉瓣上造影无反流。超声观察封堵器对主动脉瓣,二、三尖瓣无影响。听诊杂音完全消失,释放封堵器。术后复查心电图正常,动态心电图正常,无房室传导阻滞和束支传导阻滞发生。

　　点评:本例为嵴内型室间隔缺损。超声心底短轴切面上图A显示缺损在1点钟位,左心室长轴非标准切面上缺损与主动脉瓣间无距离,室间隔缺损紧贴主动脉右冠瓣。根据超声多普勒血流束测量室间隔缺损直径为3.5mm,在图A上也可见缺损距离肺动脉瓣3 mm。此位置的室间隔缺损能否封堵治疗的关键是室间隔缺损距离肺动脉瓣的距离,如大于2 mm,缺损直径小于5 mm,一般可封堵成功。左心室造影未能显示室间隔缺损的大小。封堵器的选择主要依据多普勒血流束的宽度决定,超声测量的直径为3.5 mm,血流束集中,提示为小室间隔缺损。选择封堵器7 mm,封堵器到位后未引起主动脉瓣反流,左心室造影无分流。此例室间隔缺损位置高,封堵器放置后未引起主动脉瓣关闭不全,提示封堵器放置在主动脉右冠瓣和无冠瓣之间的三角区,封堵器的零边准确放置在三角区的位置,可以不影响主动脉瓣的关闭。另外,本例成功封堵还与缺损距肺动脉瓣有一定的距离有关。从解剖上看,肺动脉瓣膜的附着点呈半月形,附着点下方为流出道的肌性组织,组织坚韧,封堵器可牢固固定,到位后不易发生移位。

【病例4】 见图9-84,图9-85。

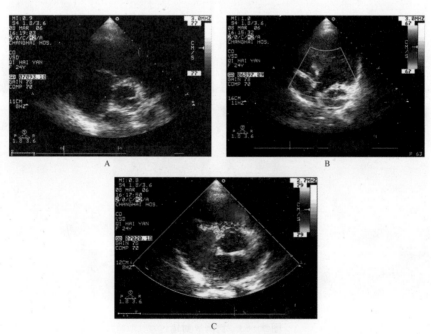

图9-84　病例4超声检查

A. 主动脉短轴切面,缺损位于9点钟;B. 心尖五腔心切面,穿过血流处为室间隔缺损孔;C. 心底短轴切面上显示穿隔血流

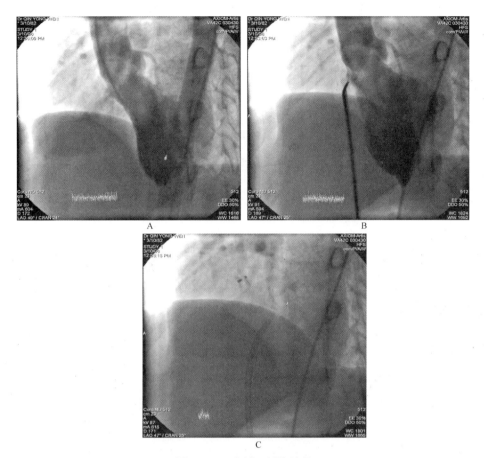

图 9 - 85 病例 4 封堵过程

A. 术前左心室造影(左前斜加头位);B. 封堵器到位后左心室造影(左前斜加头位);C. 封堵器释放后(左前斜加头位)

　　患者,女性,24 岁,发现心脏杂音 23 年,平时体健。体检发育正常,体重 49 kg,胸廓无畸形,未触及震颤,胸骨左缘第 3～4 肋间可闻及 4/6 级粗糙收缩期杂音。超声检查:室间隔缺损位于三尖瓣隔瓣下,缺损间距 5 mm。五腔心切面:VSD 隔瓣后漏斗型,室间隔缺损大小 0.5 cm,三尖瓣反流量 4.9 ml。短轴切面:室间隔缺损位于 9 点钟,距三尖瓣 1 mm,距主动脉瓣 7 mm。入院后介入治疗,术中造影见室间隔缺损呈小漏斗型,直径约 3 mm。测肺动脉压 26/13(18)mmHg。选择腰部直径为 5 mm 的细腰型双盘状室缺封堵器。即刻造影显示无残余分流。超声观察封堵器对主动脉瓣,二、三尖瓣无影响,未见残余分流。听诊杂音明显减轻。术后复查心电图正常。

　　点评:本例膜周部室间隔缺损病例,室间隔缺损小,远离主动脉瓣,可选择对称或细腰型封堵器,因缺损距离三尖瓣较近,选择对称型封堵器腰部直径往往要大一点,因此选择细腰型封堵器,细腰型封堵器左心室面盘片比腰部直径大 8 mm,右心室盘片比腰部直径大 4 mm、5 mm 的细腰型封堵器完全覆盖缺损左心室面,腰部无受压征象,超声检查无三尖瓣反流,术后未发生房室传导阻滞,提示封堵器大小合适。

【病例5】　见图9-86,图9-87。

　　患者,男性,5岁。发现心脏杂音5年,平时体健。体检发育正常,体重19 kg,胸廓无畸形,未触及震颤,胸骨左缘第3~4肋间可闻及3/6级粗糙收缩期杂音。心电图示窦性心律不齐,肝肾功能正常。超声检查:室间隔缺损位于膜周部,缺损大小约4 mm。五腔心切面:室间隔缺损位于膜周部,缺损大小约4 mm,距主动脉瓣3.7 mm,三尖瓣反流量2.0 ml。短轴切面:室间隔缺损位于位置9点~10点之间,缺损距三尖瓣2.5 mm,左心室造影见室间隔缺损呈管状,直径约3 mm。测肺动脉压27/5(11)mmHg。选择腰部直径为5 mm的对称型室间隔缺损封堵器。即刻造影显示无残余分流。超声观察封堵器对主动脉瓣,二、三尖瓣无影响,未见残余分流。听诊杂音明显减轻。术后复查心电图正常。

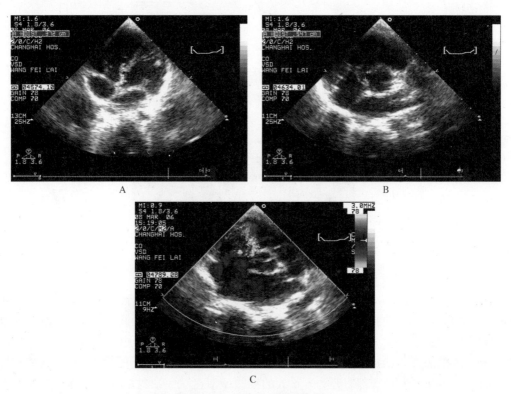

图9-86　病例5超声检查

A. 心尖五腔心切面,显示缺损口远离主动脉的右冠瓣;B. 心底短轴切面,缺损位于9点钟位置;C. 心底短轴切面,多普勒显示穿隔血流

　　点评:本例为膜部瘤型室间隔缺损,超声心底短轴切面上显示缺损呈膜部瘤型,有的切面上呈长管状。左心室造影室间隔缺损呈长管状,出口处直径4 mm,缺损单一,选择5 mm对称型封堵器完全封堵,封堵器释放后两侧盘片充分展开,选择的封堵器与缺损的解剖完全吻合,结果显示左心室造影的长管状征象可能是高速血流束,并非管状室间隔缺损,也可能是室间隔缺损的管壁较薄,封堵器的右心室盘片将其撑开。

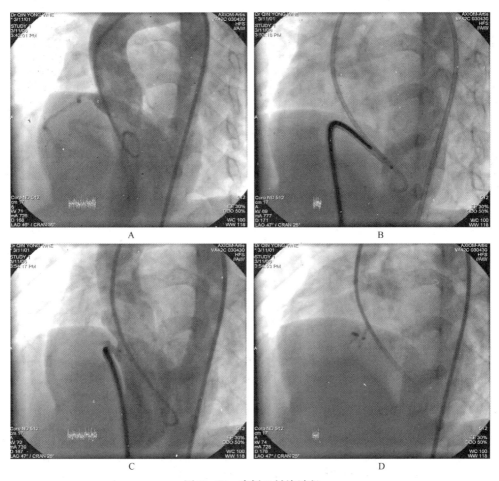

图 9 - 87　病例 5 封堵过程

A. 术前左心室造影(左前斜加头位)；B. 封堵器左心室盘在左心室内打开(左前斜加头位)；C. 封堵器到位后左心室造影(左前斜加头位)；D. 封堵器释放后(左前斜加头位)

【病例6】　见图 9 - 88,图 9 - 89。

　　患者,男性,3 岁。发现心脏杂音 3 年,平时体健。体检发育正常,体重 15 kg,胸廓无畸形,未触及震颤,胸骨左缘第 3～4 肋间可闻及 4/6 级粗糙收缩期杂音。心电图正常,肝肾功能正常。超声检查：五腔心切面：室间隔缺损位于膜周部,距主动脉瓣 3 mm,三尖瓣瞬时反流量为 1.8 ml。短轴切面：室间隔缺损位于 9 点～10 点,出口大小约 2.5 mm,与隔瓣粘连。术中左心室造影见室间隔缺损呈漏斗型,直径约 6 mm。测肺动脉压 31/6(16)mmHg。选择腰部直径为 10 mm 的对称型室缺封堵器。即刻造影显示无残余分流。超声观察封堵器对主动脉瓣,二、三尖瓣无影响,未见残余分流。听诊杂音明显减轻,释放封堵器。术后复查心电图提示完全性左束支传导阻滞,动态心电图提示室内传导阻滞。

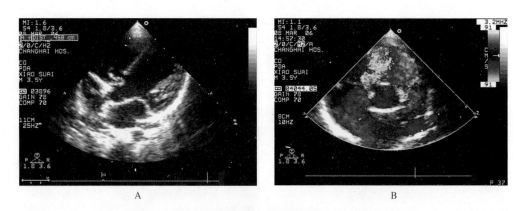

图 9 - 88　病例 6 超声检查

A. 心尖五腔心切面；B. 心底短轴切面上显示缺损口位于 9 点钟位置

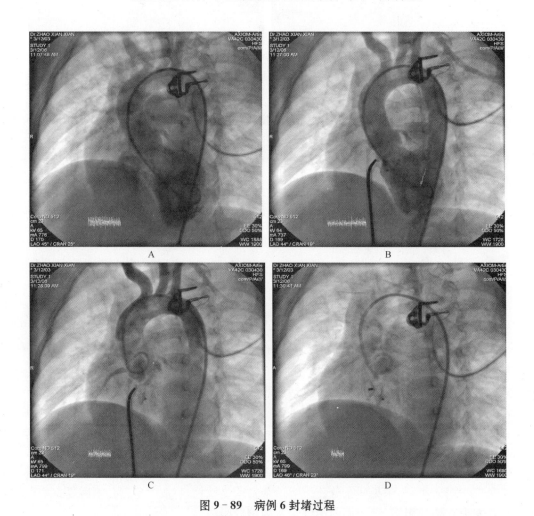

图 9 - 89　病例 6 封堵过程

A. 术前左心室造影(左前斜加头位)；B. 封堵器到位后左心室造影(左前斜加头位)；C. 封堵器到位后主动脉
造影(左前斜加头位)；D. 封堵器释放后(左前斜加头位)

　　点评：左心室造影显示室缺呈漏斗型，出口与室间隔成角。建立动静脉轨道时选择乳内动脉造影导管容易通过室间隔缺损处。选择 10 mm 零边偏心型封堵器。封堵器放置后腰部充分展开，封堵完全，对主动脉瓣无影响。封堵器选偏大，但是释放后封堵器的腰部完全展开提示室间隔缺损口并非正圆形，可能呈不规则形，或室间隔缺损的伸展性好。术后并发完全性左束支传导阻滞，可能与封堵器偏大压迫其所覆盖的组织有关。从防止束支传导阻滞的角度考虑，选择对称型封堵器可能更好，但对称型封堵器的边缘长，可能影响主动脉瓣的关闭。

【病例7】 见图 9-90，图 9-91。

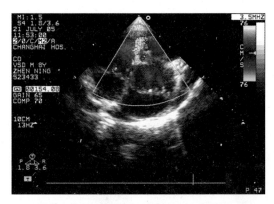

图 9-90　短轴切面，缺损接近 12 点钟位置

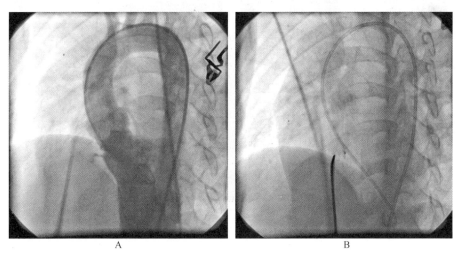

图 9-91　病例 7 封堵过程

A. 左心室造影（左前斜加头位）；B. 封堵器到位后左心室造影（左前斜加头位）

　　患者，男性，8 岁，平时体健。体检发育正常，体重 28.3 kg，胸廓无畸形，可触及震颤，胸骨左缘第 3~4 肋间可闻及 4/6 级粗糙收缩期杂音。心电图正常。肝肾功能正常。超声检查：心底短轴切面 11 点钟方向连续性中断，缺损间距 3 mm，距离主动脉瓣 5 mm，距三尖瓣隔瓣 7 mm，从膜部斜行到肌部，大动脉短轴切面显示缺损位于 11 点处，大小约 3 mm，距离主动脉

右冠瓣 5 mm,距三尖瓣膈瓣 7 mm。术中左心室造影见室间隔缺损呈管型,出口直径 2 mm。测右心室压 19/−1(10)mmHg,左心室压 98/60(75)mmHg。选择腰部直径为 4 mm 的双盘状对称型室间隔缺损封堵器。即刻造影显示无残余分流。超声观察封堵器对主动脉瓣,二、三尖瓣无影响,未见残余分流。听诊杂音消失。释放封堵器。术后复查心电图提示不完全性右束支传导阻滞。

点评:左心室造影显示为小室缺,出口与室间隔成角。建立动静脉轨道时选择前端大于 90°弯曲的导管容易通过室间隔缺损处。缺损小可选择对称型和偏心型封堵器。本例选择 4 mm 对称型封堵器,封堵器大小合适,疗效佳。尽管封堵器小,术后也并发了不完全性右束支传导阻滞。提示大小室间隔缺损封堵治疗均有可能发生束支传导阻滞。

【病例8】 见图 9-92,图 9-93。

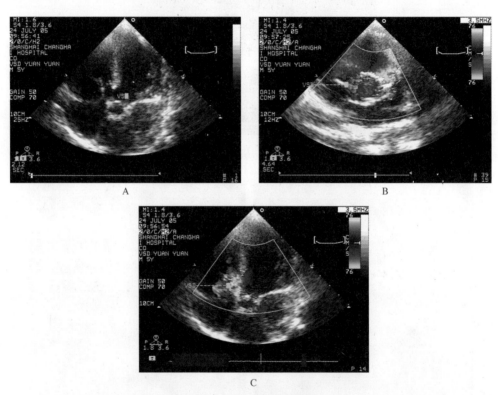

图 9-92 病例 8 超声检查

A. 心尖五腔心切面;B. 主动脉短轴切面;C. 心尖五腔心切面

患者,男性,4 岁。发现心脏杂音 4 年,平时体健。体检发育正常,体重 16.5 kg,胸廓无畸形,未触及震颤,胸骨左缘第 3~4 肋间可闻及 4/6 级粗糙收缩期杂音。超声检查:室间隔缺损为膜周部,缺损间距约 6 mm。肝肾功能正常。术中左心室造影见室间隔缺损呈多出口漏斗型,最大出口直径 5 mm。测右心室压 39/4(19)mmHg,肺动脉压 36/9(22)mmHg,左心室压 159/−30(58)mmHg。选择 10 mm 细腰型室缺封堵器。即刻造影显示无残余分流。超声观察封堵器对主动脉瓣,二、三尖瓣

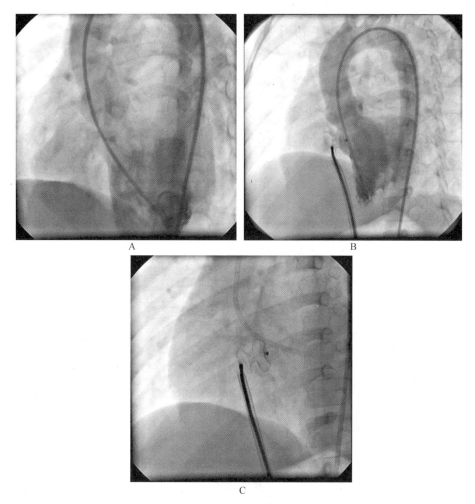

图 9－93　病例 8 封堵过程

A. 术前左心室造影(左前斜加头位)；B. 封堵器到位后左心室造影(左前斜加头位)；C. 封堵器放置后主动脉造影(左前斜加头位)

无影响,未见残余分流。听诊杂音消失。术后复查心电图提示不完全性右束支传导阻滞,动态心电图提示间歇性完全性右束支传导阻滞。

点评:该病例为膜周部室间隔缺损,超声显示心尖五腔心切面上缺损接近主动脉的右冠瓣,缺损呈多孔型。缺损的入口紧靠主动脉的右冠瓣。左心室造影缺损入口较大,出口多,选择细腰型封堵器完全封堵。封堵器的腰部未能充分展开,是封堵器放置在一个小孔中所致。封堵器的左心室面已经展开并完全覆盖了缺损口。主动脉瓣上造影无主动脉瓣反流,超声检查无三尖瓣反流,达到了封堵的目的。本例超声心尖五腔心切面上,缺损距离主动脉瓣近,左心室造影显示缺损距主动脉瓣尚有足够的距离,提示超声检查的结果也有一定的局限性,具体患者能否行介入治疗需要综合判断。术后复查心电图出现不完全性右束支传导阻滞,动态心电图提示间歇性完全性右束支传导阻滞,可能与封堵器放置后产生张力和对其周围组织压迫有关。

【病例9】 见图9-94,图9-95。

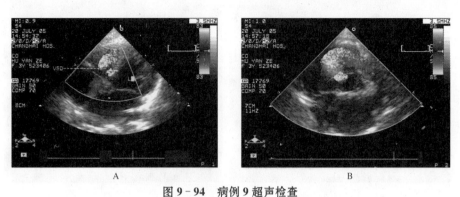

图9-94 病例9超声检查

A. 心尖五腔心切面,缺损口远离主动脉瓣;B. 缺损位于10点钟位

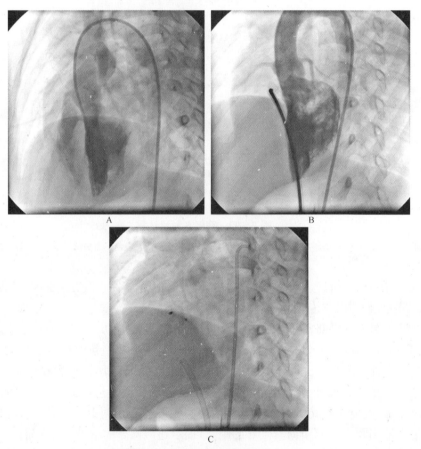

图9-95 病例9封堵过程

A. 术前左心室造影(左前斜加头位);B. 封堵器放置后左心室造影(左前斜加头位);C. 封堵器释放后(左前斜加头位)

患者,女性,3岁,发现心脏杂音3年,平时体健。体检发育正常,体重12.5 kg,胸廓无畸形,可触及震颤,胸骨左缘第3～4肋间可闻及4/6级粗糙收缩期杂音。心电图、肝肾功能正常。超声检查:先天性心脏病室间隔缺损。室缺位于膜部,呈囊袋型,囊袋深约3.4 mm,大动脉短轴切面显示缺损位于10点处,大小约5 mm,缺损距离主动脉瓣2 mm。术中造影见室间隔缺损呈小漏斗型。测左心室压94/−7(47)mmHg。选择腰部直径为6 mm的零偏心室缺封堵器。即刻造影显示无残余分流。超声观察封堵器对主动脉瓣,二、三尖瓣无影响,未见残余分流。听诊杂音明显减轻。释放封堵器。术后复查心电图提示窦性心动过速,ST−T改变。

点评:该病例为膜周部室间隔缺损,左心室造影显示呈漏斗型,距离主动脉瓣2 mm,如选择对称型封堵器可能与主动脉瓣接触,选择零偏心封堵器较合适,封堵器放置后其上缘相对远离主动脉瓣,无解剖上的接触。

【病例10】　见图9-96,图9-97。

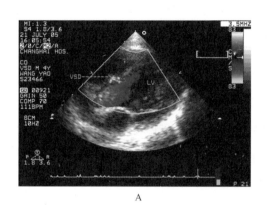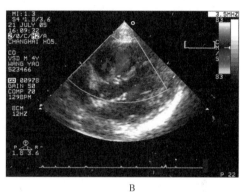

A　　　　　　　　　　　　　　　　　B

图9-96　病例10超声检查

A. 心尖五腔心切面,穿隔血流远离主动脉瓣;B. 心尖五腔心切面,显示经室间隔缺损的穿隔血流

患者,男性,4岁,发现心脏杂音4年,平时体健。体检发育正常,体重17 kg,胸廓无畸形,未触及震颤,胸骨左缘第3～4肋间可闻及3/6级粗糙收缩期杂音。心电图、肝肾功能正常。超声检查:室间隔缺损位于膜部,大动脉短轴切面显示缺损位于10点处,大小约2 mm,缺损距离主动脉瓣4 mm。入院后介入治疗,术中造影见室间隔缺损呈小漏斗型,出口直径3 mm。测左心室压96/10(41)mmHg。选择腰部直径为4 mm的双盘状对称型室缺封堵器。即刻造影显示无残余分流。超声观察封堵器对主动脉瓣,二、三尖瓣无影响,未见残余分流。听诊杂音明显减轻。释放封堵器。术后复查心电图提示窦性心动过速。

点评:左心室造影显示室缺呈漏斗型,缺损直径3 mm。此种室间隔缺损最适合封堵治疗,操作也容易。小的室间隔缺损介入治疗中应尽可能选择边缘短的直径与室间隔缺损直径相匹配的封堵器。直径可以与造影测量值一致,或大1 mm。以减少对室间隔缺损周围组织的压迫。

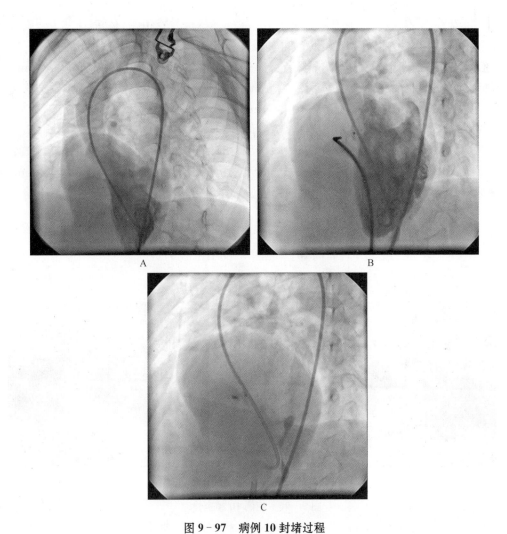

A   B

C

图 9 - 97　病例 10 封堵过程

A. 术前左心室造影(左前斜加头位)；B. 封堵器到位后左心室造影(左前斜加头位)；C. 封堵器释放后
(左前斜加头位)

【病例 11】　见图 9 - 98,图 9 - 99。

　　患者,女性,12 岁,发现心脏杂音 12 年,平时体健。体检发育正常,体重 33.6 kg,胸廓无
畸形,未触及震颤,胸骨左缘第 3～4 肋间可闻及 4/6 级粗糙收缩期杂音。超声检查:室间隔
缺损为嵴下型,大动脉短轴切面显示缺损位于 10 点～11 点处,大小约 4 mm,缺损距离主动脉
瓣 1.5 mm,距离三尖瓣约 9 mm。心电图正常。肝肾功能正常。入院后介入治疗,术中造影
见室间隔缺损呈囊袋型,出口直径 2 mm。测肺动脉压 26/11(19)mmHg。选择 5 mm 偏心型
室间隔缺损封堵器,即刻造影显示无残余分流。超声观察封堵器对主动脉瓣,二、三尖瓣无影
响,未见残余分流。听诊杂音消失。释放封堵器。术后第 1 d 查心电图提示完全性右束支传
导阻滞,4 d 后复查传导阻滞消失。

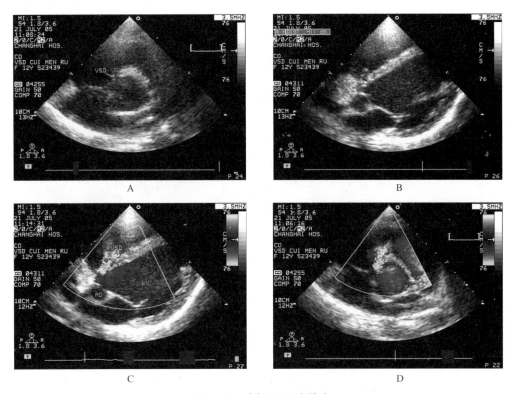

图 9 - 98　病例 11 超声检查

A. 心底短轴切面；B. 心尖五腔心切面；C. 心室五腔心切面，显示穿隔血流；D. 心底短轴切面，显示缺损口在 10
点钟位

　　点评：该病例为膜周部室间隔缺损，左心室造影显示室间隔缺损距离主动脉瓣 2 mm 左右，缺损直径 4 mm，呈漏斗型。可以选择对称型和零边偏心型封堵器，但是如应用对称型封堵器，封堵器的边缘有可能影响主动脉瓣关闭，因此，选择零边偏心型室间隔缺损封堵器更为合适。封堵器释放后封堵完全，封堵器的定位标志指向心尖部，封堵器的左心室面的主动脉侧与主动脉瓣无接触，提示大小合适，定位佳。封堵器相对远离主动脉瓣，对主动脉瓣无近期和远期不良影响的顾虑。达到了疗效和视觉上的完美结合。

　　【病例 12】　见图 9 - 100，图 9 - 101。

　　患者，女性，3 岁，发现心脏杂音 2 年，平时体质较差，易感冒。体检发育稍差，体重 11.9 kg，胸廓无畸形，可触及震颤，胸骨左缘第 3～4 肋间可闻及 4/6 级粗糙收缩期杂音。心电图、肝肾功能正常。超声检查：室间隔缺损为嵴下型，大动脉短轴切面显示缺损位于 10 点处，大小约 4 mm，缺损距离主动脉瓣 6 mm，距离三尖瓣约 3.7 mm。左心室造影见室间隔缺损呈囊袋型，出口直径 4 mm。测右心室压 35/6(18)mmHg，肺动脉压 31/8(15)mmHg。选择 6 mm(A4B2)的双盘状室缺封堵器。即刻造影显示无残余分流。超声观察封堵器对主动脉瓣，二、三尖瓣无影响，未见残余分流。听诊杂音消失。释放封堵器。术后复查心电图正常。

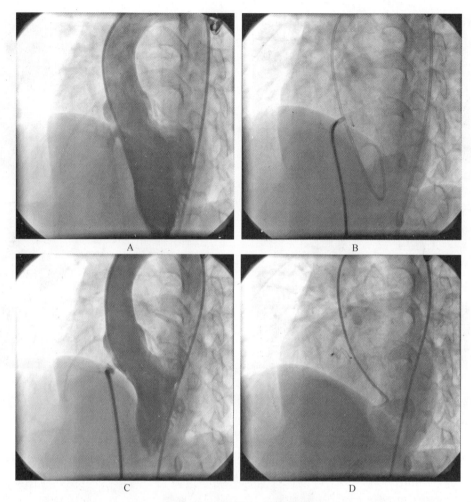

图 9 - 99 病例 11 封堵过程

A. 术前左心室造影(左前斜加头位);B. 封堵器指向标记指向心尖(左前斜加头位);C. 封堵器放置后
左心室造影(左前斜加头位);D. 封堵器释放后(左前斜加头位)

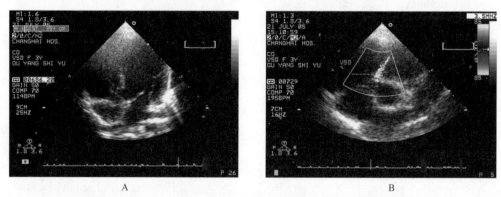

图 9 - 100 病例 12 超声检查

A. 心尖四腔心位置显示缺损口;B. 主动脉短轴切面上穿隔血流位于 11 点钟

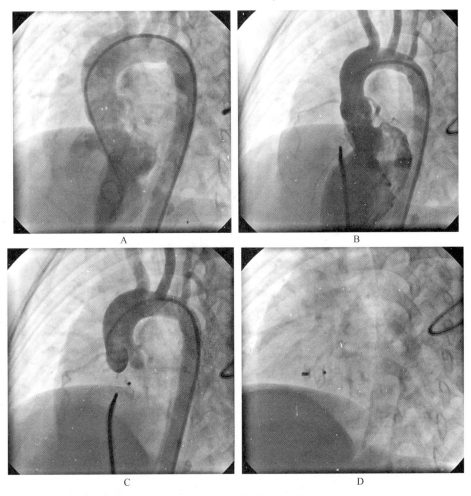

图 9 - 101 病例 12 封堵过程

A. 术前左心室造影(左前斜加头位);B. 封堵器到位后左心室造影(左前斜加头位);C. 封堵器到位后主
动脉造影(左前斜加头位);D. 封堵器释放后(左前斜加头位)

点评:本例为膜部瘤型室间隔缺损,入口大,出口有 3 个,每个出口均不大,出口间相距一定的距离。介入治疗的要点:① 选择哪一出口放置封堵器,其中中间的出口较大,应首选,其次是选择向下的出口。② 如何准确进入拟进入的出口。可行的解决方法是选择过室间隔导管头端的角度,呈 90°角容易进入中间的出口,角度大于 90°的导管则容易进入向下的出口,本例选择猪尾巴导管切除部分头端,使远端呈 90°,术中顺利通过中间孔。③ 选择封堵器。中间出口的直径约为 4 mm,选择 6 mm 的细腰型封堵器,左心室面直径 14 mm,放置后左心室面完全覆盖入口,且不影响主动脉瓣关闭。

【病例13】 见图9－102,图9－103。

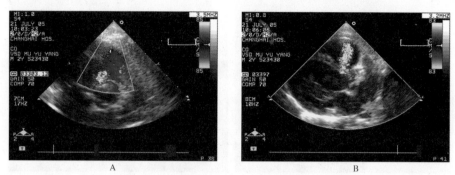

图9－102 病例13 超声检查

A. 心底短轴切面,穿隔血流处为室间隔缺损的部位；B. 左心室长轴切面显示经室间隔缺损的穿隔血流

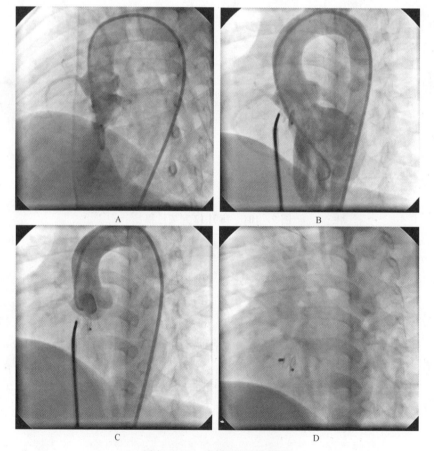

图9－103 病例13 封堵过程

A. 术前左心室造影(左前斜加头位)；B. 封堵器到位后左心室造影(左前斜加头位)；C. 封堵器到位后主动脉造影(左前斜加头位)；D. 封堵器释放后(左前斜加头位)

患者,男性,3岁,发现心脏杂音1年余,平时体质较差,易感冒。体检发育正常,体重12.5 kg,胸廓无畸形,未触及震颤,胸骨左缘第3肋间可闻及4/6级粗糙收缩期杂音。心电图正常、肝肾功能正常。超声检查:室间隔缺损为嵴下型,大动脉短轴切面显示缺损位于10点~11点处,大小约2.3 mm,缺损距离主动脉瓣2 mm,距离三尖瓣约8 mm。术中左心室造影见室间隔缺损呈漏斗型,入口直径约4 mm,出口直径约3 mm。选择腰部直径为4 mm的零偏心室缺封堵器。即刻造影显示无残余分流。超声观察封堵器对主动脉瓣、二、三尖瓣无影响,未见残余分流。听诊杂音消失。释放封堵器。术后复查心电图提示窦性心动过速。

点评:左心室造影显示室间隔缺损距离主动脉瓣2 mm左右,缺损直径3 mm,呈漏斗型。室间隔缺损与室间隔头向成角,可以选择对称型和零边偏心型封堵器,选择零边偏心型室间隔缺损封堵器更为合适。封堵器释放后封堵完全,封堵器接近主动脉瓣,但不影响主动脉瓣的功能,达到了治疗目的和避免了对主动脉瓣的影响。

【病例14】 见图9-104,图9-105。

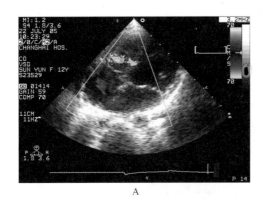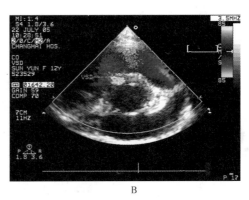

图9-104 病例14超声检查

A. 心尖五腔心位置,缺损远离主动脉瓣;B. 心底短轴切面,显示经室间隔缺损的穿隔血流

患者,女性,12岁,发现心脏杂音1年,平时体健。体检发育稍差,体重28 kg,胸廓无畸形,未触及震颤,胸骨左缘第3~4肋间可闻及4/6级粗糙收缩期杂音。超声检查:室缺位于肌部靠近膜部,大小约3 mm。心电图正常。肝肾功能正常。入院后行介入治疗,术中造影见室间隔缺损呈管型,出口直径3 mm。选择腰部直径为5 mm的双盘状对称型室缺封堵器。即刻造影显示无残余分流。超声观察封堵器对主动脉瓣、二、三尖瓣无影响,未见残余分流。听诊杂音消失。释放封堵器。术后复查心电图正常,复查心脏超声提示患者卵圆孔未闭、室缺封堵成功。

点评:本例介入治疗的难点是肌部室间隔缺损,建立轨道的难度较大。主要是缺少专用的过间隔导管。在本患者建立轨道过程中,先后选用Judkins右冠造影导管、右心导管,切除部分头端的猪尾巴导管,最后是切除部分头端的猪尾巴导管通过了室间隔缺损孔。小的肌部室间隔缺损,如缺损在3 mm以下,可以不封堵,大部分可以自行愈合。本例患者已经12岁尚未闭合,提示自行愈合的可能性小。此外,随着年龄的增加,影响升学、就业等问题,故是否封

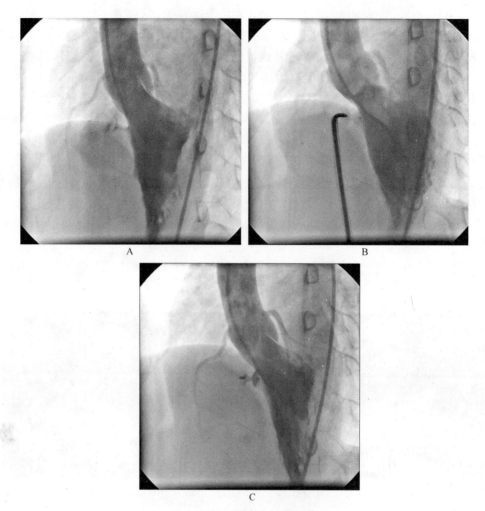

图 9‑105 病例 14 封堵过程

A. 术前左心室造影(左前斜加头位);B. 封堵器到位后左心室造影(左前斜加头位);C. 封堵器释放后左
心室造影(左前斜加头位)

堵小室间隔缺损,不完全是医疗问题。

（秦永文 吴 弘）

第十章

室间隔缺损合并其他心血管畸形的同期介入治疗

两种或两种以上的心血管畸形同时存在,称为复合型先天性心脏病。随着先天性心脏病介入治疗技术的日益成熟,单纯性先天性心脏病的介入治疗已取得了满意的疗效。近几年来,国内外相继开展了复合型先天性心脏病的同期介入治疗研究,如房间隔缺损合并肺动脉瓣狭窄(法洛三联症)、房间隔缺损合并动脉导管未闭、肺动脉瓣狭窄合并动脉导管未闭、室间隔缺损合并房间隔缺损等。其优点是通过一次介入手术可同时治疗两个或两个以上的先天畸形,同时减轻了患者痛苦和经济负担。与单纯的先天性心脏病介入治疗不同的是,复合型先天性心脏病介入治疗的技术要求较高,对于不同的复合畸形,治疗的策略、适应证选择和术后处理也有所不同。本章将重点介绍室间隔缺损合并房间隔缺损、动脉导管未闭和肺动脉瓣狭窄的同期介入治疗的策略和方法。

第一节　室间隔缺损合并房间隔缺损的
同期介入治疗

室间隔缺损合并房间隔缺损是常见的复合型先天性心脏病,随着先天性心脏病介入技术的不断发展完善,室间隔缺损和房间隔缺损的大部分患者可以通过介入治疗的方法得到治愈,因此室间隔缺损合并房间隔缺损具有同期进行介入治疗的可行性。

一、病理生理变化

室间隔缺损和房间隔缺损均属于左向右分流性先天性心脏病,两种疾病在单独存在时均可以导致肺动脉高压。在合并存在的情况下,左向右分流量增加,使肺血管的血流量增加,但是否会加速肺动脉高压的形成,目前缺乏相关的研究。

二、同期行介入治疗的指征

室间隔缺损合并房间隔缺损,同期行介入治疗的指征如下。

（1）继发孔型中央型房缺，缺损直径小于或等于 3.0 cm。

（2）缺损上下边缘有 5 mm 以上的房间隔组织，缘离冠状窦和肺静脉 5 mm 以上。

（3）有手术适应证的膜周部和肌部室间隔缺损。

（4）室间隔缺损直径 3～12 mm。

（5）室缺缺损上缘距主动脉瓣右冠瓣 2 mm 以上，缺损下缘距三尖瓣 2 mm 以上。

（6）室间隔缺损外科手术后残余漏。

（7）合并轻到中度肺动脉高压，而无右向左分流者。

（8）患者年龄 3 岁以上。

三、禁忌证

（1）伴有右向左分流的肺动脉高压患者。

（2）筛网状房间隔缺损。

（3）严重肺动脉高压合并左向右分流者。

（4）合并其他需外科手术治疗的畸形。

四、操作方法

（1）在局部麻醉或全身麻醉下按常规行穿刺右侧股动脉、股静脉，分别置入防漏鞘管。

（2）行右心导管检查，测量肺动脉压力，计算分流量。

（3）行左心室造影检查，判断室间隔缺损的位置、形状和大小，明确室间隔缺损是否适合封堵治疗（图 10-1）。如缺损不适合治疗，则停止操作，患者转外科手术治疗。

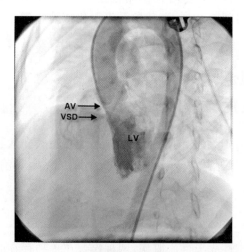

图 10-1　左心室造影显示膜部室缺，缺损上缘
距主动脉瓣右冠瓣约 5 mm

LV：左心室；VSD：室间隔缺损；AV：主动脉瓣右冠瓣

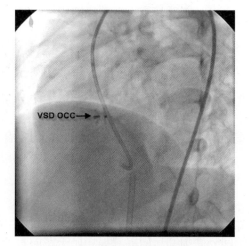

图 10-2　室间隔缺损封堵成功

VSD OCC：室缺封堵器

（4）按常规建立动脉-静脉轨道，行室间隔缺损封堵术。并经左心室造影和心脏彩色超声检查，明确封堵效果。如封堵可靠，释放封堵器，进行下一步治疗（图 10-2）。

（5）退出输送鞘管，重新插入股静脉鞘管，再按常规行房间隔缺损封堵术(图 10 - 3)。

（6）封堵成功后，拔出股动脉、股静脉鞘管，局部压迫止血，无菌纱布敷盖，返回病房。

五、术后处理

（1）患者需卧床 12～24 h。测血压每 30 min 1 次，共 6 次。

（2）抗凝治疗按房间隔缺损封堵后原则处理，即静脉用普通肝素 24 h，然后用低分子肝素 5～7 d。口服阿司匹林 5 mg/kg，3～6 个月。

（3）心电监护 5～7 d。

（4）静脉应用抗生素 3～5 d，预防感染。

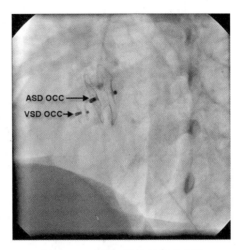

图 10 - 3　室缺、房缺封堵成功后
ASD OCC：房缺封堵器；VSD OCC：室缺封堵器

六、注意事项

（1）同期封堵治疗室间隔缺损和房间隔缺损，原则上先行室间隔缺损封堵治疗，再行房间隔缺损封堵治疗，其目的是如果室间隔缺损封堵不成功，则没有必要再行房间隔缺损封堵治疗，以免增加患者的经济负担；另外，先行室间隔缺损封堵，可避免后续治疗对已置入的封堵器的影响，增加手术的安全性。

（2）术后抗凝按房间隔缺损封堵后的原则处理，心电监护则按室间隔缺损封堵术的方法进行，两者均应兼顾。

第二节　室间隔缺损合并动脉导管未闭的同期介入治疗

一、病理生理

室间隔缺损和动脉导管未闭均属于左向右分流性先天性心脏病，两种疾病在单独存在时均可以导致肺动脉高压。在合并存在的情况下，左向右分流量增加，并可使肺血管的血流量明显增加。而且由于左心室和右心室之间以及主动脉和肺动脉之间的压力阶差大，分流量较大，会加速肺动脉高压的形成。因此，一旦诊断明确，应及早治疗，以免由于严重肺动脉高压的形成而使患者失去介入治疗的最佳时机。

二、同期行介入治疗的适应证和禁忌证

室间隔缺损合并动脉导管未闭，同期行介入治疗的适应证和禁忌证完全取决于室间隔缺损是否适合于介入治疗，因为目前几乎 100% 的动脉导管未闭可行介入治疗。具体参见室间隔缺损介入治疗适应证和禁忌证。

三、操作方法

（1）按常规行穿刺右侧股动脉、股静脉，分别置入防漏鞘管。

(2) 行右心导管检查,测量肺动脉压力,计算分流量。

(3) 先行左心室造影检查,判断室间隔缺损的位置、形状和大小,明确室间隔缺损是否适合封堵治疗(图 10-4)。

(4) 行胸主动脉造影,左侧位连续录像观察,判断动脉导管未闭的大小和形态(图 10-5)。

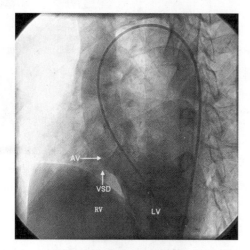
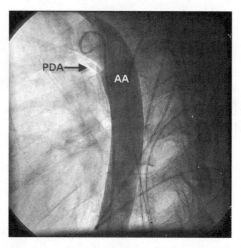

图 10-4　左心室造影示膜周部管状缺损,距主动脉瓣右冠瓣约 10 mm

AV:主动脉瓣;VSD:室间隔缺损;RV:右心室;LV:左心室

图 10-5　逆行主动脉造影,示动脉导管未闭呈管状

PDA:动脉导管未闭;AA:降主动脉

(5) 建立动脉-静脉轨道,行室间隔缺损封堵术。并经左心室造影和心脏彩色超声检查,明确封堵效果(图 10-6)。

(6) 按常规行动脉导管未闭封堵,并行主动脉造影判断封堵效果(图 10-7)。

(7) 封堵成功后,拔出股动脉、股静脉鞘管,局部压迫止血,无菌纱布敷盖。

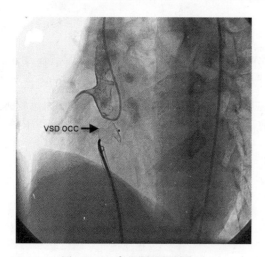
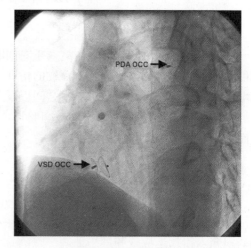

图 10-6　室间隔缺损封堵后

图 10-7　室间隔缺损、动脉导管未闭封堵后(左前斜位 45°)

VSD OCC:室缺封堵器;PDA OCC:动脉导管未闭封堵器

四、术后处理

同室间隔缺损封堵术。

五、注意事项

（1）室间隔缺损合并动脉导管未闭的封堵治疗，可以先行动脉导管未闭封堵，也可以先行室间隔缺损封堵。

（2）如造影发现室间隔缺损不适合封堵治疗，如患者经济条件允许，也可以行动脉导管未闭封堵，以后再行室间隔缺损外科手术修补，这样可使外科手术操作简单化，从而缩短心脏停搏时间。

第三节　室间隔缺损合并肺动脉瓣狭窄的同期介入治疗

一、病理生理

室间隔缺损合并肺动脉瓣狭窄临床相对少见，室间隔缺损使肺循环血流量增加，而肺动脉瓣狭窄使肺循环血流量减少。因此，两种畸形同时存在时可避免肺动脉高压的形成。

二、同期行介入治疗的适应证和禁忌证

（1）适合于行介入治疗的室间隔缺损，具体参见室间隔缺损介入治疗适应证。

（2）瓣膜型肺动脉瓣狭窄，跨肺动脉瓣压力阶差大于或等于 30 mmHg。

三、操作方法

（1）按常规行穿刺右侧股动脉、股静脉，分别置入防漏鞘管。

（2）行右心导管检查，测量右心室压力和肺动脉压力，计算两者的峰值压差。

（3）行右心室造影，左侧位连续录像观察，判定肺动脉瓣狭窄的类型和程度，测量肺动脉瓣环直径（图 10-8）。

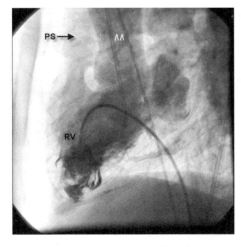

图 10-8　右心室造影示肺动脉瓣狭窄（箭头所示）

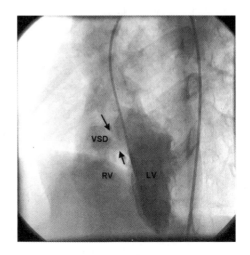

图 10-9　左心室造影显示巨大的室间隔缺损，缺损直径约 17 mm

（4）再行左心室造影检查，判断室间隔缺损的位置、形状和大小，明确室间隔缺损是否适合封堵治疗（图 10 - 9）。

（5）按常规行肺动脉瓣狭窄球囊扩张术（图 10 - 10）。

（6）扩张成功后，重新插入股静脉鞘管，建立动脉-静脉轨道，行室间隔缺损封堵术。并经左心室造影和心脏彩色超声检查，明确封堵效果（图 10 - 11）。

（7）封堵成功后，拔出股动脉、股静脉鞘管，局部压迫止血，无菌纱布敷盖，返回病房。

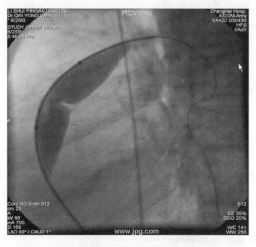

图 10 - 10　肺动脉瓣狭窄球囊扩张（扩张中）

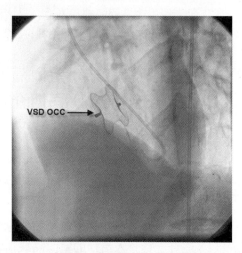

图 10 - 11　室缺封堵后，示封堵器

四、术后处理

同室间隔缺损封堵术。

五、注意事项

（1）室间隔缺损合并肺动脉狭窄的封堵治疗，应先行肺动脉瓣狭窄球囊成型术，后行室间隔缺损封堵术。因为肺动脉瓣球囊成型术后，右心室压力下降，可使导管较容易从右心房进入右心室，从而减少操作难度。

（2）右心室造影只能使用侧孔右心导管或猪尾巴导管，不能使用端孔右心导管或端侧孔右心导管，以免引起心室穿孔。

（赵仙先）

参考文献

［1］秦永文主编. 实用先天性心脏病介入治疗［M］.上海.上海科学技术出版社，2005，158.

［2］李奋，周爱卿，高伟，等. 经导管介入治疗复合型先天性心脏病八例分析［J］.中华心血管病杂志，2003，31（5）：334 - 336.

［3］朱鲜阳，韩秀敏，邓东安，等. 房间隔缺损并肺动脉瓣狭窄介入治疗的临床分析［J］.中国介入心脏病学杂志，2002，10：221 - 222.

［4］秦永文，赵仙先，郑兴，等. 自制封堵器闭合膜部室间隔缺损的疗效评价［J］.介入放射学杂志，2004，13：104 - 107.

［5］ HIJAZI Z M，HAKIM F，HAWELEH A A，et al. Catheter closure of perimembranous ventricular septal defects using the new Amplatzer membranous VSD occluder：Initial clinical experience［J］. Catheter Cardiovasc Interven，2002,56：508－515.

［6］ 赵仙先,秦永文,郑兴,等. 经导管封堵婴幼儿动脉导管未闭的疗效观察［J］.第二军医大学学报,2002,23(12)：1342-1344.

［7］ 秦永文,赵仙先,胡建强,等. 自制封堵器经导管闭合膜部室间隔缺损的临床应用研究［J］.第二军医大学学报,2002,23(8)：857－859.

［8］ 赵仙先,秦永文,郑兴,等. 经导管同期治疗复合型先天性心脏病的疗效和安全性［J］.中国循环杂志,2004,19(1)：56－58.

［9］ 赵仙先,秦永文,熊文峰,等. 经导管同期治疗膜周部室间隔缺损合并房间隔缺损［J］.介入放射学杂志,2004,13(2)：111－113.

第十一章

急性心肌梗死并发室间隔穿孔的治疗

急性心肌梗死后室间隔穿孔是一种较少见但极为严重的并发症,女性多于男性。下壁心肌梗死占 $30\%\sim50\%$,前壁心肌梗死占 $50\%\sim70\%$。与无室间隔破裂相比较,前降支完全闭塞更常见。通常发生在心肌梗死的 1 周内,也可发生在开始 24 h 内,也可发生在心肌梗死后第 20 日。一旦发生,预后凶险,约 50% 在发病后 1 周内死亡,1 个月内死亡率达 $74\%\sim80\%$。外科治疗比内科治疗效果好,死亡率分别为 47% 与 94%。术后可发生再次破裂。因此,发生室间隔破裂后应立即外科治疗或介入治疗。早期诊断、积极的内科治疗、适当及时地选择外科手术或介入治疗可降低死亡率,改善预后。急性心肌梗死合并室间隔穿孔的介入治疗是综合治疗的一部分,故本章同时介绍了内科和外科治疗方法。

第一节 概　　述

美国每年约 3 000 例急性心肌梗死患者发生室间隔穿孔,在再灌注治疗之前,急性心肌梗死后室间隔破裂的发生率为 $1\%\sim3\%$。溶栓治疗的广泛应用,对室间隔破裂的自然历史产生了巨大的影响。在早年曾认为是增加室间隔破裂的发生率,但后来发现,发生率是明显下降的。GUSTO-I (global utilization of streptokinase and t-PA for occluded coronary arteries)入选的 41 000 患者中,室间隔穿孔的发生率为 0.2%,比溶栓年代前下降了 $5\sim10$ 倍。但自然病程发生了变化,过去心肌梗死至发生破裂的时间平均为 $5\sim6$ d,现在提前了 1 d。与溶栓治疗一样,对急性心肌梗死的患者行 PCI 也可降低心脏破裂的发生率。Yip 等总结 1 312 例急性心肌梗死在 12 h 内行 PCI 的患者,室间隔穿孔的发生率为 0.23%,发生的平均时间为 (25.3 ± 12.2)h。在同期 616 例在 12 h 内未行溶栓和 PCI 的患者,室间隔穿孔的发生率为 2.9%。Ikedadt 等回顾分析 1 296 例急性心肌梗死患者,发生心脏破裂 45 例,占 3.5%。其中游离壁破裂 23 例,室间隔穿孔 20 例,乳头肌破裂 2 例。840 例 24 h 获成功再灌注的患者,心脏破裂的发生率为 0.6%,而无再灌注的患者为 3.5%。

急性心肌梗死是否会并发室间隔穿孔,在临床上难以预测。发生心脏破裂的危险因素或易发因素为急性心肌梗死1周内,初发透壁心肌梗死,无心衰、心绞痛或冠心病史,急性心肌梗死发生前心脏不大,有高血压病史或心肌梗死期间持续血压较高,急性心肌梗死后出现持久的或反复的剧烈胸痛,年龄在60岁以上。尽管溶栓治疗降低了室间隔穿孔的发生率,但在某些患者却可促进心肌内血肿形成,加速室间隔破裂的发生。广泛心肌梗死和右心室心肌梗死也是室间隔破裂的危险因素。收缩压和舒张压水平与室间隔破裂的发生率之间存在非线性的关系。

一些研究发现,室间隔破裂与冠状动脉多支血管病变有关。然而,也有人认为在室间隔破裂的患者中,单支血管病变的发生率可达54%。室间隔破裂可能与梗死相关动脉完全闭塞有关。在GUSTO-Ⅰ试验中,57%的室间隔破裂患者存在梗死相关动脉的完全闭塞,无室间隔破裂的患者仅为18%。室间隔破裂的患者通常侧支血管较差,间接支持丰富的侧支循环可减少心脏游离壁破裂的风险和室间隔破裂的发生率。有心绞痛者,可通过反复心肌缺血预适应,缺血刺激侧支循环形成,降低室间隔破裂的发生率。

第二节　室间隔穿孔的病理及病理生理改变

心脏破裂患者心肌病理学检查显示心肌内缺少心肌纤维和瘢痕组织,梗死相关动脉内多有新鲜血栓,心肌坏死的范围一般较小,但多为透壁性,心肌穿孔处多已有血栓或聚集的血小板血栓,提示心脏破裂为进行性过程。

穿孔周围的室间隔通常坏死或者较薄弱。在无再灌注治疗的情况下,梗死后第3~5 d会发生凝固性坏死,大量的嗜中性粒细胞进入坏死区,心肌细胞凋亡后可释放溶解酶,加速梗死的心肌破坏。由于壁内血肿可破坏心肌组织,故存在壁内血肿的心肌梗死患者可较早发生破裂穿孔。

室间隔破裂的大小从几毫米到几厘米,形态学上分为简单型和复合型。简单型是指在室间隔上出现一个两侧直接贯通的通道,穿孔两侧处于室间隔同一水平。复合型是指室间隔上有不规则的迂曲的通道,通道的出口可能远离心肌梗死的部位,常伴心肌内出血和撕裂。穿孔的类型与心肌梗死的部位有一定的关系,前壁心肌梗死导致室间隔破裂的患者通常为单纯型,位于室间隔靠近心尖部;下壁心肌梗死的患者,室间隔破裂通常为复合型,位于室间隔后部。复合型室间隔破裂的患者游离壁心室肌或乳头肌也可撕裂。下壁或前壁心肌梗死合并室间隔破裂通常伴右心室梗死(图11-1)。

室间隔破裂后,由于左右心室间较高的压力差,导致血液自左向右分流,使右心室容量负荷过重,增加肺循环血量,同时左心房和左心室出现继发性容量负荷过重。左心室的血液分流增加,前向血流减少和射血减少,同时左心室收缩功能减退,引起血管代偿性收缩导致外周阻力增加,这转而会增加左向右分流。分流的程度由室间隔穿孔的大小、肺循环阻力、二者比值和左右心室功能决定。由于左心室衰竭,收缩压下降,左向右分流可减少。

第三节　临床表现和诊断

室间隔破裂的先兆多为梗死后持续或反复发作的剧烈胸痛、恶心、呕吐、心包摩擦音,破裂

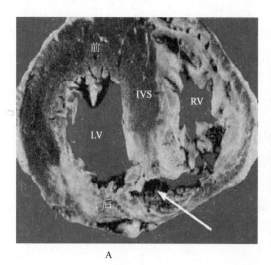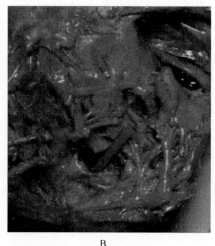

图 11-1　心肌梗死合并室间隔破裂

A. 箭头处为室间隔穿孔的部位；B. 导管通过处为室间隔穿孔部位

前可出现 ST 段抬高或压低、T 波高耸或由倒置变为直立等。室间隔破裂穿孔后可表现为胸痛、呼吸困难、右心衰和心源性休克。绝大多数患者可在胸骨左缘闻及粗糙响亮的全收缩期杂音，向心底、心尖和胸骨右缘传导。一半的患者可在胸骨旁触及震颤。如合并心源性休克和低心排血量，则由于血液分流量减少的缘故，很少能触及震颤，杂音也很难鉴别。由于心力衰竭，常可闻及奔马律。由于肺循环压力增高，常引起肺动脉瓣第二心音增强，三尖瓣反流，在数小时到数日内常导致左右心室功能衰竭，病情会突然恶化。室间隔破裂需与急性二尖瓣关闭不全鉴别，一般情况下室间隔破裂的杂音更响，伴有震颤和右心室衰竭，大多无急性肺水肿，但在低心排血量的情况下，对二者区分仍有困难，而且，大约 20％的室间隔破裂患者可同时出现急性瓣膜关闭不全。

　　室间隔破裂的诊断主要依靠心脏超声、心导管和左心室造影检查。心脏超声检查有助于确定穿孔的部位和大小，左、右心室功能，自左向右分流量。心导管检查能可靠地测量心腔的压力、肺动脉压力和评价心脏功能。并可通过测定肺动脉、右心室的氧饱和度计算分流量。冠脉和左心室造影有助于诊断和制订治疗方案。也可通过核素显像来诊断、评估心室功能、计算分流量。

第四节　治　疗

一、内科治疗

　　单纯内科治疗的预后较差，24 h 内病死率为 24％，1 周内病死率为 46％，2 个月病死率为 67％～82％。内科治疗的目标是减少左向右分流，增加左心室的前向血流，改善左、右心室的功能。通常应用血管扩张药物能增加心衰患者的左心室前向血流，但在室间隔穿孔时能否达到治疗目标与药物对肺循环和体循环的阻力降低的相对值有关。如应用硝酸甘油降低肺循环阻力，则加重左向右分流，如主要降低全身血管阻力则使血液动力学改善。硝普钠虽然明显增加左心室前向血流，但是可明显降低肺循环阻力，可能也不利于血流动力学改善。

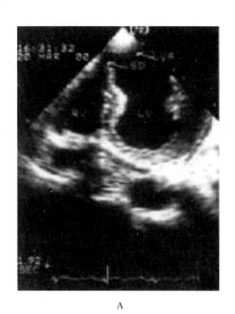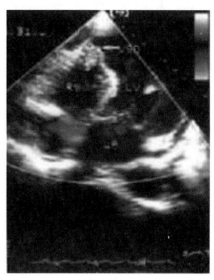

A   B

图 11-2　心肌梗死合并室间隔破裂的超声影像

A. 破裂口在室间隔的心尖部；B. 超声多普勒检查在破口处有穿隔血流

　　为了稳定病情,应尽快采用主动脉内球囊反搏术(IABP),可有效减少左向右分流,增大舒张期冠状动脉灌注压,增加左心室的前向血流和冠脉血流。在应用 IABP 后再应用血管扩张剂和正性肌力药物,如多巴胺和多巴酚丁胺,可使血流动力学进一步改善。病情稳定后应积极考虑早期手术。

二、外科手术治疗

　　内科保守治疗的效果极差,外科治疗也有较高的病死率。此外,近年来,外科手术的死亡率也较前上升,很可能是患者到达外科的自然过程发生了变化,溶栓治疗可能增加复杂病变穿孔的比例,因此很难修补。另外,可能与心肌梗死后开始 24~48 h 比 1 周后对手术的耐受性差也有关。尽管如此,外科手术仍为该疾病治疗最有效的方法。但是对手术时机仍有不同意见。由于室间隔穿孔后,周围组织脆弱,早期手术修补困难,而坏死组织需 12 d 左右发生纤维化,所以提出延期至室间隔穿孔后 2~4 周完成较为适宜。由于内科治疗很难维持到这一阶段,约 40% 的患者在穿孔后 48 h 内死亡,有相当一部分病人在穿孔后 2 周内死亡。因此,多数专家认为,只要室间隔穿孔诊断明确,尤其是穿孔较大者,肺、体循环血流量之比大于 2∶1 时,无论有无心源性休克,均应急诊手术。心肌梗死后 48 h 内手术者,病死率较 48 h 后手术者死亡率为高。因此,对室间隔穿孔伴严重休克者应先行内科治疗,包括药物治疗、IABP 和其他左心辅助等。使患者延期到 48 h 以后或更长的时间进行手术,如血流动力学不稳定,则应急诊手术治疗。对内科治疗后,血流动力学稳定,以及重要脏器功能稳定,最好在 4 周后手术。Cerin 等报道 58 例心肌梗死并发室间隔穿孔患者(平均年龄 73±7 岁),在心肌梗死后平均 14 d 手术。13 例同时行左心室重建,47 例同时行冠脉搭桥手术。手术和住院病死率为 52%。在 1 周内手术者病死率为 75%,大于 3 周的病死率为 16%。与病死率有关的其他因素有心源性休克、肺动脉压力、室间隔缺损的直径。Dalrymple 等报道 29 例 4 周手术的患者无死亡。

但也有专家认为应尽可能在第一时间内进行外科手术,虽然手术难度大,但可减少多器官功能衰竭的发生。王京生等报道 7 例患者,2 例因心源性休克,在穿孔后 10 h 和 48 h 内进行急诊手术,术中见心肌组织水肿,脆弱,缝合过程十分困难,手术分别因心脏破裂和急性泵功能衰竭而死亡。2 例于 2 周后手术,术中见正常与异常心肌组织仍界线不清,缝合有一定的难度,术后 1 例死于肾功能衰竭,另 1 例发生室间隔缺损再通。另 3 例 3 周至 3 个月手术,术中发现室间隔穿孔周围有纤维组织形成,缝合较满意,顺利通过围手术期。郑少忆等报道 3 例心肌梗死后室间隔穿孔行外科治疗,分别于穿孔后 6 h、36 h 和 120 d 手术,同时行冠状动脉搭桥。手术全部成功,并痊愈出院。许建屏等报道 16 例室间隔穿孔的外科治疗,前部室间隔穿孔 13 例,后部室间隔穿孔 3 例,穿孔后 4 周内手术 4 例,4 周后 12 例,术前心功能Ⅲ～Ⅳ级。无手术死亡和术后早期死亡。根据国内外文献介绍的经验,对穿孔较小的患者应积极进行内科治疗,等到穿孔 3 周以上再行手术治疗,手术会更容易。但对于分流量大,全身情况恶化者应尽早手术。

三、介入治疗

介入治疗因技术上简单,创伤小,近几年已成为治疗急性心肌梗死并发室间隔穿孔的另一有效治疗方法。但是临床经验有限,主要见于少量病例报道。国内外文献多数介绍封堵治疗能取得良好的疗效,初步的工作积累了一定的经验,国内外厂家也研制了专用的封堵器,为进一步开展介入治疗心肌梗死后室间隔穿孔提供了技术和材料上的保证。

对于哪些患者应首选介入治疗?目前尚无可靠的资料,需要进一步积累临床治疗经验。我们认为是否行介入治疗需要综合考虑,首先是疾病本身的危险性和治疗可能出现的危险,其次是医院的技术和设备条件。在权衡以后再制定具体治疗方案。此外,还需要注意以下几点:① 破口的大小。破口太大,没有合适封堵器,则不宜封堵,国外资料提出直径大于 24 mm,不宜封堵治疗。② 破口是否靠近重要的结构。如二、三尖瓣。下壁心肌梗死的患者室间隔破裂通常位于后部,可妨碍二尖瓣和三尖瓣的运动,因此,放置和打开封堵装置可以明显地损害这些瓣膜,引起二尖瓣或三尖瓣反流。③ 破口的位置。前壁心肌梗死的患者破裂部位通常靠近心尖部,下壁心肌梗死的患者通常靠近后部。如破口靠近心尖部,或左右心室的游离壁,封堵器的盘片不易张开。在决定封堵器治疗前应行详细的超声检查,明确穿孔的破口与周围结构的关系。

(一)治疗时机的选择

这类患者病情重,变化快,在内科治疗期间随时可发生病情恶化。但是,介入治疗中也可能引起病情加重而导致患者死亡。Holzer 等的治疗经验对我们选择治疗时机可能有一定的帮助。Holzer 等报道了 18 例患者,在心肌梗死后 6 d 内完成介入治疗的有 5 例,其余在心肌梗死后 14～95 d 行介入治疗。66% 的患者有心衰的症状,56% 的患者为心源性休克,8 例在 IABP 支持下行封堵治疗。16 例完成封堵,2 例技术上未成功。未发生与操作有关的死亡。Holzer 认为应用 Amplatzer 封堵器治疗心肌梗死后室间隔穿孔是安全、有效的。对不宜行外科治疗的患者也可进行封堵治疗。本人曾先后完成了 4 例急性心肌梗死并发室间隔穿孔的封堵治疗,4 例操作全部成功。4 例患者均在心肌梗死后 2 周以后,血流动力学稳定的情况下进行的。操作过程中除 1 例在左心室内操作导管时引起室速和室颤外,未发生其他严重并发症。

因此,最好在心肌梗死2周后,如血流动力学稳定,患者能耐受平卧位2 h,此时行封堵治疗可能比较安全。

(二) 封堵器与输送系统

封堵器和输送系统的选择和应用对治疗成功至关重要。Lock等应用Rashkind双面伞治疗4例心肌梗死后室间隔穿孔,在封堵器植入后,残余分流逐渐增加,4例患者在术后几日内全部死亡,1例发生封堵器栓塞。国内也有选择Amplatzer房间隔缺损封堵器治疗室间隔穿孔,因选择封堵器大小不合适,反复牵拉,使穿孔增大,导致治疗失败。Holzer等应用Amplatzer封堵器也存在微量和少量分流,但无1例存在即刻和随访期间发生大量残余分流。由于Amplatzer封堵器在结构上更合理,因此Amplatzer封堵器是比较理想的封堵器。

Amplatzer心肌梗死后室间隔穿孔封堵器与肌部室间隔缺损封堵器稍有不同。封堵器的腰部直径为16~24 mm,每个型号相差2 mm,两侧盘片的直径比腰部直径大10 mm,腰部长度为10 mm,需要输送鞘管为10F~12F。国产镍钛合金封堵器腰部直径6~28 mm,每种规格相差2 mm,封堵器两侧的盘片比腰部直径大10 mm。

图11-3　应用于心肌梗死合并室间隔破裂封堵的封堵器,腰部直径16~18 mm,腰长10 mm,左右盘比腰部直径大10 mm

封堵器可通过8F~10F的鞘管,鞘管最好是抗折鞘,以避免在输送过程中因鞘管打折而需要重复建立轨道,增加治疗的风险。

(三) 操作方法

心肌梗死后室间隔穿孔封堵的治疗方法与封堵膜部和肌部室间隔缺损的方法基本相同,需要的导管和相关材料相同。治疗的过程主要包括穿刺股动脉和股静脉,常规应用肝素抗凝(100 U/kg),通过动脉放置猪尾巴导管至左心室行左心室造影,确定破口的大小和部位。交换右冠造影导管至左心室,并通过破口入右心室,一旦导管入右心室,经导管送入直径0.89 mm,长度为260 cm的泥鳅导丝,至肺动脉或上腔静脉,经静脉送入右心导管,行右心导管检查和血氧分析,完成检查后,将导管送至泥鳅导丝到达的部位,经右心导管送入圈套器,圈套导引钢丝,并拉出体外,建立经动脉-室间隔破口-静脉的轨道。沿轨道钢丝送入适当直径输送鞘管至左心室,经输送鞘管送入封堵器。

封堵器大小应根据超声和造影测量的结果选择。由于心肌梗死后,室间隔穿孔周围的组织发生进行性坏死和坏死组织的溶解,穿孔的直径可增大,因此,为了减少封堵器脱落和减少残余分流,选择的封堵器应比室间隔缺损的直径大50%。Birnbaum等提出封堵器可能增大室间隔缺损的直径,在早期由于坏死的心肌组织受到封堵器挤压后,破口可增大。但在4周后,破口周围的组织已经纤维化,封堵器放置后引起破口扩大的可能性较小,如在心肌梗死4周后行封堵,可按造影测量的直径增加2~3 mm。故在选择封堵器时应区别对待。在左心室内打开左侧盘片,轻轻回拉,经超声证实封堵器紧贴破口的左心室侧时释放出右心室侧盘片。

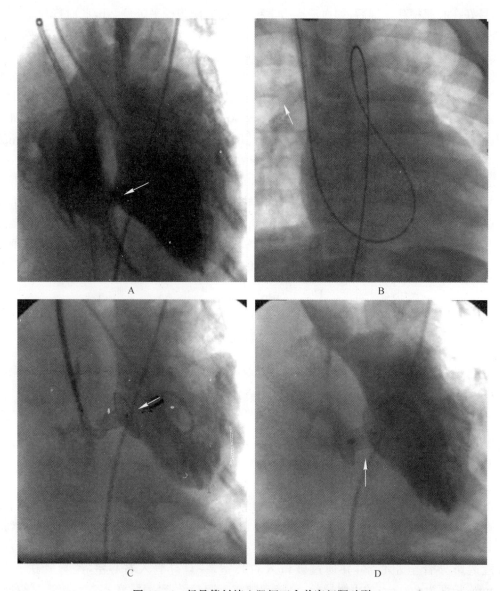

A

B

C

D

图 11 - 4　经导管封堵心肌梗死合并室间隔破裂

A. 为左心室造影，破口在室间隔中部；B. 为经右颈内静脉-室间隔破口-动脉的轨道；C. 为封堵器到位后左心室造影；D. 为封堵器释放后左心室造影，破口完全封堵

重复左心室造影，如封堵器位置可靠，稳定，无明显分流，则可释放出封堵器，结束操作。如室间隔穿孔靠近心尖部，选择右侧颈内静脉途径比右股静脉途径更容易操作。

封堵治疗的效果与评价。国内广州、上海和北京有几家医院曾应用治疗房间隔缺损的封堵器治疗室间隔穿孔，其中 2 例操作成功，1 例术中因选择封堵器大小不合适，并因封堵器放置过程中反复牵拉，导致破口增大，使左向右分流增加，在术中死亡，另 2 例在术后 4 d 和 8 d 因心源性休克和呼吸衰竭死亡。沈阳军区总院报道 3 例应用镍钛合金肌部室间隔缺损封堵器治疗全部成功，1 例于术后第 4 d 发生脑血管意外，2 周后死亡，另 2 例随访 6 个月和 1 年，心功能明显改善。本人曾应用国产肌部室间隔缺损封堵器治疗急性心肌梗死合并室间隔穿孔 5

例,5 例均为急性广泛前壁心肌梗死,穿孔的部位 4 例近心尖部,另 1 例位置较高,接近于膜周部。3 例造影显示多支血管病变,2 例为前降支近端完全闭塞。在室间隔破口封堵后同时行 PCI。术后患者心功能明显改善,1 例术后 2 个月发生猝死,另 1 例术后一度好转,此后因再发穿孔死亡。另 3 例随访期间病情稳定。Holzer 等应用 Amplatzer 封堵器治疗的 18 例急性心肌梗死合并室间隔穿孔的患者,其中 16 例成功,总死亡率 41％,30 d 死亡率 28％,与外科治疗结果相似。在封堵器植入后,仍存在微量和少量分流,无一例在即刻和随访期间发生大量残余分流。16 例中仅 2 例因有明显残余分流而放置第 2 个封堵器。外科手术治疗术后同样有残余分流,发生率高达 37％,其中 11％需要第 2 次外科手术。存在残余分流,如分流量不大,一般不影响封堵治疗的疗效。随访期间分流量可逐渐减少。

总之,急性心肌梗死并发室间隔穿孔是急性心肌梗死的少见并发症。内科治疗疗效差,外科治疗经验少,如在英国,每年行急性心肌梗死并发穿孔外科治疗的仅 160 例左右,平均每个心脏外科医师不足 1 例。在国内做过此类手术的外科医师更少,加之病情急,如匆忙上手术台,可能难以取得满意的疗效。介入治疗经验也少,主要是医师畏惧治疗产生的并发症,且不能得到患者家属的理解。相比较,介入治疗的风险要比外科手术小,安全,更容易被患者及其家属接受。但是,介入治疗的医师需要较好的心导管检查技术,有一定数量肌部和膜部室间隔缺损封堵治疗的经验,否则也难取得良好的疗效。

(秦永文)

参考文献

［1］YIP H K, FANG C Y, TSAI K T, et al. The potential impact of primary percutaneous coronary intervention on ventricular septal rupture complicating acute myocardial infarction[J]. Chest,2004,125(5)：1622－1628.

［2］IKEDA N, YASU T, KUBO N,et al. Effect of reperfusion therapy on cardiac rupture after myocardial infarction in Japanese[J]. Circ J,2004,68(5)：422－426.

［3］CERIN G, DI DONATO M, DIMULESCU D,et al. Surgical treatment of ventricular septal defect complicating acute myocardial infarction[J]. Experience of a north Italian referral hospital[J]. Cardiovasc Surg,2003,11(2)：149－154.

［4］BENTON J P, BARKER K S. Transcatheter closure of ventricular septal defect：a nonsurgical approach to the care of the patient with acute ventricular septal rupture[J]. Heart Lung,1992,21：356－364.

［5］MULLASARI A S, UMESAN C V, KRISHNAN U, et al. Transcatheter closure of post-myocardial infarction ventricular septal defect with Amplatzer septal occluder[J]. Catheter Cardiovasc Interv,2001,54：484－487.

［6］LEE EM, ROBERTS D H, WALSH K P. Transcatheter closure of a residual postmyocardial infarction ventricular septal defect with the Amplatzer septal occluder[J]. Heart, 1998,80：522－524.

［7］CHESSA M, CARMINATI M, CAO Q L, et al. Transcatheter closure of congenital and acquired muscular ventricular septal defects using the Amplatzer device[J]. J Invas Cardiol,2002,14：322－327.

［8］PIENVICHIT P, PIEMONTE T C. Percutaneous closure of postmyocardial infarction ventricular septal defect with the CardioSEAL septal occluder implant[J]. Catheter Cardiovasc Interv,2001,54：490－494.

［9］荆全民,韩雅玲,藏红云,等. 介入性方法治疗冠心病急性心肌梗死合并室间隔穿孔(附 3 例报告)[J]. 中国实用内科杂志,2003,23(11)：670－672.

［10］秦永文,赵仙先,李卫萍,等. 经导管闭合急性心肌梗死合并室间隔穿孔 1 例,中华心血管病杂志[J],2003,31

(11)：867 - 868.

[11] LOCK J E，BLOCK PC，MCKAY RG，et al. Transcatheter closure of ventricular septal defects[J]. Circulation，1988,78：361 - 368.

[12] HOLZER R，BALZER D，AMIN Z，et al. Transcatheter closure of postinfarction ventricular septal defects using the new Amplatzer muscular VSD occluder：Results of a U. S. Registry[J]. Catheter Cardiovasc Interv,2004,61(2)：196 - 201.

[13] DEJA M A，SZOSTEK J，WIDENKA K，et al. Post infarction ventricular septal defect：can we do better? [J] Eur J Cardiothorac Surg,2000,18：194 - 201.

[14] BIRNBAUM Y，FISHBEIN M C，BLANCHE C，et al. Ventricular septal rupture after acute myocardial infarction[J]. N Engl J Med,2002,347：1426 - 1432.

[15] 许建屏,王立清,陈雷,等. 心肌梗死后室间隔穿孔的外科治疗——附 16 例临床报告[J]. 中国循环杂志,2002,17(2)：138 - 140.

[16] PARK J Y，PARK S H，OH J Y,et al. Delayed ventricular septal rupture after percutaneous coronary intervention in acute myocardial infarction[J]. Korean J Intern Med，2005,20(3)：243 - 246.

第十二章

经皮介入封堵与传导系统的损伤

无论是经皮介入封堵还是经外科手术修补治疗先天性心脏病室间隔缺损，房室传导阻滞（AVB）都是最为严重的并发症之一。近年随着经皮介入封堵 VSD 的迅速普及，这一并发症的报道日益增多，并已经备受人们关注。近年国内外已经陆续有大样本经皮介入封堵治疗的临床研究报道，本章拟结合近期文献对该手术和传导系统损伤的关系作一总结，并对长海医院心内科介入封堵中发生传导系统损伤的病例作一回顾分析。

第一节 室间隔缺损和房室传导束的关系

如第二章所述，房室束发源于 Koch 三角顶部的房室结，发出部位相当于三尖瓣隔瓣与主动脉无冠窦交界的瓣环上方，从主动脉瓣无冠窦和右冠窦之间的心室间隔区穿过，沿膜部室间隔后下缘，下行达室间隔膜部下方约几毫米下进入心室肌性间隔的嵴上左心室面，并于此分为左右束支（图 2 - 11，图 2 - 12）。

房室束及其分支走行于膜周部 VSD 后下缘，距缺损边缘仅 2～4 mm，膜部缺损边缘心内膜常有继发性纤维化。左、右束支常包裹在缺损边缘的残余纤维组织内，其脆弱性常与传导束表面纤维组织厚度有关。纤维组织过厚时会压迫临近传导束，术前心电图可见不同程度的房室传导阻滞。黄素华报道新生儿室间隔缺损并Ⅲ度房室传导阻滞一例，笔者在工作中也曾发现一巨大室间隔缺损、严重肺动脉瓣狭窄伴Ⅱ度Ⅱ型和间歇性Ⅲ度房室传导阻滞病例。纤维组织薄弱的患者外科手术或介入封堵治疗中极易发生损伤，术后传导束周围组织水肿、封堵器压迫等因素可使传导阻滞进一步加重，因此可于术中、术后发生不同程度房室传导阻滞和室内传导阻滞［以右束支和（或）左前分支阻滞最常见］，个别患者甚至发生致命性的Ⅲ度房室传导阻滞和阿-斯综合征。周围组织水肿、封堵器压迫等因素造成传导系统损伤多数能够于术后1～2周内恢复。少数患者可为永久性损伤，严重时需要植入永久性心脏起搏器。

第二节 外科手术修补室间隔缺损与房室传导阻滞

外科开胸手术修补 VSD 已经数十年,技术已经成熟并仍在发展之中。外科对手术修补 VSD 和传导系统损伤的关系已经有较为深刻的认识,其经验和教训对内科介入封堵治疗 VSD 和预防传导系统并发症颇有借鉴作用。

外科医师早就注意到损伤主动脉瓣、三尖瓣和二尖瓣之间的纤维区域可于术中或术后发生严重的房室传导阻滞。术后伴发完全性传导阻滞较多是早期外科手术修补 VSD 死亡率高的重要原因之一,1980 年以前 VSD 修补术死亡率高达 9.8%～21.6%。Kirklin 早年报道的 46 例修补术患者中,22 例术后早期或晚期死亡,因而提出应该使用足够大的补片以避免损伤主动脉瓣、三尖瓣、二尖瓣之间的纤维区域从而预防术后传导阻滞的发生。近年外科手术死亡率大幅度下降,只有 0～3.7%,原因是多方面的,但严重传导系统并发症减少是其重要原因之一。

外科手术对于传导系统损伤的症状可发生于围手术期,但值得警惕的是也可于手术后多年发生。笔者得知一医务人员于幼年曾行 VSD 修补术,术后 20 余年于医院发生完全性房室传导阻滞和阿-斯综合征,抢救成功后植入永久性心脏起搏器,Fukuda 等也有类似个案报告。近年国内外已经发表多宗大样本病例的单纯性 VSD 外科修补术后长期随访报道(表 12 - 1)。

表 12 - 1 外科手术修补单纯的 VSD 术后严重房室传导阻滞文献统计

作　者	发表年代	手术时间	手术例数	发病例数(率%)	迟发猝死	备　　注
Demirag	2003	1983～2000	78	1(1.3%)	1/78(1.3%)	永久性完全性 AVB
Roos-Hesselink	2004	1968～1991	176	6/153(3.9%)	6/153(3.9%)	2 例 AVB 于围手术期
Ozal E	2002	NA	158	12(7.5%)	NA	4 例植入永久性起搏器
丁力	2004	2000～2003	31	1(3.1%)	NA	年龄 2～12 个月
韩宏光	2003	1991～2001	492	8(1.6%)	NA	年龄 3～36 个月婴幼儿
胡雪	2005	2002～2004	63	6(9.5%)	NA	全发生于膜周型(9.5%)
赵洪序	2001	1988～2000	684	9(1.3%)	NA	NA

注:严重房室传导阻滞包括Ⅱ度Ⅱ型、Ⅲ度房室传导阻滞、持续交界性逸搏心律和左束支传导阻滞(LBBB)。

上表示围手术期和术后远期随访均可发现严重的传导系统损伤的病例,其中 Roos-Hesselink 发表的一长时间随访的 176 例报道值得注意,作者报道外科术后围手术期发生永久性完全性房室传导阻滞 2 例(1.1%),术后Ⅰ度房室传导阻滞 7 例(4.0%),完全性右束支传导阻滞 52 例(29.5%),还有 4 例手术 15 年后因病态窦房结综合征植入永久性心脏起搏器。推测这种迟发型窦房结功能障碍与术中心肺旁路心房插管损伤有关。Meijboom 也有类似报道,发现术后 20% 患者有不同程度窦房结功能障碍,4 例因此植入永久性心脏起搏器。6 例手术一年后发生猝死,围手术期并发症和平均肺动脉压分别为猝死独立预测因子。

外科手术后传导系统损伤的发生与缺损类型、手术径路、补片大小等多种因素有关,常发生于膜部和膜周型 VSD、巨大 VSD 和术中使用小补片者。国内沈阳军区总医院韩宏光等报道传导系统损伤与缺损大小有关,VSD 直径大于 8 mm 者较直径小于 8 mm 者,外科手术后传导阻滞发生率明显增加。

VSD 修补术多在室间隔右侧进行操作,故术后右束支传导阻滞的发生率较高,是最常见的心律失常,但术后持续有创血压监测和长期随访未发现单纯的右束支传导阻滞对血流动力学产生明显不利的影响。右束支传导阻滞约有一半由于修补 VSD 引起"中央性"阻滞,另一半系切开右心壁时切口所致的"周围性"阻滞。经右心室和右心房修补 VSD,右束支传导阻滞发生率分别为 80% 和 44%。

不同类型 VSD 修补径路有所不同,传导系统损伤发生率存在差异。右心房切口不经右心室,减少了对冠状动脉分支和右束支分支的损伤,很容易显露 VSD 右后下方的危险区域,防止损伤传导组织,较少发生传导系统损伤,但干下型和部分肌缺损患者此路径不适用;右心室切口几乎所有类型缺损均可用,但对右心功能影响大,易损伤冠状血管,传导区域暴露差,易损伤;主肺动脉切口适用干下型缺损,不会损伤传导系统;左心室切口用于少数肌部缺损特别是多发性缺损,术中亦应该尽量避免在危险区过度地牵拉和钳夹。在心脏复苏后如出现完全性房室传导阻滞,如怀疑为缝合损伤所致,应再次转流,拆除部分缝合。

第三节 经皮介入封堵治疗室间隔缺损与房室传导阻滞

封堵器腰部和两侧圆盘均可能由于张力对传导系统产生机械压迫,但却可以避免外科手术对传导系统直接性、永久性的损伤。和外科手术相比,经皮介入封堵治疗传导系统并发症是否减少,国内外均缺乏相关的对照性研究。

从理论上讲,介入封堵治疗术中、术后传导阻滞损伤的发生可能与 VSD 解剖部位、缺损大小、封堵器大小及类型、手术操作时导管机械损伤等多种因素有关。但对于具体病例而言,目前尚缺乏可靠的指标供术前预测。

(一) 房室传导阻滞和 VSD 类型

VSD 时心脏传导系统的位置及行程变化较多,但总的来看,不管是否伴有其他畸形,缺损的位置直接关系着传导系统的位置变化,VSD 边缘与传导束的解剖关系因 VSD 的类型不同而各异。从传导系统走行来看,与心脏传导系统关系密切的 VSD 主要是膜部、膜周部 VSD 及高位肌部 VSD(肌部流入道型),这些类型 VSD 较容易发生传导系统并发症。

1. 膜部及膜周 VSD 希氏束的穿支部穿过中心纤维体,沿膜部室间隔后下缘到达肌部室间隔顶端的左心室面,尔后分为左右束支,故传导束与膜部偏小梁部 VSD 和膜部偏流入道 VSD 关系最为密切。在传导组织穿入的过程中,传导束可能直接邻近膜周围缺损的边缘,其主干和(或)分叉点距离上两型 VSD 边缘仅 2~4 mm,也可能就包裹于缺损残端纤维组织内,容易受到损伤。膜部偏流出道型 VSD 距离传导束较远,一般在 5 mm 以上,介入封堵治疗一般也不会累及传导系统。

2. 隔瓣后 VSD 又称流入道型或心内膜垫型,是胚胎期心内膜垫发育停滞所致。缺损位于心室后方室间隔入口的三尖瓣隔瓣下,圆锥乳头肌后方,离主动脉瓣膜较远,但距离房室结近端和希氏束很近,往往有心电图改变。封堵治疗容易伤及房室传导系统,严重时可能发生高度房室传导障碍,值得注意。

3. 肌部 VSD　流入道肌性 VSD 缺损位置在肌部流入道近膜性间隔部,常被三尖瓣遮盖不易发现,其边缘有肌性间隔与三尖瓣附着缘分开可与流入道膜性 VSD 鉴别。房室束位于缺损的前上方,分叉部在缺损的前上 1/4,左束支可位于室上嵴上方。即传导束位于缺损前上缘。

4. 嵴内型 VSD　位于室上嵴内,有完整肌性间隔,缺损离传导束较远而和主动脉瓣关系密切,其封堵治疗容易损伤主动脉瓣功能,一般不伤及传导束,但有时其肌性间隔很小,难截然与膜部偏流出道 VSD 分开。小梁部缺损常多发,中至大的室间隔肌部缺损或多发性肌部缺损容易发生心力衰竭。缺损离传导系统主干远,封堵治疗一般不会发生严重的传导系统并发症。

(二) 房室传导阻滞和 VSD 大小的关系

室间隔膜部存在巨大缺损时,房室结位置可无变化或可稍向后移位,房室束穿过中心纤维体后行于缺损的后下缘的左侧心内膜下,在圆锥乳头肌附着处向下,最后分成左右束支。左右束支发出的形式可有变化,有的左束支较早发生,右束支分出较晚,呈长而环绕的行程;有的房室束在中心纤维体上方分叉,而左束支行于室间隔缺损后下缘。

大的 VSD 者,心内分流量大,对血流动力学影响较大及对心肌的损害较重,心肌病理改变明显;缺损边缘心内膜继发性纤维化,瘢痕组织形成更明显,故易发生传导阻滞。

(三) 房室传导阻滞和患者年龄的关系

年龄是影响心律失常发生的独立因素。婴幼儿心肌内的非收缩物质比重大,功能储备少,并且由于解剖上的原因,婴幼儿房室连接处的组织较粗大,直至 2 岁左右连接处的组织才渐成熟,发生退行性变和吸收。婴幼儿心脏的神经-体液调节及窦房结功能均发育不完全,同时术前心功能差,心脏阻断时间及体外循环时间较长,手术造成纤维增生、水肿,以及术后电解质、酸碱代谢紊乱,缺氧易造成心律失常的发生。

(四) 经皮介入封堵治疗 VSD 房室传导阻滞发生率

既往认为 VSD 封堵术后约 3% 患者发生高度 AVB,与传统外科开胸手术相似,但一直无确切的统计资料。随着 VSD 病例数的不断增加,近年国内外已经陆续报道一些医学中心大样本 VSD 封堵术病例报告,其发生严重传导系统损伤和Ⅲ度 AVB 发生率统计如下(表 12 - 2)。不同作者报道的传导系统并发症发生率差异较大,可能与其报道的病例数、病种构成(膜部和膜周 VSD 更容易发生)、封堵器类型、随访时间等存在差异有关。总体而言,目前报道的介入封堵治疗 VSD 合并传导阻滞的病例数还不多且较为零散,多为单中心、短期随访,因此,有必要对介入封堵治疗 VSD 对于传导系统的影响进行系统性、多中心随访,准确评估其发生率和危险因素。

表 12 - 2　经皮介入封堵治疗后严重传导系统损伤的发生率文献统计

作　者	发表时间	总　数	严重传导系统损伤(率%)	Ⅲ度 AVB 数(率%)	发生时间(d)	恢复时间(d)	临时/永久起搏	备　注
张玉顺	2005	262	9(3.4%)	5(1.9%)	NA	NA	NA	
李育梅	2005	182	8(4.4%)	3(1.6%)	4~7	2~3	3/0	转外科 1 例
秦永文	2006	470	9(1.9%)	8(1.7%)	0~7	≤7	2/0	均为膜部 VSD

(续表)

作　者	发表时间	总　数	严重传导系统损伤（率%）	Ⅲ度 AVB 数（率%）	发生时间 (d)	恢复时间 (d)	临时/永久起搏	备　注
全　薇	2005	63	5(7.9%)	3(4.8%)	NA	NA	1/1	Amptlazer 封堵器
区　曦	2005	50	4(8.0%)	NA	4~7	≤7	NA	
Arora	2003	107	NA	2(1.9%)	NA	NA	NA	
Masura	2005	186	2(1.1%)	2(1.1%)	0~1	7~30	1/1	对称型封堵器
Robinson	2006	26	1(3.8%)	0	NA	NA	NA	肌部 VSD
Djer	2006	17	2(11.8%)	2(11.2%)	NA	NA	1/0	肌部 VSD
Carminati	2005	122	6(4.9%)	5(4.1%)	0~360	NA	1/3	均于膜部 87 例中,发生率 6.9%
Fu	2006	35	3(8.6%)	3(8.6%)	NA	NA	0/0	均为膜部 VSD

注：恢复时间从发病后计算起；严重传导系统损伤包括Ⅱ度Ⅱ型、Ⅲ度房室传导阻滞、持续交界性逸搏心律和左束支传导阻滞。

（五）介入封堵治疗 VSD 合并传导系统损伤的临床特征

目前资料表明,封堵术后发生的束支传导阻滞为最常见的心电图改变,可能与封堵器挤压室间隔使左右束支及其分支造成损伤有关,其中右束支传导阻滞更为常见,单纯性左前分支阻滞也较为常见,一般不需特别处理,但应该严密监测,适当延长留院观察时间。完全性左束支传导阻滞少见,一旦出现应该行严密的心动图监测和随访。

如果同时出现右束支传导阻滞和左前分支传导阻滞,或束支阻滞同时有 PR 延长,常为传导系统严重损伤的先兆,警惕有可能发生高度房室传导阻滞。出现后应该高度重视,留院观察,行严格的心电监护和适当的治疗处理。

传导系统损伤发生时间多在手术后 24~72 h 内,少数在手术后 5~8 d。2 周后发生者很少见。但新近也有作者报道迟发的病例,应该引起重视。

新近 Carminati 等报道介入封堵治疗 VSD 122 例,其中 87 例膜部 VSD,30 例肌部 VSD,5 例外科术后残余漏。手术成功率 97.5%(119/122),术中发生完全性房室传导阻滞 1 例。术后 2 d 内发生完全性房室传导阻滞 2 例,1 例临时起搏恢复,1 例植入永久性心脏起搏器,均为膜部 VSD 病例。围手术期还发生一过性完全性左束支传导阻滞 2 例和Ⅰ度房室传导阻滞 1 例。特别值得注意的是,有 2 例膜部 VSD 封堵术后的患者在随访至 5~12 个月时分别发生迟发型Ⅲ度房室传导阻滞并均植入永久性心脏起搏器,其封堵器均在位良好,大小合适,无残余分流。均为 2.5 岁男孩,其中 1 例 7 mm VSD 植入 8 mm VSD 封堵器,术中曾经有一过性左束支传导阻滞,出院及 1 个月随访时均为窦性心律,第 5 个月患儿诉胸闷始获确诊。另一例 11 mm VSD 植入 12 mm VSD 封堵器,出院 6 个月随访正常,第 12 个月随访为Ⅲ度房室传导阻滞,虽无症状仍植入了永久性心脏起搏器。即该组 87 例膜部 VSD 患者中,先后发生高度传导系统损伤 6 例(4.9%),5 例(4.1%)为完全性房室传导阻滞。尤其引人注目的是其中 2 例为术后 5 个月和 12 个月随访时发现,提示封堵器对传导系统远期影响还有待长期随访观察。

1. 并发房室传导阻滞患者的临床特点　上海长海医院行 VSD 封堵治疗的 470 例病例中,术后监护心电图常可见不同程度传导阻滞,以单纯性右束支传导阻滞、Ⅰ度房室传导阻滞和左前分支阻滞较常见,其中8例患者发生高度房室传导阻滞。这些病例有如下特点。

(1) 均见于膜部及膜周部VSD,嵴内型VSD均无发生;左心室造影见缺损离主动脉瓣较远,超声见缺损离右心室流入道和三尖瓣隔瓣较近。

(2) 术前心电图正常,年龄2~19岁。

(3) 均于术后1周内发生(术后1~7 d),术后3~5 d为发生高峰期。

(4) 发生前心电图可有Ⅰ度房室传导阻滞、右束支传导阻滞和(或)左前分支传导阻滞,二者同时出现常预示高度房室传导阻滞的发生,但也可无任何先兆心电图改变;2例患者曾发生阿-斯综合征。

(5) 经异丙肾上腺素、糖皮质激素治疗后心电图均于3周内恢复正常,2例植入临时心脏起搏器,均未植入永久性心脏起搏器。

2. 并发房室传导阻滞患者的高危因素　结合我们的经验、外科术后随访资料和有限的VSD介入封堵治疗文献,我们认为介入封堵术后发生高度AVB的危险因素如下。

(1) 年龄:小于5岁患儿,婴幼儿房室连接处的组织较粗大容易受压。

(2) VSD位置:膜部VSD,特别是距离三尖瓣隔瓣边缘小于1 mm的隔瓣后型VSD和流入道肌部VSD(造影见VSD离主动脉瓣较远)。

(3) 手术过程:导丝、导管和鞘管通过VSD困难,反复刺激、摩擦VSD边缘者,术中发生不同传导系统损伤表现者,特别是右束支传导阻滞+左前分支传导阻滞或高度AVB。

(4) 封堵器选择过大,张力较大,成形欠佳的患者。

(5) 术后发生传导阻滞,特别是右束支传导阻滞+左前分支传导阻滞或有进一步加重者。

(6) 封堵器类型:偏心型封堵器向下延伸较长,张力不平均,理论上可能更容易发生高度AVB;小腰大边型同等伞面下对于周围组织张力可能更小。

有以上高危因素的患者,术后应该行严密心电图监测,并行定期门诊随访。

(六) 经皮介入封堵治疗VSD房室传导阻滞预防及处理

正如Carminati报道的那样,我们也发现高度AVB可以发生于手术顺利,封堵器大小合适,封堵器在位、成形良好的患者。因此对于具体病例而言,目前尚缺乏可靠的指标供术前预测。高度AVB发生率虽然较低,且大多数2周能够恢复,预后良好,但确有部分患者可能为永久性损伤必须植入永久性心脏起搏器,如果发生于少年或儿童患者家属常难以接受。因此,每一病例术前都应向患者或家属详细告知这一严重并发症的可能性及后果。

因为目前还缺乏预测具体患者房室传导损伤的指标,为预防高度AVB可采取如下措施。

(1) 选择合适器材,尽可能地轻柔操作,避免反复刺激VSD边缘。

(2) 在保证封堵效果的前提下,尽量选择型号小些的封堵器以减少封堵器对周边组织的压力。

(3) 对每一患者术中术后都要有严密的心电监测,以便及时发现并早期处理传导系统并发症。

(4) 对已经有传导系统损伤心电图表现的患者,应该适当延长留院观察时间至2周左右。

(5) 术后常规行心电监护1周,并给予糖皮质激素预防用药3~5 d以减轻封堵器周围组织炎性水肿。如此处理是否能够减少包括高度传导阻滞房室的传导系统并发症需要进一步的临床观察,特别是严格的循证医学检验。

对术中和（或）围手术期有传导系统损伤心电图表现而出院前恢复的患者，目前国内外均缺乏长期的随访资料。这类患者远期预后如何？会发生高度房室传导阻滞吗？Carminati 的报道已经给人们敲响了警钟。由于整体而言 VSD 介入封堵治疗传导系统并发症发生率较低，单中心研究资料难以对此进行客观准确的评估，亟待对这类患者进行系统性、多中心随访观察，以进一步评价封堵器于此类型患者的远期应用的安全性。

Amplatzer 封堵器的应用是室间隔介入治疗里程碑式的进展，近年来的飞速发展有目共睹。但仍有很多问题待解答，如介入治疗传导系统损伤发生率究竟多高？有哪些相关因素？不同类型封堵器传导系统并发症发生率一样吗？目前的糖皮质激素预防性应用会有效吗？封堵器对传导系统远期影响如何，长期压迫会导致传导系统纤维化和退行性病变吗？这些问题均有待进一步临床应用和随访解答。

第四节　室间隔缺损介入治疗合并传导系统损伤典型病例分析

=== 【病例1】　完全性右束支传导阻滞 ===

患者，女性，11 岁，因发现心脏杂音 11 年入院。平时体健，体检发育正常，体重 41 kg，胸廓无畸形，未触及震颤，胸骨左缘第 3～4 肋间可闻及 3/6 级粗糙全收缩期杂音。入院心电图：窦性心律，右心室高电压（图 12-1）。超声检查：隔瓣下型室间隔缺损，缺损直径 0.5 cm。术中造影：室间隔缺损呈囊袋形，最窄直径约 5 mm（图 12-2）。测主动脉压 121/87（109）mmHg

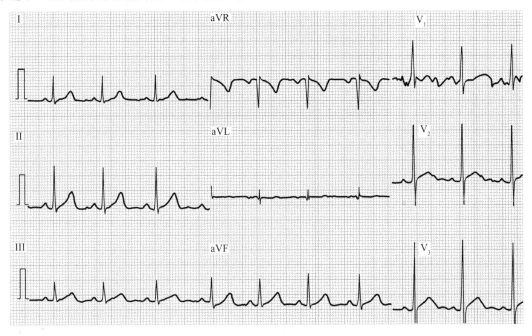

图 12-1　术前心电图

左心室压 121/6(61)mmHg,肺动脉压 22/8(17)mmHg。选择 7 mm 双盘状室缺封堵器。即刻造影显示无残余分流,主动脉瓣上造影无反流。超声观察封堵器位置好,无主动脉瓣、三尖瓣关闭不全,无残余分流。听诊杂音消失,释放封堵器。术后心电图提示完全性右束支传导阻滞(图 12 - 3)。术后持续心电监护,未见异常心律,术后 7 d 出院。

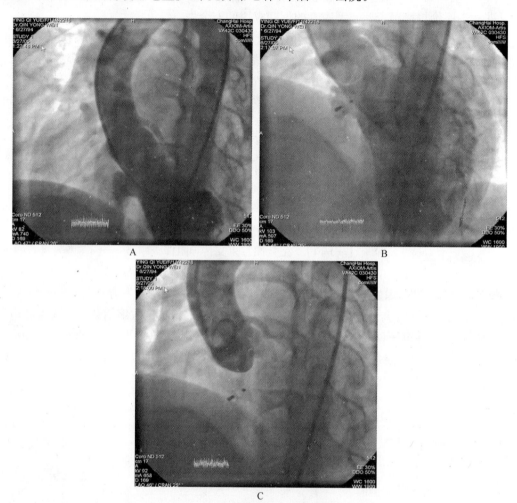

图 12 - 2　封堵前后心血管造影

A. 室间隔缺损呈囊袋状,最窄直径约 5 mm(左前加头位);B. 应用 7 mm VSD 封堵器,即刻造影显示无残余分流(左前加头位);C. 主动脉瓣上造影(左前加头位)

　　点评:此例为隔瓣后型室缺,缺损远离主动脉瓣,而距离三尖瓣较近。术后即刻出现右束支传导阻滞。引起传导阻滞的原因有导管在心腔内操作损伤右束支和封堵器压迫右束支。导管操作引起的束支传导阻滞一般在短时间内恢复,而本例术后右束支传导阻滞未恢复,提示与封堵器压迫传导束有关。隔瓣后型室间隔缺损与传导束关系密切,传导束一般在其后下缘通过,封堵器放置后可直接压迫到传导束,因此隔瓣后室间隔缺损封堵术后容易合并传导系统损伤。术后完全性右束支传导阻滞和不完全性右束支传导阻滞较常见,部分可发展为高度房室传导阻滞,应密切随访观察。

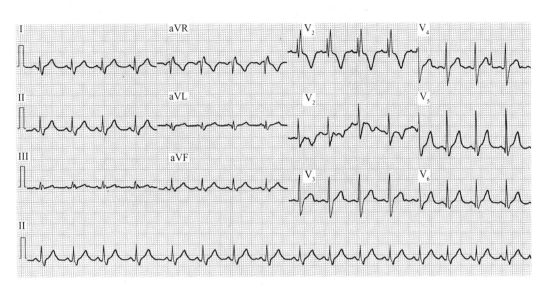

图 12-3 术后第 5 d 心电图：窦性心律,完全性右束支传导阻滞

【病例 2】 完全性左束支传导阻滞

患者,女性,6 岁,因发现心脏杂音 5 年余入院。平时体健。体检发育正常,体重 24.5 kg,胸廓无畸形,未触及震颤,胸骨左缘第 3～4 肋间可闻及 3/6 级粗糙全收缩期杂音。入院心电图提示：窦性心律不齐。超声检查诊断为膜周部室间隔缺损,缺损 8 mm,缺损处见膜样结构残留。术中造影见：室间隔缺损呈囊袋状,入口直径约 7 mm,出口直径 4 mm。测肺动脉压 27/13(18)mmHg 右心室压 36/1(15)mmHg。选择 5 mm 室间隔缺损封堵器,即刻造影显示无残余分流,逆行主动脉造影无反流。超声观察封堵器位置好,无残余分流,无主动脉瓣、三尖瓣反流(图 12-4)。听诊杂音消失,释放封堵器。术后当日心电图提示完全性左束支传导阻滞(图 12-5)。术后持续心电监护,未见异常心律(图 12-6),术后 8 d 出院。随访 6 个月完全性左束支传导阻滞未恢复。

点评：此例为膜周型室间隔缺损,造影和超声检查显示室间隔缺损呈囊袋形,入口大,出口小。介入封堵手术顺利,封堵器选择大小合适。术前心电图正常,术后出现完全性左束支传导阻滞。左束支较为粗大,分成左前、后分支后分布范围较广。本例出现完全性左束支传导阻滞,可能是室间隔缺损的部位偏高,封堵器放置后压迫在左束支的分支前部分。术前难以预测。从预防传导阻滞考虑,应选择封堵出口,尽量减少左心室面的封堵器直径,以减少压迫范围,有可能减少并发左束支传导阻滞的发生率。出现束支传导阻滞后应该重视监护和随访观察。给予糖皮质激素治疗,未见恶化为高度房室传导阻滞,远期预后有待随访。

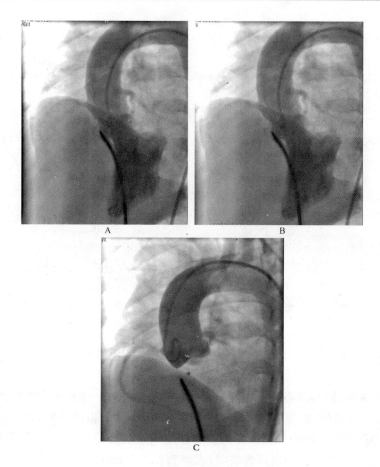

图 12 - 4 封堵前后心血管造影

A. 术前造影显示膜部瘤室缺；B. 封堵器放置后造影无分流；C. 主动脉瓣上造影显示主动脉瓣无反流

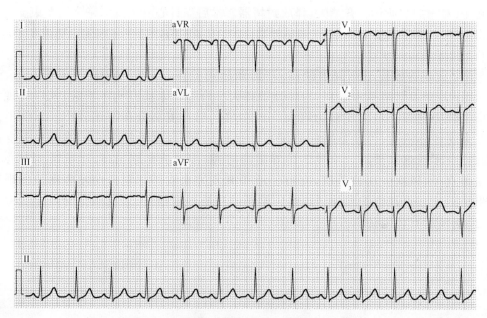

图 12 - 5 术后当日心电图示窦性心动过速

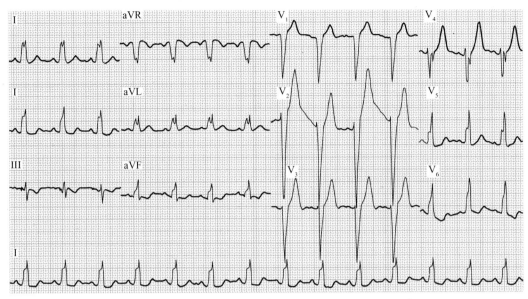

图 12 - 6　术后第 4 d 心电图示完全性左束支传导阻滞

【病例3】　完全性左束支传导阻滞

患者,男性,7 岁,因发现心脏杂音 1 年余入院。平时体健。体检发育正常,体重 17 kg,胸廓无畸形,胸骨左缘第 3~4 肋间可触及震颤,胸骨左缘第 3~4 肋间可闻及 4/6 级粗糙全收缩期吹风样杂音。入院心电图提示:窦性心律,正常心电图(图 12 - 7)。超声心动图检查:室间隔缺损为膜周部型,缺损直径约 2 mm。术中造影:室间隔缺直径约 3 mm,距主动脉瓣 10 mm(图 12 - 9)。测右心室压 42/5(18)mmHg,肺动脉压 33/16(21)mmHg。选择 4 mm 对称型室缺封堵器。即刻造影显示无残余分流,逆行主动脉造影无反流。超声观察封堵器位置好,无残

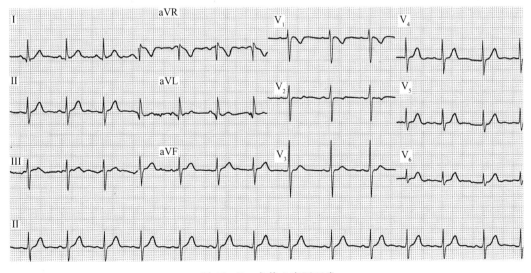

图 12 - 7　术前心电图正常

余分流(图 12 - 8)。听诊杂音消失,释放封堵器。术后即刻心电图提示正常心电图。术后持续心电监护,术后第 6 d、第 7 d 出现完全性左束支传导阻滞(图 12 - 9),给予激素治疗,未恢复,术后 12 d 出院。术后 12 个月随访仍为完全性左束支传导阻滞。

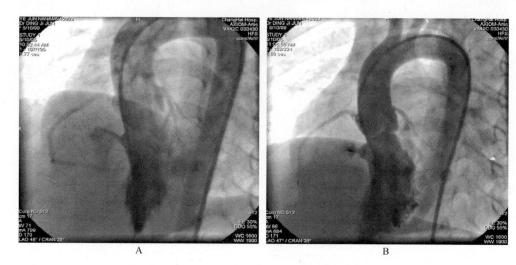

图 12 - 8　封堵器前后左心室造影

A. 术前左心室造影;B. 封堵器释放后左心室造影

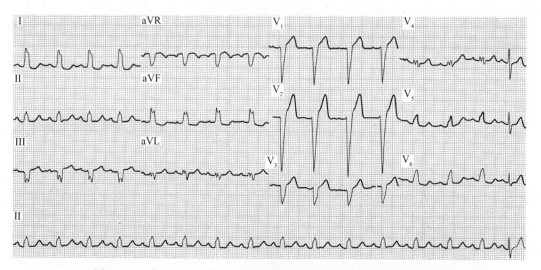

图 12 - 9　术后第 6 d、第 7 d 心电图出现间歇性完全性左束支传导阻滞

　　点评:此例为膜周型小室间隔缺损,距主动脉瓣较远。选择的为对称型封堵器,封堵器腰部直径 4 mm,封堵器形状好,但是封堵器的腰部长度相对较短,封堵器放置后有明显的受压现象,封堵器对其周围的组织必然产生一定的张力,如传导束在其附近可产生压迫损伤。术后 1 年完全性左束支传导阻滞未能恢复,提示造成了永久性损伤。此例室间隔缺损小,封堵器的左心室面也不大,术前难以预测是否会并发传导阻滞,此例应用腰部细长的封堵器有可能避免传导阻滞的发生。

【病例4】 完全性右束支传导阻滞＋Ⅰ度房室传导阻滞

患者,女性,4岁,因"发现心脏杂音4年",门诊以"先天性心脏病、室间隔缺损"收入院。平时体健。体检发育正常,胸骨左缘第3～4肋间可闻及3/6级粗糙全收缩期杂音。入院心电图提示:窦性心律,正常心电图。超声检查:室间隔缺损为膜周囊袋型,缺损直径4 mm。术中造影见室间隔缺损呈囊袋状,囊袋入口直径约12 mm,两个出口。测肺动脉压27/13(19)mmHg,测右心室压31/3(15)mmHg。选择8 mm双盘状室缺封堵器。即刻造影显示无残余分流,逆行主动脉造影无反流。超声观察封堵器位置好无残余分流。听诊杂音消失,释放封堵器(图

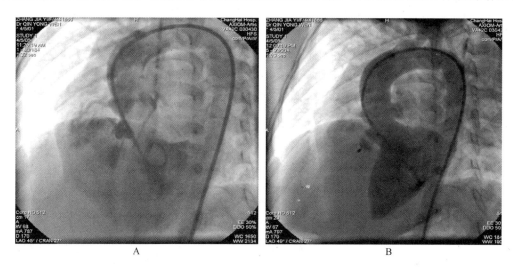

图 12-10 封 堵 过 程
A. 左心室造影;B. 封堵器放置后左心室造影

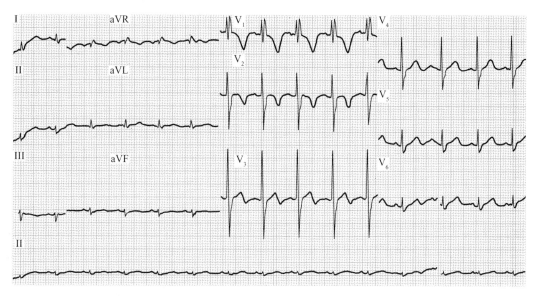

图 12-11 术后第3 d心电图示右束支传导阻滞

12-10)。术后第3d心电图提示完全性右束支传导阻滞(图12-11)。术后第5d出现间歇性Ⅲ度AVB及Ⅱ度Ⅱ型AVB(图12-12)房室传导阻滞。给予激素、异丙肾上腺素治疗5d(术后10d)后恢复,术后14d动态心电图检查示完全性右束支传导阻滞,未见长间歇出院。术后1年心电图仍为右束支传导阻滞。

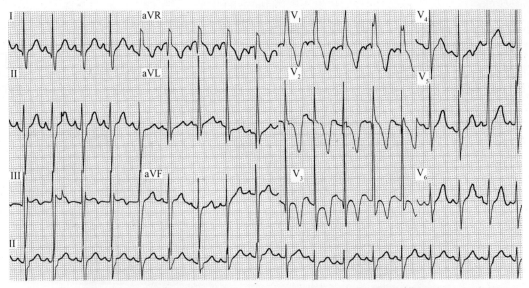

图12-12 术后第3d心电图示右束支传导阻滞,QRS波宽度进一步增加

点评:此例为膜周、囊袋型室间隔缺损,入口12mm,右心室出口直径2~3mm,两出口间距约9mm。选择8mm室间隔缺损封堵器封堵下出口,拟同时覆盖上出口。封堵器释放后上出口处仍有少量分流。术后第3d心电图示右束支传导阻滞,第5dⅢ度房室传导阻滞。此例封堵的是下出口,如术中出现传导阻滞,可改封堵上出口,有可能避免完全性房室传导阻滞的发生。

【病例5】 术前Ⅱ度Ⅱ型房室传导阻滞,术后一过性Ⅲ度房室传导阻滞

患者,男性,15岁,因"劳累性呼吸困难7年,发绀3年"入院。入院前两年始外院心脏彩超示:先天性心脏病,肺动脉瓣重度狭窄,巨大室间隔缺损(彩超测量缺损15~18mm)术前心电图监测示:窦性心律,Ⅱ度Ⅱ型房室传导阻滞,右心室肥厚,电轴右偏,心率45~60次/分;多家医院拒绝外科手术或介入治疗,或要求植入永久性心脏起搏器后再考虑外科手术。左心室造影示室间隔入口直径17mm;呈双向分流;左心室造影时右心室同时明显显影,显示重度肺动脉瓣狭窄,狭窄口直径4mm。右心室测压121/3(36)mmHg,肺动脉主干远端测压19/12(13)mmHg。先行PBPV,球囊直径17mm,扩张后肺动脉远端测压33/11(19)mmHg,脉氧饱和度由术前91%上升至100%。右心室压力降至108/36mmHg。然后,应用腰部直径24mm的对称型室间隔缺损封堵器闭合VSD获得成功,20min后再次行左侧造影显示封堵器部位微量分流(图12-13)。术后1d心电图呈Ⅱ度Ⅱ型房室传导阻滞、交界逸搏心律至Ⅲ度房室传导阻滞(图12-14),术后持续心电监护(图12-15,图12-16),心室率45~60次/分,给

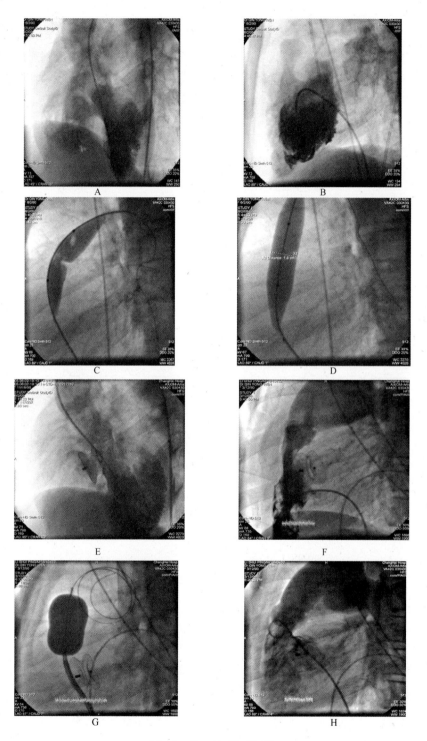

图 12-13　封 堵 过 程

A. 左心室造影示大室缺；B. 右心室造影显示肺动脉瓣狭窄；C. 球囊充盈中出现压迹；D. 球囊充盈,压迹消失；E. 封堵器放置后即刻造影；F. 第 2 次手术术前造影；G. 第 2 次 Inoue 球囊扩张肺动脉；H. 术后肺动脉造影无残余狭窄

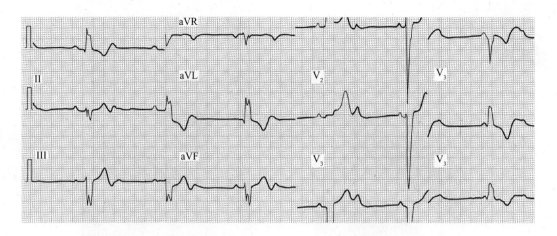

图 12‑14   术后第 1 d 心电图Ⅲ度房室传导阻滞

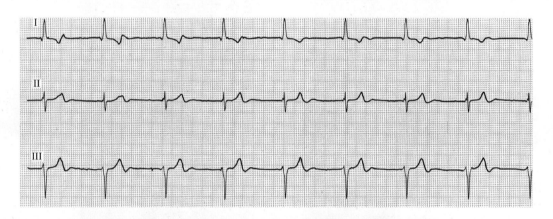

图 12‑15   术后 2 d 心电图示交界性逸搏心律

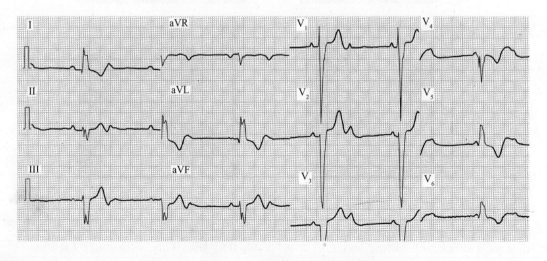

图 12‑16   术后第 7 d 心电图示Ⅱ度Ⅱ型房室传导阻滞

予激素治疗后，术后第 10 d 恢复Ⅱ度Ⅱ型房室传导阻滞，动态心电图未见长间歇出院。出院后无晕厥、黑矇。半年后随访复查心电图仍为Ⅱ度Ⅱ型房室传导阻滞，安静时心室率 50 次/分左右。术后 6 个月因仍存在肺动脉瓣狭窄，应用腰部直径 25 mm 的 Inoue 球囊扩张，扩张后肺动脉瓣下与瓣上之间无压力阶差。

　　点评：此例为一巨大膜周室间隔缺损、心室水平双向分流合并严重肺动脉瓣狭窄和房室传导阻滞的复杂疑难病例。对其先行肺动脉瓣扩张，再行室间隔缺损闭合术。VSD 直径 17 mm，使用了 24 mm 对称型封堵器。对于这种术前存在明显传导系统病变的患者大封堵器是否会加重阻滞确实需要高度重视。本例术后有一过性Ⅲ度 AVB 和交界性逸搏心律，给予糖皮质激素治疗后术后第 7 d 心电图示恢复Ⅱ度Ⅱ型房室传导阻滞。鉴于术后心电监测发生Ⅲ度房室传导阻滞、交界性逸搏心律和Ⅱ度Ⅱ型房室传导阻滞时其心室率均在 45 次/分以上，和术前比较无明显减慢；患者年轻不愿植入永久性心脏起搏器等原因，未选择临时性或永久性起搏治疗。随访 6 个月无晕厥、黑矇，心电图仍为Ⅱ度Ⅱ型房室传导阻滞。对于术前有房室传导阻滞的患者，术后也可能不引起传导阻滞进一步加重，因此，不是封堵治疗的禁忌证。

【病例 6】　外科修补术后残余漏：完全性右束支＋左前分支＋高度房室传导阻滞

　　患者，男性，33 岁，因"室间隔缺损修补术后 13 年，胸闷不适 3 年"以室间隔修补术后再次入院。查体胸骨左缘第 3～4 肋间可触及震颤，胸骨左缘第 3～4 肋间可闻及 4/6 级粗糙全收缩期吹风样杂音。入院心电图提示：窦性心律，左心室高电压（图 12 - 17）。超声检查：室间隔缺损为膜周部，呈囊袋型。术中造影见囊袋型 VSD，右心室面两出口直径分别为 3 mm 和 6 mm，

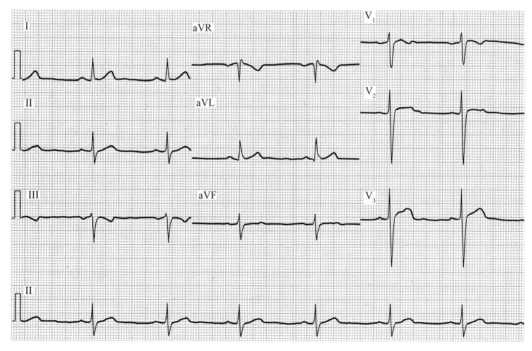

图 12 - 17　术前心电图

距主动脉瓣较远。测右心室压 42/5(18)mmHg,肺动脉压 41/22(29)mmHg。选择 10 mm 室间隔缺损封堵器。即刻造影显示无残余分流,逆行主动脉造影无反流。超声观察封堵器位置好,无残余分流。听诊杂音消失,释放封堵器(图 12-18)。术后即刻心电图提示正常心电图。术后持续心电监护,术后第 4 d 出现Ⅲ度房室传导阻滞伴头昏、心悸、冷汗,心室率 50～56 次/分。植入临时起搏器,给予激素治疗,12 d 复查心电图为完全性右束支＋左前分支阻滞,术后 20 d 出院(图 12-19,图 12-20)。

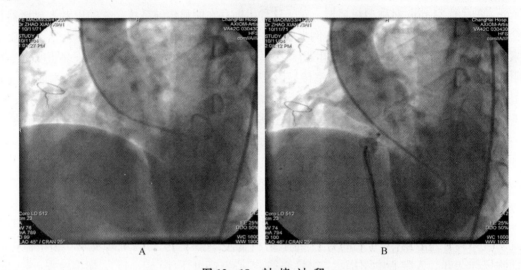

图 12-18 封堵过程

A. 术前左心室造影；B. 封堵器放置后左心室造影

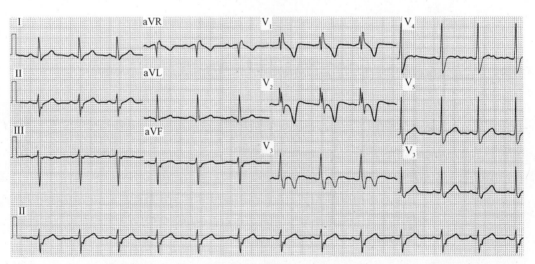

图 12-19 术后第 6 d 高度房室传导阻滞恢复后心电图示完全性右束支＋左前分支阻滞

点评：此例特点为外科术后残余漏,亦为膜周、囊袋型室间隔缺损,双出口,呈上下分布,缺损上下出口直径分别为 3 mm 和 6 mm,距主动脉瓣较远。入口靠近主动脉瓣,只能选择封堵出口。应用 10 mm 室间隔缺损封堵器完全封堵两个出口。术后第 4 d 出现Ⅲ度房室传导阻滞,术后第 6 d 心电图示完全性右束支＋左前分支阻滞,QRS 波较宽,术后 2 周仍为完全性右

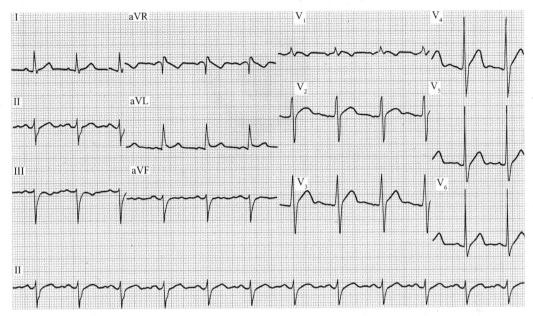

图 12 - 20 术后第 14 d 心电图示完全性右束支＋左前分支阻滞，QRS 波较前窄

束支＋左前分支阻滞，但是 QRS 不宽。提示完全性右束支＋左前分支阻滞既可能为高度房室传导阻滞的警报心律，也可能为其遗留损伤。1 年后随访心电图为左前分支阻滞。

【病例7】 术前间歇性Ⅲ度房室传导阻滞，术后永久性Ⅲ度房室传导阻滞

患者，男性，56 岁，因"心脏超声发现室间隔缺损 23 年"入院。查体胸骨左缘第 3～4 肋间可闻及 4/6 级粗糙全收缩期杂音。院外动态心电图示：一过性Ⅲ度 AVB，完全性右束支传导阻滞。曾反复发作黑矇。入院心电图提示：窦性心动过速，完全性右束支传导阻滞。超声检查：室间隔缺损为膜周、囊袋型，大动脉短轴于 11 点钟位置。术中造影见室间隔缺损呈囊袋状，囊袋出口直径约 3 mm。测肺动脉压 61/33(31)mmHg，右心室压 137/−1(64)mmHg。选择 5 mm 双盘状室间隔缺封堵器，鞘管通过室缺孔时心率降至 20 次/分，植入临时起搏电极行临时起搏。即刻造影显示无残余分流，逆行主动脉造影无反流（图 12 - 21）。超声观察封堵器位置好，无残余分流。听诊杂音消失，释放封堵器。术后 1 h 行心腔内电生理检查示：窦房结功能正常，房室传导稍延迟。术后即刻心电图：窦性心动过缓，心率 50 次/分（图 12 - 22）。术后第 4 d 再发一过性黑矇，术后第 6 d 动态心电图示：一过性Ⅲ度房室传导阻滞，室性逸搏心律，最长间歇 12.9 s（图 12 - 23），术后第 7 d 紧急植入永久性心脏起搏器。术后 16 d 出院，随访 1 年余未诉特殊不适，心电图示高度房室传导阻滞，动态心电图示起搏器依赖心律（图 12 - 24）。

点评：此例特点为患者年龄大，术前有黑矇，一过性Ⅲ度房室传导阻滞，间歇性完全性房室传导阻滞。室间隔缺损位于膜周部，呈囊袋形，术中通过鞘管时出现房室传导阻滞，放置临时心脏起搏器。封堵器植入后一度恢复正常房室传导，但是术后再发黑矇，并转为永久性Ⅲ度房室传导阻滞，需植入永久性心脏起搏器。提示：对于术前、术中有传导系统损伤的患者术后可

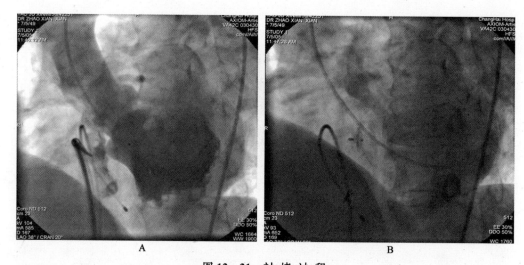

图 12 – 21　封 堵 过 程

A. 封堵器放置后左心室造影；B. 封堵器释放后

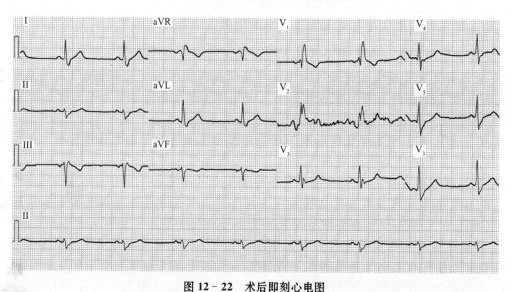

图 12 – 22　术后即刻心电图

窦性心动过缓，全性右束支传导阻滞＋左前分支阻滞，心率 50 次/min

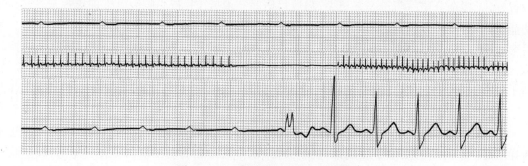

图 12 – 23　术后第 6 d 动态心电图

一过性Ⅲ度房室传导阻滞，室性逸搏心律，最长间歇 12.9 s

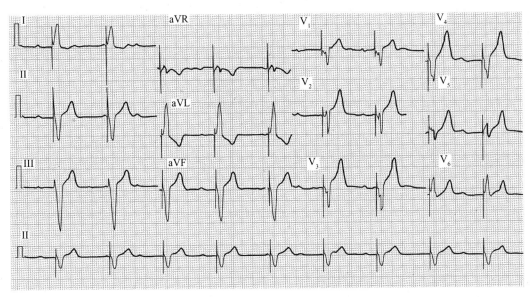

图 12-24 出院前心电图示完全性房室传导阻滞,起搏器依赖

能发生永久性房室传导阻滞,术前应有充分的认识和准备,如患者是儿童应中止封堵治疗,改行外科手术,有可能减少完全性房室传导阻滞的机会。但是,术前已经存在间歇性完全性房室传导阻滞的患者,提示传导异常已经在发展中,如患者并发黑朦或晕厥,应积极安置永久性人工心脏起搏器。

(丁仲如　秦永文)

参考文献

［1］黄素华.新生儿室间隔缺损并完全性房室传导阻滞 1 例[J].心血管康复杂志,2004,14(2):176-177.

［2］BLAKE R S, CHUNG E E, WESLEY H, et al. Conduction defects, ventricular arrhythmias, and late death after surgical closure of ventricular septal defect[J]. Br Heart J, 1982,47:305-315.

［3］FUKUDA T, NAKAMURA Y, IEMURA J, et al. Onset of complete atrioventricular block 15 years after ventricular septal defect surgery[J]. Pediatr Cardiol 2002,23:80-83.

［4］DEMIRAG M K,KECELIGIL H T,KOLBAKIR F. Primary surgical repair of ventricular septal defect[J]. Asian Cardiovasc Thorac Ann,2003,11:213-216.

［5］ROOS-HESSELINK J W, MEIJBOOM F J,SPITAELS S E, et al. Excellent survival and low incidence of arrhythmias, stroke and heart failure long-term after surgical VSD closure at young age. A prospective follow-upstudy of 21-33 years[J]. Eur Heart J, 2003,24:190-197.

［6］OZAL E, YILMAZ A T, ARSLAN M,et al. Closing perimembranous ventricular septal defects in adult patients in the beating heart[J]. J Card Surg, 2002,17(2):143-147.

［7］丁力,胡英超,张峰,等.婴儿室间隔缺损的外科手术治疗(附 31 例报告)[J].安徽医学,2004,25(5):369-370.

［8］韩宏光,李鉴峰,张南滨,等.三岁以内室间隔缺损心内直视手术后早期心律失常的危险因素[J].中华心律失常杂志,2004,8:103.

［9］胡雪,李辰佳,赵子牛,等.小儿室间隔缺损术后心律失常 63 例分析[J].实用医学杂志,2005,21(14):1534-1535.

[10] 赵洪序,裴颉,张晓宏,等.室间隔缺损 684 例外科治疗的回顾分析[J].吉林医学,2001,22(4)：198 - 199.

[11] MEIJBOOM F, SZATMARI A, UTENS E, et al. Long-term follow-up after surgical closure of ventricular septal defect in infancy and childhood[J]. J Am Coll Cardiol, 1994,24：1358 - 1364.

[12] VAN LIER T A, HARINCK E, HITCHCOCK J F, et al. Complete right bundle branch block after surgical closure of perimembranous ventricular septal defect relation to type of ventriculotomy[J]. Eur Heart J, 1985,6：959 - 962.

[13] PACILEO G, PISACANE C, RUSSO M G, et al. Left ventricular mechanics after closure of ventricular septal defect：influence of size of the defect and age at surgical repair[J]. Cardiol Young, 1998,8：320 - 328.

[14] 张玉顺,李寰,刘建平,等.膜周部室间隔缺损介入治疗并发症的分析[J].中华儿科杂志,2005,43(1)：35 - 38.

[15] 李育梅,张智伟,李渝芬.经导管封堵小儿室间隔缺损围手术期心律失常的处理[J].中华心血管病杂志,2005,33(12)：1092 - 1094.

[16] 秦永文,赵仙先,吴弘,等.国产封堵器治疗膜周部室间隔缺损 284 例的疗效评价[J].介入放射学杂志,2004, 12(增刊 2)：141.

[17] 全薇,朱鲜阳,张玉威,等.新型 Amp latzer 封堵器关闭室间隔缺损 65 例的心电图观察[J].心脏杂志,2005, 17(1)：92.

[18] 区曦,张智伟,钱明阳,等.室间隔缺损封堵术后并发症及其处理[J].实用儿科临床杂志,2005,20(7)：699 -700.

[19] ARORA R, TREHAN V, KUMAR A, et al. Transcatheter closure of congenital ventricular septal defects：experience with various devices[J]. J Interv Cardiol,2003,16(1)：83 - 91.

[20] MASURA J, GAO W, GAVORA P, et al. Percutaneous closure of perimembranous ventricular septal defects with the eccentric Amplatzer device：multicenter follow-up study[J]. Pediatr Cardiol,2005,26(3)：216 - 219.

[21] ROBINSON JD,ZIMMERMAN Fj, LOERA OD , et al. Cardiac conduction disturbances seen After Transcatheter device closure of muscular ventricular septal defects with the amplatzer occluders[J]. Am J Cardiol ,2006, published on line.

[22] Djer MM, Latiff HA, Alwi M, et al. Transcatheter closure of muscular ventricular septal defect using the amplatzer devices[J]. Heart Lung Circ,2006,15(1)：12 - 17.

[23] CARMINATI M, BUTERA G, Chessa M, et al. Transcatheter closure of congenital ventricular septal defect with Amplatzer septal occluders[J]. Am J Cardiol, 2005, 96(12A)：52L - 58L.

[24] FU Y C, BASS J, AMIN Z, et al. Transcatheter closure of perimembranous ventricular Septal Defects Using the new amplatzer membranous VSD occluder：results of the U. S. Phase I Trial[J]. J Am Coll Cardiol, 2006, 47：319 - 325.

第十三章

室间隔缺损介入治疗并发症的防治

室间隔缺损的介入治疗方法已经成熟,目前正在全球范围内推广应用。与其他心导管检查和心血管介入治疗方法一样,各个操作环节均有可能发生并发症,如封堵前行常规的左右心导管检查中,左心室造影中,封堵器释放过程中和封堵器释放后。归纳起来主要并发症如下。

一、导管和导丝有关的并发症

导管本身的并发症有心导管打结,导管折断,鞘管裂开,导管扭结,导引钢丝滑入血管内,导管前端的标记金属圈脱落。心导管推送不慎或盲目推送,可使心导管在心房或心室内或大血管内打结。发生打结时,可在透视下轻轻推送或轻轻回抽导管,将结松解,或顺着能将结变松的方向转动或推拉,注意避免使结越打越紧,发生死结。如已打成死结,无法松解,则只能将心导管轻轻抽出,使死结愈打愈紧,最后将心导管抽至死结无法通过的血管处,然后切开血管,取出导管。如在心室内死结缠住腱索,无法松开,避免硬性抽出。如应用暴力拉出,可造成腱索断裂、瓣膜关闭不全。这时可经导管内送入软头的泥鳅导丝,使扭结处松开,否则需要外科手术处理。室间隔缺损建立轨道中多应用泥鳅导丝,由于反复圈套,有可能引起导丝远端损伤,再次使用时可引起导丝折断。国内曾发生折断的导丝有随血流进入肺动脉,也有进入冠状动脉近端,均可应用圈套器取出,不需要外科处理。

二、血管并发症

1. **血管损伤** 室间隔缺损封堵治疗中动脉鞘管较细,对股动脉的损伤较轻。由于封堵器经静脉途径送入,鞘管相对较粗,特别是室间隔缺损较大时,应用大直径的鞘管可引起股静脉损伤。如手术操作时间过长、反复推送,可引起静脉炎,甚至发生静脉血栓形成。术后患者感到局部明显疼痛,静脉变硬,有压痛。如影响静脉回流,这时可对局部行热敷,以及应用活血化淤的中药,抗血小板药物,必要时应用抗凝药物。

2. **肺栓塞** 心导管嵌入肺毛细血管时间过长,或手术过程中心导管损伤心血管和(或)右心内膜引起的血栓入肺,或心导管腔内血凝固后被冲入血流入肺,或术后静脉内血栓形成后脱落。术中规范操作,应用足够剂量的肝素抗凝和避免上述操作中易引起肺梗死的因素,可以避免或减少此类并发症。

3. **急性心肌梗死** 国内曾有发生术后发现急性广泛前壁心肌梗死的病例。可能与术中抗凝不够有关。由于抗凝不充分,在导管内或封堵器表面形成的血栓脱落至冠状动脉内引起急性心肌梗死。此种并发症极少见,一旦发生处理困难。术中应常规抗凝,一般按 1 mg/kg 给予肝素抗凝,或根据 ACT 监测结果指导应用肝素剂量。术后密切观察,回病房后应常规检查心电图。术后如出现腹痛或胸痛症状,应及时检查心电图,如早期发现并发心肌梗死,可行溶栓治疗。

4. **动脉内血栓形成或动脉栓塞** 反复多次动脉穿刺等导致动脉内膜损伤、插管损伤、术后下肢不动、伤口加压过重、长时间而严重的动脉痉挛等均可致动脉血栓形成。此外,操作过程中抗凝不充分,在导管内或导丝上形成血栓脱落后随血流冲向动脉的远端,引起远端血管栓塞。如栓塞脑血管则引起脑梗死;外周血管栓塞可引起肢体缺血、疼痛、皮肤苍白、温度降低、远端动脉搏动减弱或消失等。严重者需要外科治疗。在早期可行溶栓治疗,成人静脉注射链激酶 50 万 U,加入 100 ml 生理盐水中,30 min 内滴注完毕,然后每小时 5 万～10 万 U 维持,直至血栓溶解或出现出血并发症,如连续 3 d 治疗无效,则停止使用。如在患侧动脉内溶栓,将导管放置在栓塞的近段的血管内,链激酶的剂量为静脉用量的 1/10。对新发生的血栓,可用 Fogarty 球囊导管进行祛栓处理。

5. **假性动脉瘤、动-静脉瘘和动脉夹层** 假性动脉瘤是冠状动脉造影常见的并发症,在室间隔缺损介入治疗中也有发生,发生原因有反复穿刺,局部血肿形成。发生后早期压迫止血和适当制动有一定的作用,如无效可在超声引导下压迫止血,效果较好,或在超声引导下注射凝血酶,促进瘤内血栓形成,治愈假性动脉瘤。动-静脉瘘与血管穿刺时同时穿过了静脉、动脉壁而形成,故血管穿刺时,下肢应呈外展位,使得动、静脉不要重叠在一起。动脉夹层,多为动脉穿刺时,针尖斜面一半在血管腔内,一半在血管壁中,强行导入导引钢丝,造成动脉夹层。另外穿刺动脉尽量不要穿透对侧血管壁,导入导引钢丝前,穿刺针应往外喷血,并且导引钢丝推送时不应有阻力。

6. **肾周包膜下出血和肾动脉栓塞** 肾周包膜下出血国内曾有发生,分析原因可能是经静脉送入导管时导管进入肾动脉或肾静脉,此时用力推送导引钢丝,导引钢丝穿破肾实质。主要表现为腹痛和低血压,血色素明显降低,超声和腹部 CT 检查可明确诊断出血的部位。小量出血,血压稳定者可行保守治疗,经停用肝素,静脉给予鱼精蛋白中和肝素,并应用止血药物,必要时输血。如出血量大,经保守治疗无效,可行动脉造影明确出血部位,必要时行超选血管栓塞治疗。也可行外科手术治疗。肾动脉栓塞可能与术中抗凝不够,或导管内及导引钢丝上形成的血栓随血流至肾动脉处引起栓塞。

7. **肝周出血** 有病例报告,原因不明,可能导管和导引钢丝进入肝静脉引起的穿透性损伤。

8. **穿刺处出血和血肿** 发生这类并发症的原因有动脉压迫止血方法不当、鞘管较粗、肝素的作用。压迫止血要选择在穿刺点上方,紧靠腹股沟韧带之下,将股动脉压迫在骨骼上,而不要压迫在穿刺点的周围。穿刺点太偏下时,如压迫止血点跟随偏下,动脉埋在肌肉中,后方无股骨直接紧靠支垫,无法完全压迫阻断动脉;如穿刺点太高,超过腹股沟韧带,则无法压迫止血,这时可从对侧股动脉穿刺,导入气囊导管至原股外动脉穿刺点的部位,充盈气囊,压迫止血,如仍不能止血,则可能需要外科方法止血。如系肝素的作用引起止血困难,应停止使用肝素后 $2\sim3\,h$ 后拔管。一般血肿可自行吸收,理疗可促进吸收,一般不需外科处理。过大的皮下血肿需要切开皮肤取出,否则可以压迫静脉引起血栓形成。如在术后发生止血困难,可应用鱼精蛋白中和肝素的作用,可有助于减少并发症的发生。对小儿应选择小儿专用的穿刺针,可提高一次穿刺的成功率,有助于减少与穿刺有关的血管并发症的发生。

三、心脏并发症

1. **心脏穿孔**　国内有发生右心室流出道穿孔,与操作不规范有关。术中封堵器未到位,术者在右心室内推送输送鞘管,试图经右心室、室间隔至左心室。输送鞘管较硬,只能在导引钢丝上操作,导引钢丝撤出后再推送鞘管,有可能引起心壁穿孔。心壁穿孔常常出现急性心脏压塞。如一经超声确定,应立即行心包穿刺引流,若出血量少,血压稳定可继续观察,如出血不止,应行外科急诊处理。

2. **腱索断裂**　在建立轨道时由于导引钢丝经腱索内通过,此时在左前斜位加头位投照上可见导管走行扭曲,通常应重新建立轨道,强行通过鞘管可引起腱索断裂。为了避免发生此类并发症,有人提出应用猪尾巴导管经三尖瓣至肺动脉,可减少进入腱索的机会,可避免引起三尖瓣损伤。如发生腱索断裂,应行外科处理。另外,输送鞘管放置在左心室内,鞘管从腱索间通过,此时送出封堵器或回拉时可有阻力,如应用暴力可引起二尖瓣的腱索断裂。

3. **三尖瓣关闭不全**　张玉顺等报道三尖瓣关闭不全的发生率为 1.6%。引起三尖瓣关闭不全的原因有 3 方面:一是室间隔缺损的部位,二是操作损伤,三是封堵器植入影响三尖瓣启闭。隔瓣后型室间隔缺损与三尖瓣的关系密切,如封堵器植入后影响三尖瓣的关闭可引起明显的三尖瓣反流。长海医院曾发生 1 例,外科术中见封堵器夹住三尖瓣。因此,封堵治疗术中,特别是大的室间隔缺损放置封堵器前应观察封堵器对三尖瓣的影响,如出现三尖瓣反流,应放弃封堵治疗。经导管关闭室间隔缺损的操作过程中可能损伤三尖瓣及腱索。主要是轨道从腱索中通过,沿轨道钢丝送入导管或鞘管时强行推送,导致腱索断裂。因此,术中在建立轨道时应确认导引钢丝不在三尖瓣的腱索中通过。此外,释放封堵器时,应将鞘管远端推近封堵器时再旋转推送杆,以防止与腱索缠绕。封堵器边缘过长,特别是选择封堵器过大,腰部因室间隔缺损口小,封堵器腰部伸展受限,出现边缘相对较长,或封堵器的盘片形成球形外观,释放后占据较大空间,影响三尖瓣关闭。术中应行超声监测,如发现明显的三尖瓣反流,应放弃封堵治疗。

术前存在三尖瓣反流能否行室间隔缺损封堵治疗?长海医院遇到 2 例隔瓣后室间隔缺损,术前存在中至大量三尖瓣反流,室间隔缺损成功封堵后三尖瓣反流减至轻度。提示室间隔缺损的高速血流可能冲击三尖瓣,影响三尖瓣的关闭,室间隔缺损封堵后,对三尖瓣的影响去除,三尖瓣反流减轻。因此,术前三尖瓣反流不是室间隔缺损介入治疗的绝对禁忌证。

4. **主动脉瓣关闭不全**　如符合指南标准选择患者,一般不应出现主动脉瓣反流。张玉顺报道主动脉瓣反流的发生率为 2%,均为放置国产的对称型封堵器,随访 3~6 个月反流仍存在。分析原因是封堵器的边缘较长,影响到主动脉瓣。因此,在术中出现主动脉瓣反流,应换小一号封堵器,或选择零偏心的封堵器。主动脉瓣关闭不全,术前应常规造影确定有无主动脉瓣反流。如置入的封堵器接近主动脉瓣,有可能影响主动脉的关闭。为了避免发生主动脉瓣关闭不全,释放前应常规行主动脉造影确定封堵器对瓣膜关闭的影响,术中发现新出现的主动脉瓣反流,均不应释放。另外,封堵器的左心室盘片的直径与主动脉瓣环周径的比例不合适也可引起早期和后期的主动脉瓣关闭不全。其机制与封堵未闭动脉引起主动脉变形和主动脉狭窄相似,封堵器的左心室面为平整的圆盘,而主动脉瓣环为正圆形,如封堵器的直径大于主动脉瓣环周径的 50%,封堵器放置后引起主动脉瓣环变形,且封堵器凸入左心室流出道,导致主动脉瓣关闭不全和流出道狭窄。因此,如室间隔缺损较大,选择的封堵器的左心室的盘片直径大于主动脉瓣环的 50%,或接近 50%,应避免选择封堵治疗,以免引起即刻和后期的主动脉瓣关闭不全。

5. **心律失常** 室性早搏和短阵室速等室性心律失常较常见,与导管进入心脏直接刺激有关,调整导管的位置后,心律失常可消失,一般不需要应用抗心律失常药物。

(1) 室性加速性自主心律:张玉顺报道的患者中术后出现间歇性加速性交界性心律或加速性室性自主心律伴干扰性房室脱节为 29%,给予激素等治疗 3~7 d 后均恢复正常。多发生在封堵器释放后的 1 周内,心室率在 100 次/分以内,不需要行特殊处理,可自行消失。

(2) 心室颤动:有个别病例发生在术中,术后未见报道。与导管刺激心肌有关。一旦发生应立即行电复律术。复律后可继续完成封堵治疗。因此,在心导管室内必须配备除颤器,以备应急时应用。

(3) 束支传导阻滞:室间隔缺损介入治疗中因导管刺激左心室面时可出现左束支传导阻滞,刺激右束支出现右束支传导阻滞。曾发生导管操作中出现左束支传导阻滞后,再从右心室侧推送导管出现完全性房室传导阻滞,持续 10 min 左右。如在导管推送中发生左或右束支传导阻滞,应停止操作,待恢复传导后再行操作,以免发生完全性房室传导阻滞。封堵器植入后可产生短暂的束支传导阻滞或永久性束支或房室传导阻滞,短暂性阻滞为局部水肿压迫所致,经激素治疗可恢复,一般在 3 周内恢复,如 3 周后未恢复则难以恢复。Masura 报道 186 例患者中术后新发生左束支阻滞 9 例,完全性右束支传导阻滞 8 例,不完全性右束支传导阻滞 7 例。

(4) 房室传导阻滞:Masura 报道应用 Amplatzer 偏心封堵器治疗 186 例患者中 2 例发生完全性房室传导阻滞。1 例封堵后即刻发生左前分支(LAH),术后 24 h 内发生完全性房室传导阻滞,心率 28 次/分,应用激素和阿托品治疗 2 个月内恢复窦性心律,但仍存在 LAH,1 年后仍为 LAH。另 1 例在术后即刻发生完全性房室传导阻滞,行临时起搏 1 周,1 个月后恢复窦性心律,LAH 仍存在。长海医院应用对称型封堵器治疗膜周部室间隔缺损,前 196 例未发生完全性房室传导阻滞,而在后续 200 余例中发生 8 例完全性房室传导阻滞,其中 7 例经应用激素和临时心脏起搏和静脉滴注异丙肾上腺素 3 周内恢复,其中 1 例术前反复出现晕厥,动态心电图检查发现间歇性Ⅲ度房室传导阻滞,术后发生持续性Ⅲ度房室传导阻滞,安置人工心脏起搏器。张玉顺等报道的 262 例室间隔缺损患者封堵治疗中,发生高度房室传导阻滞 5 例,1 例在术后 50 d 未恢复安置人工心脏起搏器,其余 4 例恢复窦性心律。应用进口封堵器 12 例发生 2 例,应用国产封堵器 240 例中发生 3 例。进口的偏心封堵器是否更容易引起完全性房室传导阻滞?目前尚无可靠的依据。房室传导阻滞可能与缺损的解剖部位有一定的关系。VSD 患者的 Koch 三角位置正常者,三角的顶点即为房室结所在处。一般情况下三角的顶点总在缺损的流入面,房室结发出 His 束后在主动脉瓣无冠瓣基底部穿过中心纤维体发出束支,束支穿过后行走于缺损的后下缘,并转向缺损的左心室面,左束支迅速呈瀑布样分布于心肌和小梁,右束支穿行于缺损顶部的心肌内,直至内乳头肌。在流入道室间隔缺损,Koch 三角顶部向心脏十字交叉移位,移位的程度取决于室间隔发育不全的程度。传导组织易受损伤区域为房室束从右心房进入心室处,此外束支被包绕中心纤维体的白色组织内,房室束可距室间隔缺损边缘仅 2～4 mm,介入治疗和外科手术缝线置入这些组织中极易产生Ⅲ度房室传导阻滞。封堵器置入后引起房室传导阻滞的发生率约为 2%,与外科手术的发生率相似。常见于膜周部室间隔缺损和隔瓣后室间隔缺损,缺损边缘距三尖瓣侧小于 1 mm 者容易发生传导阻滞。除了缺损部位外,封堵器的大小,封堵器与室间隔缺损的接触面积,封堵器的张力可能也与房室传导阻滞的发生有一定的关系。尽管发生房室传导阻滞,国内外文献均显示房室传导阻滞基本上可恢复。术前存在先天性Ⅲ度房室传导阻滞和束支传导阻滞是否适合封堵治疗? 长海医院曾治疗 2 例术前存在Ⅲ度房室传导阻滞患者,术后心室率无明显变化。术前存在束支传导阻滞,术后发生房室传导阻滞的机会可能更多。我们曾治疗了一些术前存在束支传导阻滞的病例,术后未引起Ⅲ度房室传导阻滞,提示也不是介入治疗的绝对禁忌证。传导阻滞多发生在封堵器植入后的 1 周内,应用激素治疗后绝大多数可恢复,提示与封堵器引起局部的水肿有关。因此,选择合适大小的封堵器,术后应用激素减轻局部水肿,可能是一种有效的防治措施。

6. **残余漏和溶血**　以往应用的 Rashkind 和 Cardilseal 封堵器关闭室间隔缺损术后残余分流发生率较高,24 h 内发生率达 30%,长期随访中减至 4%。新型镍钛合金封堵器治疗室间隔缺损术后残余分流发生率较低,如是单孔型的室间隔缺损一般不遗留残余漏。多孔型的室间隔缺损术后可发生残余漏,可能是封堵器只封闭了部分缺损口,两个缺口相距较远,封堵器未能完全覆盖。张玉顺报道封堵术后即刻残余分流的发生率为 32.4%,随访 6 个月后仅 1 例(0.4%)有微量残余分流。国内有多孔型室间隔缺损术中仅堵闭部分缺损口,术后存在明显的残余分流,1 年后行外科治疗。有残余漏就可能发生急性机械性溶血。倪一鸣报道 1 例室间隔缺损患者,术后当天下午即出现酱油色尿液,1 周中渐重。外科会诊考虑为封堵器引起的急性机械性溶血,遂行急诊手术。术中见封堵器未完全闭合缺损,周围存在残余分流。拆除封堵器后直接修补缺损后尿液颜色即呈正常。盛燕辉等报道 1 例室间隔缺损封堵术后发生溶血,应用糖皮质激素、碳酸氢钠及输血治疗 7 d 后溶血停止。目前植入后出现明显溶血的病例极少,我们治疗的 500 余例中未发生 1 例。发生溶血的原因可能是分流的血流束不是经封堵器的涤纶膜,而是经无涤纶膜的部分通过,因此释放前如超声发现存在封堵器边缘的高速血流,应更换封堵器,否则有可能引起急性机械性溶血。如出现明显的急性机械性溶血可给予碳酸氢钠碱化尿液,以防止急性肾功能衰竭。如经保守治疗无好转,应行外科治疗。

四、封堵器释放后移位和封堵器脱落

封堵器放置后可发生移位,其原因是封堵器选择偏小和释放时旋转或用力牵拉引起封堵器移位。发生封堵器移位往往需要外科手术治疗。长海医院曾发生 1 例,封堵器从入口处移位至出口处,因封堵器选择较小,故选择另一大小合适的封堵器封堵入口,即应用了两只封堵器完成封堵治疗。术后无不良反应。封堵器脱落可发生在输送过程中,可能是封堵器与推送杆连接不牢,推送时发生旋转。因此,在送出前应回拉,保证封堵器与推送杆可靠连接后再推

送出封堵器。封堵器放置后可发生脱落至肺动脉或主动脉内。通常室间隔缺损封堵器直径较小,脱落后可通过应用圈套器套住经导管拉出。长海医院发生 2 例经圈套器取出,并完成封堵治疗。国外也有封堵器脱落的报道。

五、封堵器不能拉出

进口腰部直径 12 mm 的封堵器经 9F 鞘管推送,在左心室内释放出左右侧盘片后,封堵器的右心室盘片不能拉入鞘管内。对小儿是否行封堵治疗还需要考虑血管的粗细是否适合送入相应的鞘管,如缺损大,需要较粗的鞘管则不宜行封堵治疗。

六、与造影有关的并发症

除了造影时所采用相应的右、左心导管检查本身所引起的并发症外,还可能出现一些与造影剂有关的并发症。

1. 造影剂的一般反应和过敏反应　造影剂反应分轻、中、重度。轻度反应表现为面部潮红、皮肤荨麻疹、红斑。中度反应表现为皮肤荨麻疹、红斑,头昏、头痛,恶心、呕吐,轻度喉头水肿,支气管痉挛,呼吸困难,血压下降,心跳加速。重度反应表现为皮肤荨麻疹、红斑,严重喉头水肿,支气管痉挛,哮喘、发绀等,大小便失禁,惊厥、昏迷呈休克状态,严重者可致死亡。

轻度反应一般持续时间不长,也不严重,无需特别处理,也可静脉推注地塞米松 10～20 mg,观察 30 min。重度不良反应者立即停止注射药物,按过敏性休克处理。立即给予氧气吸入,0.1%盐酸肾上腺素 0.5～1 ml 皮下注射。应用皮质激素,地塞米松 15 mg+10%葡萄糖溶液 20 ml 静推。快速建立静脉通道,输液、补充血容量。抗组胺药物如异丙嗪 25 mg 或苯海拉明 40 mg 肌注。如果病情不见好转,血压不回升需要扩充血容量,可用右旋糖酐。呼吸受抑制可用呼吸兴奋剂。必要时行气管内插管,待病情好转后转 CCU 观察。中度反应者按上述方法酌情处理。

预防措施是造影前应做造影剂过敏试验,可疑过敏者可使用非离子造影剂以减少不良反应。如做过敏试验时发生明确过敏反应者,则不应行造影术检查。

2. 造影剂肾病　造影剂肾病是指注射造影剂后 24～72 h 血清肌酐水平升高 25%以上,或大于 44 μmol/L(0.5 mg/dl)。80%的患者表现为非少尿型急性肾衰。血清肌酐常于造影后 24～48 h 升高,其峰值出现在 3～5 d,1～3 周恢复到基线水平。部分患者有一过性轻度的尿蛋白、肾小管上皮细胞管型、颗粒管型,尿渗透压下降。造影剂后肾病或肾功能损害发生率报道不一,范围为 0～58%。造影剂肾损害临床出现急性肾功能衰竭者,常伴有某些诱发因素,如造影前有肾功能损害、糖尿病、动脉内有效血容量减少(充血性心力衰竭、脱水、肾病综合征等),同时,应用非类固醇类抗炎药、血管紧张素转换酶抑制剂等。术前肾功能正常者,造影剂肾病的发生率为 2.1%～2.9%。但是在有上述诱因存在时,造影剂肾病的发生率可达 7%～38%,并可有持续性肾功能损害。其中造影前有肾功能损害是一个最重要的独立因素。有研究表明,当血清肌酐>177 μmol/L(2 mg/dl)时,造影剂肾损害发生率>20%。在慢性肾功能不全患者中,造影剂肾损害的发生率为 61.5%,而正常人群造影剂肾损害发生率仅为 0.4%。目前均认为造影前原有肾功能不全是发生造影剂肾病最重要的独立的危险因素。造影剂剂量与肾损害之间的关系尚未确定,有报道造影剂肾病的相对危险与造影剂的剂量之间无明显关系。但是,在有肾功能损害和有糖尿病的高危因素的人群中,造影剂肾病的发生与造影剂的剂量呈正相关。因此,应尽量减少造影剂的剂量。造影剂渗透性与造影剂肾病的关系有许多不同的研究结论。Barrett 等对 249 例心血管造影患者进行前瞻、随机研究(肌酐＞120 μmol/L),也没有发现高、低渗造影剂肾毒性有显著差异。Rudnick 等随机前瞻性研究 1196 例患者,其中 192 例在造影前即存在肾功能不全。经研究证实,对正常肾功能(血清肌酐＜140 μmol/L)的糖尿病及非糖尿病患者,低渗造影剂并无明显的有益作用,而对造影前即存在肾功能不全者(肌酐＞141 μmol/L)的糖尿病及非糖尿病患者可使造影剂肾病发生率从33％降至 21％,表明有明显的有益作用。接受低渗造影剂后可出现一过性糖尿或蛋白尿,造影前存在肾功能减退的患者尽管使用低渗造影剂,仍可出现血肌酐增高或肾小球滤过率下降。总的认为,低渗造影剂在高危病人中比高渗造影剂有较小的肾毒性,但并不能防止造影剂肾病的发生,对高危病人使用低渗造影剂能降低造影剂肾病的发生。

　　造影剂引起的急性肾功能损伤机制包括,对肾小管上皮细胞的直接毒性及肾髓质缺血。造影剂直接细胞毒性的证据是用造影剂后肾组织出现肾小管上皮细胞的损害。电镜可观察到近端肾小管上皮细胞空泡变性,支持造影剂对近端肾小管直接毒性。造影剂的特征、离子型和伴有低氧对细胞损害的程度都是很重要的。注入造影剂引起肾脏血流动力学双向改变,开始暂时血流增加,以后长期肾血流减少。最后可能由于血管舒张和收缩不平衡迫使血液从髓质流向皮质。造影剂引起各种血管活性物质如前列腺素、一氧化氮、内皮素或腺苷代谢的任何变化都可能引起髓质缺血。此外,患者有内皮细胞功能障碍,例如糖尿病、动脉粥样硬化和高血压增加了患者对造影剂的敏感性。

　　预防造影剂肾病最有效的策略是,在造影前应仔细选择和正确评估病人。有诱发因素者在造影前应该予以纠正。有明显诱发因素未能纠正者,造影前及后 12 h 静脉输注 0.45％盐水水化[1.0～1.5 ml/(kg·h)],并保持电解质平衡,应用小量非离子型造影剂,造影前及造影后48～72 h 检查 Scr。不主张应用呋塞米和甘露醇,因其不能减少造影剂肾病,反而可能增加造影剂肾病的发生率。在 Scr 未降到基线水平前不重复进行造影检查、不继续使用前列腺素抑制剂。造影剂肾病肾功能损害轻度者,约需 1 周恢复正常。造影剂肾病不是一个良性并发症,严重时常需要透析。25％～30％有肾损害后遗症。

　　3. 造影剂注入心肌或心包腔　在加压注射造影剂时,如心导管顶端在心壁上,或心导管顶端因反跳而顶在乳头肌上或心肌壁上,高压的造影剂有可能压入心室壁,甚至穿过心室壁进入心包腔。如心导管顶端过硬、较尖锐,可刺破心室壁产生上述情况。为防止发生该并发症,造影时宜使用较软和顶端有侧孔的造影导管,造影前必须确定导管远端游离在心腔内,应用猪尾状造影导管可避免发生该并发症,发生上述并发症时,轻时不需要特殊处理,严重时出现心脏压塞需要心包穿刺或切开引流以及心脏修补术。

　　4. 血压变化　注射造影剂后常由于造影剂有扩张血管作用而引起一过性血压降低,一般不需要特殊处理,明显降低时可用升压药纠正。

　　5. 心律失常及心电图变化　造影剂注入心腔,尤其是冠状动脉内,可引起心动过缓、早搏或心电图 ST-T 压低改变,这与造影剂进入冠状动脉,影响了心肌的供血有关,一般数分钟后可自行缓解,在冠脉造影中,一旦发现心动过缓,应立即嘱患者用力咳嗽,使造影剂迅速从冠状动脉中排出,同时注射阿托品,如无效可使用临时心脏起搏器。如心电图缺血现象仍不纠正,则冠脉内或静脉滴注硝酸甘油。含钠多的高渗造影剂进入冠状动脉可引起心室颤动,需立即电复律和心肺复苏。使用非离子造影剂可以减少此种并发症。

6. **中毒性脑病**　大量造影剂进入脑动脉,可引起脑组织一过性缺氧和毛细血管渗透性增加,产生脑功能障碍,甚至脑水肿,含钠盐的造影剂更易引起。并可引起脑梗死,发生率为2.3%～7%,临床表现为头昏、头痛、晕厥、感觉异常、轻瘫、失语等。可发生于造影后即刻,也可发生在6～48 h。预防本并发症的最好方法是限制造影剂的注射量和应用非离子造影剂。

7. **急性右心衰和急性肺水肿**　对原有肺小动脉阻力增高的患者,进行右心造影时,由于造影剂可使肺动脉痉挛,红细胞凝聚和血液黏稠度增高,因而使肺小动脉阻力更增高,发生急性肺动脉高压,患者出现急性右心衰表现。造影剂为高渗造影剂,进入血流后可增加血容量,如用量多,则可能导致肺水肿,上述情况发生后按急性心力衰竭处理。

(秦永文)

参考文献

[1] HOLZER R, BALZER D, CAO Q L,et al. Device closure of muscular ventricular septal defects using the Amplatzer muscular ventricular septal defect occluder: immediate and mid-term results of a U. S. registry[J]. J Am Coll Cardiol,2004,43(7): 1257-1263.

[2] PEDRA C A, PEDRA S R, ESTEVES C A,et al. Percutaneous closure of perimembranous ventricular septal defects with the Amplatzer device: technical and morphological considerations[J]. Catheter Cardiovasc Interv,2004, 61(3): 403-410.

[3] DURONGPISITKUL K, SOONGSWANG J, LAOHAPRASITIPORN D. Transcatheter closure of perimembranous ventricular septal defect with immediate follow-up[J]. J Med Assoc Thai, 2003,86(10): 911-917.

[4] THANOPOULOS B D, KARANASSIOS E, TSAOUSIS G. Catheter closure of congenital/acquired muscular VSDs and perimembranous VSDs using the Amplatzer devices[J]. J Interv Cardiol,2003,16(5): 399-407.

[5] ARORA R, TREHAN V, KUMAR A, et al. Transcatheter closure of congenital ventricular septal defects: experience with various devices[J]. J Interv Cardiol,2003,16(1): 83-91.

[6] HIJAZI Z M, HAKIM F, AL-FADLEY F, et al. Transcatheter closure of single muscular ventricular septal defects using the amplatzer muscular VSD occluder: initial results and technical considerations[J]. Catheter Cardiovasc Interv,2000,49(2): 167-172.

[7] THANOPOULOS B D, TSAOUSIS G S, KONSTADOPOULOU G N,et al. Transcatheter closure of muscular ventricular septal defects with the amplatzer ventricular septal defect occluder: initial clinical applications in children. J Am Coll Cardiol,1999,33(5): 1395-1399.

[8] FU Y C, BASS J, AMIN Z, et al. Transcatheter closure of perimembranous ventricular septal defects using the new Amplatzer membranous VSD occluder: results of the U. S. phase I trial[J]. J Am Coll Cardiol, 2006,47(2): 319-325.